Das Buch

»Für die Erzählerin Anna Seghers gab es vom Beginn ihres Schreibens an zwei Linien, die sie verbinden wollte: ›Erzählen, was mich heute erregt, und die Farbigkeit von Märchen‹. Diese beiden Linien ziehen sich durch ihr ganzes Werk. In ihren Erzählungen und Romanen sind Realistisches und Phantastisches, Wirkliches und Märchenhaftes, Zeitgenössisches und Mythisch-Legendenhaftes auf eine besondere Art und Weise miteinander vermischt, die Kennzeichen ihrer Prosa ist. Ihre Sprache ist knapp und genau, mit wenigen Worten umreißt sie die Umstände einer bestimmten Situation, den Charakter eines bestimmten Menschen, die Beschaffenheit eines bestimmten Ortes … Anna Seghers ist die Chronistin gescheiterter Aufbrüche und Aufstände, ihr Werk ist Gedächtnis gescheiterter Hoffnungen und Utopien, der Irrtümer und Opfer. Man sieht daran, daß sie Realistin war; aber auf wunderbare Weise erneuert sich in ihren Erzählungen immer wieder der Glaube an die unzerstörbare menschliche Kraft, die die Veränderung von Grund auf möglich machen kann.« (Sonja Hilzinger)

Die Autorin

Anna Seghers, geboren am 19. November 1900 in Mainz, studierte Kunstgeschichte, Sinologie und Geschichte in Heidelberg und Köln. 1928 wurde sie Mitglied der KPD. 1933 Emigration über Frankreich nach Mexiko (1941). 1947 Rückkehr nach Ost-Berlin. 1952 bis 1978 Vorsitzende des Schriftstellerverbandes der DDR. Sie starb am 1. Juni 1983 in Berlin.

Anna Seghers:

Die Heimkehr des verlorenen Volkes

Ein Lesebuch

Herausgegeben und mit einem Nachwort
von Sonja Hilzinger

Deutscher
Taschenbuch
Verlag

dtv

Originalausgabe
April 1996
Deutscher Taschenbuch Verlag GmbH & Co. KG,
München

Gestaltungskonzept: Max Bartholl, Christoph Krämer
Umschlagbild: ›The Bus‹ (1929) von Frida Kahlo
Gesetzt aus der Garamond 10/11' (Linotron 202)
Satz: IBV Satz- und Datentechnik, Berlin
Gedruckt auf säurefreiem, chlorfrei gebleichtem Papier
Druck und Bindung: C. H. Beck'sche Buchdruckerei,
Nördlingen
Printed in Germany · ISBN 3-423-12158-0

Inhalt

Leben in Deutschland

Länder und Städte

Legenden, Sagen und phantastische Geschichten

Leben in Deutschland

Fragt erst bei dem gewichtigen Wort »Vaterlandsliebe«, was an eurem Land geliebt wird. Trösten die heiligen Güter der Nation die Besitzlosen? ... Tröstet die »heilige Heimaterde« die Landlosen? Doch wer in unseren Fabriken gearbeitet, auf unseren Straßen demonstriert, in unserer Sprache gekämpft hat, der wäre kein Mensch, wenn er sein Land nicht liebte.

Aus der Rede ›Vaterlandsliebe‹ auf dem I. Internationalen Schriftstellerkongreß zur Verteidigung der Kultur, Paris 1935

Grubetsch

Wenn die Laterne am eisernen Arm über der Kellertür ein anderes Licht in sich getragen hätte als einen niedergebrannten Gasstrumpf, sie würde doch nur die Pfütze im gerissenen Holzpflaster beleuchtet haben, einen weggeworfenen Pantoffel und einen Haufen verfaulter Äpfel. Wie ein Grubenlicht in der Tiefe zeigte sie den Weg dem Regen, der dünn und unablässig in diesen Schacht herunterregnete. Nur irgendwo in halber Höhe regte sich etwas Weißflatterndes, Lebendiges. Das waren ein paar Wäschestücke, die die Besitzerin ins Küchenfenster gehängt hatte, wie sie vor dem Regen in die Stadt gegangen war.

Aber im Hof mußte es doch freier und lustiger sein als hinter den Fenstern, sonst wären doch nicht links im zweiten Stock die Läden zurückgeschlagen worden, und die Frau hätte nicht mit einem langen »Ah« den Kopf hinausgesteckt, und das Mädchen hätte sich nicht, davon angelockt, neben sie in die Ecke gedrückt. Diese Jüngere war von beinah wunderbarer Magerkeit. Nicht nur wie die Fünfzehnjährigen gewöhnlich mager sind – man hatte ihr überhaupt zuwenig Körper gegeben, nur ein ganz kärgliches, zerschlissenes Ding. Ihre Kiefer schlugen leise vor Frost zusammen, ihre Arme, wie kahle Zweige, überzogen sich mit Gänsehaut. Unwillkürlich neigte sie den Kopf gegen die Schulter ihrer Gefährtin, aber ihre Lider senkten sich in Widerwillen vor einer so glücklichen, warmen, gesunden Schulter. Die Frau hob etwas den Arm, aber sie legte ihn nicht um das Mädchen, sondern um ihre Brüste, wiegte sie wie zwei schöne Kinder und streichelte sie mit den Enden ihrer schwarzen Zöpfe. Dann ließ sie sie auf dem Fensterbrett liegen und schaute mit glänzenden Augen in den Hof, der unmöglich so leer und dunkel sein konnte, wie es den Anschein hatte; wirklich entdeckte sie im Pflaster ein paar Lichtpünktchen, die kamen von Munks Schenke drunten im Keller.

Der Regen ließ nach. Es gab ein fades, gelbliches Licht, als ob dort oben auch ein schlechter Gasstrumpf brannte. Auf einmal wurde die Kellertür zugeschlagen, ein Mann tappte herauf, drehte sich um sich selbst und rannte quer über den Hof in die gegenüberliegende Haustür. Von drinnen hörte man noch einen schrillen Ton, einen Ruf oder einen Pfiff.

»Der Grubetsch ist wieder da«, sagte Marie, die Frau, »jetzt wird es wieder ein Unglück geben.« Sie lächelte und fing von neuem an, ihre Brust zu wiegen. Die Kleine war zusammengefahren, ihre Kiefer zuckten noch. Aus einer Rinne ganz nahe tropfte es auf ein Blechdach, leise und unregelmäßig, als ob jemand eine Handvoll Geldstücke ausschüttelte.

Plötzlich wurde es hell im Zimmer. »Guten Abend, Marie, guten Abend, Anna.« Ein Mann stand da, triefend vor Nässe. Er legte die linke Hand seiner kleinen Schwester aufs Haar, mit der anderen faßte er die Frau unter die Brust und küßte ihr Hals, Schulter und Gesicht. Dann schlüpfte auch die linke Hand, die auf Annas Scheitel liegengeblieben war, wie ein Hund, den sein Herr vergessen hat, dahin, wo die rechte war. Anna senkte den Kopf. Die beiden traten ins Zimmer zurück und fingen an, nebeneinanderstehend, sich auszukleiden. Anna legte sich auf die Bank. Es roch nach nassen Kleidern. Das Licht ging aus. Aus dem großen Bett in der Ecke kam ein Rascheln, ein Auflachen unter der Decke. Anna erhob sich wieder, ging ans Fenster und lehnte sich weit hinaus. Es regnete fast gar nicht mehr, in der Pfütze unter der Laterne machten die Regenspritzer kleine Kringel. Am Rand der Pfütze lag der große aufgeweichte Pantoffel.

Was ist das, ein Unglück? dachte Anna. Ist es wie der Hof dort unten und wie das Zimmer dort hinten? Oder gibt es auch noch andere Unglücke, rote, glühende, leuchtende Unglücke? Ach, wenn ich so eins haben könnte!

Am frühen Morgen hatte Marie zu Anna gesagt: »Was stierst du denn immer gegen die Wand? Spring mal, hol den Korb zurück, den wir verliehen haben, hörst du!«

Anna stand in der Haustür und sah in den Hof, durch den sie jetzt gehen mußte. Um diese Zeit war er noch still, aber Anna kam er vor wie eine Schlucht, in deren Winkel wilde Tiere versteckt sind. Etwas Warmes rieb sich an ihrem nackten Bein. Sie schaute froh hinunter. Es war zwar ein Kätzchen, aber im Rükken, im grauen Fell, hatte es zwei Löcher wie ein Filz, in dem die Motten waren. Anna ekelte sich. Sie wagte nicht, das Kätzchen wegzustoßen, sie blieb stehen, schlug die Hände vors Gesicht. Das Kätzchen leckte eine Weile an ihrem Bein, dann sprang es auf den Abfalleimer. Anna trat in den Hof.

Wenn man unter wilde Tiere geht, so hat es keinen Sinn, sich in den Hüften zu wiegen und vor sich hin zu trällern. Man muß alles tun, um nicht entdeckt zu werden. Anna drückte sich die Wand entlang. Sie ging ganz leise, schlurfte nur ein wenig in ihren Strohschuhen, die zu weit um die Knöchel waren. Zuerst ging alles gut. Aber wie sie an Munks Keller war, da kam gerade ein später Betrunkener die Treppe herauf, erblickte von unten ihre bloßen Beine und machte eine dumme sehnsüchtige Bewegung danach mit seinen langen betrunkenen Armen. Er fiel auf die obersten Stufen, und Anna stolperte über seinen Kopf. Ein paar Burschen, die an der nächsten Tür zusammenstanden, fingen an zu lachen. Anna erschrak. Sie drückte die Arme an den Leib. Aber plötzlich stellte einer, ein Dicker, Brauner, seinen Stiefel auf Annas Strohschuh, daß er hängenblieb. Der Dicke hob ihn auf und hielt ihn Anna hin. Anna ging einen Schritt auf ihn zu. Der Dicke hielt den Schuh höher. Aber Anna kam nicht noch näher, um ihren Schuh zu holen, wie er gedacht hatte. Sie lächelte ein bißchen und humpelte weiter, mit einem nackten Fuß, die Zehen eingezogen, um sie zu verstecken. Der Dicke hob den Strohschuh und warf ihn in einem weiten Bogen nach der Katze am Abfalleimer.

Droben war Marie zum Schwatzen in den Flur gegangen und auf eine Nachbarin, Sebalds Frau, gestoßen.

»Grubetsch –«, sagte Sebalds Frau, »er hat mit uns am Tisch gesessen, mit uns gegessen, mit dem Kind gespielt. Zuerst sonntags, dann jeden Tag zweimal. Ordentlich eingenistet bei uns. Nicht daß er sich eingedrängt und Zucker geredet hätte. Oh, das hatte er gar nicht nötig. Mein Mann schleifte ihn ja herein. Mein Mann, komisch, das war so einer mit großen Plänen, so ein Austüfteler; hatte er was im Kopf, so erzählte er drunten im Hof davon und nachts im Bett, und seit wir beisammen waren, hat er immer so einen Plan gehabt, ein Stückchen Land vor der Stadt und später mal raus, und im Hof erzählte er: ›Ich krieg mal ein

Haus vor der Stadt.‹ – Da kommt er eines Tages heim und sagt: ›Ich hab da einen Mann getroffen, Grubetsch, der sagt, ich würde so ein Anteil an Land verkaufen und auf den Fluß gehn.‹ Ja, da hat er's verkauft, ob ihr's glaubt oder nicht. Jetzt sagte er nie mehr: ›Ich will ein Haus vor der Stadt‹, sondern immer: ›Wenn ich doch nur mal mit Grubetsch auf den Fluß könnte!‹

Der Grubetsch fährt nämlich im Sommer auf den Flößen zur Grenze. Wie der Winter zu Ende ging, da zitterte er ordentlich. ›Ach, wenn er ohne mich fährt!‹ Nun, da fuhren sie zusammen. Und wie sie wiederkamen, meinen Augen traute ich nicht. – Grubetsch, der kam, wie er abgefahren war, nichts Besonderes, klein und sauber – aber Sebald, verwildert und verludert, verlumpt und verlottert kam er, und bald zeigte es sich, was er mitgebracht hatte. Er heulte und fluchte, er zerbrach meine Knochen und Tisch- und Stuhlbeine, aber das nutzte nichts. ›Es war nur ein einziges Mal‹, jammerte er, ›wie wir drunten an der Grenze vor der Stadt lagen, da war so eine kleine Rote, die hupste nachts auf den Flößen herum, aber der Grubetsch war auch mit ihr, ihm hat es nichts gemacht, dieser Teufel.‹ Aber oft weinte er und fragte mich: ›Steht der Grubetsch unten im Hof?‹ Sagt ich: ›Ja, da steht er‹, nickte er vor sich hin und lachte und sagte: ›Nicht jeder hat so ein Glück, den Sommer über mit Grubetsch auf einem Floß zu sein.‹ – Aber jetzt muß ich rein.«

Der Hof war wieder still. Irgendwo wurde ein Bett ausgeklopft. Ein kleiner gescheitelter Junge trottete zur Schule, der erste von allen. Dann kamen zwei Arbeiter, dann ein paar junge Dinger, trällernd, in bunten Blusen. Dann kam gähnend eine Frau mit einem Korb Wäsche, dann kam ein Rudel Kinder, dann kamen noch mehr Arbeiter, dann kam das letzte Schulkind, ein Junge mit einem Apfel. Der Tag war da, heiß und langweilig.

Die Burschen, vier, fünf, blieben vor der Haustür auf dem Pflaster liegen und warteten auf ein Ereignis. Sie hatten keine Arbeit. Aber die Sonne rieselte ihnen in die Kehlen, malte Hemden auf ihre Brust, Schuhe an ihre Zehen und stopfte die Löcher ihrer Jacken. Paul, braunlackiert, mit offenen glänzenden Zähnen, stand auf gespreizten Beinen, erstarrt in Langeweile. Toni zupfte seinen Schnurrbart, summte immer denselben Anfang eines Liedchens, blankgeputzt waren seine durchlöcherten Schuhe, beschnitten seine Nägel. Auf dem Fensterbrett saßen schlafend die roten Zwillinge. Unter ihnen auf dem Bauch rekelte sich ein langer blonder Junge, der aus irgendeinem Grund von allen verhätschelt wurde. Die schmierige Sonnenflut, die das Pflaster überschwemmte, hatte fast ihre Füße erreicht. Es war so still, daß man das Fett, dessen scharfer Geruch gerade den Hof durchzog, in irgendeiner Pfanne brotzeln hörte. »Da kommt der Schlenker«, sagte plötzlich einer von den Roten. Alle drehten die Köpfe herum. Ein Mann trat aus dem Hausausgang in die Sonne. Er war bloß ein gewöhnliches Männchen mit weißen Manschetten und einem kleinen grauen Spitzbart. Drüben, jenseits des Flusses, wo die Häuser weit auseinander standen, gab es ihrer zu Hunderten und zu Dutzenden. Glatt und lautlos, wie ein Gespenst sich durch die zerrupfte tönende Welt schlängelt, so kam er über das gesprungene, von dünnen Abflußbächen durchzogene Pflaster. Er lächelte vor sich hin, als ob er sich schämen würde, daß sein Gesicht keine Narbe, sein Ärmel keinen Riß hatte. Drüben in der Stadt bekam er manchmal Heimweh, mußte hierherfahren. Häuser hatte er genug. Hier kam er immer selbst her. Die Miete, die er sich holte, die gab er schon auf dem Rückweg aus. Vielleicht hatte er nur Heimweh nach diesem Ding in der Kehle, das es da drüben nicht gab, dieses sonderbare Ding, das das alte schläfrige Herz klopfen, den langweiligen Tag zucken machte, der Angst war es ähnlich, wenn Angst wohltun könnte. Der Schlenker lächelte vor sich hin. Er hing eine Hand in den Bart und spreizte den Daumen ab, einen gelben, zerrupften, gekrümmten Daumen, als ob er sagen wollte: Viel habe ich nicht zu bringen, aber seht, doch etwas.

Er ging schnell vorwärts über den Hof. Er trat zwischen den Burschen durch in die Haustür, den Blonden stieß er leicht mit dem Ellenbogen. Der Blonde schnellte die Brauen hoch und leckte sich die Lippen. Alle drehten die Köpfe nach der Tür. Eine Minute später kam der Schlenker zurück, er hatte sich in der Treppe geirrt, er streifte Paul und den Blonden, lief wieder in den Hof. Aus der anderen Richtung kam gerade ein Mann, ein blasser, unansehnlicher, ganz ordentlich gekleidet. Der Schlenker stutzte, es schien ihm, als ob er diesen Menschen schon einmal getroffen hätte, in einem peinlichen Augenblick. Er drehte sich herum, der andere drehte sich auch herum und lächelte, vielleicht weil er sich erinnerte, vielleicht weil sich der andere ebenfalls herumdrehte. Der Schlenker ging weiter, ganz blind vor Nachdenken. Er trat ins Haus, da fiel ihm plötzlich ein, mit wem er diesen Fremden verwechselt hatte.

Es war ihm ganz leicht ums Herz.

Der Mann war inzwischen zu den Burschen getreten. »Guten Morgen, Grubetsch«, sagte der kleine Schwarze. Grubetsch nickte. Er schaute zerstreut auf den Boden, die kleine Katze war lautlos gekommen, um mit seinem Schuh zu spielen. Er bemerkte ihr durchlöchertes Fell, kleine Punkte der Freude blinkten einen Augenblick in seinen Augen, seinem mürrischen Gesicht. Er schaute von ihr weg, unwillkürlich zog der kleine Toni – zwischen zwei Fingern hatte er das Ohrläppchen des Blonden – seine Hand zurück und steckte sie in die Tasche. Grubetschs Blick schaute durch die Tasche, und Tonis Finger juckten darin.

Aber Grubetsch dachte gar nicht an Tonis Hand. Heiß und staubig war der Mittag, sogar die Sonne roch nach ranzigem Fett, wie langweilig ist dieser Toni mit seinem Schnurrbart, langweilig Paul mit seinen Zähnen – wer war denn der, dem ich eben begegnet bin, noch mal werde ich ihm begegnen, einen komischen Daumen hat er gehabt. –

»Wo hast du den ganzen Sommer gesteckt, Grubetsch?« fragte Paul.

»Nirgendwo, herumgetrieben, auf dem Fluß, aber jetzt kommt der Winter, und da braucht man etwas Warmes.«

»Zieh doch zu mir, Grubetsch«, sagte Paul. »Weißt du, wie damals.«

»Du kannst auch zu uns kommen, ja komm, Grubetsch«, sagte Toni schnell.

»Ist mir gleich, wo ich unterkomme: Solange es noch warm ist, kann ich da bleiben, wo ich im Frühjahr war, bei Munk in der hohlen Treppe.«

Oben im Küchenfenster stand Marie und begoß den Goldlack, den Martin soeben heimgetragen hatte. Kurze rasche Blicke warfen ihre in geheimer Lustigkeit glänzenden Augen über die Blumentöpfe in den Hof. »Du solltest dich mit diesem Grubetsch halten«, sagte sie über die Schulter weg zu ihrem Mann. »Alle halten sich mit ihm.«

Am Nachmittag hatte sich Anna mit ihren Kartoffeln und ihrem Messer ans Fenster gesetzt. Marie war fort, Martin auf Arbeit. Die Sonne machte ein Netz aus gelben Ringelchen, als ob sie die Stube mit ihren Möbelstücken und Anna darin zusammenlesen und hinaufziehen wollte. Anna schälte und summte mit ihrem dünnen rauhen Stimmchen. Bald ließ sie das Messer in die Schüssel fallen und zog mit den Fingerspitzen eine Schale auseinander. Sie dachte an alles und gar nichts. Ein Baum hatte daheim vor der Tür gestanden, hier gab es keine Bäume. Schön und blitzend wie eine Königin hatte Marie auf der Hochzeit gesessen. Marie lachte, wenn sie lachen mußte, weinte, wenn sie weinen mußte, ihre Zöpfe schwenkten durchs Zimmer, sie hätte einen Saal mit ihrer Herrlichkeit füllen können. Ich möchte auch so Zöpfe wie Stricke haben, ich möchte nicht immer so die Arme an den Leib drücken, ich möchte, ich möchte.

Anna schälte weiter. Es wurde heiß, die Sonne zog ihr Netz enger. Es klopfte, gleich kam jemand herein. Ein kleiner Mann mit einem Spitzbart. »Ich komme wegen der Miete«, sagte er, »ist der Vater da?« – »Hier ist kein Vater«, sagte Anna leise, »und mein Bruder ist fort.« Er legte die Hand wieder auf die Türklinke und warf einen flüchtigen Blick durch das Zimmer, das das beste und reinlichste war, das er am Morgen gesehen hatte. Mit der anderen Hand griff er sich in den Bart und rieb ihn zwischen Zeigefinger und Daumen, ein gelber, nach außen gewölbter Daumen. Anna starrte den Daumen an, der Schlenker schaute an seinem Bart herunter, was es da wohl gäbe. Anna fuhr fort, nach seinem Kinn zu starren. Jetzt ließ er die Klinke los und kam einen Schritt auf sie zu. Anna sprang hoch, daß die Kartoffeln über den Boden rollten. Sitzend war sie ein Kind mit einem hängenden Zopf, stehend ein Mädchen auf hohen bloßen Beinen, eine kleine Brust unter dem Kittel. Schlenker sah sie verwundert an, Anna streckte die Hand gegen ihn, ganz außer sich vor Angst. Schlenker kam näher. »Aber was gibt es denn?« sagte er, legte ihr die Hand auf den Kopf. Warm war das Haar, freilich. »Was gibt es denn?« wiederholte er, strich ihr mit der Hand über den Arm, der war so dünn, er mußte noch mal streichen. Anna wachte auf, machte einen schnellen Satz nach der Wand, der Schlenker kam ihr nach, Anna lief ans Fenster, zog sich hinauf, da drunten im Hof stand ihr Bruder, schwatzte, sie schrie: »Martin, Martin!« Der Schlenker lachte auf, schüttelte den Kopf.

Nachher sagte Martin zu Anna: »Was hast du denn für ein Geschrei gemacht? Wir haben ja Arbeit, können zahlen, wir brauchen nichts zu fürchten, bei uns ist es nicht wie bei den andern.«

Eines Abends kehrte Martin von der Arbeit zum Essen heim, schon in der Torfahrt hörte er das Geräusch einer Säge.

Vor einem Jahr, nach dem Tod seiner Eltern, war Martin, der sein Handwerk auf dem Lande gelernt hatte, in die Stadt gegangen, um sein Glück zu suchen. Ohne sich darüber zu wundern, fand er, was er suchte. Er hatte sich immerhin zu plagen, wie alle hier, wenn auch Marie niemals einem Puff hatte ausweichen müssen und noch niemals eins von den festen Hemden hatte flikken müssen, die er aus dem Dorf mitgebracht hatte. Martin gehörte zu jenen, denen es einerlei ist, ob die langen Wege, die sie herunterstampfen müssen, mit Pappeln besetzt sind oder mit Gaslaternen. Ein bißchen wunderlich war ja das Haus, in dem sie gelandet waren, aber Marie gefiel es, sie schien sich wohl zu fühlen. Marie – seine Kameraden meinten, er mache schon gar zu viel Wesens aus ihr, wenn auch ihre Augen ein wenig glänzender, ihre Zöpfe ein wenig dicker waren, als Augen und Zöpfe gewöhnlich sind. Er hatte sie gleich an seinem ersten Stadtsonntag beim Tanze kennengelernt und schnell geheiratet. Seitdem war auf sein junges Bauerngesicht ein Schatten gekommen, keine Traurigkeit, nur der Schatten, den die Freude wirft. Von der Freude kam es auch, wenn ihn manchmal morgens an der Drehbank ein leichter Schwindel erfaßte. Übrigens hatte er über Marie keineswegs seine kleine Schwester Anna vergessen. Sie diente bei fremden Leuten im Dorf, sie dauerte ihn, er holte sie ab.

Wie er jetzt in die Gasse einbog, riefen die Mädchen, die schon geputzt und frierend im Eckhaus aus dem Fenster hingen, ihm etwas zu. Aber Martin merkte gar nicht, daß das ihm galt. In der Torfahrt hörte er die Säge; am Ende des Hofes arbeitete ein Mann, kehrte ihm den Rücken. Martin blieb stehen und sah mit zu, weniger aus Neugierde als aus Müdigkeit. Feierabend war, zu lang war die Woche gewesen, gut war ein Anlaß stehenzubleiben. Gleichmäßig eintönig sägte die Säge im halbdunklen Hof. Über Munks Keller ging die Laterne an. Das ist der Grubetsch, dachte Martin, wenn er sich herumdreht, spreche ich ihn an, ach, würde er sich doch nicht herumdrehen. Grubetsch brach ab, lehnte die Säge an, schnaufte und drehte sich herum. Martin kam auf ihn zu, sagte guten Abend, Grubetsch schaute von unten nach oben, zwei Köpfe höher war Martin. Sie redeten hin und her über das Holz, ach Gott, wie müd war Martin. Ich möchte gern mal seine Hand antippen, dachte Martin, ach, was ein Unsinn. Sie redeten hin und her, über den Herbst, über die Holzpreise, über den Lohn. Mal seine Hand angreifen, so ein Unsinn, dachte Martin. War denn irgendwas geschehen? Wann war ihm schon mal so beklommen gewesen? Kurz vor der Hochzeit, als Marie lächelnd vor ihm gesessen hatte, immer schneller die Enden ihrer Zöpfe umeinanderdrehend. Auch damals hatte es eine Laterne im Hof gegeben. Dieser Grubetsch hat keine Frau, dachte Martin, keine Familie, das ist also so einer, ohne Grund und Boden, ohne Dach und Fach. Mitleid erwachte in ihm.

Der gefällt mir, dachte Grubetsch, das ist ein Bauernjunge. Er erinnert ein bißchen an Sebald. Ja, der gefällt mir, das ist der Rechte für mich. »Ihr habt wohl keine Familie?« fragte Martin. »Nein, aber Ihr?« – »Ja, freilich.« Sie schwiegen. Jetzt waren schon Lichter in allen Fenstern. Plötzlich sagte Martin: »Schaut mal, was ich da habe!« und zog die Strohhülse von der Flasche. »Kommt herauf und trinkt mit.« Er faßte Grubetschs Hand, so war es endlich gelungen. Wieder blinkten kleine Punkte der Freude in Grubetschs Augen. Ja – er käme gerne. »Also los«, sagte Martin. Er ging voran. Seine Müdigkeit war verflogen.

Sie traten ein. Marie erhob sich, zog ein wenig die Brauen hoch. Ihr brauchte man keine Gäste anzukündigen. Da lag schon das weiße Tuch auf dem Tisch, oder doch so schnell ausgebreitet, als ob es immer dagelegen hätte, der Braten roch, gar nicht nach schlechtem Fett, sondern nach Sonntag, gastlich lächelten Mariens Augen, ihre Lippen. Hätte man aber auch einen besseren Gast finden können, so einen ausgehungerten Ohne-Heim-und-Herd-Gast? Bei ihm konnte man sicher sein, daß in seine leeren Augen alles hineinging, die geblümte Tapete, der Spiegel, der neue Lampenschirm. Das ist so 'ne Stube, dachte der Grubetsch, so 'ne Familie; eine Frau und 'nen Mann, und dann gibt's noch ein Kind da hinten unter dem Federbett, ein Zöpfchen auf den

Kissen. Jetzt stand Martin auf. Er schlupfte am Herd vorbei, versuchte so viel von Marie mitzunehmen, als im Augenblick ging, von ihren Hüften, ihrer freien Hand. Er zog die Vorhänge zu, ja Grubetsch sah ihm nach und sah auch die Vorhänge, ebenso geblümt wie die Tapete. Martin kam zurück, stellte die Lampe vom Schrank auf den Tisch. Er zündete an, Marie holte den Topf und setzte sich. Die Lampe legte ihren Arm rund um alle drei. Niemand kann wissen, dachte Grubetsch, wie es hier in ein paar Monaten aussieht.

Marie schöpfte die Suppe aus, dünne Kettchen klingelten dabei um ihre Handgelenke. »Gesegnete Mahlzeit«, sagte Martin. Sie fingen an, schweigend zu essen.

Dieser Martin gefällt mir, dachte Grubetsch, er gefällt mir viel besser, als mir Sebald gefallen hat, nein, er ist gar nicht mit ihm zu vergleichen. Er dauert mich auch viel mehr, als mich Sebald gedauert hat. Mariens Augen glänzten, kleine Funken hüpften über die Männer. Aber Grubetsch rückte ein Stückchen von Marie ab, mehr zu Martin hin. Ihre Teller waren jetzt so nah, daß ihre Handrücken sich manchmal beim Essen streiften.

Plötzlich hatte Martin wieder Mitleid mit Grubetsch. Es kam ihm vor, er müßte ihn über irgend etwas trösten; aber das verstand er nicht. Niemand dauert mich so sehr wie Martin, dachte Grubetsch. Martin sprang auf. »Jetzt wollen wir trinken«, sagte er lächelnd, »ich trinke nur auf sonntags, werktags trinke ich nie.« Grubetsch sah Martin von unten nach oben an, nahm das Glas mit zwei Händen, ja, mit so einem teilte man gern. Marie machte ihr leises »Aaah«, jetzt schaute auch Grubetsch mal zu ihr hin. Sie tranken leer und tranken dann noch mal. Wie ein Gefäß, das langsam gefüllt wird, so stieg die Röte aus Mariens weißem Hals in ihr Gesicht. Sie schlug die Ärmel über die Ellenbogen zurück und verteilte das Fleisch.

Martin wurde wieder beklommen. Schmeckt es ihm nicht, dachte er, gefällt es ihm nicht? Warum sagt er nichts?

Da sagte der Grubetsch: »Wie lange seid Ihr in der Stadt?«

»Über ein Jahr; und Ihr?«

»Ich? Immer.«

»Ihr fahrt auf den Flößen?«

»Ja, ab und zu.«

»Ist das schwer?«

»Man muß den Fluß verstehen.«

»Verdient man?«

»Mal so, mal so. An der Grenze ist Schluß, da ist eine große Stadt, da gibt man alles aus.«

»Ist sie so groß wie die hier?«

»Noch größer.«

»Und dann?«

»Dann sucht man was Neues oder fährt wieder heim.«

Martin dachte nach. »Nein, das ist nichts für mich. Ich muß wissen, was ich zu tun hab und wie lange, und wann ich esse und wann ich mich schlafen lege und wann ich aufstehe, damit ich mir alles einteilen kann.«

Warum habe ich das bloß gesagt, dachte Martin, das hat ihm nicht gefallen. Und dann – vielleicht hab ich doch ganz gern mal 'ne Überraschung. Aber Grubetsch sagte: »An Eurer Stelle ging es mir genauso.«

In der Ecke raschelte es. Ach, das ist ja das Kind. Das ist wach, das hört mir zu. Nun, mag es hören.

»Habt Ihr schon ein Kind, Martin?«

»Nein, bloß ein Schwesterchen.«

»Wenn ich so ein Kind wäre, ich wüßte, was ich täte.«

»Nun?«

»Dumm würde ich mich stellen und weglaufen.«

»Ja, wozu?«

»Eines Nachts, mir nichts, dir nichts, würde ich davonlaufen.«

»Ja, wozu?«

»Dort auf dem Fluß haben es die Kinder anders wie hier im Hof.«

»Kinder auf dem Fluß?«

»Jeder Schiffer hat was Lebendiges auf dem Kiel, einer Kätzchen, einer 'nen Vogel, einer 'n Hundelchen, einer 'n Kindchen.«

»Was Ihr nicht sagt!«

»Lieber Gott, so ein Mädchen. Wenn's mal in so einen Hof gefallen ist, wer holt's heraus? Eng ist die Torfahrt, da fährt kein Freier ein. Hoch sind die Dächer, da hupft kein Liebster drüber. Aber wenn so ein kleiner Vogel anfängt zu flattern – allzuweit ist es zwar nicht bis zum Ufer, wo die Schenken sind für die Schiffer mit blauen Jacken und Messer im Stiefel, auch nicht allzuweit in die Stadt, wo es Straßen gibt mit Lichtern und feinen Herren.

Aber doch zu weit zwischen Kartoffelschälen und Strümpfestopfen. Vier Ecken, das ist auch Auswahl genug zum Schlafen in einem Hof. Besser irgendeinen als gar keinen. Vielleicht, wenn's hochkommt, führt er dich manchmal hinaus auf die Gasse, vier Schritte nach rechts, vier Schritte nach links, und der Sonntag ist rum.«

Martin sagte: »Man kann sich überall einrichten.« Marie legte auf ihren Teller ein Muster aus Apfelkernen. In der Ecke raschelte es stärker, dann war das Aufplatschen nackter Füße. Auf einmal kam Anna an den Tisch. »Was hast du«, sagte Martin erschrocken, »leg dich hin, wirst noch kränker werden. Wie der Schlenker da war, letzte Woche, ist sie so erschrocken, seitdem liegt sie immer auf der Bank, ißt nicht, schaut die Wand an, spricht kein Wort.«

»Gib mir auch was davon«, sagte Anna leise und nahm Mariens Glas. Der Grubetsch legte den Kopf in die Hände, sah an ihr hinauf und herunter. »Das ist nichts für dich«, sagte Marie und nahm ihr Glas weg. »Laß sie doch«, sagte Martin, »ist ja nur ein Schluck.« Anna nahm das Glas, setzte es an. Der Grubetsch stand auf. »Danke für das Essen, jetzt muß ich gehn, auf Wiedersehn.« In diesem Augenblick wollte Anna das Glas hinstellen, aber irgend etwas war in ihre Hand gefahren. Sie zitterte am Tischrand herum und stellte das Glas in die Luft. Dann warf sie sich, mit ihrem Kopf und ihren dünnen Armen Teller und Gläser beiseite schiebend, quer über den Tisch, wie man sich über die Erde wirft. Das Tischtuch mit ihren Zähnen fassend und zerreibend, schluchzte sie, ohne einen anderen Laut hervorzubringen als das leise Klirren des Geschirrs. Marie beugte sich über sie, streckte die Hand aus, um ihr Haar zu streicheln, aber gerade vor dem Scheitel zogen sich die Finger von selbst zurück. Sie hatte die Lieder gesenkt, ohne verhindern zu können, daß ein Lächeln aus ihren Augenwinkeln hervorspritzte. »Aber was fehlt dir denn?« sagte Martin bestürzt. Er war ganz blaß geworden und fing an, heftig Annas nackte Füße zu reiben, hatte sie doch immer im Winter geweint, wenn sie gefroren waren.

»Also auf Wiedersehn«, sagte Grubetsch in der Tür.

Am nächsten Morgen stieß Martin auf dem Weg zur Werkstatt im Flur auf Grubetsch. Der hatte etwas in der Hand, in Zeitungspapier eingeschlagen.

»Ist das Kind noch krank?« fragte er. »Sie ist aufgestanden«, sagte Martin. Gerne hätte er noch mit Grubetsch im Flur gestanden, sichtbar für alle, die vorbeigingen, aber es war schon spät, er mußte in die Werkstatt. Grubetsch klopfte an. Mariens Stimme rief herein. Sie kniete am Boden, scheuerte, frisch und ausgeruht lag ihre Brust in der blauen Schürze. Sie hob ihr schönes Gesicht, schlafwarm, aufs Geratewohl waren die Zöpfe rund herumgebunden. Aber der Grubetsch schaute über sie weg. Am Fenster stand Anna in ihrem Unterrock, flocht ihr Zöpfchen. So hell war ihr Haar wie die Stirn. Sie schaute den Grubetsch an, ohne sich zu regen, nur ihre Hände flochten weiter. Ihre müden kranken, rotumränderten Augen blinzelten.

»Da ist etwas für dich!« sagte er, nahm das Papier ab und hielt es ihr hin. Anna hörte auf zu blinzeln und sah ihn fest und ernst an. »So nimm doch.«

»Was ist das?« sagte Anna erschrocken.

»Nimm doch, das ist für dich!«

»Für mich? Warum denn?«

»Nur so, so nimm doch!« Er nahm das Papier weg.

»Der war mit mir, was andres hab ich nicht.«

Es war ein kleiner zerrupfter Vogel, ein paar schmierige, gelbe, zerzauste Federchen, zwei Stecknadelköpfe als Augen.

Anna dachte: Das soll mir gehören. Etwas Lebendes soll mir gehören. Ich habe falsch gehört, das ist für Marie; alle Geschenke sind für Marie. Sie machen sich über mich lustig. – Sie riß ihm den Käfig aus der Hand, stellte ihn auf die Bank und kniete sich davor. Der Vogel blähte sich auf, sträubte sich und zitterte. »Das soll für mich sein?« fragte Anna und schaute furchtsam auf. Aber der Grubetsch war schon weg. Anna hüpfte von einem Fuß auf den andern, ihr Zöpfchen spreizte vom Kopf ab. »Mir hat er was geschenkt, Marie, was Lebendes.« Marie lachte laut auf. Anna drehte sich weg, legte ihren Kopf an den Käfig.

Der Nebel war so dicht, daß sogar Paul, obwohl er auf der Kellertreppe gerade unter Munks Laterne saß, seine Umrisse verloren hatte. Von dem Blonden, der sich zu einem Knäuel zusammengerollt hatte, war überhaupt nichts zu sehen, auch nichts von Toni, trotz seinen blanken Manschetten und seinem Strohhut, den ihm der Sommer zurückgelassen. Von den beiden Zwillingen waren zwei rote Flecken da. Sie waren alle, seit es kälter geworden war, aus der Torfahrt auf Munks Kellertreppe übergesiedelt. Noch eine Frau war dazugekommen. Das war Sebalds Frau, die keine Lust hatte, den ganzen Abend mit ihrem Krüppel von Mann im Dunkeln zu sitzen. Sie preßte ihren Leib gegen Pauls breiten gewölbten Rücken, die Arme von hinten um seinen Hals verschränkt, das Gesicht in seinem Haar. Gerade tappte Martin im Nebel in den Hof. Er kam später als gewöhnlich. Er war hungrig und müde. Er hatte sich verspätet, weil er sich im Weg geirrt hatte. Der Nebel hatte die ganze Stadt, in der er sich ohnedies schwer auskannte, völlig verhext. Er war eine halbe Stunde lang eine Straße entlanggelaufen, hatte wie immer die vierte Nebenstraße abgezählt, da war es eine ganz verkehrte Straße gewesen. Nun schien er endlich daheim zu sein. Wenigstens kam es ihm vor, als ob dieses Licht Munks Laterne wäre. Aber gleich war er wieder unruhig, dieser Hof war viel weiter, als er sein sollte, die Lichtchen der Fenster standen viel höher, dunkel wölbte sich die Torfahrt. Da hörte er durch den Nebel seinen Namen rufen. Er zuckte zusammen und ging auf die Laterne zu. Er erkannte Paul, der ihn lachend ansah. Er hatte Paul schon öfters gesehen, aber er hatte sich fern von ihm gehalten, er mochte solche Leute ohne Arbeit nicht. Jetzt blieb er stehen und dachte: Das ist Paul, also bin ich daheim. Aber, wie er näher hinsah, kam ihm dieser Paul ganz fremd und sonderbar vor. Und besonders mit dieser Frau, die ihr hageres, rotgeflecktes Gesicht gegen ihn drückte, war dieser Paul gar nicht Paul.

Martin kam einen Schritt näher, da sah er erst, daß noch ein paar auf der Treppe waren, er erkannte auch den Blonden und erkannte ihn wieder nicht. Die Frau rief ihm plötzlich ein Wort zu, das er nicht verstand, aber die anderen fingen laut zu lachen an. Martin lachte schnell auch, und die anderen lachten noch mehr. Martin wollte hinauf zu Marie, er hatte plötzlich eine schreckliche Unruhe, aber er mußte stehenbleiben und über das Wort nachdenken. Plötzlich tauchte, ohne daß man eine Tür hatte zuschlagen hören, Grubetschs Gesicht auf der Treppe auf. Er nickte Martin zu. Jetzt konnte Martin seine Füße bewegen, seine

Unruhe war weg, er war endlich überzeugt, daheim zu sein. Er ging schnell weg. Er hörte die anderen hinter sich lachen, auch Grubetsch lachte auf. Auf einmal spürte Martin etwas im Herzen, als ob man ihm eine schlimme Nachricht mitgeteilt hätte. Er war ganz niedergeschlagen.

Aber Marie ist doch gesund, dachte er, und morgen ist doch Sonntag, und ich habe doch meinen Lohn in der Tasche.

Es kamen immer mehr Leute in Munks Keller. Für die auf der Treppe gab es zu naschen, mal ein bißchen Licht, mal ein bißchen Wärme, mal einen Schluck, mal einen Schwatz. Aber bald wurde es zu kalt; das bißchen Wärme, das von Munks Ofen zu ihnen kam, sooft die Tür aufging, reichte nicht mehr aus. Der Blonde erhob sich langsam und verschwand im Nebel. Toni folgte ihm. Die beiden Roten gingen auch fort, sie hatten irgendwo unter dem Dach eine Mutter wohnen. Der Grubetsch blieb und Paul und die Frau. Die Frau sagte: »Hör mal, Grubetsch, mach mal deine Treppe auf und laß uns rein.« Grubetsch antwortete: »Da ist nicht mal Platz genug für mich drin.« Die Frau sagte: »Ach was, wir wollen ja nicht drin tanzen.« Grubetsch sagte: »Nein.« Paul sagte wütend: »Also ins Tor.« Die Frau sagte: »Nein, dann gehn wir rauf« –

Sie gingen auch in den Nebel. Grubetsch setzte sich wieder auf die Treppe. Hinter dem Nebel gab es ein paar Lichtchen, seine Augen zählten eins ab und blieben dran hängen. Er war ganz zusammengesunken, die Leute, die hinauf- und heruntergingen, stolperten über ihn.

Nach einer Weile kam Paul zurück.

»Nun, wie war's?« fragte Grubetsch.

»Wie soll's gewesen sein. Ungemütlich war's.«

»Wieso denn?«

»Nun, er ist zwar nichts mehr als ein Holzklotz, und sie behauptet, daß er nichts sieht und nichts hört und nichts versteht, aber immer so seine Augen durch die Dunkelheit auf sich haben, und es ist doch seine Frau, die er geprügelt hat, wie er noch schmuck und stark war – ist das vielleicht gemütlich?«

»Was machst du denn, laß los!« rief Paul ärgerlich und zog den Zipfel seines fadenscheinigen Rockes aus Grubetschs Händen. »Warum lachst du?«

»Gar nicht lache ich. Nur weißt du – wie dieser Sebald zum

ersten Male hier anrückte und sein Maul auftat und prahlte und mit den Armen schlenkerte, da kam mir gleich der Gedanke, wie sonderbar es sein muß, wenn so einer nicht mehr prahlen kann und nicht mehr mit den Armen schlenkern.«

»Und ich dachte auch gleich«, fügte er hinzu, von neuem Pauls Rockzipfel ziehend, »daß sie besser zu dir paßt als zu Sebald.«

»Ja, wieso denn?«

»Ei, Sebald – er war zwar ein Prahler, und er war zwar ein Schlenderer, aber er war doch unternehmend und großartig, er war nicht so fett wie du, er konnte Sprünge machen. Er war viel zu gut, für da droben zu bleiben, etwas anderes war das Rechte für ihn!«

»Grubetsch«, sagte Paul, diesmal zog er die Zipfel nicht zurück und sein Gesicht wurde ganz schlapp vor Nachdenken, »lieber Grubetsch, lieber, willst du nicht zu mir ziehn, werde dich gut pflegen, wie damals.«

»Nein, wozu?« sagte Grubetsch.

Sie trennten sich. Grubetsch setzte sich wieder auf die Treppe. Er sah genau da hinauf, wo vorher das Lichtchen gewesen war, jetzt war es dunkel, er fuhr aber fort hinaufzustarren.

Marie und Anna hatten einen Streit. Marie wollte fort, da waren die Heringe zu putzen, Anna sagte: »Alles tu ich, was du willst. Aber schau, ich bitt dich, tu du das, sie sind so glatt und naß, bei uns gibt es das nicht, und dir macht's gar nichts.« Marie sagte: »Ach was, du tust gar nichts mehr, seit der Vogel da ist, immer nur spielen, das gefällt dir.« Anna erwiderte: »Ich tu ja alles, was du willst, nur die Heringe nicht.«

Martin trat ein. Er war hungrig und müde. Aber gleich vergaß er seinen Hunger, ging auf Marie zu, und wie man ein seidnes Tuch an einem Zipfel anfaßt, so hob er ängstlich ihre Hand an einer Fingerspitze. Aber Marie zog sie ihm weg. »Ach, laß mich!« – »Aber was ist denn?« sagte Martin erschrocken, und statt ihrer Hand nahm er eine Franse ihres Tuches. »Eines wie das andere, du und Anna«, rief Marie.

»Was ist mit Anna?«

Marie nahm Martin beiseite, erzählte. »Vogel hin, Vogel her, nichts wie Spielen hat sie im Kopf.«

Martin nahm die Schüssel, stellte sie Anna in den Schoß. »Da putz«, sagte er. Marie lachte auf, Anna sah ihren Bruder an, so müde und blaß sah er aus, sah die Heringe an, so glitschig und schiefe Mäuler und lebende Augen. Sie schaute wieder auf ihre aufgerissenen Hände, die tappten nach den Heringen, zogen sich zusammen – sah wieder ihren Bruder an.

»Ich möchte schon«, sagte sie leise, »ich kann nicht.«

Marie lachte noch mal, Anna fuhr zusammen. »Entweder – oder«, sagte Martin, trat ans Fenster, hängte den Käfig ab, der draußen im Hof nach der Sonne hing, und öffnete den Riegel. Anna war aufgesprungen und sah ihren Bruder zuerst verwundert an. Ihr Gesicht überzog sich mit tiefer Röte, gar nicht flekkig, sondern ganz gleichmäßig, so daß es einen Augenblick beinah frisch und gesund aussah. Freilich nur einen Augenblick, dann wurde es wieder ganz bleich. Martin öffnete das Gitter, jetzt machte Anna eine Bewegung, doch schon war der Vogel weg.

Jetzt riß Anna den leeren Käfig aus Martins Händen, drückte ihn an sich und verschränkte die Arme darum.

»Weine nicht«, sagte Martin auf einmal bestürzt, »Anna, kleine Anna, weine nicht!« – »Aber ich weine ja gar nicht«, sagte Anna, mit zwei Fingern die Stäbchen des leeren Käfigs streichelnd. »Weine nicht«, fuhr Martin erregt fort. »Sieh, ich putz sie selbst, deine Heringe, habe schon angefangen, siehst du.«

Marie lachte laut auf. »Eines wie das andre, eines wie das andre.« Plötzlich erhob sich Anna und hängte den Käfig an seinen alten Platz, an die Hofseite, gegen die Sonne. »Aber was willst du denn dort mit dem leeren Käfig, Anna?«

»Es ist noch immer mein Käfig«, sagte Anna. »Und ich kann ihn hinhängen, wo ich will.«

Der Nebel war weg, der winterliche Hof war blank geschliffen wie ein Spiegel, in dem sich das Viereck Himmel zwischen den Dächern spiegelte. Es war ebenso blank geschliffen und ebenfalls mit einem einsamen Lichtchen versehen wie Munks Laterne. Anna kam herunter und setzte sich unter ihrem Tuch, vor Kälte zitternd, auf die Stufe. Es war so still, daß man irgendwo hinter verschlossenen Läden jemand husten hörte. Die kleine graue Katze schlupfte vorbei, ebenfalls bebend in ihrem durchlöcherten Fell. Sie versuchte, zu Annas Fuß in den Strohschuh zu schlüpfen. Anna gab nicht acht. Ihr Fuß war so kalt, daß er nichts fühlte. Nach einer Weile kam der Grubetsch, setzte sich neben sie. Anna fing an, mit der Katze zu spielen. Aber ihre Finger waren so steif, sie blies in die hohlen Hände.

»Du wirst hier erfrieren«, sagte Grubetsch, »komm zu mir.«

»Nein, nein!«

»Nein? Warum nein?«

»Will nicht, kann nicht, nein.«

»Willst nicht? Kannst nicht? Warum denn?«

»Ich weiß nicht, ich fürchte mich!«

»Fürchten? Wovor?«

»Ach, du weißt schon!«

»Gar nichts weiß ich.«

»Doch, du weißt.«

»Nun, und wenn schon! Wirst nicht dran sterben!«

»Nein, ich will nicht.«

»Ach was, komm!«

»Nein, nein, nein!«

»Komm!« Er faßte sie am Arm. Anna senkte den Kopf, sie legte eine Hand an Grubetschs Schulter, die andere an ihren Schoß. Einen Schritt hinterdrein folgte sie ihm in den Hof.

Sie gingen ein Stück die Treppe hinunter. Grubetsch hob eine Planke ab und half ihr hinein. Früher hatte Munk hier seine Kisten aufgehoben, mal auch jemand, der weder im Hof noch in der Gasse gesehen werden wollte. Es war fast dunkel, wenn man sich aber daran gewöhnt hatte, konnte man die Kisten unterscheiden, die noch immer in einer Ecke aufgestapelt lagen. »Nein, wie eng es hier ist!« rief Anna bestürzt, »hier ist es zum Ersticken, laß mich heraus!«

»Wirst dich schon daran gewöhnen!«

»Nein, hier erstickt man, ich will fort!«

»Du kannst gar nicht allein heraus! Sei still! Komm, hier ist die Wand warm von Munks Ofen auf der andern Seite.« Anna setzte sich auf eine der Kisten. Da war doch noch ein Loch in der Mauer. Von Munks Laterne kam etwas herein, machte einen blassen Schein auf die Wand, und gleich warf das Gerümpel in der Ecke einen Schatten drauf, etwas wie einen Hund, Ohren und Schnauze.

Anna deutete mit dem Zeigefinger darauf.

»Ja, siehst du, es ist nicht so schlimm. Frierst du noch, zeig her! Was fährst du zusammen?«

»Ich fürchte mich so!«

»Ja, warum bist du gekommen?«

»Ich weiß nicht, laß mich heraus!«

»Nein, sei ruhig, siehst du!« Aber Anna sprang wieder auf. Etwas Dumpfes dröhnte über ihren Köpfen. Die Kisten fingen an zu rütteln. »Was hast du denn? Jemand kommt die Treppe herunter. Wir sind doch in der Treppe, wirst dich gewöhnen.«

»Ja, kannst du denn das aushalten?«

»Aushalten? Das ist lustig. Ich kenne alle am Schritt, ich weiß, wohin sie gehen, was mit ihnen geschehen wird.«

»Ach, und geschieht es?«

»Ja, aber jetzt sei still!« Sie fingen an, da dröhnte es über ihren Köpfen, fest, abgehackt und prahlerisch. »Das ist Paul«, murmelte Grubetsch. Anna war ihm noch mal davongezuckt, aber er hatte sie schon fest. Nebenan war Gelächter, Trommeln auf den Tisch, Harmonika, immer schneller und schneller, das taten sie auch. Dann brach es ab. Der Grubetsch richtete sich auf. Anna faßte ihn an den Handgelenken. Er nahm sie wieder, die Harmonika nebenan war jetzt traurig, ein Betrunkener schluchzte. Der Grubetsch richtete sich wieder auf. »Jetzt genug«, sagte er. Aber als ob er eine Kette um ihren Leib gelegt und das eine Ende in der Hand behalten hätte, rutschte sie ihm nach von einer Ecke zur andern. Von neuem krachte die Treppe, der Betrunkene floh vor der Harmonika, die ihm das Herz aufwühlte. Er rollte noch ein paar Stufen zurück, rappelte sich auf und fiel in den Hof. Anna kroch auf die Kiste, verschränkte die Hände über dem Knie.

»Sag mal, so schrecklich still ist es plötzlich.«

»Munks Harmonika ist aus.«

Es war auch so still, tausend Fuß war der Keller in die Erde gerutscht.

»Hier ist es so gut und dunkel«, fuhr Anna mit heller, gar nicht heiserer Stimme fort, »niemand sieht einen an, laß uns hierbleiben, laß mich nie mehr heraus, mich nie mehr durch den Hof gehen!«

»Wie! Willst du wohl immer in einem Kellerloch bleiben?

Hüpfen willst du und tanzen. Andere werden ihren Kopf dahin legen, wo jetzt der meine liegt.«

»Nie, nie, nie wird das geschehen! Eher wird dieser Hof ein Garten, die Häuser Bäume werden! – Ach, Grubetsch, komm. Mein Rücken ist auf einmal so kalt.«

»Munks Ofen ist aus.« Sie ließen sich wieder los, horchten. Irgendwo hustete jemand, vielleicht derselbe, der schon gehustet, wie Anna im Hausgang gewartet hatte. ––

»Du mußt jetzt gehen!«

»Ach, noch ein wenig.«

Auf einmal war es so, als ob ein kalter grauer Staub auf sie geweht käme. Beklommen waren sie, sogar die Bretter an der Wand und die Kisten in der Ecke. Munks Laterne war ausgegangen.

»Aber jetzt mußt du gehen.« –

Er faßte sie am Arm, zog sie hinaus. Mürrisch und verdrossen zwischen Nacht und Tag hockten die Häuser um den Hof. Ein böser Zugwind kam durch die Torfahrt, schlug ihr ins Gesicht. Sie wollte zurück, aber die Luke war schon zu. Sie machte einen Schritt vor, zögerte noch einmal. Als erster von allen, vorgebeugt, mit hochgezogenen Schultern, als ob er sich darin wärmen wollte, kam Martin durch den Hof.

Der Schnee, der in lustigen Sternchen zwischen den Fenstern wirbelte, wurde auf dem Pflaster zu einem schmierigen Teig, in dem die Kinder wateten. Ein ganz Kleiner stand abseits, den Kopf im Nacken, mit aufgerissenem Mund versuchte er, Schneeflocken zu schlucken. – Das ist Sebald seiner, dachte Grubetsch, im Sommer ging er in eine Hand. – »Komm her, Kleiner!« Der Junge kam ängstlich näher. Eine Weile betrachteten sie sich gegenseitig.

»Mein Vater ist gestorben«, sagte plötzlich stolz der Kleine und spreizte die Arme, wie sein Vater es beim Prahlen getan hatte. Er kam noch etwas näher und schaute neugierig hin. Der Grubetsch war plötzlich zusammengeschrumpft, er hatte die Augen zugemacht, seine Finger krachten so komisch ineinander. Aber schon hatte er die Finger auseinandergezogen, streckte die Hand aus, faßte den Jungen unterm Kinn, hob etwas seinen Kopf. Der Kleine war ganz stumm vor Schreck, noch nie hatte jemand seinen Kopf hochgehoben.

»Nun, spiel weiter!« sagte der Grubetsch. Der Kleine lief an seinen alten Fleck, riß den Mund auf. Aber auf einmal kam ihm ein Gedanke, er hupfte nochmals zu Grubetsch zurück, drückte sich an seine Knie.

»Er wird morgen begraben«, flüsterte er, »er hat mir mal ein Schiff aus Papier gemacht.«

Anna stieß in der Torfahrt auf Sebalds Witwe. Sie mußten miteinander warten, bis Munks Kisten ausgeladen waren.

»Nun erzähl mal, wie ist's?« sagte die Frau. Anna schwieg, preßte die Lippen zu, sah auf die Bluse der Frau, deren oberster Knopf offenstand.

»Gib acht«, rief die Frau zornig, »daß es dir nicht geht, wie es Katarina ergangen ist!«

Anna machte sich noch dünner, schlupfte an den Rädern vorbei.

»Warum kommst du so früh?«

»Es ist ja schon dunkel!«

»Das macht der Schnee, nicht mal die Lampe ist an!« Anna kroch auf die Kiste. Sie drückte sich ganz ins Dunkle, damit es so sein sollte, als ob sie noch nicht da wäre. Auf einmal schlich etwas Weiches, Lautloses über die Bretterwand, legte sich sacht darüber. Munks Laterne war angegangen. Anna stellte sich vorsichtig auf die Füße, kam in die andere Ecke.

»Kann ich jetzt kommen?«

»Ja!«

»Sag doch, Grubetsch, was war mit Katarina?«

Grubetsch lachte.

»Wie kommst du auf die?«

»Sebalds Witwe sagte –«

»Nun hör zu, wenn du willst – nein, bleib nur, das kann man ebensogut so erzählen! Sie war meine erste Liebe. Da drüben wohnte sie. Immer Sommer fand ich Arbeit ein paar Bahnstunden weit weg. Eines Abends komm ich zurück, in der Gasse treffe ich Paul, der wohnte schon damals hier, gleich nebenan.

›Nun, was macht Katarina?‹

›Was soll sie machen? Dünn ist sie und sehnt sich.‹ Ich will schnell rauf, da kommt mir ein Einfall. ›Laß mich mal rein‹, sage ich, ›möchte mal bei dir durchs Schlüsselloch sehen. Nur mal so sehen, was sie tut, wenn ich nicht da bin.‹ Paul hat gleich Spaß dran, wir gehen hinauf. Ich schau durch die Tür, sieh, da sitzt sie und näht, ein bißchen blaß schaut sie aus, ganz warm wird mir's. Ich will schon rufen, da klopft es drüben, sie fährt zusammen, wird ganz rot, meint, daß ich's bin, aber nur die Nachbarin ist's, ganz blaß wird sie wieder. Jetzt will ich rübergehen, aber da denke ich, gut ist's, noch ein bißchen zu sehen, wie sie wartet.

Ich sage zu Paul: ›Verrate niemand, daß ich da bin!‹ – Paul verrät nichts, der hat Spaß an solchen Sachen. Tag und Nacht lieg ich vor der Tür, so dünn ist sie vom Warten. Immer möcht ich hinein, ihr Hälschen und ihre Arme, alles ist ganz voll Warten, möchte schon drin liegen, kaum kann ich's aushalten, aber auch das ist gut, so zu sehen, wie sie wartet. Immer sitzt sie am Tisch, schaut nach der Tür, zuckt zusammen, rennt mal ans Fenster. Einmal legte sie die Hände vor, weint, jetzt kann ich's schon nicht mehr aushalten, aber auch das ist gut, zu sehen, wie sie wartet. Immer sitzt sie am Tisch, schaut nach der Tür, zuckt mal zusammen, rennt mal ans Fenster. Ich kann es kaum ansehen, laut muß ich rufen, aber nein, nichts rufe ich, weh tut's, aber gut ist's, auch so zu sehen, wie sie wartet. Einmal kommt sie die Treppe herauf, ich hinunter, niemand kennt mich, ganz klein und alt mache ich mich. Wie der Schnee so weiß ist sie. Möchte ihre Brust anrühren, aber nicht anrühren, das ist auch gut. Jetzt ist schon Winter, dünn ist sie wie ein Strich. Weinen sehe ich sie, das Blut weint sie sich aus. Das kann ich nicht aushalten, ich muß wohl hereinkommen. Aber so zuhören, das ist auch gut, fast so gut wie die Liebe selber. Krank wird sie und kränker. Könnt ich doch hineingehen. Aber ich kann nicht. Wenn doch Paul mich verraten ginge – aber der hat Spaß dran. Manchmal klopft es, sie fährt aus dem Bett, ja, so fährt sie auf, daß ich selber glaube, wer da geklopft hat, das muß ich sein. Ganz bestürzt bin ich selber, daß ein anderer durch die Tür kommt. Immer lauter hustet sie, immer weniger wird sie, im Frühjahr war's aus. Schrecklich war das, und doch war's gut, beinah so gut wie Hochzeit.«

»Warum erzählst du das, Grubetsch, das ist alles nicht wahr.«

Mit kläglichem Jihih begann die Harmonika. Als ob sie ermahnt worden wären, faßten sie sich an, legten sich ineinander. Alles fand sich zusammen, brauchte nicht mehr lang zu suchen. Alles ist in Ordnung, dachte Anna, freilich, alles ist in Ordnung.

Nebenan schluchzte verzweifelt der Betrunkene, der immer schluchzte, wenn Harmonika gespielt wurde.

An einem späten Nachmittag kam der Schlenker in den Hof und lief schnell, ohne von jemand bemerkt zu werden, zu Munk hinunter. Er blieb kaum eine halbe Stunde. Er hatte keinen Grund zu kommen. Munk besorgte jetzt alles, brachte das Geld in die Stadt. Aber wie er die Straße hinuntergefahren war – grün und rot spritzten die Lichter, hüpften die Buchstaben in der Luft –, da hatte er plötzlich Lust bekommen auf diesen gelben, faden Strumpf von Laterne, der ihm jetzt mit einem dünnen, kranken Finger auf die Schulter tippte, ja, vielleicht war er auch aus einem andern Grund gekommen; er wußte nicht recht, er ärgerte sich schon, daß er gekommen war, und eilte sich fortzukommen.

So fest und prächtig seine Stiefel waren, der zähe, feuchte Schnee drang einem durch. Kalt wurden seine Sohlen, schwer seine Füße, der Schlenker blieb unschlüssig stehen, ob es sich auch lohne, solche schweren Füße aus diesem Hof in irgendeinen Wagen zu ziehen und heimzufahren. Er sah sich noch einmal um, still war der Hof, in schmierigem nassem Schnee endigte der Wintertag.

Etwas Weiches, Warmes huschte in der Torfahrt an ihm vorbei, seine Hand langte danach. Anna blieb stehen und blinzelte, um im Dunkeln zu erkennen, wer das sein mochte. Der Schlenker legte die freie Hand an den Bart, spreizte den Daumen ab. Anna starrte darauf und fing plötzlich laut an, um Hilfe zu rufen. Der Schlenker ließ sie sogleich los, schüttelte den Kopf, Anna schlupfte auf die Straße, der Schlenker wollte jetzt auch gehen, keineswegs ihr nach, nur heim. Einer, der Annas Ruf gehört hatte, kam von der Gasse gelaufen, stellte sich in die Torspalte. Das war der Blonde. Der Schlenker wollte vorbei, stieß ihn vor die Brust. Der Blonde faßte ihn am Ärmel. Der Schlenker riß sich los, der Blonde bekam seinen Bart zu fassen, der war spröde und knisterte. Jetzt packte der Blonde zu, er faßte den Schlenker an der Brust, seine Tasche war voll, er griff ihm an den Hals, immer kriegte er etwas von diesem Bart zwischen die Finger, diesem ekelhaften, spröden. Eine wilde Angst erfaßte den Schlenker, sein Herz stieg in die Kehle, seine Gedanken flogen, die Gesichter seiner Töchter, sein Haus, sein gedeckter Tisch. Auch das

Herz des Blonden war in der Kehle, auch seine Gedanken flogen. Toni war nicht dabei, bald war Sommer, Sebalds Witwe hatte versprochen ---

Seine Hand wurde locker, der Schlenker atmete auf, der Blonde murmelte etwas und lief in den Hof. Der Schlenker lief auf die Straße. Sein Herz glitt langsam aus der Kehle herunter.

Er war krank und alt. Er war sonderbar enttäuscht.

Die letzte Zeit hatte Martin ein schrecklich müdes Gesicht bekommen, das zwar nicht gerade Kummer ausdrückte, aber doch Erstaunen, daß der tägliche Weg immerhin länger war, als er sich vorgestellt hatte. Aber er war auch wirklich länger als irgendeine Landstraße daheim, unlustig und unausgeruht trat er ihn an, wunderlich, wie müd die weichen zarten Dinge machten, die Marie zu tun pflegte. Anna hatte sich in der letzten Zeit um niemand und nichts gekümmert, nicht um Schlafen und Wachen, nicht um Essen und Trinken, nicht um Martin und Marie. An diesem Nachmittag, als sie den Boden scheuerte – sie nahm jetzt Marie jede schwere Arbeit ab, alles war gut, was den Tag herunter- und die Dunkelheit heraufzog, schwere Arbeit war gut, die duckte den Körper, er vergaß, daß er allein war –, fiel ihr Martins Gesicht ein, müd und enttäuscht, wie es die ganze Zeit über war. Sie erschrak, daß sie beinahe vergessen hatte, ihm entgegenzulaufen, obwohl sie das die letzte Zeit nie mehr getan hatte. Sie traf ihn an der Ecke der Gasse. Obwohl er sich die letzten Wochen gar nicht mehr um Anna bekümmert hatte, erhellte sich sein Gesicht, wie er sie auf sich zulaufen sah. Er streichelte ihr Haar, und umschlungen drückten sie sich die Mauer entlang. Wie sie aber in den Hof traten, wurde Martin zerstreut und schaute zu dem Licht herauf, das oben in seinem Zimmer brannte. Auch Anna atmete unruhig. Sie ließen sich los, gingen schweigend mit ähnlich geneigten Köpfen nebeneinander, ihre Herzen jagten nach verschiedenen Seiten. Im Hof standen Paul und die anderen, schwenkten und redeten laut, sie stockten, als die beiden eintraten, flüsterten weiter. Sie verbissen ein Lachen und prusteten hinterher, als die beiden vorbei waren.

»Worüber lachen sie denn?« fragte Martin und faßte von neuem Annas Arm.

»Es kommt mir beinahe vor, Martin, als ob sie über uns lachen.«

»Ja, was gibt es denn an uns zu lachen!« murmelte Martin.

»Du brauchst gar nicht auf sie zu warten«, sagte Sebalds Witwe böse. »Sie kommt bestimmt nicht. Sie ist krank, Marie hat es erzählt.«

Der Grubetsch ging wieder hinunter. Er setzte sich auf seinen gewohnten Fleck. Er sah schärfer in die andere Ecke, nichts saß dort. Er machte die Knie auf, spreizte die Finger, das war nicht zum Aushalten. Wie schrecklich war es, ohne das zu sein, was er brauchte. Nebenan war wieder die Harmonika, ein kläglicher, endloser Faden, und der Betrunkene fing wieder an zu schluchzen. »Zum Teufel mit ihm.« Der Grubetsch ging hinaus in den Hof. Er schaute hinauf, wie Burgen standen die Wände, herunter muß sie, dachte er. Ja, dort oben brannte das Lichtchen, hinter zugezogenen, bunten Vorhängen, auf die Martin so stolz war. Martin – er war kein Sebald, der bloß so ein paar Fetzen an seinem Fenster baumeln gehabt hatte und dahinter Prügel und Liebe durch die Löcher in den Hof schielend. Bei Martin war aufgeräumt bei Tage und zugezogen bei Nacht. Wenn man zu ihm ging, dann wurde man nicht hineingestopft in eine große Schlamperei, nein, sie rückten sauber auseinander und gaben ihm einen Teil vom Platz und einen Teil von der Lampe. Wie ein Abfall von Martins Heim, so stahl sich aus dem Schlitz zwischen den Vorhängen ein Streifen Licht hervor und floß in den Hof. Ein dünner, zager, beinahe wohllautender Husten lief daran herunter.

Der Grubetsch faßte einen Entschluß. Er ging quer über den Hof.

Er klopfte und trat ein. Marie machte ihr überraschtes »Ah«. Martins graues abgespanntes Gesicht wischte die Freude in einem Zug blank. »Ist sie schon wieder krank?« fragte der Grubetsch und näherte sich Annas Lager. Anna richtete sich mit einem Ruck auf. Sie streckte den Arm aus, um wenigstens irgend etwas von diesem Gast zu berühren, wenn auch nur den Schatten seines Schattens. Aber der Grubetsch wandte sich schnell um und setzte sich.

Sie wird gesund werden, dachte er.

Sonst war es nicht anders wie das erstemal. Ebenso schnell war der Tisch gedeckt, das Essen bereitet. Etwas näher als damals kam beim Austeilen Mariens Kopf an Grubetschs Kopf, etwas lauter klingelten ihre Armbänder.

»Die hat sie so gern«, sagte Martin, »jeden Monat kriegt sie ein neues.«

»Ihr sollt Euch nicht so abarbeiten, Martin, ganz abgemagert seid Ihr über den Winter.«

»Was soll man tun, Grubetsch, wenn man eine feste Stelle hat, eine eigene Familie?«

Von allen Menschen, dachte Martin, merkt dieser Grubetsch allein, wie müde ich bin.

»Was hat das für einen Sinn, immer arbeiten, Ihr müßt mal ausspannen.«

»Ja, wer das so könnte!«

Ich bin wirklich ganz elend, dachte Martin, erst jetzt merke ich, wie müde ich bin.

Auf einmal sagte Marie: »Er ist immer müde und ich niemals. Ich glaube, wenn ich ein Mann geworden wäre, ich hätte eine Stadt in einem Tag erbaut.«

»Nu, nu, nu.«

»Doch, eine ganze Stadt mit Häusern und Gassen.«

Der Grubetsch lachte. Ich möchte lieber allein mit ihm sein, dachte Martin, ihn ganz für mich haben.

»Heute, Grubetsch, ist kein Wein da. Wenn wir gewußt hätten, daß Ihr kommt ——«

»Ja, ich bin so hereingeschneit.«

Hereingeschneit, dachte Martin, es kann gar nicht so schlimm sein, kein Bett und keinen Tisch zu haben. Immer zu Gast, gar kein Gepäck, immer Feierabend.

Grubetsch legte seine Hand auf Martins Stuhllehne. Ich bin schon immer hier, dachte er, und Martin ist erst ein Jahr hier. Und gleich haben sich vier Wände um ihn gestellt, und eine Decke hat sich über seinen Kopf gelegt. Wenn ich das auch haben könnte. So vier Ecken, eine Lampe und eine Frau, eine ganz junge, stille, immer dieselbe, das ist doch das Beste, Anna zum Beispiel, die würde mir schon gefallen. Wenn ich das könnte, aber es geht nicht.

Im Dunkeln, auf ihrer Bank, hatte sich Anna aufgerichtet. Sie hatte die Knie unter der Decke zusammengepreßt. Alle Gesichter waren ihr abgewandt, aber ihr schien es, als ob der eine Punkt unter der Bettdecke laut schlagen würde, wie ein Herz, hörbar für alle im Zimmer. Sie schaute auf Grubetschs Rücken, breit und vorgebeugt, in der engen, blauen, zerschlissenen Jacke. Und auch als der Grubetsch gegangen war und die anderen sich schlafen gelegt hatten, fuhr Anna fort, die Stuhllehne anzustarren, wie vorher den Rücken.

Am nächsten Abend, Martin und Marie hatten sich früh gelegt, stand Anna auf und schlupfte heraus. Ihr war noch schwindlig, die Stufen tanzten unter ihren Füßen. Schon im Hausgang stieß sie auf Grubetsch. »Ich dachte mir wohl, daß du kommst.« Sie gingen hinunter. Die letzten Wochen war sie röter und kräftiger geworden, aber jetzt nach der Krankheit, als ob man ihr alles geliehen und wieder genommen hätte, war sie genauso wie im Sommer. Sie wurde schnell müde, ganz weiß wurden ihre Lippen. Der Grubetsch streichelte ihr Haar und Hände, das hatte er noch nie getan. Anna hielt den Atem an, sie fürchtete, irgendeine dieser Liebkosungen zu verscheuchen.

»Was gibt es denn da zu seufzen?«

»Ich habe dich lieber als meinen Bruder, lieber als meine toten Eltern, lieber als Gott im Himmel. Früher, Grubetsch, dachte ich mir, in diesem Hof muß man sterben. Jetzt möchte ich nirgends mehr anders hin. Alles Gute, was es gibt, hat es hier gegeben. Ach, Gott, jetzt geht schon die Laterne aus.«

»Nun, sie wird wieder angehen. Im Nu ist so ein Tag zu Ende, mir nichts, dir nichts.«

Aber plötzlich, Anna war schon aufgestanden, hielt er sie fest. »Nein, du hast recht, bleib. Du bist noch krank, wer weiß, ob du morgen kommst.«

»Bald ist der Winter rum, Grubetsch, dann kommt der Fluß.«

»Was für ein Fluß?«

»Wie! Der breite, lange, helle, glitzernde Fluß. Ja. Dann erst fängt alles an.«

»Was fängt an?«

»Ich weiß nicht, alles! Das ist noch gar nichts!«

»Ho, Anna, fühlst dich doch wohl bei diesem gar nichts! Hast dich gut eingewöhnt in dieses gar nichts.«

»Böse bist du, Grubetsch, geh weg.«

»Gut.«

»Grubetsch, so ein Floß – ist es groß? Ist es klein? Kann man darauf schlafen, darauf tanzen? Fährt es schnell? Wohin fährt es? Warum? Aber ich muß jetzt gehen. Sie stehen schon auf.«

»Nun, laß sie aufstehen, aber du bleib! Was hat denn so einer wie ich außer dir?«

An einem Sonntagmorgen trat Anna an den Kaffeetisch, über den eine frische Decke gebreitet war. Marie und Martin saßen schon, und zwischen ihnen stand ein großer Kuchen mit Rosinen, er war kaum angeschnitten. Schweigend bröckelten sie in ihren Tellern herum. Anna nahm ein großes Stück und fing fröhlich zu essen an. Die Wintersonne glitzerte durch die ebenfalls frisch gespannten Vorhänge, leckte die gescheuerten, nach Seife riechenden Dielen, funkelte auf dem Geschirr und auf Martins mürrischem Gesicht und legte sich breit über die Wand. Aus dem alten Schrank lockte sie einen wunderlichen Schatten, einen Hund, Schwanz und Schnauze, der saß auf der Wand. Annas Augen lachten, der war ihr wohl nachgelaufen, sie freute sich, dann sah sie sich verwirrt um, als ob sie sich verraten hätte. Da blieb ihr Blick an Mariens Gesicht hängen. Auch sie starrte auf die Wand, auch ihre Augen lächelten, eine Erinnerung machte ihre stolzen Mundwinkel weicher. Anna spürte eine Hand in einem Riß in ihre Brust hineinfahren, etwas herausholen und sie wieder zurückziehen. Einen kurzen Augenblick hatte dieser Riß weh getan, dann zog es noch ein wenig und war vorbei. Da wo die Hand hingegriffen, etwas herausgeholt hatte, war es jetzt leer, es war nicht angenehm und nicht unangenehm, es war gar nichts. Anna aß ihren Brocken Kuchen auf und trank ihre Tasse leer. Sie fuhr fort, Marie zu betrachten, ja, schön war Marie, fest geschwungen ihre schwarzen Brauen, ihre Augen glänzten, wie Wolken lagen in ihrem weißen Gesicht die dichten Wimpern; kräftig und warm war ihre Brust, und doch war sie fein von Wuchs, geschmeidig und gefügig. Die Hände, mit denen sie jetzt das Kaffeegeschirr zusammenräumte, waren weich und zart, kaum gerötet von Arbeit. Früher hatte Anna diese Hände mit

Widerwillen betrachtet, aber jetzt sah sie sie ganz gerne an. Sie schaute zerstreut durch das Zimmer, alles war sonnig und ordentlich, nirgends gab es etwas, um es mit Haß und Widerwillen zu betrachten. Und schließlich blieb ihr Blick voll Ekel an dem guten, müden Gesicht ihres Bruders hängen.

Am Mittag hatten sie ausgehen wollen, aber es wurde nichts daraus. Die Kälte schlug um in einen schmierigen Stadtschnee, der schnell zu Regen wurde, Kleider und Herzen aufweichend. Wie es dunkel wurde, schlich sich Anna hinunter wie immer. Sie wußte, daß es keinen Zweck hatte, aber ihr Herz war so gewohnt, um diese Zeit zu klopfen, daß es auch jetzt klopfte. Sie wartete, aber, obwohl sie genau wußte, daß es umsonst war, war es doch das alte, gewohnte, spannende Warten. Sie war ganz durchnäßt, aber es kam ihr unsinnig vor, hinauf ins Zimmer zu gehen. Die Nacht war schon angebrochen, es gab allerhand Lärm in Munks Keller. Das störte sie nicht, im Gegenteil, es war gut, daß es noch Lärm gab, sonst wäre es gar zu still auf der Welt gewesen. Auch daß die Laterne brannte, war gut, die warf ein Kreisrund auf das Pflaster, da hinein konnte sie sich stellen, da war sie geborgen. Die Häuser waren doch so hoch, nachts waren sie noch höher als am Tage, wenn man in diesen Schacht hineingeraten war, dann konnte man nicht mehr heraus.

Sebalds Frau kam herauf, sie erblickte Anna, mit triefendem Haar mitten in der Pfütze stehend, platzte heraus und rief: »Schau nur mal in den Keller!« Anna nickte, kauerte sich vor das Kellerfenster und schaute ernsthaft herein. Dann schnellte sie unters Licht und rief eifrig: »Martin, Martin!« Die Vorhänge wurden zurückgezogen, Martin schaute heraus.

»Martin, wo ist denn Marie?«

Martin sagte: »Bei den Nachbarn. Was ist denn?«

»Komm mal herunter, ganz schnell!«

Nach einer Weile erschien Martin, blinzelnd im Regen.

»Da schau mal, Martin!«

»Aber wozu denn?«

Die Stirne runzelnd über die Nässe, die seine Sonntagshosen beschmutzte, kniete sich Martin neben Anna und sah hinein. Vor dem Ofen saß einer der roten Zwillinge, das war nämlich der Harmonikaspieler, er schrillte und gilbste. Toni und der kleine

Blonde hopsten um ihn herum, nach jedem Takt die Köpfe aneinanderstoßend wie Böcke. Auf dem Tisch saß Sebalds Frau und Paul davor, den Kopf in ihren Röcken. Ganz hinten im Winkel saßen Grubetsch und Marie. Ihre Zöpfe waren um Grubetschs Hals gewunden. Ihre freie Brust schimmerte durch den Keller, beinahe durch den Hof. Martin stand nicht mehr auf. Er rutschte auf den Knien quer über das Pflaster, durch die Pfütze und die Treppe hinunter. Der Rote legte die Harmonika weg. Paul hob den Kopf, alle sahen sie erstaunt nach der Tür, auf den Boden, was da angekrochen kam. Marie erhob sich, gelassen schwenkte sie die Zöpfe zurück, bedeckte sich die Brust. Etwas bleicher war sie geworden, aber noch war das Lachen nicht ganz weg aus ihren Augen. Plötzlich vom Boden weg machte Martin einen Satz auf Grubetsch. Jemand hielt Martin an der Jacke, aber Martin legte nur die Arme um Grubetschs Hals, den Kopf an seine Schulter.

»Etwas Schreckliches ist mir heute geschehen«, schluchzte er, »du kannst dir gar nicht vorstellen, was mir heute Schreckliches geschehen ist.«

Grubetsch hörte mit geneigtem Kopfe zu, strich ihm mit der Hand übers Haar. Aber plötzlich besann er sich anders, packte ihn am Kragen und drückte ihn auf die Bank. Alle kamen an den Tisch. Grubetsch nahm die Flasche und stopfte ihren Hals in Martins Mund, so tief es ging. Martin sträubte sich und schluchzte. Sein Schluchzen wurde Husten. Dann wurde er still. Dann wurde er purpurrot, dann machte er eine dumme Bewegung mit der hohlen Hand, in die Luft, als ob er dort etwas auffangen wollte, was ihm davongeflogen war.

Marie war hinaufgegangen, sie hatte alle Schubladen aufgezogen, eine Menge kleiner Sachen lagen um sie her, und mit schnellen, geschickten Griffen ordnete sie dieses und jenes auf dem Tisch. Die Tür hinter ihrem Rücken ging auf, das waren Annas Tritte, sie zog die Brauen hoch.

»Ich bin's«, sagte Anna. Marie drehte sich froh überrascht um. Das war eine unerwartete Stimme, überhaupt, Anna hatte sich doch verändert, war erwachsen geworden, ein Mädchen. Schweigend trat sie an den Tisch, sah Marie mit zu.

Auf einmal, Marie räumte ihre Strümpfe in den Korb, sagte

sie: »Ach Marie, du hast so viele davon und ich nur die dicken, grauen von zu Hause. Willst du mir nicht ein paar dünne, helle lassen?«

»Aber gewiß, gerne«, sagte Marie froh.

Sie packte weiter, da sagte Anna: »Verzeih, wenn ich noch etwas bitte. Aber sieh, du hast so viele Unterröcke, laß mir doch den einen, grünen, bitte, bitte.«

»Freilich«, sagte Marie ruhig. Sie packte fertig, schloß den Korb ab, räumte alles im Zimmer auf, kleidete sich an, dann sagte sie zu Anna: »Sei nicht böse, aber weißt du, für eine Person wie mich ist so einer wie dein Bruder auf die Dauer zu langweilig.«

»Ich bin nicht böse, das verstehe ich sehr gut.« Sie reichten sich die Hand, sogar ihre Gesichter näherten sich, ganz nahe. Aber dann sahen sie eins im Auge der anderen, winzig wie Stecknadelspitzen, Pünktchen, böse, widerwillige. Sie ließen sich los und gingen voneinander.

Eine Woche danach wachte Anna mitten in der Nacht auf. Sie sah sich verstört um. Sie war allein, lag angekleidet quer über dem großen, weißen, noch zugedeckten Bett. Marie war ja fort, Martin seitdem noch nicht aus der Schenke heraufgekommen. Anna richtete sich auf. Warum war sie aufgewacht? Sie legte sich wieder hin. Aber so einfach war es doch nicht mit ihrem Weiterschlafen. Da war doch dieser Punkt an ihrem Leib, der begann sich zu wehren, der war wach und hungrig, der jammerte, der klopfte und klopfte durch das nächtliche Zimmer. Was fiel ihm denn ein, sich so anzustellen, alles war doch abgestorben, es gab doch kein Herz mehr, warum klopfte es so wie ein Herz? Seufzend und widerwillig und todmüde, wie man einem ungezogenen Kind nachgibt, stand Anna auf und trottete in den Hof. Es war wieder kälter, die Pfütze war ein bißchen gefroren, aber nur so, daß es gleich krachte und naß in ihre Pantoffel lief. Anna ging, die Hände auf dem Rücken, im Kreise herum, immer hinter ihrem Schoß her.

»So einer war das, ich weiß es ganz bestimmt, nur, nur, nur das hat er gewollt, nichts, nichts, nichts anderes.«

An der Kellertür stand der kleine Blonde, hatte kein Geld hinunterzugehen, wartete auf Toni. Anna bemerkte ihn plötzlich, er sah so gleichmütig drein, so verschlafen und vergeßlich, und so blaß und mager war er, das flößte ihr Vertrauen ein, noch fast ein Junge, vor ihm brauchte sich niemand zu schämen. Sie trat schüchtern zu ihm heran, zupfte ihn am Ärmel. Er blinzelte, leckte sich ein bißchen mit der Zungenspitze, sie stiegen etwas tiefer, drückten sich aneinander. Der Blonde war ängstlich, horchte immer nach dem Hof. Er ließ sie los.

»Weißt du«, sagte er, »ich verstehe mich nicht so darauf, aber es gibt doch noch andere hier, Gott sei Dank.«

Anna trottete wieder hinauf. Sie legte sich wieder über das Bett, auf den Bauch. Jetzt hätte sie wohl besser weinen sollen, sie machte also ein paar Bewegungen mit Hals und Schultern und Backen, fing an zu summen nach der Harmonika, die man ganz schwach hörte, und erwartete so den Morgen.

An einem Frühjahrsmorgen, Licht träufelte von irgendwoher auf die Dachkanten, von den Dachkanten auf die Fenstergesimse und von den Fenstergesimsen auf die Pflastersteine, lagen die roten Zwillinge und Toni und noch ein paar auf ihrem gewohnten Platz und versuchten, etwas von der Sonne abzubekommen, die man noch mehr witterte als schmeckte. Es war schon wieder ganz still. Der kleine Junge, der immer zu spät kam – du lieber Gott, wie eng und verschossen war heute morgen sein grünes Jäckchen –, trabte durch den Hof, eine Brotrinde kauend, es hatte sowieso keinen Zweck mehr, sich abzuhetzen. Dann kam nichts mehr. Das Kätzchen tauchte auf zwischen den Pflastersteinen, spielte mit den Sonnenringen. Die Frau, die ihr Bett ausgeschüttelt hatte, schaute, bevor sie zurücktrat, erst mal in die Luft. Der rote Strich quer über dem gegenüberliegenden Haus war röter geworden, wie alle Münder im Frühjahr.

Auf einmal hüpfte das Kätzchen zwei Schuhen entgegen, die in der Torfahrt auftauchten, zwei neuen Gefährten.

»Aber das ist ja Grubetsch!« sagte Paul bestürzt. »Wo kommt denn der her?« Alle drehten die Köpfe herum.

»Ei, Grubetsch«, sagte Sebalds Frau zuerst, da die Männer schwiegen. »Wo kommst denn du her mit Siebenmeilenstiefeln?«

Grubetsch setzte sich auf die Treppe, die beiden Zwillinge rückten auseinander. »Hat mich noch mal hergezogen.« – »Ja, aber du mußt doch schon an der Grenze gewesen sein.« – »Nun, und –« – »Und dann noch mal umzukehren, so mir nichts, dir nichts.«

Grubetsch krümmte den Rücken, stützte das Kinn auf die Knie und döste in die Sonne. Alle um ihn herum schwiegen und betrachteten, was sie gerade von ihm sahen. Auf einmal fing Grubetsch an zu lachen. »Wird sich schon lohnen, daß ich gekommen bin.« Er legte den Kopf auf die Knie, und die anderen betrachteten ihn wieder verdutzt und mißtrauisch.

Dann hob er wieder den Kopf und sagte: »Bald geh ich weg und komm dann nicht wieder vor Winter.« Er sah gerade in Pauls Gesicht. »Hör mal, Paul, wenn ich wiederkomm, ein bißchen ungemütlich war's doch zuletzt da drunten, dann kann ich wohl bei dir unterkommen?« Paul drehte an seinem Knopf. »Ja freilich kannst du, warum sollst du nicht können – aber weißt du, das ist so eine Sache, nämlich wir sind inzwischen zusammengezogen, die Frau und ich, eine richtige Familie sind wir, der Kleine ist ja auch da, und außerdem – jetzt bin ich stark auf Arbeit aus, und meine Frau hat so einen Bekannten, und ich werde schon was finden!«

»Nun gut, Paul, was redest du lange, vorerst kommt ja noch der Sommer.« Er stand auf und ging durch den Hof, auf Munks Treppe zu.

Sebalds Witwe sagte: »Paul, das hättest du nicht sagen sollen.« – »Quatsch, was sonst –« – »Nein, das hättest du nicht sagen sollen. Mit meinem ersten Mann war's genauso, zuerst eine ganz große Freundschaft, ein ganz großes Getue herüber und hinüber, ja weiß Gott, und was war das Ende?« – »Jetzt hör auf«, sagte Paul. »Dein Mann, der hat sich in ein paar rote Zöpfe verwickelt und ist drin hängengeblieben, das ist alles.« – »Das ist gar nicht alles, und du hättest nichts sagen sollen.« – »Jetzt halt's Maul, sonst – – –«

Paul zog die Brauen hoch und fing mittendrin zu lachen an.

Nämlich, Munks Treppe herauf kroch ein Mann und stieß fast gegen Grubetschs Knie. Grubetsch drückte sich und wollte ihn vorbeilassen. Der Mann, das war Martin. Komisch, die letzten Wochen waren seine Arme und Beine so schrecklich lang geworden, man hätte beinahe Knoten hineinschlingen können. Auch seine Kleider hatten so etwas Fahriges bekommen. Gar nicht wie Stoff, sondern wie nasses Papier. Sein Kopf streckte sich so weit vor, als ob er mit aller Gewalt diesem Elend von Körper davonfliegen wollte. Aber der unruhige, unsichere Blick seiner betrunkenen Augen wurde ruhig und sicher, als er Grubetsch erblickte. Ja, es war beinahe so, als ob seine Arme etwas einschrumpften, seine Kleider etwas steifer würden. Er wollte zuerst schüchtern um Grubetsch herum, aber dann besann er sich anders und kehrte zögernd zurück. Auf einmal sah er so aus, wie er immer ausgesehen hatte, vielleicht war das alles eine Täuschung gewesen, nur elender sah er aus, eingefallene Backen und vertragene Kleider.

»Aber da bist du ja wieder«, sagte er. »Und alle sagten, du wärst schon weg.«

»Ja, ich bin noch mal zurückgekommen.«

»Ach, das ist gut«, sagte Martin und trat dicht an Grubetsch heran. »Weißt du, Grubetsch«, seine Arme wurden wieder länger, und er wickelte sie um Grubetsch herum, »mir geht es nämlich sehr schlecht. Die anderen hier, weißt du, die verstehen das nicht so mit dem Schlechtgehn. Die meinen, wenn man nichts zu saufen hat, das wäre Schlechtgehn, aber das ist nicht so, wenn ich auch manchmal nichts habe, ich habe ja keine Stelle mehr, das ist ganz etwas anderes.«

»Schrei doch nicht so«, sagte Grubetsch und versuchte, sich weich aus Martins Armen herauszuwickeln. »Schau, der Hof ist voll Leute.«

»Das macht ja nichts, Grubetsch. Nicht so viel macht das. Laß ihn voll Leute sein. Also, das ist so mit dem Schlechtgehn. Zuerst meint man, es ginge einem darum schlecht, genau darum, aber dann kommt man dahinter, daß einem das Darum schon egal ist und daß es eben schlecht ist, weil es schlecht ist. Laß mich doch sprechen, Grubetsch, mit wem soll ich denn sprechen außer mit dir. Familie hab ich keine, und wenn ich auch hätte. – Das, was mir passiert ist, ist doch so was, worüber ich mich dann schämen würde. Anverwandte habe ich auch keine, also sag selbst, sprechen muß man doch mal, mit wem außer dir.«

Über ihm wurde ein Fenster auf- und zugeschlagen. Gleich darauf kam Anna durch den Hof gelaufen. Ihre Bluse rutschte aus dem Gürtel, die Brust aus der Bluse, sie steckte sie hinein, sie rutschte noch mal heraus, jetzt ließ sie sie hängen. Sie faßte Martin an der Hand und zog, Martin hielt sich an Grubetsch fest.

»Halt ihn doch nicht auf mit deinem Geschwätz«, sagte Anna.

»Aber siehst du denn nicht, Anna, er ist noch mal gekommen?«

»Ja, guten Abend, Grubetsch. Ärgert Euch nicht über sein Geschwätz.« Sie schleppte Martin hinter sich her, sie kamen durch die Torfahrt. Sebalds Frau rief ihr was zu. Anna stieß ihr mit dem freien Ellenbogen vor die Brust, die Männer lachten hinterher. Anna drehte sich herum und schnitt ein paar Gesichter.

Grubetsch sah ihnen aufmerksam nach. Er setzte sich auf den Boden. Wozu war er da, er konnte gleich gehen, zu holen war hier nichts. Aber daheim war er doch.

Jemand sah ihn an, er schaute sich um, niemand. Doch, da kauerte Sebalds Kleiner. Grau und winzig, wie irgendein Pflastersteinchen. Er starrte den Grubetsch an. Ungeheuer rund und aufgerissen waren seine Augen, rund und gierig waren auch seine feuchten Nasenlöcher, wie ein zweites Augenpaar, weil das obere nicht ausreichte. Die Sonne lag in zwei Tupfen in seinen Augen. In diesen Tupfen waren der Hof und die Fenster und Grubetsch. Grubetsch zwinkerte und schaute sich an. Da saß er zweimal da mit übereinandergeschlagenen Beinen in seiner durchlöcherten Jacke, aber die Löcher waren sonderbare Gesichter, und die Risse waren Mäuler.

Der Kleine rutschte weiter zu Grubetsch hin. Wie man Blumen hinter einem Gartengitter wittert, so witterte er mit seinen schwarzen sehnsüchtigen Nasenlöchern Fetzen und Risse, Wunden und Stiche, dort hinter dem Gitter der Erwachsenen. Auf einmal rief eine böse Stimme aus der Luft: »He, he, Sebald.« Der Kleine zuckte zusammen und zog quer über den Hof. Wie klein er schon gewesen war – er war noch kleiner geworden. So wenig auf seine schrägen eingefallenen Schultern gehen mochte, es lag doch Gram darauf.

Sebalds Witwe sagte zu Paul: »Geh und red was mit ihm, fang ihn ab.« Nach langem Hin und Her ging er hinunter. Er fand Grubetsch noch an demselben Fleck. »Ich habe Geld, habe Vorschuß, komm, Grubetsch, zu Munk hinunter.«

»Nein, wozu?«

»Ach Grubetsch, eigentlich hab ich sie schon satt, die da mit ihrem ganzen Anhang. Aber jetzt sind wir mal zusammen, und das Möbel war schon da.«

»Ordentlich dick bist du geworden, Paul, einen mächtigen Bauch hast du.«

»Ach wo, das macht die Weste.«

»Ja, richtig, das ist Sebalds Weste. Wir haben sie zusammen gekauft.«

»Ihr zusammen?« Komisch juckte die Weste auf Pauls Bauch.

»Ja, gib acht, daß sie dir nicht noch was anderes vermacht von ihrem verstorbenen Mann.«

»Grubetsch komm, gehn wir zu Munk.«

»Nein, sag ich doch.«

»Worüber lachst du.«

»Über dich, Paul. Dein Bauch wird noch mal so dürr sein wie Munks Laternenstange.«

»Was hast du bloß mit meinem Bauch.« Dieser Lump, dachte Paul, warum ist er nicht weitergeschwommen, warum ist er zurückgekommen. Paul schluckte.

»Was fehlt dir denn, Paul, sei fett oder dürr, wie du willst, mir ist's eins.«

»Also, Grubetsch, gehst du mit?«

»Nein, nein, nein.« Paul ließ Grubetsch stehn und machte sich davon, sein Hals war eng, wie mit einem Strick drum.

Ich bin doch der Hübscheste und Stärkste im Hof, dachte er. Viel hübscher und stärker als Grubetsch. Er stampfte auf mit seinem großen neuen Schuh. Aber das Pflaster war so weich heute abend, und die Schuhe knallten nicht.

An einem drückenden staubigen Sommerabend, das Gewitter war vorübergezogen und die Sonne drückte in den Hof wie ein Mörser in einen Tiegel, trat der Schlenker aus Munks Keller. Im gelben Sonnenschein lag der Hof vor ihm, jedes Staubkörnchen flimmerte. Da lag eine aufgerissene Blechbüchse. Die blähte sich und blinkte, ein fauler Geruch stieg aus dem Pflaster. Warum bin ich nur gekommen, dachte der Schlenker. Ich möchte daheim sein bei meinen Leuten. Nie mehr will ich her. Er machte einen Schritt in den Hof, seine Knie knickten, er heftete den Blick auf die Büchse, die glänzte grell und silbern, seine Augen ekelten sich. Die Sonne drückte, als ob sie ihn ins Pflaster drücken wollte. Er war naß vor Schweiß. Er machte ein paar Schritte vorwärts, aber dann – nein, unmöglich war es, über diesen gelben Hof zu gehn, leichter über einen See. Ich habe Angst, dachte der Schlenker, aber es ist nicht die rechte Angst. Er trocknete sich den Schweiß ab.

Er sah wieder auf die Büchse, die drüben in der Sonne schwamm, da juckte ihn etwas am Rücken, jemand besieht mich, ist hinter mir her. Er durfte nicht stehenbleiben, die Angst trieb ihn mitten in den See, er machte die Augen zu, die Sonne drückte verrückt, aber eiskalt, jetzt war er bei der Büchse, dann konnte er nicht mehr weiter, er gab es auf, er ging unter, so war es gut, aus allen Fenstern sahen sie mit zu, wie er unterging, aber einer verfolgte ihn, war immer hinter ihm her, der ließ ihn nicht untergehen. Die Angst trieb ihn weiter, da drüben war der Hafen, die schwarze Torfahrt, vielleicht war das Glück ihm gnädig. Der hinter ihm trieb, er war schon nah, der Schlenker rang, ein bißchen Hof noch, aber so tief, da schwammen Papierschnitzel und Kirschkerne, wer so leicht schwimmen konnte wie die. Er holte aus, jetzt war er da, wie ein schwerer kühler Mantel hing das Tor um ihn. Hier war es kühl und dunkel, er atmete auf. Gleich war er auf der Gasse, da fiel ihm ein, von der Gasse her war dieser dünne Lange das letztemal gekommen, er hatte ihn gewiß auch diesmal hereinkommen sehn, jetzt stand er draußen am Eck, paßte ihm auf. Nie mehr komme ich heim, sagte der Schlenker vor sich hin. Er erschrak. Zurück konnte er nicht mehr, das beste war hierzubleiben, versteckt im Dunkeln. Er setzte sich auf den Boden, das hatte er noch nie getan. Er fuhr zusammen, er hatte irgendwo ein Geräusch gehört, vielleicht der eine, der hinter ihm her war, aber hier war es dunkel, er hatte ihn aus den Augen verloren. Ganz vorn war ein dünner Lichtspalt, da lauerte der andre, aber umsonst. Der Schlenker blieb sitzen für immer und ewig. Hier war es so kühl, und obendrein, man konnte die Kiefer hängenlassen, niemand sah es. Er hatte auch Zeit, er konnte mal gründlich sich alles ausdenken. Er dachte an Zuhause, da warteten sie jetzt auf ihn, mochten sie warten, er hatte lange genug gewartet, er hatte gewartet auf hundert lustige Dinge, auf Tänze und Atemholen, nun saß er hier. Langweilig war das Haus, langweilig das Bett. Er dachte an seine Frau, seine Töchter, besonders die eine, große, die er gern mochte. Aber hier war es so kühl und dunkel, er dachte nach, er hatte sie gar nicht gern, sie war so dumm und dünn und geputzt, er faßte sie am Hals, trat ihr gegen die Beine, trat, trat. Er wischte sich den Schweiß ab, dachte noch mal an alle. Aber er konnte sich nichts mehr vorstellen, nicht mal die Frau, die war klein und fett, mehr wußte er nicht. Nur eins sah er vor sich, das war der Hund, der winzige weiße mit rosa Schnauze, der lag unterm Tisch und wedelte. Er war rein und flockig, der Schlenker haßte ihn, er ließ seinen Zorn an ihm aus, er quälte ihn, er sengte seinen Schwanz. Der Hund winselte, er quälte ihn noch mehr, ganz erschöpft war der Schlenker.

Er seufzte erleichtert und hob seine an die Dunkelheit gewöhnten Augen. Da saß dicht vor ihm ein Mann, die glänzenden Augen fest auf ihn geheftet. Er hatte gewiß schon die ganze Zeit dagesessen, hatte alles gehört, alles gesehen.

Der Schlenker schlug nach hinten auf, ohne einen Laut von sich zu geben. Sein Mund war weit offen, zu einem Schrei, der gewiß der wildeste und sonderbarste seines Lebens geworden wäre, wenn er dazu gekommen wäre, ihn auszustoßen.

Grubetsch war die Treppe hinaufgegangen, aufs Geratewohl zuerst, dann durch den Flur, dann stand er vor der Tür. Er klopfte an, Martin rief: »Herein!« Als ob ein Dunst wegging von seinem verschwollenen, verquollenen Gesicht, und Augen und Nase und Lippen steigen auf – so war es.

»Setz dich, Grubetsch.«

Martin nahm ein Bündel Kleider von einem Stuhl, warf es auf das Bett. Grubetsch sah sich um. Aus irgendeinem Grunde hingen die Vorhänge von der Stange in Streifen herunter, als ob jemand mit einem großen Kamm durchgefahren wäre. Lahm waren Tisch und Stühle, blind die Fensterscheiben. Aber es gab auch Sachen, die vorher nicht dagewesen waren. Der Leimfang an der Lampe, in dem die Fliegen surrten, Ansichtskarten gegen die rissige Tapete gelegt, sogar ein neuer Spiegel neben dem alten, gesprungenen, der noch aus ebenfalls unbekanntem Grund hängengeblieben war.

»Es ist gut, daß du gekommen bist, Grubetsch«, sagte Martin, seine Arme wuchsen schräg über den Tisch und gelangten zu Grubetsch, »wie gerufen bist du gekommen, ich fürchte mich.«

»Fürchten, wovor denn fürchten?«

»Es gibt immer was zu fürchten; wenn man allein ist, fürchtet man sich vor allem. Heute soll doch der Schlenker kommen, jemand hat ihn gesehen. Wie, wenn er selbst zu mir kommt – ich kann ja nicht zahlen, wenn er kommt, und ich bin allein, was dann. Nicht wegen dem Zahlen, mir ist alles eins. Aber wenn er so kommt, und ich bin allein – nein, ich fürchte mich vor ihm, hast du mal seinen Daumen gesehen, Grubetsch?«

»Hier hast du Geld, Martin, wenn er kommt, gib's ihm und fertig.«

»Ach Grubetsch, so schöne, blanke, runde Dinger.«

»Was macht das, ich brauch's auf nichts. Nicht auf Essen, nicht auf Weiber. Komm, laß mich mal ausruhen.«

Martin warf das Bündel Kleider vom Bett auf den Boden. Grubetsch legte sich quer über das Bett.

Soll er sich nur legen, fest legen, dachte Martin, daß ich nicht allein bin. Ich will die Augen zumachen, mich nicht regen, dann meint er, ich schlafe, läßt mich liegen. – Ich will ans Fenster gehen, gar nicht nach ihm sehen, dann wird er sich nicht regen, wird bei mir liegenbleiben.

Was ist das dort unten, dachte Martin, was für ein Lärm und Laufen? »Aber das ist ja der Schlenker!« rief er plötzlich. »Grubetsch, da tragen sie den Schlenker! Ei schau, den Schlenker!« – Jetzt hat Martin keine Angst mehr, jetzt kann ich gehen, jetzt will er hinunter, was Neues ansehen. – Warum habe ich's nur gerufen, dachte Martin, jetzt wird er gehen wollen, was Neues ansehen.

Aber Grubetsch blieb liegen, schwieg. Martin blieb auch und schwieg auch. Er legte den Kopf aufs Fensterbrett. Nach einer Weile stand Grubetsch auf, Martin war eingeschlafen, die Kante schnitt ihm in den Backen, vorsichtig legte Grubetsch den Kopf zurecht, dann schlich er auf den Zehenspitzen hinaus.

Drunten in der Tür saßen die beiden roten Zwillinge, die Köpfe aneinandergelegt. Sie rückten auseinander, ließen Grubetsch durch. Sie steckten hinter ihm die Köpfe zusammen.

»Wie lange bleibt er?«

»Weiß nicht.«

Grubetsch drehte sich plötzlich um, setzte sich zwischen sie.

Heiß war es noch immer, schläfrig war er, rund um ihn herum war es auf einmal so still und leer. Über seinem vorgewölbten Rücken warfen sich die beiden Roten einen Blick zu.

»Jetzt muß ich runter«, sagte einer zum andern. Sie standen auf, der Grubetsch sah ihnen nach, so kahl war es rechts und links.

Von der andern Seite her kam Sebalds Witwe. Ihre Bluse stand offen, obwohl nichts Besonderes an ihrem mageren Hals war. Fest zugezogen war der Gürtel, spitz die Schuhe, hell die Strümpfe. Gott weiß, auf was für Tänze sie an diesem gleichgültigen Sommerabend gerüstet war. Sie zog den Kleinen hinter sich her, erschöpft und traurig ließ er sich schleifen von diesem zähen, bösen Strick von Arm. Er stolperte über die Blechbüchse, er hätte sie gern angeschaut, der Arm zog ihn weiter. Er erblickte den Grubetsch da drüben an der Tür, er zerrte verzweifelt an diesem Arm, seine Mutter hatte den Blick auf Munks Treppe, sie war in Gedanken schon drunten, sie hatte vergessen, daß da was an ihrem Arm schleifte. Die beiden Roten kamen daher. Alle drei blieben stehen, schwatzten und lachten. Die Zwillinge fingerten an ihrem Ärmel, ihrem fahrigen Haar. Da brauchte sie auch ihre beiden Hände. Sie vergaß den Kleinen, der rannte quer über den Hof zu Grubetsch.

Grubetsch hob den Kopf. »Nu?«

Der Kleine kam dicht an ihn heran.

»Mach nochmals so wie neulich.«

»Was denn?«

»So.«

»Ach so!« Der Grubetsch legte ihm die Hand unters Kinn. »Da. Was noch? Eine Nuß?« Der Kleine schüttelte den Kopf. Er legte eine Hand auf Grubetschs Knie, suchte an ihm herum. Auf einmal wurden seine Augen rund, er tappte mit dem Zeigefinger auf einen Knopf, der Grubetschs Jacke zusammenhielt, ein dikker Knopf aus Perlmutter. Grubetsch lachte, er zerrte daran. Der Kleine sperrte den Mund auf, seine Augen wurden dunkel vor Erstaunen, der Grubetsch riß den Knopf ab, die beiden Hälften seiner Jacke fielen auseinander von der bloßen Brust, das kümmerte ihn nicht, er gab dem Kleinen den Knopf.

Da rief plötzlich eine böse Stimme über den Hof. »He, Sebald, he!« Der Kleine fuhr zusammen, so schrecklich, daß es für sein dünnes, durchsichtiges Körperchen beinahe zu viel war. Er schlich zu seiner Mutter zurück, die schlug auf ihn los, sie schwatzte schon mit den beiden Roten, ihre Hände pufften und schlugen noch weiter.

Grubetsch fragte: »Sag mal, Anna, wo ist die?«

»Gerade vor ein paar Tagen ist sie weggezogen! Aber nicht weit, ins Eckhaus, das ist doch besser so.«

Am Abend ging Grubetsch die Gasse entlang, wurde hereingelassen. Er fragte nach Anna, ging hinauf. Sie stand angekleidet da, im Kommen oder im Gehen. Der Grubetsch sagte nicht mal guten Abend, schaute in eine Ecke. Anna lief durch das Zimmer, er sah auf, kleine, helle Punkte standen in seinen Augen. Er sah sie an, ihre kleinen, zerdrückten Brüste, der kleine graue Bauch mit den blauen Flecken, rote, gepreßte Füße – nichts war übriggeblieben als der schwärzliche, dreieckige Schatten da unten von damals. Der Grubetsch schaute, hatte einen Riß durch und durch, beinahe so schrecklich wie Freude. Er nahm sie. –

Dieser Grubetsch versteht es doch besser als die anderen, dachte Anna. Auf und ab ging es. Jetzt hol ich das Letzte heraus. Gleich wird es zu Ende sein.

Anna kniff die Augen zusammen, aber sie erkannte nichts, weit weg war das Gesicht, tausend Meilen weit. Nebel war dazwischen, undeutlich und verschwommen darin dies und jenes, glitzerndes Wasser, Wolken, Häuser am Ufer. Da ist noch was an ihrer Stirn, das muß ich haben, und da ist noch was in ihrem Leib, das muß weg, das gehört mir.

Das ist ja alles ganz recht und schön, dachte Anna, aber wenn er doch endlich aufhören würde, ich bin so entsetzlich müde.

Wie er zurückkam, da war der Hof schon voll. Die Sonne glitzerte schon frech auf den grauen Gesichtern der Arbeiter, die noch erschöpft von gestern waren. Gar kein Abfall kam aus diesen Gesichtern für die jungen Dinger, die vornher trippelten, verdrossen und bitter, in ihren bunten Kitteln, die noch verschwitzt von gestern waren. Nun gerade erst recht drückte die Sonne der Frau den Wäschekorb auf den Kopf. Nur ein paar Schulkinder hüpften herum, sie wußten noch nicht, was die Sonne war, hielten sie für was Glitzerndes, Gelbes. Da kam auch Paul daher, er war so stark und großartig, ihm tat das alles nichts, er hatte eine neue Bluse, er ging zum erstenmal auf Arbeit, allein und breitspurig ging er, als ob er was Besonderes vorhätte. Er kam an Toni und den anderen vorbei, die lagen schon auf dem Pflaster, lachten. »He, Paul!« Paul wurde ein wenig matter, als ob er sich seines Vorhabens schämte. In der Torfahrt stieß er auf Grubetsch. Was kommt er ausgerechnet einher, wann wird er mal endlich fahren, der Hund.

Grubetsch legte sich hin. Kurz hinter Pauls Rücken kam seine Frau, lachte, schwänzelte auf die Gasse. Grubetsch stand wieder auf, sah hinaus, da klebte etwas am Fenster, hoch droben, was Kleines, Weißes. Grubetsch winkte hinauf: Komm herunter.

Nach einer Weile schlich der Kleine, ein winziges Pünktchen, über den gelben Hof. Grubetsch nahm ihn bei der Hand. Sie gingen nach Munks Treppe, die anderen schielten.

»Da ist der Knopf«, sagte der Kleine. »Der is mir, den geb ich niemand.«

»Ja, was klemmst du die Augen zu?«

»Hier ist so grell.«

»Gehen wir hinunter.«

Drunten schaute sich der Kleine neugierig um, aber nicht viel, er legte den Kopf auf Grubetschs Knie, sah hinauf, an ihm gab es mehr zu sehen.

»Willst du bei mir bleiben?«

»Ja.«

»Willst du mit auf den Fluß?«

»Ja.«

»Deinen Husten wirst du verlieren, Kleiner, dein dünnes Hälschen. Einen wilden Teufel, einen gerissenen Lumpen will ich aus dir machen.«

»Ja.«

Auf einmal verzog sich das Gesicht des Kleinen in kläglicher Angst. Der Grubetsch folgte seinen Augen nach dem schmalen Hoffenster. Man sah zwei Beine über das Pflaster gehen. Sie kamen auf schwarzen, spitzen Dingern und steckten in hellen, dünnen Strümpfen.

»Das ist meine Mutter«, sagte der Kleine verzweifelt, »jetzt muß ich rauf.«

Am Abend kam Paul von der Arbeit heim mit geschwollenen Füßen. »Ich bin gar nicht gewohnt an soviel Laufen, und Fahren lohnt sich nicht.« Seine Frau kam herunter, sie legte die Arme um ihn, er war so fest und braun, gut, daß er zurück war.

Auf einmal sprang die Frau hoch, Paul humpelte ihr nach, die Stiege hinauf. Sie klappten kaum die Tür zu, legten sich aufs Bett. Im Zimmer war es noch heißer als im Hof, auf dem Herd brotzelte etwas. Die Frau stand auf, setzte sich vor den Tisch und legte den Kopf darauf. Vom Herd kam ein leiser angebrannter Geruch. Paul stand auch auf, setzte sich auch vor den leeren Tisch, der Geruch wurde stärker und erfüllte das Zimmer. Paul wollte noch mal aufstehen, ein Zipfel nasser Wäsche, die quer durch das Zimmer gespannt war, schlug ihm in den Nacken, er setzte sich wieder. Er sah die Frau an, da saß sie im hellen Sonnenlicht, alt und mager, mit ihren roten Flecken. Plötzlich erfaßte Paul eine rasende Wut. Aber gleich hatte er eine leise Übelkeit im Kopf, im Halse, etwas Widerwärtiges, Neues, was er noch nie gespürt hatte. Er bekam Angst und duckte sich. Da fiel sein Blick auf den Kleinen, der stand regungslos am Fenster, auf den Fußspitzen.

Sein kleiner Kittel war über dem Rücken geplatzt, spitz und mager stach das Schulterblatt heraus.

Drunten im Hof stand der Grubetsch und winkte. Der Kleine schüttelte traurig den Kopf. »Ich möchte schon, aber sie lassen mich nicht.« Der Kleine winkte zurück und lächelte ein wenig.

Auf einmal stand Paul auf und riß ihn zurück. Er fing an, auf ihn loszuschlagen, seine Wut wurde zur Verzweiflung, und er schlug, als ob ihm das nützen könnte. Draußen schaute Grubetsch nach dem leeren Fenster und drehte sich langsam um. Er ging auf die Torfahrt zu, da lagen sie zu viert. Gerade stand Toni auf, der Blonde schlürfte hinter ihm drein. Auch die Zwillinge standen auf, eins sagte zum andern: »Magst du leiden, wenn er sich zwischen uns setzt?«

Grubetsch legte sich in die leere Torfahrt.

Paul hatte den Gürtel umgeschnallt, er stand schon in der Tür, plötzlich hob der Kleine, der noch auf dem Bett lag und mit den Fingern spielte, den Kopf und sagte: »Laß mich auch runter, nur heut noch mal.« Paul sagte: »Nein.« Der Kleine machte einen Laut, ohne Zähne, ohne Lippen, kein Knurren, kein Schluchzen.

Paul drehte sich um, hob die Hand, der Kleine ließ die Mundwinkel sinken, eben war sein Gesicht klein und dumm gewesen, jetzt war es alt und finster. Paul senkte die Hand, lief hinaus und schlug die Tür zu. Nachher schlüpfte die Frau in die Schuhe. Jetzt kroch der Kleine aus dem Bett, faßte ihren Rock.

»Laß mich herunter.«

»Nein.«

»Doch, doch.«

»Nein.«

Die Frau zog den Schlüssel aus dem Schloß, der Kleine kam dicht heran, er hatte Angst in den Augen, aber er zwinkerte doch listig. Er schob sich in den Türspalt. Da faßte ihn die Frau mit einer Hand, drückte ihn zurück. Die Tür schlug zu, der Schlüssel krachte. Einen Augenblick blieb der Kleine betäubt stehen, dann weinte er auf, aber es blieb ihm nur im Hals stecken. Es war heiß und halbdunkel, das Fenster war geschlossen, die Läden angelehnt. Ein Gitter aus dünnen Sonnenstreifen lag auf dem Boden, Schatten reckten und streckten sich. Der Kleine fing an, sich zu fürchten, da kam gerade sein Husten, er legte den Kopf auf die Bettlade und hustete still und geduldig. Dann kam ihm ein Einfall, er legte sich selbst die Hand unters Kinn, das war gut. Dann holte er den Knopf aus der Tasche, er glitzerte, er hatte zwei Löcher, zwei Eingänge, man konnte hineingehen, drinnen glitzerte es wie außen, er hatte keine Ähnlichkeit mit diesem Zimmer oder mit irgendeinem, das er je im Hof gesehen hatte. In der Ecke saß der Grubetsch, in seiner blauen, durchlöcherten Jacke, er war der Herr im Hause. Auf einmal krachte der Schlüssel, der Kleine steckte blitzschnell den Knopf in den Mund, dann in die Tasche. Die Frau kam, schlug die Läden zurück. Der Kleine zog die Stirn kraus, das war viel zuviel Licht, das tat weh. Gleich kam auch Paul, die Frau rührte etwas in einer Pfanne, sie setzten sich. Sie zogen den Kleinen vom Bett auf den Stuhl. Der Kleine betrachtete mit Widerwillen seinen Teller, auf einmal richteten sich seine Mundwinkel auf, er spitzte die Ohren, sprang ans Fenster. Pauls Arm holte ihn ein, er fing an zu schlagen, gar nicht verzweifelt wie das letztemal, frische, muntere Schläge; der Kleine fing zu husten an. Paul hörte auf, der Kleine lächelte verlegen.

Morgens stieß der Grubetsch auf Sebalds Witwe.

»Wo ist der Kleine?« Die Frau sah ihn böse an. Aber dann holte sie Atem und erzählte bereitwillig. »Ich habe ihn weggebracht. Erstens, Paul hat ihn nicht mögen. Er erinnerte ihn immer an meinen Mann, das tat nicht gut; zweitens, es ist so heiß, und er hustet, und da ist eine Schwester von meinem ersten Mann vor der Stadt, da ist er ——«

Sie sahen sich an. Sie trat dicht an ihn heran. Sie putzte ihr Gesicht rot auf. »Mir ist alles eins«, sagte sie, »was kann ich dazu, daß es so heiß und langweilig ist.« Da merkte sie, daß Grubetsch gar nicht sie ansah, sondern das Kätzchen hinter ihr auf dem Fenstersims. Sie lief zornig weg.

In der Nacht kam der Grubetsch über den Hof. Er ging fort. Es war kühl und still. Seine Schritte schallten, irgendwo oben hustete jemand, dann war es vollkommen still. Er war schon an der Torfahrt, da hörte er in der Luft ein dünnes, klägliches Stimmchen. Er sah hinauf, da war vielleicht ein kleines weißes Fleckchen, er sah schärfer, nichts war, blind und dunkel war das Fenster, wie alle übrigen. Da ging er fort, widerwillig und unschlüssig.

Irgend jemand, der keinen Schlaf hatte, vielleicht der mit dem Husten, hörte die Tritte und sah heraus. Morgens sagte er denen auf dem Flur: »Der Grubetsch ist weggegangen!« Am Abend wußten alle davon. Wie Paul in den Hof kam, lief ihm seine Frau entgegen. »Weißt du schon, der Grubetsch ist weg!« Paul nickte, heute war es schon besser als gestern, die Füße waren weniger geschwollen, die Hitze hatte nachgelassen, oder man war gewöhnt dran. Seine Frau lief von ihm weg zu den anderen, sie war sehnig und flink und gar nicht so übel, das sah man auch in den Augen der roten Zwillinge.

»Mein Kleiner«, erzählte sie, »der ist nämlich droben, der ist gar nicht weg, den hab ich eingesperrt.«

Paul lachte. »Du bist schlau!«

Sie drückten sich aneinander, alle rückten sie ganz dicht zusammen. Dann sprang Paul auf, sie drehte sich um sich selbst. Der eine Rote wiegte den Kopf, seine Harmonika lag drunten bei Munk, aber er zog mit den Händen die Luft auf und nieder und brummte dazu. Gar zu lange war es drückend und verdrießlich gewesen. Freude mußte man herbeilocken, wenn sie nicht von selbst kam. Der Rote zog und brummte, Pauls Frau drehte sich schneller, ein paar machten mit, andere ärgerten sich, aus den Fenstern hängten sie die Köpfe, Munks Laterne ging an.

Munk hatte gesagt: »Hier kann nur bleiben, wer was bestellt, ich bin kein Pfarrer, hier ist keine Kirche, ich kann nicht alle aufnehmen.«

Von Zeit zu Zeit kam ein Neuer, hinter sich einen Türrahmen voll Dunkelheit und Kälte. Einen Augenblick stand er ratlos, betäubt und geblendet, fiel steif auf die Bank und fing plötzlich, berauscht von Lärm und Wärme, selber zu lärmen und zu lachen an. Mancher setzte sich gar nicht, sog sich nur mal voll und stürzte zurück auf die Gasse. Der Rote spielte immer schneller, als ob er verbergen wollte, daß schon mehr gingen als kamen, daß die Lichter abgedreht waren und der Ofen kälter wurde. Gähnend stellten die Mägde die Stühle auf die Tische und fegten den Boden. Der Rote blieb auf dem Tisch sitzen und spielte weiter in einem Spinnweben von Rauch. Um ihn herum wiegten sie die Köpfe. Wenn er nur nicht aufhört!

Da ging die Tür doch noch mal auf. Noch einer kam mit frischer Kälte und ganz hellem Tageslicht. Das war der Grubetsch. Der Rote brach ab. »Guten Morgen!«

»Spät dieses Jahr!«

»Ja!«

»Das ist eine Kälte!«

»Ja!«

»Setz dich und trink!« Der Grubetsch setzte sich, rieb sich die Hände. Dann trank er. Alle sahen ihn an und dachten: Wen wird er jetzt ansehen?

Der Grubetsch sagte: »Spiel weiter, Roter!« Der Rote fuhr zusammen. Etwas Dünnes, Klägliches kam aus der Harmonika. »Spiel weiter!« sagte der Grubetsch. Der Rote spielte, das waren so zerbrechliche, bebende Töne, er hatte Angst vor seinem Lied. Er brach ab, ängstlich sah er auf den Grubetsch. Aber Grubetsch merkte gar nichts, er sagte: »Nun, was gibt's Neues, Paul?«

»Nichts, was soll es geben, Arbeit hab ich keine mehr.«

»So.«

Dann sagte Paul: »Hier ist ein Knopf, der gehört dir.«

»Ach ja.«

»Er ist nämlich gestorben, der Kleine!«
»Wann denn?«
»Im Sommer.«
»Bei der Tante?«
»Bei welcher Tante? Ach so, ja, bei der Tante.«

Grubetsch schwieg. Dann sagte er: »Dann habt ihr wohl auch eine Schlafstelle?«

Pauls Frau sagte schnell: »Ach nein, Grubetsch, weißt du, der Rote, der Kleinere, der schläft jetzt bei uns.«

»Ach so.« Grubetsch sah auf den Roten, der zog die Schultern hoch. Grubetsch trank sein Glas leer, nickte und stand auf. Hinter ihm steckten sie die Köpfe zusammen. Der Grubetsch drehte sich um, ihre Köpfe fuhren auseinander, aber der Grubetsch nahm nur den Knopf vom Tisch, den er liegengelassen hatte, und steckte ihn ein. Dann ging er.

Paul schrie plötzlich auf: »Man sollte einen Nagel in seine Luke schlagen, daß er nicht mehr herauskann.« Seine Frau sagte: »Kannst dich ja draufsetzen.«

Munks Ofen war aus, die Mägde schon lange fort. Die Sonne blinkte durch die Kellerfenster, die sonderbare Wintersonne, die hier- und dorthin rote und gelbe Flecken malte, die nach wunder was aussahen. Die Kälte tat weh wie Hundebisse. Paul sagte: »Komm.« Er lief hinaus, seine Frau hinter ihm drein. Mit zugepreßten Lippen stiegen sie durch den Hof, die Treppe hinauf. Dumpfe, alte Kälte schlug ihnen entgegen, grau und erfroren hockten Herd und Möbel. Sie legten sich auf das Bett, faßten sich an, ließen sich los, faßten sich wieder an, ließen sich wieder los, faßten sich wieder. Sie hatten keine Lust, aber eine Faust faßte sie von außen, stieß sie ineinander, wie sehr sie sich wehrten. Nachher setzte sich Paul auf, er war etwas wärmer, sah sich um. Er blickte auf den Tisch, ein öder, kahler Tisch, nichts war drauf als eine dünne runde Eiskruste, wo gestern der Topf gestanden hatte.

Die Frau fing an: »So ein Winter, den hätte der Kleine sowieso nicht ausgehalten, wie?«

Paul erwiderte: »Das kann man nicht wissen.«

Irgend jemand fragte den Roten: »Ist eigentlich der Grubetsch da, oder ist er nicht da?«

Der Rote sagte: »Er ist da.«

Pauls Frau sagte: »Wenn er da ist, soll er schon mal kommen.«

Paul sagte wütend: »Warum kommt er nicht?« Der Rote sagte: »Da drunten ist er. Er schnauft und raschelt.« In der Nacht wachte Paul auf. Er fuhr hoch, es war kalt und finster. Er hatte etwas in der Kehle, etwas Wehes, Widerwärtiges. Er tappte, die Dunkelheit würgte ihn, er bekam Angst, lief ans Fenster. Er hing sich hinaus, die Kälte schnitt wie ein Messer, er starrte durch die Nacht auf einen Fleck, auf Munks Treppe. Auf einmal sah er: Gegenüber war noch ein Fenster auf, und noch jemand hing sich heraus und starrte nach demselben Fleck. Schräg unterm Dach war noch ein Fenster auf und noch ein Gesicht: der Rote. Paul legte sich wieder, er weckte seine Frau. »Der Grubetsch, was glaubst du?« – »Was weiß ich?« Die Frau schlief wieder ein. Paul horchte in seine Kehle, jetzt war das Widerliche weg von dort, es war auf einmal in der Stirn. Paul fing leise zu pfeifen an, um zu prahlen vor der Angst, die dort hinten im Dunkeln saß und ihn beobachtete.

Drunten lag der Grubetsch und schlief. Wozu sollte er dort oben herumschlendern? Mochten die Zwillinge rotes oder schwarzes Haar, mochte Paul seinen Bauch fett oder mager tragen, was lag ihm daran? Grubetsch schlief weiter. Wenn Munks Ofen ausging, kam die Kälte, da wachte er auf. Die Kälte stieg ihm von den Zehen zu den Knöcheln, von den Knöcheln zu den Knien. Hätte er deshalb hinaussteigen und mit den anderen stampfen sollen? Er hatte ja Zeit. Es würden schon mal Schritte über seinem Kopf auf der Treppe sein, neue unbekannte. Dann konnte er noch immer hinaufgehen, in der Torfahrt oder im Flur, im Hof oder auf der Treppe würde jemand ihn im Vorübergehen mit dem Ärmel streifen. Irgendwo würde dann schon ein Ofen um seinetwillen angezündet, ein Band durchs Haar gezogen werden. Vielleicht kamen schon im nächsten Augenblick solche Tritte über das Pflaster. War es da nicht besser, allein zu liegen und die Kälte von den Knien zum Gürtel steigen zu lassen? Er setzte sich auf und schwenkte leise den Oberkörper hin und her, wie auf dem Flusse. Dann schlief er wieder ein.

Sie trafen sich alle auf der Treppe. Der Rote sagte: »Kälte im Hof ist besser als Kälte im Zimmer.« Sie drückten sich in einen Klumpen.

Plötzlich fing Pauls Frau zu prahlen an: »Komm doch, Grubetsch, komm! Sebald ist weg, der Kleine ist weg! Ich bin kein Schlappschwanz, ich bin zäh, mir ist alles eins. Es ist lustiger, wenn du da bist, komm! – Mir liegt an nichts was!« –

Paul gab ihr einen Tritt, sogar der Blonde hatte etwas wie Verachtung in seinem graublonden, eingefrorenen Gesicht. Er hatte den Arm um Tonis Hals, zwischen zwei Fingern hatte er sein blaues Ohrläppchen, viel war es nicht, was er zu verlieren hatte, aber doch besser als gar nichts.

Sie sahen schweigend vor sich hin. Paul dachte: Alle frieren, alle haben Angst. Aber ich habe doch noch was Besonderes für mich, dieses widerwärtige Ding in der Kehle, das hat keiner, nur ich allein. Er sah nach rechts und nach links, hier war Toni und dort der Blonde. Sie sahen stumm vor sich hin, als ob sie irgendeinem Gedanken nachhingen, durchdringender als Kälte und Hunger.

Wer weiß, dachte Paul, die haben vielleicht auch so was in der Kehle oder woanders.

Eines Nachts wachte der Grubetsch auf von einem unbestimmten Lärm hinter der Bretterwand. Die Harmonika spielte, und die Fäuste schlugen den Takt auf den Tisch, die Füße auf den Fußboden.

Immer schneller flog die Harmonika, wie ein Blasebalg. Funken stoben gewiß nach allen Seiten. Irgend etwas mußte in ihre Glieder gefahren sein, ein neues, unerwartetes Glück mußte plötzlich in Munks Keller aufgetaucht sein, eine wilde, unsinnige Hoffnung mußte einen Umschwung in den Herzen bereitet haben. Der Grubetsch horchte gespannt, so eine Hoffnung mußte das sein, daß es ihn beinah ansteckte. Er erwartete, daß die Bretterwand reißen und alles vor ihm stehen müßte. Er hatte plötzlich Sehnsucht nach diesem Geruch von Schweiß und Rauch, von Essen und Atem, der den Keller erfüllte wie der Geruch von Stroh und Fell einen Schafstall. Solches Verlangen hatte er nach diesem Geruch, daß es fast eine Qual war.

Er hatte auch Lust nach Munks Licht, er hatte Angst, daß dieser niedergebrannten trüben, gelben Laterne etwas zustoßen möchte, bevor er seinen Kopf daruntergesteckt hatte. Er fürchtete, die Leute möchten auseinandergehen, bevor er sich zwischen sie drücken könnte, rechts und links ihre Schultern und Hüften spüren. Einen Augenblick lag er regungslos, er dachte, das müßte alles von selbst zu ihm kommen.

Dann sprang er auf und stürzte hinaus.

Wie die Tür aufging, rissen alle die Köpfe herum und wurden sogleich still. Das Gesicht von Pauls Frau überzog sich mit roten Flecken. Sie sahen nach Grubetsch, der blinzelte betäubt gegen das Licht und fiel auf den nächsten Stuhl. Er war klein und grau wie immer, verfroren und hager wie alle Gäste im Winter. Er machte mit der Hand: zu trinken! Munks Magd stand langsam auf, füllte ein Glas, stellte es hin und zuckte den Arm zurück, wie man einem Tier eine Schüssel hinstellt. Grubetsch hob die Hand, fuhr ihre Hüfte herunter, das Mädchen blieb steif stehen, er fuhr nur mal so, ließ sie gleich wieder, sie kehrte zurück. Die anderen schwiegen noch immer, betrachteten Grubetsch. Da saß er allein, gerade vor ihnen, man konnte ihn gut betrachten.

Er trank einen Schluck, schob das Glas weg und legte den Kopf auf den Tisch. Die Wärme machte ihn müde, wie irgendeinen, der lange gefroren hat. Langsam gingen die Flecken weg aus dem Gesicht von Pauls Frau. Paul schluckte, seine Kehle war frei, leise fing Toni an auf seiner Harmonika, in dünnen gewöhnlichen Zügen. Sie schielten auf Grubetschs Rücken, böse und gründlich betrachteten sie ihn, wie ein alter Stein am Wege liegt, hatte er im Hof herumgelegen. Jetzt, als ob er anfing abzubrökkeln, glitt der Kopf nach vorn und die Schultern nach den Seiten. Sie kannten ihn gut, sie haßten ihn, oft hatte er vor ihnen gesessen in der blauen zerschlissenen Jacke, war vor ihnen durch die Sonne gegangen, gleichmütig in der Torfahrt verschwunden. Jetzt hatten sie Zeit, ihn genau zu betrachten, schwer und müde lag er über dem Tisch, wie alle erschöpften Rücken.

Auf einmal sagte Sebalds Frau leise: »Jetzt kann man ihn loswerden.« Der Blonde ließ seine Zungenspitze hervorschnellen. Die beiden Zwillinge standen auf und setzten sich an den andern Tisch, Grubetsch gegenüber. Auch die anderen gingen hinüber.

Jemand setzte sich neben Grubetsch, das war gut, jemand

neben sich zu haben. Dieser andere berührte ihn. Grubetsch schaute auf, das war ein Gesicht, er war schläfrig, das war Pauls Gesicht, er sah aufmerksamer hin. Es war nicht der richtige Paul, vielleicht nur einer, der Paul sehr ähnlich sah. Sein Gesicht war nicht ausgefüllt und aufgebläht, es war immer noch breit und braun, aber es gab nicht mehr Fleisch genug darin, um alles zuzudecken. Der Winter hatte es abgenagt. Hunger und Angst lagen bloß und schamlos darin. Dieses Gesicht gefiel dem Grubetsch, mit diesem Paul konnte man sich einlassen. Paul war auch erregt, Grubetsch war zu schläfrig, ihn zu beschwichtigen. Er sah auf, noch andere waren an seinen Tisch getreten, ein weißes Band von Gesichtern, rund um ihn geschlungen. Das war gut, genug war es noch nicht, das wußte Paul, er rückte ganz dicht an Grubetsch heran, legte den Kopf an seine Schulter. Grubetsch zog die Beine hoch, um sich recht in Paul hineinkauern zu können.

Paul legte den Arm um Grubetschs Rücken, von ihm, Grubetsch aus, hätte er zwölf Arme haben und sie alle zwölf um Grubetschs Rücken legen können. Pauls Arm strich sogar langsam seinen Rücken herunter. Seine Hand fuhr leise nach Grubetschs Stiefel, zog das Messer heraus und setzte es unter Grubetschs Schulterblatt an und drehte es doppelt um sich selbst. Die anderen bückten sich über den Tisch, schleiften Grubetsch darüber und stopften ihn schnell weg, irgendwohin.

Es wäre noch schneller gegangen, wenn Grubetsch nicht ein Stück Holzleiste aus der Tischplatte gebrochen und zwischen den Fingern behalten hätte. – Paul hatte, aus irgendeinem Grunde darüber in Wut geraten, mit aller Kraft versucht, es ihm aus der Hand zu reißen. Nun stand er unschlüssig mit diesem Stück Holz in der Hand, die anderen warteten gespannt, was damit geschehen sollte. Da warf er es schließlich nach dem durchlöcherten Kätzchen, das im Kellerfenster saß und alles mit angesehen hatte.

Im Hof fragten sie wieder: »Wo ist denn Grubetsch?« Der Rote sagte: »Der ist schon weg!« Sie wunderten sich, vergaßen es über den Sommer. Dann erwarteten sie Grubetsch wie jeden Winter. Zwar war es schon spät, sie wurden unruhig, aber er kam nicht. Sie warteten auch den Sommer über, aber dann sagte Pauls Frau, daß man nicht mehr zu warten brauchte, und die anderen stimmten ihr bei. Niemand wartete mehr, höchstens wartete irgendwo irgendein junges Ding auf einen roten Fleck im grauen Pflaster, auf einen Ton in der Stille, auf ein Ereignis, das aus der Luft bricht wie ein Traum aus dem Schlaf, auf irgend etwas, mochte es sein, was es wollte, selbst ein Unglück.

Zwar ereignete sich noch immer manches: Einer der roten Zwillinge ertrank im Fluß, Pauls Frau nahm einen Liebsten, und Paul prügelte sie, wie Sebald sie geprügelt hatte. Toni schrumpfte zusammen und kaute seine Nägel. Eines Morgens nämlich war ein Scherenschleifer in den Hof gekommen und hatte nach dem Weg zur Brücke gefragt, der Blonde hatte sich erboten, ihn zur Brücke zu bringen, er war mitgegangen, aber nicht mehr zurückgekommen.

Aber das waren gewöhnliche Liebschaften, gewöhnliche Tode.

Marie geht in die Versammlung

Marie geht heim von ihrer Dienststelle. Arme, Beine, alles ausgeleiert. Die Sohlen blättern ihr ab, der Körper wird immer schwerer, drei Marien schwer. Die Frage ist gelöst: zwei Bananen oder fahren. In der Hand hat sie zwei Bananen in der Zeitungspapiertüte. Diese Tüte wird sie nachts aufs Fensterbrett legen. Paul wird teilen. Er ist der Austeiler, der Anordner. Er, der alles regelt. Paul ist schon recht. Franz und Anna sind nicht so recht, Franz ist die letzte Zeit richtig verludert, so ein kleiner Dreckspatz, treibt sich auf dem Markt herum, grabscht, wo er kann. Anna ist quengelig, bei jedem Dreck heult sie. Wenn Marie an diese Kinder denkt, dann wird der Strich zwischen ihren Brauen so scharf, daß es ihr selbst innen weh tut. Daß da etwas nicht stimmt, das weiß sie. Wenn sie nachts heimkommt, macht sie sich her über zerrissene Strümpfe und Hosen – Abfall von den Kindern. Zugestopfte Löcher, eine Banane auf dem Fensterbrett, wenn sie aufwachen: Das ist die Mutter. Drei Schläfer auf einem Bett, nachts, wenn sie heimkommt: Das sind die Kinder.

Wenn ich jetzt heimgehe, denkt Marie, das könnte für uns alle ein guter Abend werden. Was für ein Abend? Freitag abend. Ich habe Ernst versprochen, daß ich um sieben Uhr an der Saaltür stehe. Ich werde selbst die Flugblätter bei Maschke abholen. Die Versammlung ist gut vorbereitet, es wird ein guter Abend werden.

Paul wird den Milchtopf vor die Tür stellen, denkt Marie, auf ihn ist Verlaß. Ein kleiner Genosse. Ich brauche heute abend nicht heimzugehen. Man darf nicht bei den Kindern hocken, man muß arbeiten, nicht für drei Kinder, sie sagt, für drei Millionen Kinder. Freilich, Paul ist auch noch ein Kind, man müßte mehr daheim sein, sich um alles kümmern. Dieser Paul kennt mich gar nicht. Er weiß, ich bin seine Mutter, aber er hängt nicht an mir, gar nicht. Grade Paul. Sie versucht an etwas anderes zu denken, ob Ernst die Flugblätter auch richtig bei Maschke abgegeben hat. Sie überquert den Damm, kommt in die Friedrichstraße. Mit ihren zerquetschten Bananen in der Hand schiebt sie durch das Gedränge von Menschen. Diese Menschen gehen alle heim. Sie gehen heim zu ihren Kindern statt auf Versammlungen. Marie biegt in die Körnerstraße. Hier ist es stiller. Es ist schon drei Viertel sieben. Sie eilt sich, um zurechtzukommen. Es wird wieder ein Uhr werden, bis ich daheim bin, denkt sie. Auf einmal zieht sie die Brauen hoch, ihr Herz bekommt einen Stich. Da geht ein Junge vor ihr her, wahrhaftig Paul. Bei dieser überraschenden Begegnung merkt sie, wie sie an diesem Jungen hängt. Sie geht ein Stück hinter ihm her, um sich einmal satt zu sehen. Ein magerer Junge, zehn Jahre alt. Die Haare über den Hinterkopf geschoren, abstehende Ohren. Die Absätze niedergetreten, über den Risten mit großen Stichen genäht, was eigentlich Männerarbeit ist. Sie ist stolz darauf. Die blauschwarzen Strümpfe aus dem letzten Ausverkauf. Die speckige, schon zu enge Hose. Was läßt sich dagegen tun? Vor Herbst gibt's keine neue. Der Kittel auf dem Schulterblatt abgewetzt, wo der Schulranzen sitzt. So lang und dünn ist der Hals, daß ihr bang wird. Jetzt werde ich ihm die Bananen geben, denkt Marie. Sie schleicht sich heran, tippt ihm auf die Schulter, er dreht sich schnell um – und ist ein ganz fremder Junge. Marie bekommt einen Stich im Herzen – nur einen Augenblick. Auf einmal ist ihr so leicht, als ob wunder was Gutes passiert sei. »Da, nimm die Bananen«, sagt sie. Der Junge wundert sich. Seine Augen sind noch bestürzt, wie er hineinbeißt.

Marie lächelt, wie sie weiterläuft, schnell, um nicht zu spät an die Saaltür zu kommen.

Der Vertrauensposten

Niemand im Abteil bekümmerte sich um den Mann, der zwei winzige Kinder im Arm hatte. Jeder wußte so viel über eigene Sorgen, daß es für weit längere Strecken ausreichte. Es war im Abendzug zwischen zwei Ruhrstädten, die Landschaft mit toten Fabrikanlagen war bedrohlich, der Tag war hart, alle waren ausgepumpt.

Auf der nächsten Station wurde das Coupé ganz vollgepfropft. Unter den Neuen gab es ein dünnes, sehr junges Mädchen mit sanftem Gesicht. Aber die Männer waren nicht auf Sanftheit. Sie konnte froh sein, daß sie nicht zerdrückt wurde von wütenden Platzsuchern. Sie erblickte aber den Mann mit den Kindern, sie merkte auch, daß er krank, ja, daß er zu Tode erschöpft war. Sie nahm ihm die Kinder ab. Sie versuchte den Oberkörper frei zu kriegen, um etwas die Kinder zu wiegen.

»Sie sind gut.«

»Sie sind ja krank. Warum fahren Sie?«

»Ich habe eine Stelle, Fräulein. Denken Sie doch, eine Stelle. Ich habe fünf Jahre keine gehabt, jetzt habe ich sie. Denken Sie, mir hat ein Freund eine Stelle verschafft. So etwas gibt es. Da muß ich hin, da kann ich nicht krank sein.«

»Sie haben Fieber.«

»Vielleicht ein bißchen. Ich war krank, meine Frau ist vorgereist, Quartier zu suchen. Ich muß unbedingt morgen antreten. Ein Vertrauensposten, Nachtwächter in einer Fabrik.«

»Jetzt müssen Sie schlafen.«

Der Mann folgte und schlief. Das Mädchen merkte: ein kranker Schlaf.

Der Zug hielt, das Abteil wurde leer.

Sie kriegte den Mann zuerst nicht wach, dann fiel er wieder zusammen. Sie schaffte schließlich den Mann, die Kinder und das Gepäck in die Bahnhofshalle. Da fiel der Mann ganz um. Es gab einen Auflauf, aber jeder mußte bald woanders hin. Sanitäter legten den Mann auf eine Bahre. Er schrie: »Ich kann doch nicht ins Spital.« Dann fielen ihm die Kinder ein: »Meine Frau wartet. Gerbergasse 11.«

Die Frau dieses Mannes hieß Katharina. Sie war um Schlafstelle vorgereist und wartete, eine schwere, dunkle Frau. Sie freute sich, als es klopfte: Eine Fremde mit ihren Kindern! »Ich heiße Marie, Ihr Mann ist krank geworden.«

»Aber das geht doch nicht, er kann jetzt nicht im Bett liegen.« Katharinas Gesicht wurde hart, böse.

»Gehen Sie nur zu ihm, ich gebe acht auf die Kinder, ich habe doch keine Bleibe.«

Als Katharina im Spital nach dem Mann fragte, führten sie zwei Schwestern vor die Oberin. Die hielt ihre Hand fest. »Es steht schlimm mit dem Mann. Sogar sehr schlimm. Das Allerschlimmste.«

Da wurde die Frau wild. »Aber das ist doch unmöglich. Er hat doch seinen Posten. Wir haben jahrelang gesucht.« Dann wurde sie plötzlich still. Man gab ihr Kleider und Papiere des Toten. Sie setzte sich unterwegs auf eine Bank und betrachtete alles. Sie weinte nicht, sie war hart vor Nachdenken.

Am nächsten Tag stellte sich im Büro der Fabrikdirektion der neue Nachtwächter vor, ein wortkarger Mensch. »Das sind die besten Wächter.« Seine Papiere waren in Ordnung, er war angenommen.

Marie blieb bei den Kindern. Sie hatte ja so auch ihr Brot. Sie mieteten zusammen eine Wohnung, sie gaben sich als eine Familie aus, Mann und Frau. Den Leuten im Haus gefiel die junge Frau, sie war bescheiden und schön anzusehen. Sie achteten den Mann, denn er war schweigsam und hilfsbereit bei vielen Gelegenheiten. Auch die Arbeiter in der Fabrik achteten ihn, der mit seinem Hund und seinem Revolver hart und pünktlich auf dem Posten war. Sie wunderten sich über Marie, allzu jung und zart neben dem harten Mann. Einer unter den jungen Arbeitern, George, liebte sie und quälte sich. Er spürte auch, daß sie sich zu ihm sehnte.

Katharina sagte traurig: »Wenn du zu ihm gehst, war alles unnütz.«

Marie sagte: »Ich gehe nicht zu ihm. Wir dürfen unsere Stelle nicht verlieren. Dies scheint mir das Wichtigste.«

George bekam nur ihre Hand, einen Kuß in der Toreinfahrt. Ein Nachbar konnte sie sehen, er sah danach in das Hoffenster in die Stube nach dem Ehemann. Da sah er statt des Mannes einen kräftigen, nackten Frauenkörper. So strichen die beiden Männer um die Familie herum und beunruhigten sie. Nur die Kinder waren lustig. Deshalb dachten die Frauen, daß sie richtig handelten, weil die Kinder nicht hungerten. Die Reihen der Erwerbslosen wurden immer länger. Da hieß es auf seinem Posten bleiben, auch wenn er hart war.

Nachts gab es einmal einen Überfall. Aber der Nachtwächter verlor nicht den Kopf und gebrauchte seinen Revolver. Dadurch wuchs die Achtung in der Fabrik und in der Gasse. Zwar wünschten sich beide Frauen andere Nächte, aber was auch von außen an der Familie riß, was sie zusammenhielt, war stärker. Denn sie waren wegen Brot zusammen.

Der Nachbar spürte unter dem Wächterkleid die Frau, wenn sie sich bückte oder die Treppe herunterkam. Er hielt ihr eine Bibel vor: »Ein Mann soll nicht Weibsgeräte tragen, und ein Weib soll nicht Männerkleider antun.« Da klappte ihm Katharina das Buch auf dem Kopf zu: »Ich habe das getan, um die Kinder zu ernähren.« Der Nachbar schämte sich. »Ich bin kein Schwätzer.«

Marie traf sich öfter mit George, ihre Küsse wurden heiß. Aber George verlor seine Arbeit, und der Nachtwächter war unter den Männern des Hauses einer der wenigen, der Arbeit hatte.

Eines Nachts geschah in der Fabrik ein Unglück. Sirenen, Geschrei, Verwundete. Als Katharina aufwachte, lag sie in der Frauenklinik in einer Reihe mit anderen Frauen. Sie merkte nicht, daß sie verbunden war, sie sprang aus dem Bett, lief vor die Oberin. Sie sagte dieselben Worte, die sie schon einmal gesagt hatte, in einem Spital vor einer Oberin. »Das ist unmöglich. Wir haben doch eine Stelle.«

Es wurde zu spät. Die Papiere waren abgegangen, die Täuschung war bekannt geworden.

Die Polizei kam in die Gerbergasse. Die Leute im Haus begriffen die Handlung der Frau, und sie schimpften.

»Was will die Polizei? Tapfere Frauen, die niemand geschadet haben.«

Katharina bekam ihre Entlassung. Die Arbeiter der Fabrik taten sich zusammen und schrieben für sie ein Gesuch auf. Als

Katharina ankam, gab ihr jeder einzeln die Hand. Sie begleiteten sie vor das Direktionszimmer. »Wir helfen dir. Sie dürfen dich nicht rausschmeißen.«

Drin schlug Katharina nach Wächterart mit der Faust auf den Tisch. Da sagte die Direktion: »Wir wollen ja nur Ihr Gutes. Wir nehmen Ihnen einen schweren Posten und geben Ihnen einen leichten.«

Der leichte Posten sah so aus: Eimer, Besen, Scheuertuch. Katharina erschrak. Aber sie nahm es an, weil Kinder Kinder blieben und Brot Brot blieb, griff zu und schrubbte.

Die Arbeiter achteten sie womöglich noch mehr als früher. Sie sagten: »Wenn es nach uns ginge, Frau, bekämst du in diesem Leben eine andere Stelle.«

Das Vaterunser

Es war in der ersten Aprilwoche, ich glaube Donnerstag. Unsere Straße war frühmorgens abgeriegelt worden und dann ausgekämmt. Es war schon gegen Abend, da wurden wir, drei Autos voll, aufgeladen und unter starker Bedeckung abtransportiert. Auf meinem Auto waren noch Gerber und Jussitzka und Adolf und Franz aus meiner Zelle, und ich glaube, es waren auch noch die Zieglers drauf aus der Nachbarzelle. Auf den beiden anderen Lastautos waren auch viele Bekannte. Wir fuhren zur SA-Kaserne. Vor dem Eingang warteten SA-Leute und viele Menschen, die sich aus der Nachbarschaft angesammelt hatten. Wir wurden nur sehr langsam einzeln abgeladen, während die Menschen schrien und drohten. Da habe ich zum Beispiel unter den Menschen den Blaugräber erkannt, der sechs Jahre unser Schuster war, und ich habe die dicke Engel erkannt, die Krämersfrau. Wir passierten ein ganzes Spalier von Hieben, Tritten, Spucke, Stößen.

Die Nacht über blieben wir alle in einem Hof, hinter der Kaserne, rechts die Häuserrückwände von der Gerbergasse, links die niedrige Mauer der Victoria-Schule. An den Bäumen war erst wenig Laub, es war niemand im Schulgarten, weil die Osterferien verlängert waren.

In der Frühe kommt der Standartenführer in den Hof und mindestens ein Dutzend Leute. Der hatte einen kleinen Unterhäuptling immer dicht bei sich, schrie er etwas, dann stampfte der kleine Dicke mit dem Fuß auf und schrie dasselbe. Der Standartenführer schrie: »Antreten!« und der kleine Dicke stampfte mit dem Fuß auf und schrie: »Antreten!« Nun wurde ein großer Teil in die Kaserne gebracht und ein kleiner Teil im Hof gelassen. Geradezu ein Dutzend.

Ich wurde im Hof gelassen, Jussitzka, der Kassierer von den Freidenkern ist, Adolf und Franz aus unserer Zelle. Die anderen habe ich auch gekannt. Jeder von uns hat den andern gekannt.

Wir wurden von einer Liste abgelesen, die war sicher in der Nacht aufgestellt worden, nach unseren Amtspapieren. Es war also kein Zufall, wer im Hof geblieben war. Der Standartenführer schrie: »Antreten! in Viererreihen!« Der kleine Dicke häkelte mit dem Absatz auf dem Pflaster und schrie: »Antreten! Antreten!« Wir wurden dann ein Karo aus vier Viererreihen. An die vier Ecken des Hofes wurden Posten gestellt. Der Standartenführer stellte sich direkt in die Mitte. Er schrie: »Hände hoch!« Der kleine Dicke schrie auch: »Hände hoch!« Wir schwenkten die Arme hoch, unsere Achseln waren wie eingerostet. Ich habe im Hochschwenken die Hand von Paul Gerber gespürt, der neben mir stand. Ich habe in der Luft seine Hand gespürt.

Der Standartenführer schrie: »Nein, Hände falten!« Der kleine Dicke schrie: »Hände falten! Hände falten!« Der Standartenführer schrie: »Erst beten lernen!« Der Kleine hackte immer auf das Pflaster: »Beten lernen! Beten lernen!« Ich habe meine Reihe entlang geschielt. Der Kahlköpfige am Ende, den ich nicht kannte, dem seine Hände sind über der Brust nur so zusammengeschnappt. Dann kam Jussitzka. Seine Hände haben zuck-zuck über der Brust gemacht, mal rauf mal runter, Gerber neben mir, der hat nur die Daumen abgespreizt. Da habe auch ich nur die Daumen hochgespreizt und sonst meine Arme hängen lassen.

Der Kleine hat geschrien: »Wollt ihr wohl!«, da haben die Posten an den Ecken Reih lang gehauen, auf alle ungefalteten Hände, da sind meine Hände wie Fleischklumpen geworden. Blau und rot, aber das war gar nichts gegen dem Paul seine Hände. Hinter uns haben sie geschrien, und vor uns haben sie geschrien. Der Standartenführer hat gerufen: »Unser Vater im Himmel –!«, der Kleine hat gerufen: »Geheiligt sei Dein Name –!«, er hat mit dem Absatz aufgeklappert, das hat mich ganz verrückt gemacht, weil es sonst still war, bis auf das Schreien.

Hinter mir hat jemand geknurrt: »Geheiligt sei Dein Name!«, und noch zwei andere haben geknurrt. Ich weiß nicht, wer die Lumpen waren, in meiner Reihe waren sie nicht. Der Standartenführer hat gerufen: »Dein Reich komme, Dein Wille geschehe!«, der Kleine häkelte auf das Pflaster: »Im Himmel und auf Erden!«, auf einmal singt hinter mir Alfred, der kleine, dicke Kassierer, den kenne ich wahrhaftig an der Stimme, der hat meinen Beitrag an die fünfzig Mal kassiert, also den kleinen, dicken

Alfred, den packt es wahrhaftig ganz stark, daß er einfach heraussingt: »Wacht auf, Verdammte!« Da wird es plötzlich totenstill, es ist eine Stille wie ein Bollwerk um das Lied herum. Wir reißen uns zusammen, wir bewegen unsere Kiefer, wir haben in unserem Mund so wenig Spucke, daß es schlecht mit dem Singen geht. Die ganze Stille platzt. Ich höre hinter mir einen Schlag und noch einen Schlag. Das ist gegen Alfreds Kopf und gegen Alfreds Schulter. Wir spüren in unserem Rücken, wie man ihn wegschleift. Die Posten drücken uns eng zusammen. Sie haben ihre Pistolen gezogen, der Kleine schreit wieder: »Hände falten!« Gerber hebt wahrhaftig seine Fleischklumpen. Meine Hände zucken. Ich kann nichts dafür. Sie machen das gegen meinen Willen. Meine Hunde von Hände. Ich schiele nach dem Kahlköpfigen. Seine Hände sind so fürchterlich gefaltet, ich meine, ich höre seine Knöchel knacken. Der Jussitzka, der hat keine solchen Schweinehände, die gehorchen ihm, die sind unten geblieben. Der Kleine schreit ineinemfort: »Im Himmel und auf Erden!«, da pfeift es. Der Kahlköpfige krümmt sich zusammen, ausgerechnet ihn hat es am Ohr getroffen, er will sein zerfetztes Ohr festhalten, und er will gleichzeitig die Hände gefaltet halten. Er krümmt sich also und betet ineinemfort: »– und auf Erden, und auf Erden!«

Der Standartenführer betet ganz verrückt, als hätte man schon die Schüssel auf den Tisch gestellt: »Unser täglich Brot gib uns heute!« Der Kleine schreit: »– gib uns heute, gib uns heute!« In der Reihe vor mir haben sie wahrhaftig gebrabbelt: »Gib uns heute, gib uns heute!« Hinter mir haben immer die Posten auf welchen herumgedroschen, ich weiß nicht auf welchen, sie haben uns immer enger zusammengedrückt und auf die Hände geschlagen. Wir waren jetzt ein ganz kleines Karo. »Führe uns nicht in Versuchung!« hat der Standartenführer gerufen, – »sondern erlöse uns von dem Übel!« hat der Kleine auf dem Pflaster herumgehäkelt. Der Posten hat über mich hinweggelangt, dem Jussitzka eine vor die Brust, wo die Hände hätten sein sollen. Jussitzka ist gegen mich gefallen. Wir sind alle durcheinander gefallen. Man hat den Jussitzka in eine andere Ecke geschlagen. In seiner Ecke hat dann der Alfred wahrhaftig noch mal angefangen, »Wacht auf!« zu singen. Aber weiter ist er nie gekommen wie »– dieser Erde!« Sie haben ihm auf den Mund getreten, so hat sein Gesicht nachher ausgesehen. Der Standartenführer hat gebetet: »Vergib uns unsere Schuld!«, und der Kleine hat geklappert: »So wie auch wir vergeben unseren Schuldigen!« Vor mir, ich glaube, es muß Paul gewesen sein, hat jemand laut herausgelacht. Ihr könnt Euch gar nicht vorstellen, wie das geklungen hat. Ich habe den Arm des Standartenführers fliegen sehen, der hat ihm eine vors Gesicht gesaust, nicht von schlechten Eltern, er ist dann zurück auf uns alle gefallen, wir sind alle vollkommen durcheinandergeraten. »Amen! Amen!« hat der Standartenführer gerufen, der Kleine hat auch »Amen! Amen!« gerufen, man hat auf uns herumgeschlagen, bis wir auf dem Pflaster lagen, und auch da waren wir denen noch nicht falsch genug. Sie haben noch getreten. Der kleine Alfred hat manchmal immer noch herausgesungen, es ist zuletzt nichts mehr andres als Blut aus seinem Mund gekommen, vielleicht hat er gedacht, daß man ihn doch noch wunder wie weit hört.

Ein Mensch wird Nazi

Es gab einmal einen Deutschen, der Fritz Müller hieß. Der stand vor dem Feldgericht der Roten Armee im März 1942. Die Anklage lautete auf Erschießungen, Hängen, fortgesetzte Grausamkeiten, begangen an Frauen und Kindern besonders der Orte Kotielnikowo und Ladowka, auf Mord an der Bäuerin Iwanowa und ihren zwei Söhnen, letztere vor den Augen der Mutter. Die befragten Soldaten sagten aus, daß sie seine Befehle ausgeführt hätten, Befehle mit einer vorausgegangenen Ansprache, in der man ihnen eingeprägt hatte, Mitleid mit dem Feind sei Verrat an dem deutschen Volk.

Im Oktober 1917 erfuhr der Unteroffizier Friedrich Müller, vormals Schlosser, jetzt Höhe 114, Argonner Wald – doch die Höhe war längst in ein paar Hügel zerschossen –, daß ihm in der Ufergasse in Düsseldorf sein vierter Sohn geboren worden war, Fritz, neun Monate nach seinem letzten Heimaturlaub.

Frau Müller zog das Kind auf wie die meisten Mütter der Ufergasse. Sie ging tags auf Arbeit, nachdem sie das jüngste Kind einer Nachbarin übergeben hatte, und nachts nähte und kochte sie für alle Kinder.

Im November 1918 schwemmte die rückflutende Armee den Unteroffizier Müller heim in seine Familie. Der Schlosser, in dessen Werkstatt er zehn Jahre gestanden hatte, konnte ihn nicht mehr aufnehmen. Der Vater Müller begann sein Nachkriegsleben zwischen Küche und Stempelstellen. Er war zuerst herzlich froh gewesen, daß dieser Krieg sein Ende hatte. Jetzt erzählte er soviel vom Krieg, daß er die Seinen langweilte. Ihm aber bestätigte seine Erinnerung, daß er jahrelang etwas anderes gewesen war als ein arbeitsloser Schlosser: ein Mann, dessen Kraft gebraucht worden war.

Er schimpfte mit seinen Nachbarn über den Staat, der für seine Bürger kein Brot hatte. Doch war er in keine Demonstration zu bringen. Er pflegte zu sagen, er habe genug von Marschieren, von Gleichschritt. In seinem Herzen sehnte er sich, einmal etwas anderes zu sein als einer unter vielen. Als seine Kameraden den Kriegerverein aufmachten, ging er sonntags hin mit seinen alten Orden und Ehrenzeichen. Die Arbeiter in der Ufergasse nannten sie »Klempnerladen«, für ihn waren diese Orden eine Bestätigung von vier Jahren Leiden, Wagemut, Durchhalten.

An Ostern 1923 – viel Blut war vergossen worden im neuen Staat, im Kapp-Putsch, an der Ruhr, in Mitteldeutschland, und floß noch immer, ihm aber fruchtete all das Blut nichts, er war und blieb arbeitslos – führte er seinen jüngsten Sohn Fritz zur Einschulung in die Volksschule II, genannt die Schiller-Schule.

Die Republik hatte damals ein Schulsystem, das begabten Kindern erlaubte, in höhere Schulen aufzurücken. Obwohl der ehemalige Schlosser Müller laut sagte, das sei für seinesgleichen nur Gespinne, erfüllte sich doch sein bitteres Herz mit aller Art Hoffnung, wie er, die kleine Hand seines Sohnes in seiner ausgedörrten Hand, durch den Schulhof ging, und mit ihm gingen zur Einschulung zwischen schwachgrünen Osterplatanen unzählige Väter durch alle Schulhöfe Deutschlands, an der Hand ihre kleinen Söhne, in bitteren Herzen Hoffnung, nicht mehr für sich, doch für die Söhne.

Die Lehrer der Schule gehörten teilweise zum alten Bestand. Sie unterrichteten alte Lehren. Was nützte es dem kleinen Fritz zu lernen, »Arbeit ehrt« und »Handwerk hat goldenen Boden«, wenn sein Vater, der Schlosser, arbeitslos war und seine ältesten Brüder nicht einmal mehr Lehrlinge werden konnten?

Die jungen Lehrer fürchteten selbst die Entlassung und Arbeitslosigkeit. Sie kamen mit neuen Methoden und Lehren, die ihnen selbst noch nicht klar waren. Sie brannten darauf, ihre neuen Methoden auszuprobieren. Und viele hingen an diesen Methoden und Lehren bei weitem mehr als an den Schülern, bei weitem mehr als an dem kleinen Fritz Müller.

Es zeigte sich, daß der Schüler Fritz Müller keineswegs zu den besonders Begabten gehörte, die auf Kosten des Staates vielleicht hätten weiterlernen können. Das verdroß seinen Vater, obwohl er das Ganze Gespinne genannt hatte. Der Knabe sah durch die unsägliche Mühe der Mutter ordentlich aus, ein reinlich gekleideter, kurzgeschorener Knabe ordentlicher Eltern. Er liebte, wie alle Knaben, Turnen und Schwimmen und alle Übungen, die ihn die eigene Kraft spüren machten, die physische Kraft und auch die eigene Entschlußkraft und Kühnheit.

In dieser Zeit ereignete sich ein kleiner Vorfall im Schulhof. Er trat einen schwächeren Schüler, der durch seine Lahmheit das Spiel verdorben hatte, vor den Bauch. Der getretene Schüler wurde weiß und fiel um. Vor Wut gab der Schüler Müller dem Liegenden zwei weitere Tritte. Bei diesem Vorfall standen drei Schüler dabei: der eine half dem Getretenen auf, der andere zog den Fritz Müller zurück, der dritte sagte: Du darfst nicht, er liegt. – Der Mutter kam der Vorfall zu Ohren. Sie schalt, doch nicht so eindringlich wie bei den älteren Söhnen, sie war schon müde.

Die Klasse bekam einen neuen Lehrer, der liebte die Knaben, versuchte, ihnen beim Lesen, Schreiben, Rechnen die besten Gedanken der Zeit beizubringen: Völkerfrieden, Gleichheit der Menschen, Freiheit. Aber der saubere, kurzgeschorene Kopf des Knaben gehörte nicht zu den Köpfen, in denen eine bloße Idee rasch Feuer fängt. An den Geschichten gefielen ihm nicht die Ideen, sondern die Ereignisse, die wilden und die gefährlichen. Auch verdroß es ihn, daß der Schüler Ernst Busch, dessen Vater von seinem Vater ein Hetzer genannt wurde, bei dem Lehrer lieb Kind war, wie auch der kleine Weil, dessen Vater von seinem Vater ein Schneiderjüdchen genannt wurde – Buben, die im Stafettenlauf die letzten waren und nur halb so gut schwimmen konnten wie er. Der Völkerfrieden sagte ihm nichts, denn er wünschte sich für sich selbst die Kriegsabenteuer, von denen sein Vater erzählte; die Freiheit nichts, weil es ihm wohlgefiel, die schwächeren Knaben selbst zu befehligen und von den Starken befehligt zu werden; die Gleichheit nichts, weil er sich danach sehnte, gut gekleidet zu sein. Der neue Lehrer bezeichnete für sich selbst den Schüler Fritz Müller als stumpf und mäßig begabt.

Im nächsten Jahr wurde der Lehrer von einem anderen abgelöst, der auch zu den jungen Lehrern gehörte. Die Klasse sei verlottert, behauptete er. Sie müßte, bevor sie Gedichte auswendig wisse, lernen, was Ordnung sei. Fritz Müller gefiel die Ordnung besser als die Dichtkunst. Überhaupt, dieser Lehrer gefiel ihm. Er fand heraus, daß der Schüler Fritz Müller schneidig schwamm und im Stafettenlauf der Beste war. Auch gingen ihm die Ideen dieses Lehrers ein, weil seine Beispiele in ihm vertraute Gefühle erweckten. Weil er mit seinem Bruder in einem Bett schlief, glaubte er zu verstehen, warum das deutsche Volk Raum brauchte. Weil er den jüdischen Schneider nicht leiden konnte, glaubte er zu verstehen, warum es die Schuld der Juden sei, daß er nie satt wurde. Er lobte ihn beiläufig auch für Dinge, für die sich Fritz keine Mühe zu geben brauchte: daß sein Vater im Krieg gewesen war, daß er blond und blauäugig war.

Der junge Lehrer schrieb monatlich an seine Schulbehörde Klassenberichte, über die ein Teil seiner Vorgesetzten die Achseln zuckte, der andere Teil schmunzelte. Er schrieb: Ich habe im Laufe von drei Monaten aus meiner Klasse die Führerpersönlichkeit herausgebildet. Im Laufe von zwei weiteren Monaten brachte ich meine Klasse dazu, den Führenden freiwillig anzuerkennen. Der Bursche, der auf der Liste des Lehrers als klasseführend bezeichnet war, gefiel auch längst dem Fritz Müller, und es gefiel ihm, daß er bei allen Streichen, Spielen, Unternehmungen des vom Lehrer herausgefundenen Führers jetzt selbst eine gute Rolle mitspielte. Der Lehrer vermerkte bei sich den Schüler Fritz Müller unter den aufgeweckten Jungen, Soldatensohn, gute Rasse, zwar ohne merkliche eigene Führereigenschaften, jedoch bereit, dem anerkannten Führer ohne weiteres zu folgen. An Ostern, als der Staat viele Lehrer entlassen mußte, wurden beide Lehrer entlassen, der eine, weil er rot, der andere, weil er Nazi war. Fritz bekam wieder einen Lehrer vom alten Bestand. Sowohl im Konfirmationsunterricht wie in der Abschiedsrede des Klassenlehrers wurde er nachdrücklich belehrt, daß er jetzt in das Leben eintrat.

Das Leben, in das er jetzt eintrat, bedeutete Schlangestehen auf der Stempelstelle, Herumlungern auf der Straße. Das war die Zeit, in der in der Hauptstadt Deutschlands jeder vierte Mensch arbeitslos war. Der ehemalige Schlossermeister des Vaters mußte selbst schließen und stempeln gehen. Als der Vater Friedrich Müller starb, an der Grippe, die durch die Unterernährung wie eine Pest auf das Volk wirkte, mußten alle vier Söhne daheim ihr Erwerbslosengeld bis auf den letzten Pfennig der Mutter geben.

Fritz hatte aus der Schule keine Idee mitgebracht, die ihm sein jetziges Leben sinnvoll machte. Sein äußeres Leben, das Pendeln zwischen Wohnzimmer und Stempelstelle, war vollkommen sinnlos. Sein ältester Bruder nahm ihn sonntags mit zum Ausflug einer Arbeiterjugendgruppe. Doch Tanz, Gitarrespielen, Lieder, Wandern erschienen ihm fad und läppisch auf dem düsteren Grund eines Lebens, das ihm, obwohl er noch nichts erlebt hatte, hoffnungslos vorkam wie früher seinem Vater. Sein dritter Bruder nahm ihn in seine eigene Jugendgruppe. Dort sprach man von der Revolution wie von einem nahen Ereignis, auf das man sich stündlich vorzubereiten hatte. Der einzige Mensch, der je Eindruck auf ihn gemacht hatte, war jener schneidige, ordnungsliebende Lehrer gewesen mit Aussprüchen, daß die Revolution nichts brächte als Gleichmacherei der guten und der schlechten Rassen, der Starken und der Schwachen. Er wünschte sich selbst das Gegenteil seines öden Erwerbslosenlebens, Auszeichnung, Glanz, Bewährung.

Ein Bursche auf der Stempelstelle redete ihn an: »Du, mit deinem netten Gesicht, du, ein Meter fünfundachtzig und kein Mädel!« Fritz Müller erwiderte: »Kann ich mit diesem Fetzen von einem Hemd ein Mädel ausführen?« – »Dieser Saustall von Republik«, sagte der andere, »der wird bald ausgemistet. Dir aber kann man schon jetzt helfen. Komm nur mal zu uns.«

»Zu uns«: Fritz Müller erfuhr in derselben Woche, wo das war. Am entgegengesetzten Ende der Stadt war die SA kaserniert in einem ausrangierten Bau. Sie hatten prächtige Stiefel an, keinen Riß, keinen Fleck an den braunen Hemden, es gab zu trinken, das kostete nichts. Hier war man kein Bündelchen Lumpen, man war ein Mann, fest gekleidet, bewaffnet. So sah das »bei uns« aus. Doch die die Zeche zahlten, waren gar nicht dabei. Fritz Müller zögerte noch, wie seine Familie sich zu den neuen Freunden stellte. In seiner eigenen Gasse hatte er Aussprüche gehört, diese Burschen seien Feinde des Volkes. Aber er hatte in seiner eigenen Gasse, unter den eigenen Brüdern, so viel widersprechende Reden hören müssen, über Volk und Feinde des Volkes, daß er bei sich selbst nicht viel darauf gab. Man beruhigte ihn auch in der SA-Kaserne: Wir kommen nie in die eigenen Wohnviertel.

Er ging wieder und wieder hin, tauschte seine ausgewaschenen Lumpen mit einem neuen braunen Hemd. Er lernte auch, daß die Ursache seiner Leiden der Vertrag von Versailles war, gemacht von Juden und Freimaurern, um ihn zu versklaven. Er lernte auch, es sei ehrenhaft gewesen, denjenigen niederzuknallen, der diesen Vertrag unterzeichnet hatte. Er lernte auch, daß der Bolschewismus den Menschen die Seele stehle und den Russen bereits gestohlen habe.

Als sie in einer Sommernacht auf fünfzehn Lastwagen durch das Land sausten, um in einer entfernten Stadt den Mann zu empfangen, den sie ihren Führer nannten, feierte er zum erstenmal in seinem Leben ein echtes Fest mit Getafel, Bier, Fackeln, Trompeten. Auf dem Rückweg sausten sie johlend durch die Gassen wie durch ein Feindesland.

Bald erfuhr man in der Familie, wo er steckte. Seine Mutter klagte: der älteste und der dritte Bruder, sonst uneins untereinander, zogen sich von ihm zurück. Der zweite Bruder aber bat, ihn auch mitzunehmen.

Die Gasse, an die die SA-Kaserne grenzte, hieß Langegasse. Die Männer in dieser Gasse beschlossen – sie gehörten fast alle zur Belegschaft der nahen Zementfabrik –, da die Polizei nichts vermochte, die Durchfahrt der SA mit eigener Gewalt zu verhindern. Gruppenführer Fritz Müller bekam den Auftrag, auf Lastautos den Durchzug zu erzwingen. Da fuhren sie in die Nacht hinein mit »Heil« und mit »Juda verrecke«, die Nacht, in der er zum ersten Mal dazu kam, auf Menschen zu schießen. Er knallte wild drauflos. Vielleicht nur umso wilder, weil die Beleidigungen, die man ihm zuschrie, er hätte seine Seele verkauft für ein gutes Hemd, ihn an irgendeiner Stelle doch noch trafen. Wie sich später vor den Gerichten herausstellte, ging ein Schuß in ein Wohnzimmer, durch die Schulter einer Frau. Er hatte noch nicht gesehen, auf wen er schoß. Doch hatte es ihm schon einen Geschmack gegeben von der äußersten Macht über Leben und Tod. Die Gasse aber war Feindesland, bewohnt vom inneren Feind. Und weil man vor dem Gericht nicht herausfinden konnte, wer da geschossen hatte, sprach man ihn und alle frei. Weil er schneidig war und rasch im Entschluß und Gehorchen und überdies vortrefflich gewachsen, erfüllte sich sein geheimer Wunsch, er kam in die SS. Dort gab es die Söhne anderer Väter als seiner gewesen war. Das war die Gleichheit, die ihm gefiel. In Arbeitergassen herumzuknallen, Juden zu scheuchen, das war die Freiheit, die er verstand.

Er bekam den Befehl, eine rote Versammlung zu sprengen. Ein Junge, einstmals ein Mitschüler, erkannte ihn, beschimpfte ihn ins Gesicht. Da zog er seinen Revolver. Und wie dann der Junge wirklich umfiel und wirklich tot war und wirklich durch seine Hand und vor seinen Augen, nicht irgendwo, nicht irgendwer in der Nacht, da zog sich sein eigenes Herz drohend zusammen, als sei es mit dem gemordeten Herzen im geheimen verbunden. Er fühlte zwar keine Reue, doch eine Stunde lang hätte damals ein stärkerer, entschlossenerer, tief um ihn besorgter Mensch, wenn es ihn nur auf der Stelle gegeben hätte, zur Reue zwingen können. Wer aber hätte um Fritz Müller tief besorgt sein sollen? Seine Mutter? Die war zu schwach. Seine Brüder? Die hatten sich längst von ihm abgewandt. Seine ehemaligen Nachbarn und Bekannten? Längst war eine unüberbrückbare Kluft zwischen ihm und ihnen aus Haß, Mißtrauen, gegenseitigen Schmähungen und Beleidigungen. Seine neuen Freunde? Von denen wurde er aber nur höchst belobigt und kräftig beruhigt. Denn Rot war Feind, und Feind war Feind. Und weil es zu einem Prozeß kam, wurde er rasch in ein schönes Haus am Rhein gebracht, zu einem der reichen SS-Väter, die immer die Zechen zahlten, und dort versteckt, bis der Prozeß zu Ende war. Er fühlte sich zwar nicht völlig daheim in dem guten Haus, wie er nie eines betreten hatte, doch der Hausherr behandelte ihn fast mit Ehrerbietung, als sei er ein Vertreter des »Volkes«. Einer von denen, die sich durch Rasse, Kraft, Einsicht aus der Armut und Dunkelheit zu befreien verstehen.

Er marschierte im Fackelzug seiner Stadt, als Hitler zur Macht kam. Seine Brüder schwiegen. Die Mutter dachte bei sich, ihr Sohn hätte vielleicht doch auf die rechte Karte gesetzt. Jetzt hätten ihm seine SS-Freunde Arbeit beschaffen können. Doch hatte er andere Arbeit genug. Er mußte Straßen absperren, Juden austreiben, Arbeiter jagen. In den Konzentrationslagern, wo er sie ablieferte, stand auf dem Eingangsschild: »Jeder Gefangene ist ein Feind des Volkes. Mitleid mit den Gefangenen ist Verrat am Volke.« Jetzt war er schon ein »alter Kämpfer«, Vorbild für die Knaben.

Bei der Musterung wurde er in ein SS-Eliteregiment eingereiht. Zwar war der Dienst hart. Er aber liebte es, seinen starken Körper von äußeren Befehlen gedreht und gewendet zu wissen.

Als er das Heer verließ, war sein junger, gesunder Körper mit seinem rohen Verstand und einem Wust von Gefühlen vorzüglich ausgebildet in der äußeren technischen Ausübung der Macht. Er hatte auch bald Gelegenheit, seine Ausbildung anzuwenden.

In seiner Heimatstadt galt es, die Straße abzuriegeln, in der eine Wohnung entdeckt worden war, in der man Flugblätter gegen den Krieg herstellte. Als man den Mann brachte, schon ganz mit Blut bedeckt, der vermutlich der Drucker war, und ihn vor seinen Augen nach seinen Befehlen fertigmachte, regte sich diesmal auch nicht mehr die Spur von jenem Gefühl, das ihm in früheren Zeiten andere Gefühle versalzen hatte; denn er hatte verlernt, was schon der erste Mensch hatte lernen müssen: zu unterscheiden zwischen Gut und Böse. Ja, er jagte die, die einmal die Seinen gewesen waren, wie der Wolfshund, den man dressiert hat, die Wölfe zu jagen.

Er war unglücklich, daß der Truppenteil, dem er jetzt als Reserve angehörte, weder bei der Besetzung Österreichs noch der Tschechoslowakei gebraucht wurde. Hatte er vordem gelernt, daß die Großen des eigenen Landes vor seinem Führer den Rükken krumm machten, so erfuhr er jetzt dasselbe von den Großen der anderen Länder. Und für ihn war längst stark sein und recht haben eins.

Kam auch für ihn der Krieg, kam auch für ihn der Abend aller Tage. Er aber hörte nur Pauken und Flöten, hörte nur Hurra und Heil, ahnte nicht, was die Sommerdämmerung über dem kleinen Bahnhof beim Ausmarsch auch für ihn war: der Abend aller Tage. Doch seine Mutter ahnte etwas und weinte, weinte um ihn wie um alle Söhne. Einmarsch in Polen. Jetzt galt es nicht mehr, eine Ortschaft zu besetzen, die rot gewählt hatte. Jetzt half er nicht mehr, einen einzelnen Menschen zu Tode zu treten, sondern den Körper eines Volkes. Und was lehrte ihn denn der Anblick des alten Bauern, den die Soldaten zerstampften, weil er einen Beleidiger angespuckt hatte? Daß die Waffen der Schwachen gar lächerlich sind und unbrauchbar, Spucke, Worte, Blicke. Er verachtete diese Völker, Polen, Franzosen, weil sie sich wehrten, aber doch überrennen ließen, wie er in seinem eigenen Volk die zu verachten gelernt hatte, die sich wehrten, doch überrennen ließen. Seine Mutter freute sich über die Nachricht, er habe bereits auf dem Vormarsch die Eisernen Kreuze bekommen und sei zum Feldwebel ernannt worden. Er lag fast ein Jahr auf dem ausgehungerten Land, ein Sieger. Da kam der wahre Krieg gegen den Erzfeind, gegen das Volk, dem der Bolschewismus die Seele geraubt hatte. Keine Seele hatte der Rote Soldat, denn er zerschnitt sich eher die Ader, als sich gefangen zu geben, keine Seele die Bäuerin, die ihre Hütte lieber ansteckte, als den Feind aufzunehmen. Wehrhaft ist nur die gute, die eigene Rasse, wenn sich der Feind auch zu wehren versteht, ist er seelenlos, muß gejagt werden wie ein Tier. Der Feldwebel Fritz Müller haßte das russische Volk nicht nur, weil der Armeebefehl seines Führers es von ihm verlangte, sondern von ganzem eigenem Herzen. Denn auf dieses Volk hatten daheim die Männer geschworen, die ihn einst ins Gesicht beleidigt hatten: »Du hast dich für ein Hemd verkauft.«

Wie sie ankamen bei dem Dorf Lamontowka, sah er am Eingang des Dorfes zwei Leichen, wie er in diesem Krieg und in seinem Leben noch keine gesehen hatte. Denn sie lagen nicht, sondern hingen. Bei der Ablösung erfuhr er, daß der Hauptmann mit der Einwilligung seiner Vorgesetzten genötigt gewesen war, solche Maßnahmen zu ergreifen, um die Widersetzlichkeit der Bewohnerschaft ein für allemal zu brechen. Müller, der beim Anblick der Gehängten ein übles Gefühl gespürt hatte, merkte sich diese Belehrung seines Vorgesetzten.

Sie stießen bei dem Dorf Kotielnikowo auf wilden Widerstand. Um den Rückzug der Ihren über den Fluß zu decken, hatte sich dort ein kleiner Gruppenteil Roter Soldaten verschanzt und hielt den anrückenden Feind auf, um jedes Haus, um jede Minute Aufschub kämpfend. Mit den Soldaten kämpften die Reste zurückgebliebener Bevölkerung, Alte, Frauen und Kinder. Auch der Feldwebel Fritz Müller bekam den Geschmack des Todes, des Widerstandes bis auf den Tod. Sein Leutnant fiel, er übernahm das Kommando. Nach der Besetzung des Dorfes, die auch nach Abzug der Roten Soldaten noch schwierig war, weil man dort lieber alles verbrannte, als solche Gäste beherbergen, ließ der Feldwebel Fritz Müller einen der ältesten Bauern, von dem man behauptete, er gehöre zum Dorfsowjet, an einen ehemaligen Wegweiser aufknüpfen und den rechten Arm des Gehängten hochbinden in der Richtung des Schildes »Zum Dorfsowjet«.

Darauf war Grabesstille im Dorf, und er ließ den Gehängten,

bis er faulte. Er aber, Fritz Müller, wurde zum Leutnant ernannt. Er hatte aber bei der Ausgabe seines eigenen Befehls ein übles Gefühl gespürt, eine Art von Erstaunen, ähnlich wie beim Anblick des ersten Galgens, und ein Blick war in seine Augen gekommen, als ob er die Soldaten belauerte, die er selbst zur Durchführung seines Befehls bestimmte. Doch die Soldaten hatten gehorcht, denn sie waren durch die gleiche Schule gegangen, und sie fürchteten, wie ihr Vorgesetzter, den Tod in diesem verruchten Dorf. Und sie hatten auch wie ihr Vorgesetzter den Befehl, eine Maßnahme durchzuführen. Ihm aber zitterten nachher die Hände, als hätte er selbst den Strick geknüpft.

Kam der Winter und warf sie allesamt in die Ukraine zurück und der Frost biß sie an und der Schnee und die spitzen und stumpfen Waffen der Partisanen. Er kam ins Winterquartier. In der Kälte und Dunkelheit des zerschossenen Dorfes, in dem nur die schiefen Blicke zurückgebliebener Weiber und Kinder bös glimmten, war ihm beklommen zumute. Er grübelte wie in den Tagen seiner Jugend, es könnte ihm auch beschieden sein, sang- und klanglos zugrunde zu gehen, einer unter vielen, im Dunkeln. Ein Transport wurde von Partisanen überfallen, da ließ er zwei Mädchen, die die Lichtsignale gegeben hatten, zu Tode schlagen. Seine Hände zitterten nicht mehr, er bestrafte für einen Blick, er ließ hängen für ein Geflüster. Er handelte wie ein Tier, aber er war keins. Denn ihn leitete bei seinen Handlungen eine Idee: Mitleid mit dem Feind ist Verrat.

Bei dem neuen Vormarsch im Frühjahr ließ er zwei seiner eigenen Soldaten, deren Gespräch belauscht worden war, an die Wand stellen. Er galt als guter Offizier. Seine Mannschaft galt als vorzüglich – nach dem Grundsatz, daß Tapferkeit darin besteht, den Vorgesetzten noch mehr zu fürchten als den Feind. Er schlug sich, als könnte ihn ein neuer Rückschlag in die endgültige Dunkelheit zurückwerfen, die ihn gewürgt hatte, bevor ihn vor der Stempelstelle ein Bursche ansprach: »Ich verschaff dir ein neues Hemd.«

Er besetzte das Dorf Ladowka. Man brachte ihm eine Bäuerin, deren ältester Sohn bei den Partisanen war. Er bedrohte die Frau, das Versteck zu verraten, doch die Frau schwieg. Er ließ ihre jüngeren Söhne bringen, und er drohte, er halte sich an die zwei Knaben, bevor sie zum älteren Bruder liefen. Doch die Frau schwieg. Da erschoß er zuerst den einen Knaben und, da die Frau schwieg, auch den zweiten, und er rief, daß sie eine Wölfin, keine Mutter sei, und er erschoß die Frau. Seine Soldaten starrten ihn an, der sie auf Befehl seines Führers so weit geführt hatte. Er aber, Müller, beherrschte das Dorf noch zwei Monate. Dann kam der russische Vorstoß, der es zurücknahm.

Nach dem Urteil des Kriegsgerichts sagte der Leutnant Kaschemnikow: »Kann man begreifen, daß so etwas von einer menschlichen Mutter geboren wurde!« – Aber sie lebte, die Mutter, in der Ufergasse in Düsseldorf, wartete ständig auf Feldpost von ihren Söhnen, auch von dem jüngsten Sohn, den sie im Jahre 1917 geboren hatte, neun Monate nach dem letzten Heimaturlaub des Schlossers Friedrich Müller.

Der Ausflug der toten Mädchen

»Nein, von viel weiter her. Aus Europa.« Der Mann sah mich lächelnd an, als ob ich erwidert hätte: »Vom Mond.« Er war der Wirt der Pulqueria am Ausgang des Dorfes. Er trat vom Tisch zurück und fing an, reglos an die Hauswand gelehnt, mich zu betrachten, als suche er Spuren meiner phantastischen Herkunft.

Mir kam es plötzlich genauso phantastisch wie ihm vor, daß ich aus Europa nach Mexiko verschlagen war. – Das Dorf war festungsartig von Orgelkakteen umgeben wie von Palisaden. Ich konnte durch eine Ritze in die graubraunen Bergabfälle hineinsehen, die, kahl und wild wie ein Mondgebirge, durch ihren bloßen Anblick jeden Verdacht abwiesen, je etwas mit Leben zu tun gehabt zu haben. Zwei Pfefferbäume glühten am Rand einer völlig öden Schlucht. Auch diese Bäume schienen eher zu brennen als zu blühen. Der Wirt hatte sich auf den Boden gehockt, unter den riesigen Schatten seines Hutes. Er hatte aufgehört, mich zu betrachten, ihn lockten weder das Dorf noch die Berge, er starrte bewegungslos das einzige an, was ihm unermeßliche, unlösbare Rätsel aufgab: das vollkommene Nichts.

Ich lehnte mich gegen die Wand in den schmalen Schatten. Um Rettung genannt zu werden, dafür war die Zuflucht in diesem Land zu fragwürdig und zu ungewiß. Ich hatte Monate Krankheit gerade hinter mir, die mich hier erreicht hatte, obwohl mir die mannigfachen Gefahren des Krieges nichts hatten anhaben können. Wie es bisweilen zu gehen pflegt, die Rettungsversuche der Freunde hatten die offensichtlichen Unglücke von mir gebannt und versteckte Unglücke beschworen. – Ich konnte, obwohl mir die Augen vor Hitze und Müdigkeit brannten, den Teil des Weges verfolgen, der aus dem Dorf in die Wildnis führte. Der Weg war so weiß, daß er in die Innenseiten der Augenlider geritzt schien, sobald ich die Augen schloß. Ich sah auch am Rand der Schlucht den Winkel der weißen Mauer, die mir bereits vom Dach meiner Herberge aus in dem großen, höher gelegenen

Dorf, aus dem ich heruntergestiegen war, in den Augen gelegen hatte. Ich hatte sofort nach der Mauer und nach dem Rancho gefragt oder was es sonst war, mit seinem einzelnen, vom Nachthimmel gefallenen Licht, doch niemand hatte mir Auskunft geben können. Ich hatte mich auf den Weg gemacht. Trotz Schwäche und Müdigkeit, die mich schon hier zum Ausschnaufen zwangen, mußte ich selbst herausfinden, was es mit dem Haus auf sich hatte. Die müßige Neugierde war nur der Restbestand meiner alten Reiselust, ein Antrieb aus gewohnheitsmäßigem Zwang. Ich würde, sobald sie befriedigt war, sofort zu dem vorgeschriebenen Obdach zurücksteigen. Die Bank, auf der ich ausruhte, war bis jetzt der letzte Punkt meiner Reise, sogar der äußerste westliche Punkt, an den ich jemals auf Erden geraten war. Die Lust auf absonderliche, ausschweifende Unternehmungen, die mich früher einmal beunruhigt hatte, war längst gestillt, bis zum Überdruß. Es gab nur noch eine einzige Unternehmung, die mich anspornen konnte: die Heimfahrt.

Das Rancho lag, wie die Berge selbst, in flimmrigem Dunst, von dem ich nicht wußte, ob er aus Sonnenstaub bestand oder aus eigener Müdigkeit, die alles vernebelte, so daß die Nähe entwich und die Ferne sich klärte wie eine Fata Morgana. Ich stand auf, da mir meine Müdigkeit schon zuwider war, wodurch der Dunst vor meinen Augen ein wenig verrauchte.

Ich ging durch den Einschnitt in der Palisade aus Kakteen und dann um den Hund herum, der, wie ein Kadaver völlig reglos, mit Staub bedeckt, auf dem Weg schlief, mit abgestreckten Beinen. Es war kurz vor der Regenzeit. Die offenen Wurzeln kahler, verschlungener Bäume klammerten sich an den Abhang, im Begriff zu versteinern. Die weiße Mauer rückte näher. Die Wolke von Staub oder auch von Müdigkeit, die sich schon ein wenig gelichtet hatte, verdichtete sich, in den Bergeinschnitten nicht dunkel wie Wolken sonst, sondern glänzend und flimmrig. Ich hätte an mein Fieber geglaubt, wenn nicht ein leichter heißer Windstoß die Wolken wie Nebelfetzen nach anderen Abhängen verweht hätte.

Es schimmerte grün hinter der langen weißen Mauer. Wahrscheinlich gab es einen Brunnen oder einen abgeleiteten Bach, der das Rancho mehr bewässerte als das Dorf. Dabei sah es unbewohnt aus mit dem niedrigen Haus, das auf der Wegseite fensterlos war. Das einzelne Licht gestern abend hatte wahrscheinlich, wenn es keine Täuschung gewesen war, dem Hofhüter gehört. Das Gitterwerk war, längst überflüssig und morsch, aus dem Toreingang gebrochen. Doch gab es im Torbogen noch die Reste eines von unzähligen Regenzeiten verwaschenen Wappens. Die Reste des Wappens kamen mir bekannt vor, wie die steinernen Muschelhälften, in denen es ruhte. Ich trat in das leere Tor. Ich hörte jetzt inwendig zu meinem Erstaunen ein leichtes, regelmäßiges Knarren. Ich ging noch einen Schritt weiter. Ich konnte das Grün im Garten jetzt riechen, das immer frischer und üppiger wurde, je länger ich hineinsah. Das Knarren wurde bald deutlicher, und ich sah in dem Gebüsch, das immer dichter und saftiger wurde, ein gleichmäßiges Auf und Ab von einer Schaukel oder von einem Wippbrett. Jetzt war meine Neugier wach, so daß ich durch das Tor lief, auf die Schaukel zu. Im selben Augenblick rief jemand: »Netty!«

Mit diesem Namen hatte mich seit der Schulzeit niemand mehr gerufen. Ich hatte gelernt, auf alle die guten und bösen Namen zu hören, mit denen mich Freunde und Feinde zu rufen pflegten, die Namen, die man mir in vielen Jahren in Straßen, Versammlungen, Festen, nächtlichen Zimmern, Polizeiverhören, Büchertiteln, Zeitungsberichten, Protokollen und Pässen beigelegt hatte. Ich hatte sogar, als ich krank und besinnungslos lag, manchmal auf jenen alten, frühen Namen gehofft, doch der Name blieb verloren, von dem ich in Selbsttäuschung glaubte, er könnte mich wieder gesund machen, jung, lustig, bereit zu dem alten Leben mit den alten Gefährten, das unwiederbringlich verloren war. Beim Klang meines alten Namens packte ich vor Bestürzung, obwohl man mich immer in der Klasse wegen dieser Bewegung verspottet hatte, mit beiden Fäusten nach meinen Zöpfen. Ich wunderte mich, daß ich die zwei dicken Zöpfe anpacken konnte: Man hatte sie also doch nicht im Krankenhaus abgeschnitten.

Der Baumstumpf, auf den die Wippschaukel genagelt war, schien auch zuerst in einer dicken Wolke zu stehen, doch teilte und klärte sich die Wolke sogleich in lauter Hagebuttenbüsche. Bald glänzten einzelne Butterblumen in dem Bodendunst, der aus der Erde durch das hohe und dichte Gras quoll, der Dunst verzog sich, bis Löwenzahn und Storchschnabel gesondert dastanden. Dazwischen gab es auch bräunlichrosa Büschel von Zittergras, das schon beim Hinsehen bebte.

Auf jedem Ende der Schaukel ritt ein Mädchen, meine zwei besten Schulfreundinnen. Leni stemmte sich kräftig mit ihren großen Füßen ab, die in eckigen Knopfschuhen steckten. Mir fiel ein, daß sie immer die Schuhe eines älteren Bruders erbte. Der Bruder war freilich schon im Herbst 1914 im Ersten Weltkrieg gefallen. Ich wunderte mich zugleich, wieso man Lenis Gesicht gar keine Spur von den grimmigen Vorfällen anmerkte, die ihr Leben verdorben hatten. Ihr Gesicht war so glatt und blank wie ein frischer Apfel, und nicht der geringste Rest war darin, nicht die geringste Narbe von den Schlägen, die ihr die Gestapo bei der Verhaftung versetzt hatte, als sie sich weigerte, über ihren Mann auszusagen. Ihr dicker Mozartzopf stand beim Schaukeln stark vom Nacken ab. Sie hatte mit zusammengezogenen dichten Brauen in ihrem runden Gesicht den entschlossenen, etwas energischen Ausdruck, den sie von klein auf bei allen schwierigen Unternehmungen annahm. Ich kannte die Falte in ihrer Stirn, in ihrem sonst spiegelglatten und runden Apfelgesicht, von allen Gelegenheiten, von schwierigen Ballspielen und Wettschwimmen und Klassenaufsätzen und später auch bei erregten Versammlungen und beim Flugblätterverteilen. Ich hatte dieselbe Falte zwischen ihren Brauen zuletzt gesehen, als ich zu Hitlers Zeit, kurz vor der endgültigen Flucht, in meiner Vaterstadt meine Freunde zum letzten Mal traf. Sie hatte sie früher auch in der Stirn gehabt, als ihr Mann zur vereinbarten Zeit nicht an den vereinbarten Ort kam, woraus sich ergab, daß er in der von den Nazis verbotenen Druckerei verhaftet worden war. Sie hatte auch sicher Brauen und Mund verzogen, als man sie gleich darauf selbst verhaftete. Die Falte in ihrer Stirn, die früher nur bei besonderen Gelegenheiten entstand, wurde zu einem ständigen Merkmal, als man sie im Frauenkonzentrationslager im zweiten Winter dieses Krieges langsam, aber sicher an Hunger zugrunde gehen ließ. Ich wunderte mich, wieso ich ihren Kopf, der durch das breite Band um den Mozartzopf beschattet war, bisweilen vergessen konnte, wo ich doch sicher war, daß sie selbst im Tod ihr Apfelgesicht mit der eingekerbten Stirn behalten hatte.

Auf der anderen Schaukelseite hockte Marianne, das hübscheste Mädchen der Klasse, die hohen dünnen Beine vor sich auf dem Brett verschränkt. Sie hatte die aschblonden Zöpfe in Kringeln über die Ohren gesteckt. In ihrem Gesicht, so edel und regelmäßig geschnitten wie die Gesichter der steinernen Mädchenfiguren aus dem Mittelalter im Dom von Marburg, war nichts zu sehen als Heiterkeit und Anmut. Man sah ihr ebensowenig wie einer Blume Zeichen von Herzlosigkeit an, von Verschulden oder Gewissenskälte. Ich selbst vergaß sofort alles, was ich über sie wußte, und freute mich ihres Anblicks. Durch ihren stracksen mageren Körper lief jedesmal ein Ruck, wenn sie, ohne sich abzustoßen, den Schwung der Schaukel verstärkte. Sie sah aus, als ob sie auch mühelos abfliegen könnte, die Nelke zwischen den Zähnen, mit ihrer festen kleinen Brust in dem grünleinenen, verwaschenen Kittel.

Ich erkannte die Stimme der ältlichen Lehrerin, Fräulein Mees, auf der Suche nach uns, dicht hinter der niedrigen Mauer, die den Schaukelhof von der Kaffeeterrasse abtrennte. »Leni! Marianne! Netty!« Ich packte nicht mehr vor Erstaunen meine Zöpfe. Die Lehrerin hatte mich ja mit den anderen zusammen bei gar keinem anderen Namen rufen können. Marianne zog die Beine von der Schaukel und stellte, sobald das Brett nach Lenis Seite abwärts wippte, ihre Füße fest auf, damit Leni bequem absteigen konnte. Dann legte sie einen Arm um Lenis Hals und zupfte ihr behutsam Halme aus dem Haar. Mir kam jetzt alles unmöglich vor, was man mir über die beiden erzählt und geschrieben hatte. Wenn Marianne so vorsichtig die Schaukel für Leni festhielt und ihr mit soviel Freundschaft und soviel Behutsamkeit die Halme aus dem Haar zupfte und sogar ihren Arm um Lenis Hals schlang, dann konnte sie sich unmöglich mit kalten Worten später schroff weigern, Leni einen Freundschaftsdienst zu tun. Sie konnte unmöglich die Antwort über die Lippen bringen, sie kümmere sich nicht um ein Mädchen, das irgendwann, irgendwo einmal zufällig in ihre Klasse gegangen sei. Ein jeder Pfennig, an Leni und deren Familie gewandt, sei herausgeworfen, ein Betrug am Staat. Die Gestapobeamten, die nacheinander beide Eltern verhaftet hatten, erklärten vor den Nachbarn, das schutzlos zurückgebliebene Kind der Leni gehöre sofort in ein nationalsozialistisches Erziehungsheim. Darauf fingen Nachbarsfrauen das Kind am Spielplatz ab und hielten es versteckt, damit es nach Berlin zu Verwandten des Vaters fahren könnte.

Sie liefen, um Reisegeld zu leihen, zu Marianne, die sie früher manchmal Arm in Arm mit Leni erblickt hatten. Doch Marianne weigerte sich und fügte hinzu, ihr eigener Mann sei ein hoher Nazibeamter, und Leni samt ihrem Mann seien zu Recht arretiert, weil sie sich gegen Hitler vergangen hätten. Die Frauen fürchteten sich, sie würden noch selbst der Gestapo angezeigt.

Mir flog durch den Kopf, ob Lenis Töchterlein eine ähnlich eingekerbte Stirn gezeigt hatte wie ihre Mutter, als sie dann doch zur Zwangserziehung abgeholt wurde.

Jetzt zogen die beiden, Marianne und Leni, von denen eine ihres Kindes verlustig gegangen war durch das Verschulden der anderen, die Arme gegenseitig um die Hälse geschlungen, Schläfe an Schläfe gelehnt, aus dem Schaukelgärtchen. Ich wurde gerade ein wenig traurig, kam mir, wie es in der Schulzeit leicht geschah, ein wenig verbannt vor aus den gemeinsamen Spielen und herzlichen Freundschaften der anderen. Da blieben die beiden noch einmal stehen und nahmen mich in die Mitte.

Wir zogen wie drei Küken hinter der Ente, hinter Fräulein Mees her auf die Kaffeeterrasse. Fräulein Mees hinkte ein wenig, was sie, zusammen mit ihrem großen Hintern, einer Ente noch ähnlicher machte. Auf ihrem Busen, im Blusenausschnitt, hing ein großes schwarzes Kreuz. Ich hätte ein Lächeln verbissen, wie Leni und Marianne, doch milderte sich die Belustigung über ihren komischen Anblick durch eine schwer damit zu vereinende Achtung: Sie hatte später das klobige schwarze Kreuz im Kleidausschnitt nie abgelegt. Sie war ganz freimütig furchtlos statt mit einem Hakenkreuz mit ebendiesem Kreuz nach dem verbotenen Gottesdienst der Bekenntniskirche umhergegangen.

Die Kaffeeterrasse am Rhein war mit Rosenstöcken bepflanzt. Sie schienen, mit den Mädchen verglichen, so regelrecht, so kerzengerade, so wohlbehütet wie Gartenblumen neben Feldblumen. Durch den Geruch von Wasser und Garten drang verlokkend Kaffeegeruch. Von den mit rot-weiß karierten Tüchern gedeckten Tischen vor dem langgestreckten niedrigen Gasthaus tönte das Gesumm junger Stimmen wie ein Bienenschwarm. Mich zog es zuerst dichter ans Ufer, damit ich die unbegrenzte sonnige Weite des Landes in mich einatmen konnte. Ich riß die zwei anderen, Leni und Marianne, zum Gartenzaun, wo wir in den Fluß sahen, der graublau und flimmrig an der Wirtschaft vorbeiströmte. Die Dörfer und Hügel auf dem gegenüberliegenden Ufer mit ihren Äckern und Wäldern spiegelten sich in einem Netz von Sonnenkringeln. Je mehr und je länger ich um mich sah, desto freier konnte ich atmen, desto rascher füllte sich mein Herz mit Heiterkeit. Denn fast unmerklich verflüchtigte sich der schwere Druck von Trübsinn, der auf jedem Atemzug gelegen hatte. Bei dem bloßen Anblick des weichen, hügeligen Landes gedieh die Lebensfreude und Heiterkeit statt der Schwermut aus dem Blut selbst, wie ein bestimmtes Korn aus einer bestimmten Luft und Erde.

Ein holländischer Dampfer mit einer Kette von acht Schleppkähnen fuhr durch die im Wasser widergespiegelten Hügel. Sie fuhren Holz. Die Schiffersfrau, umtanzt von ihrem Hündchen, kehrte gerade das Verdeck. Wir Mädchen warteten, bis im Rhein die weiße Spur hinter dem Zug aus Holzschleppern verschwunden war und nichts mehr im Wasser zu sehen als der Abglanz des gegenüberliegenden Ufers, der mit dem Abglanz unseres diesseitigen Gartens zusammenstieß. Wir machten kehrt zu den Kaffeetischen, voran unser wackliges Fräulein Mees, die mir gar nicht mehr drollig vorkam, mit ihrem ebenfalls wackligen Brustkreuz, das für mich auf einmal bedeutsam und unumstößlich geworden war und feierlich wie ein Wahrzeichen.

Vielleicht gab es unter den Schulmädchen auch mürrische und schmierige: In ihren bunten Sommerkleidern, mit ihren hüpfenden Zöpfen und lustigen Kringeln sahen sie alle frisch und festlich aus. Weil die meisten Plätze besetzt waren, teilten sich Marianne und Leni Stuhl und Kaffeetasse. Eine kleine stupsnäsige Nora, mit dünnem Stimmchen, mit zwei um den Kopf gewundenen Zöpfen, in kariertem Kleidchen, schenkte selbstbewußt Kaffee ein und teilte Zucker aus, als sei sie selbst die Wirtin. Marianne, die sonst ihre ehemaligen Mitschülerinnen zu vergessen pflegte, erinnerte sich noch deutlich dieses Ausflugs, als Nora, die Leiterin der Nationalsozialistischen Frauenschaft geworden war, sie dort als Volksgenossin und ehemalige Schulkameradin begrüßte.

Die blaue Wolke von Dunst, die aus dem Rhein kam oder immer noch aus meinen übermüdeten Augen, vernebelte über allen Mädchentischen, so daß ich die einzelnen Gesichter von Nora und Leni und Marianne und wie sie sonst hießen, nicht mehr deutlich unterschied, wie sich keine einzelne Dolde mehr abhebt in einem Gewirr wilder Blumen. Ich hörte eine Weile das Gestreite, wo die jüngere Lehrerin, Fräulein Sichel, die gerade aus dem Gasthaus trat, sich am besten setzen könnte. Die Dunstwolke verschwebte vor meinen Augen, so daß ich Fräulein Sichel genau erkannte, die frisch und hell gekleidet einherkam wie ihre Schülerinnen.

Sie setzte sich dicht neben mich, die hurtige Nora schenkte ihr, der Lieblingslehrerin, Kaffee ein: In ihrer Gefälligkeit und Bereitschaft hatte sie Fräulein Sichels Platz sogar geschwind mit ein paar Jasminzweigen umwunden.

Das hätte die Nora sicher, wäre ihr Gedächtnis nicht ebenso dünn gewesen wie ihre Stimme, später bereut, als Leiterin der Nationalsozialistischen Frauenschaft unserer Stadt. Jetzt sah sie mit Stolz und beinahe sogar mit Verliebtheit zu, wie Fräulein Sichel einen von diesen Jasminzweigen in das Knopfloch ihrer Jacke steckte. Im ersten Weltkrieg würde sie sich noch immer freuen, daß sie in einer Abteilung des Frauendienstes, der durchfahrende Soldaten tränkte und speiste, die gleiche Dienstzeit wie Fräulein Sichel hatte. Doch später sollte sie dieselbe Lehrerin, die dann schon greisenhaft zittrig geworden war, mit groben Worten von einer Bank am Rhein herunterjagen, weil sie auf einer judenfreien Bank sitzen wollte. Mich selbst durchfuhr plötzlich, da ich dicht neben ihr saß, wie ein schweres Versäumnis in meinem Gedächtnis, als ob ich die höhere Pflicht hätte, mir auch die winzigsten Einzelheiten für immer zu merken, daß das Haar von Fräulein Sichel keineswegs von jeher schneeweiß war, wie ich es in Erinnerung hatte, sondern in der Zeit unseres Schulausfluges duftig braun, bis auf ein paar weiße Strähnen an ihren Schläfen. Es waren ihrer jetzt noch so wenig weiße, daß man sie zählen konnte, doch mich bestürzten sie, als sei ich zum erstenmal heute und hier auf eine Spur des Alters gestoßen. Alle übrigen Mädchen an unserem Tisch freuten sich mit Nora über die Nähe der jungen Lehrerin, ohne zu ahnen, daß sie später das Fräulein Sichel bespucken und Judensau verhöhnen würden.

Die älteste von uns allen, Lore – sie trug Rock und Bluse und rötliches onduliertes Haar und hatte schon längst echte Liebschaften –, war inzwischen von einem Tisch zum anderen gegangen, um selbstgebackenen Kuchen zu verteilen. In diesem Mädchen wohnten allerlei kostbare häusliche Begabungen zusammen, die sich teils auf die Liebes-, teils auf die Kochkunst bezogen. Die Lore war immerzu überaus lustig und gefällig und zu drolligen Witzen und Streichen aufgelegt. Ihr ungewöhnlich frühzeitig begonnener, von den Lehrerinnen streng gerügter leichtfertiger Lebenswandel führte zu keiner Heirat und sogar zu keiner ernsthaften Liebesbeziehung, so daß sie, als die meisten längst würdige Mütter waren, noch immer wie heute aussah, als Mitschülerin, kurzrockig, mit großem, rotem, genäschigem Mund. Wie konnte es da mit ihr so ein finsteres Ende nehmen. Freiwilliges Sterben durch eine Röhre Schlafpulver. Ein verärgerter Naziliebhaber hatte sie, da ihre Untreue Rassenschande hieß, mit Konzentrationslager bedroht. Er hatte lange umsonst gelauert, sie endlich mit dem gesetzlich verbotenen Freund zu überraschen. Doch trotz seiner Eifersucht und Strafgier war ihm der Nachweis erst gelungen, als kurz vor diesem Krieg bei einer Fliegeralarmprobe der Luftwart alle Einwohner aus Zimmern und Betten in den Keller zwang, auch die Lore mit dem verfemten Liebsten.

Sie schenkte nun heimlich, was uns aber doch nicht entging, ein übriggebliebenes Zimtsternchen der ebenfalls auffällig hübschen, pfiffigen, mit zahllosen natürlichen Löckchen geputzten Ida. Sie war ihr in der Klasse die einzige Freundin, da Lore sonst wegen ihrer Belustigungen ziemlich schief angesehen wurde. Wir munkelten viel über die fidelen Verabredungen von Ida und Lore, auch über ihre gemeinsamen Besuche der Schwimmanstalten, wo sie gelenkige Gefährten zum Freischwimmen trafen. Ich weiß nur nicht, warum Ida, die heimlich das Zimtsternchen nagte, nie von der Feme der Mütter und Töchter getroffen wurde, vielleicht, weil sie eine Lehrerstochter war und Lore eine Friseurstochter. Ida machte beizeiten Schluß mit dem lockeren Leben, aber es kam auch bei ihr nicht zur Heirat, weil ihr Bräutigam vor Verdun fiel. Dieses Herzeleid trieb sie zur Krankenpflege, damit sie wenigstens den Verwundeten nützlich werden könnte. Da sie ihren Beruf mit dem Friedensschluß 1918 nicht aufgeben wollte, trat sie bei den Diakonissinnen ein. Ihre Lieblichkeit war schon ein wenig verwelkt, ihre Löckchen waren schon ein wenig grau, wie mit Asche bestreut, als sie Funktionärin bei den nationalsozialistischen Krankenschwestern wurde, und wenn sie auch in dem jetzigen Krieg keinen Bräutigam hatte, ihr Wunsch nach Rache, ihre Erbitterung waren immer noch wach. Sie prägte den jüngeren Pflegerinnen die staatlichen Anweisungen ein, die zur Vermeidung von Gesprächen und falschen Mitleidsdiensten bei der Pflege Kriegsgefangener mahnten. Doch ihre Anweisung, den frisch gekommenen Mull ausschließlich für Landsleute zu verwenden, nützte gar nichts. Denn an dem Ort ihrer neuen Tätigkeit, in das Spital weit hinter der Front, schlug eine Bombe ein, die Freunde und Feinde zerknallte und natürlich auch ihren Lockenkopf, über den jetzt noch einmal Lore fuhr mit fünf manikürten Fingern, wie nur sie allein in der Klasse welche hatte.

Gleichzeitig schlug Fräulein Mees mit dem Löffel an die Kaffeetasse und befahl uns, unseren Geldbeitrag zum Kaffee in den Zwiebelmusterteller zu werfen, den sie gerade mit ihrer Lieblingsschülerin um die Tische herumschickte. Genauso flink und beherzt hatte sie später für die von den Nazis verpönte Bekenntniskirche gesammelt, wo sie, an solche Ämter gewöhnt, zuletzt Kassiererin geworden war. Kein ungefährliches Amt, aber sie hatte ebenso frisch und natürlich das Scherflein gesammelt. Die Lieblingsschülerin Gerda klapperte heute lustig mit dem Sammelteller und trug ihn dann zur Wirtin. Gerda war, ohne schön zu sein, einnehmend und gewandt, mit einem stutenartigen Schädel, mit grobem, zottigem Haar, starken Zähnen und schönen braunen, ebenfalls pferdeartigen, treuen und sanft gewölbten Augen. Sie jagte gleich darauf von der Wirtin zurück – auch darin glich sie einem Pferdchen, daß sie immer im Galopp war –, um die Erlaubnis zu erbitten, sich von der Klasse zu sondern und das nächste Schiff benutzen zu dürfen. Sie hatte im Gasthaus erfahren, daß das Kind der Besitzerin schwer erkrankt war. Da zu seiner Pflege sonst niemand da war, wollte Gerda die Kranke besorgen. Fräulein Mees beschwichtigte alle Einwände von Fräulein Sichel, und Gerda galoppierte zu ihrer Krankenpflege wie zu einem Fest. Sie war zur Krankenpflege und Menschenliebe geboren, zum Beruf einer Lehrerin in einem aus dem Bestand der Welt fast verschwundenen Sinn, als sei sie auserlesen, überall Kinder zu suchen, denen sie vonnöten war, und sie entdeckte auch immer und überall Hilfsbedürftige. Wenn auch ihr Leben zuletzt unbeachtet und sinnlos endete, so war darin doch nichts verloren, nicht die bescheidenste ihrer Hilfeleistungen. Ihr Leben selbst war leichter vertilgbar als die Spuren ihres Lebens, die im Gedächtnis von vielen sind, denen sie einmal zufällig geholfen hat. Wer aber war denn zur Stelle, ihr selbst zu helfen, als ihr eigener Mann, gegen ihr Verbot und gegen ihre Drohung, die Hakenkreuzfahne, wie es der neue Staat befahl, zum Ersten Mai heraushängte, weil man ihm sonst die Stelle gekündigt hätte? Niemand war da, um sie rechtzeitig zu beruhigen, als sie, vom Markt heimlaufend, die schauerlich geflaggte Wohnung erblickte, voll Scham und Verzweiflung hinaufstürzte und den Gashahn aufdrehte. Niemand stand ihr bei. Sie blieb in dieser Stunde hoffnungslos allein, wie vielen sie selbst auch beigestanden hatte.

Ein Dampfer tutete vom Rhein her. Wir reckten unsere Köpfe. Auf seinem weißen Rumpf stand in goldener Schrift »Remagen«. Obwohl er weitab trieb, konnte ich den Namen mit meinen kranken Augen glatt entziffern. Ich sah das Rauchgekräusel überm Schornstein und die Luken der Kajüte. Ich verfolgte die Fahrbahn des Dampfers, die sich in einem fort glättete und in einem fort neu entstand. Meine Augen hatten sich inzwischen in der gewohnten vertrauten Welt eingewöhnt, ich sah alles noch schärfer als bei der Durchfahrt des holländischen Schleppers. Es haftete diesem Dampferchen »Remagen« auf dem breiten stillen Strom, Dörfer streifend und Hügelketten und Wolkenzüge, eine durch nichts verlorene, durch nichts verlierbare Klarheit an, die durch nichts auf der Welt zu trüben war. Ich hatte auch bereits selbst auf dem Deck des Dampfers und in den Bullaugen die bekannten Gesichter festgestellt, die die Mädchen jetzt laut ausriefen: »Lehrer Schenk! Lehrer Reiß! Otto Helmholz! Eugen Lütgens! Fritz Müller!«

Alle Mädchen riefen miteinander: »Das ist das Realgymnasium! Das ist die Unterprima!« Ob diese Klasse, die wie wir ihren Ausflug machte, hier bei der nächsten Dampferstation halten würde? Fräulein Sichel und Fräulein Mees befahlen nach kurzer Beratung uns Mädchen das Aufstellen in Viererreihen, da sie auf jeden Fall das Zusammentreffen der beiden Klassen vermeiden wollten. Marianne, deren Zöpfe sich bei der Schaukelfahrt aufgelöst hatten, begann ihre Schnecken über den Ohren frisch aufzustecken, denn ihre Freundin Leni, mit der sie seit der gemeinsamen Schaukelei den Stuhl geteilt hatte, stellte mit besseren Augen fest, Otto Fresenius sei auch an Bord, Mariannes liebster Werber und Tänzer. Leni flüsterte ihr überdies zu: »Sie steigen hier aus; er zeigt mit der Hand.«

Fresenius, ein dunkelblonder schlaksiger Junge von siebzehn Jahren, der schon längst hartnäckig vom Schiff herwinkte, wäre auch zu uns herübergeschwommen, um mit seinem Mädchen vereint zu sein. Marianne hing den Arm fest um Lenis Hals, ihr war die Freundin, an die sie sich später überhaupt nicht mehr erinnern wollte, als man um ihre Hilfe bat, wie eine echte Schwester, in Freud und Not der Liebe eine gute Betreuerin, die gewissenhaft Briefe und heimliche Zusammentreffen vermittelte. Marianne, die immer ein schönes gesundes Mädchen war, wurde durch die bloße Nähe des Freundes ein solches Wunder an Zartheit und Anmut, daß sie wie ein sagenhaftes Kind von allen Schulmädchen abstach. Otto Fresenius hatte bereits daheim seiner Mutter, mit der er Geheimnisse teilte, seine Zuneigung verraten. Da die Mutter sich selbst an der glücklichen Wahl freute, meinte sie, daß einmal später, wenn man gebührend wartete, nichts einer Ehe im Wege stünde. Zum Verlobungsfest kam es dann auch, aber zur Hochzeit nie, denn der Bräutigam fiel ja schon 1914 in einem Studentenbataillon in den Argonnen.

Der Dampfer »Remagen« machte jetzt eine Drehung zum Landungssteg. Unsere zwei Lehrerinnen, die zur Heimfahrt der Mädchen das Schiff aus entgegengesetzter Richtung abwarten mußten, begannen sofort, uns abzuzählen. Leni und Marianne sahen gespannt dem Dampfer entgegen. Leni drehte so neugierig ihren Kopf, als ob sie ahne, daß auch ihre eigene Zukunft, der Ablauf ihres eigenen Schicksals, von der Vereinigung oder Trennung des Liebespaares abhänge. Wär es allein nach Leni gegangen statt nach Kaiser Wilhelms Mobilmachung und später nach den französischen Scharfschützen, die beiden wären sicher ein Paar geworden. Sie fühlte genau, wie gut die zwei jungen Leute an Herz und Körper zusammenpaßten. Dann hätte sich Marianne auch später nie geweigert, für Lenis Kind zu sorgen. Otto Fresenius hätte vielleicht schon vorher Mittel gefunden, der Leni zur Flucht zu verhelfen. Er hätte wahrscheinlich dem zarten schönen Gesicht seiner Frau Marianne nach und nach einen solchen Zug von Rechtlichkeit, von gemeinsam geachteter Menschenwürde eingeprägt, der sie dann verhindert hätte, ihre Schulfreundin zu verleugnen.

Jetzt kam Otto Fresenius, dem ein Geschoß im ersten Weltkrieg den Bauch zerreißen sollte, von seiner Liebe angespornt, als erster über den Landungssteg auf den Wirtsgarten zu. Marianne, die eine Hand nie von Lenis Schulter wegzog, gab ihm ihre freie Hand und überließ sie ihm. Nicht nur der Leni und mir, uns Kindern allen war es klar, daß diese zwei ein Liebespaar waren. Sie gaben uns zum erstenmal, nicht geträumt, nicht gelesen aus Dichtungen oder Märchen oder aus klassischen Dramen, sondern echt und wirklich, den richtigen Begriff eines Liebespaares, wie es die Natur selbst geplant und zusammengefügt hat.

Einen Finger noch immer in seinen gehängt, zeigte Mariannes Gesicht einen Ausdruck völliger Ergebenheit, der jetzt zum Ausdruck ewiger Treue wurde zu dem hohen, mageren, dunkelblonden Jungen, um den sie auch, wenn ihr Feldpostbrief mit dem Stempel »Gefallen« zurückkommt, wie eine Witwe in Schwarz trauern wird. In diesen schweren Tagen, in denen Marianne, die ich doch früher das Leben anbeten sah mit seinen großen und kleinen Freuden, ob es um ihre Liebe ging oder um die Wippschaukel, am Leben schlechthin verzweifelte, würde die Freundin Leni, um die sie jetzt ihren Arm gelegt hielt, die Bekanntschaft des Urlaubers Fritz machen, aus einer Eisenbahnerfamilie unserer Stadt. Während Marianne lange Zeit von einer schwarzen Wolke umhüllt war, in verzweifelter Anmut, in tieftrauriger Lieblichkeit, war Leni der reifste, rosigste Apfel. Die beiden Freundinnen waren dadurch eine Zeitlang auf die gewöhnliche menschliche Weise entfremdet, mit der Leid und Glück entfremdet sind. Nach dem Ablauf der Trauerzeit würde sich Marianne nach verschiedenen Treffen in Kaffeewirtschaften am Rheinufer, mit ineinandergehakten Fingern wie jetzt und dem gleichen Ausdruck ewiger Treue wie jetzt auf dem länglichen sanften Gesicht, eine neue Verbindung mit einem gewissen Gustav Liebig wählen, der den ersten Weltkrieg heil überstanden hatte und der später in unserer Stadt SS-Sturmbannführer werden sollte. Das wäre Otto Fresenius, selbst wenn er gesund aus dem Krieg gekommen wäre, nie geworden, weder SS-Sturmbannführer noch Vertrauensmann der Gauleitung. Die Spur von Gerechtigkeit und Rechtlichkeit, die seinen Zügen schon jetzt im Knabengesicht unverkennbar innewohnte, machte ihn untauglich für eine solche Laufbahn und solchen Beruf. Leni war nur beruhigt, als sie erfuhr, daß ihre Klassengefährtin, an der sie damals noch hing wie an einer Schwester, sich in ein frisches, neue Freuden versprechendes Schicksal gefunden hatte. Sie war genau wie jetzt viel zu töricht, um zu ahnen, daß die Schicksale der Knaben und Mädchen zusammen das Schicksal der Heimat, das Schicksal des Volkes ausmachen, daß darum über kurz oder lang das Leid oder Glück ihrer Klassenfreundin sie selbst beschatten oder besonnen könnte. Mir entging jetzt genausowenig wie Leni das lautlose, unaustilgbare Gelöbnis im Gesicht Mariannes, das leicht, wie zufällig, an den Arm des Freundes gelehnt war, die Bürgschaft unzerstörbarer Zusammengehörigkeit. Leni atmete tief auf, als sei es für sie ein besonderes Glück, Zeuge solcher Liebe zu sein. Ehe sie, Leni und ihr Mann, von der Gestapo verhaftet sein würden, sollte Marianne von ihrem neuen Mann Liebig, dem sie auch ewige Treue gelobt hatte, so viel verächtliche Worte über den Mann ihrer Schulfreundin hören, daß ihr selbst bald die Freundschaft mit einem für so verächtlich gehaltenen Mädchen entglitt. Lenis Mann hatte sich mit allen Mitteln gesträubt, in die SA oder SS einzutreten. Mariannes Mann, der stolz auf Rang und Ordnung war, wäre dort in der SS sein Vorgesetzter geworden. Wie er merkte, daß Lenis Mann den von ihm für so ehrenvoll gehaltenen Eintritt verschmähte, machte er die Behörden der kleinen Stadt auf den nachlässigen Untertan aufmerksam.

Nach und nach war die ganze Knabenklasse mit ihren zwei Lehrern gelandet. Ein gewisser Herr Neeb, ein junger Lehrer mit blondem Schnurrbärtchen, ließ nach einer Verbeugung gegen die beiden Lehrerinnen seinen scharfen Blick über uns Mädchen gehen, wobei er feststellte, daß Gerda, die er unwillkürlich suchte, nicht dabei war. Gerda pflegte und wusch noch immer im Gasthaus das kranke Kind der Wirtin, ahnte nichts von dem Knabenzustrom draußen im Garten, auch nicht, daß sie der Lehrer Neeb bereits vermißte, dem sie schon bei anderen Gelegenheiten durch ihre braunen Augen und durch ihre Hilfsbereitschaft aufgefallen war. Erst nach 1918, nach dem Abschluß des ersten Weltkrieges, als die Gerda schon selbst Lehrerin war und schon beide die Schulverbesserungen der Weimarer Republik unterstützten, sollten sie sich endgültig in dem jüngst gegründeten »Bund entschiedener Schulreformer« treffen. Aber die Gerda blieb den alten Zielen und Wünschen treuer als er. Nachdem er endlich mit dem Mädchen verheiratet war, das er wegen ihrer Gesinnung gewählt hatte, achtete er bald ein Zusammenleben in Frieden und Wohlstand höher als die gemeinsame Gesinnung. Deshalb hing er auch die Hakenkreuzfahne aus seinem Wohnzimmerfenster, denn das Gesetz bedrohte ihn im Unterlassungsfall, seine Stellung und dadurch das Brot für seine Familie zu verlieren.

Nicht nur mir war Neebs Enttäuschung aufgefallen, weil er in unserer Schar das Mädchen Gerda nicht sah, die er später so sicher finden und zu der Seinen machen sollte, daß er dadurch ihren Tod mitverschuldete. Else war, glaube ich, die Jüngste von uns allen, ein dickzöpfiges rundes Mädchen mit einem runden, kirschenroten Mund. Sie äußerte scheinbar beiläufig, gleichmütig, daß noch eine von uns, Gerda, im Gasthaus geblieben sei, um ein erkranktes Kind zu versorgen. Else, die ich und alle bald vergaßen in ihrer Kleinheit und Unauffälligkeit, wie man eben an irgendeinem Strauch eine bestimmte dicke Knospe vergißt, hatte noch gar keine eigenen Liebesgeschichten, liebte es aber, die der anderen ausfindig zu machen und darin herumzustöbern. Jetzt belehrte sie das Aufglänzen in den Augen des Herrn Neeb, daß sie richtig geraten hatte, sie fügte scheinbar zufällig hinzu: »Das Krankenzimmer ist gleich hinter der Küche.« Während die Else solchermaßen ihre Schlauheit erprobte, und sie konnte mit ihren glitzernden Kinderaugen Neebs Gedanken viel besser entziffern als mit erwachsenen, durch Erfahrung getrübten Augen, sollte ihre eigene Liebe noch lange auf sich warten lassen. Denn ihr künftiger Mann, der Schreiner Ebi, ging erst noch in den Krieg. Er hatte schon damals Spitzbärtchen und Bäuchlein und war viel älter als sie. Als er die immer noch runde und stubsnäsige Else nach dem damaligen Friedensschluß zur Schreinermeisterin machte, kam es ihm im Geschäft gelegen, daß sie inzwischen Buchhaltung auf der Handelsschule gelernt hatte. Beiden war die Schreinerei wichtig und ihre drei Kinder. Der Schreiner pflegte später zu sagen, für ihn laufe sein Handwerk gleich, ob in Darmstadt, der Provinzialhauptstadt, großherzogliche oder sozialdemokratische Ministerräte säßen. Auch Hitlers Macht und den Ausbruch des neuen Krieges sah er wie eine Art böses Naturereignis an, wie ein Gewitter oder wie einen Schneesturm. Er war damals schon ziemlich gealtert. Auch in Elses buschigen Zöpfen gab es manche graue Strähnen. Seine Meinung zu ändern fand er wohl auch keine Zeit, als bei dem englischen Fliegerangriff auf Mainz innerhalb fünf Minuten seine Frau Else, er selbst, seine Kinder und seine Gesellen das Leben verließen, mit seinem Haus und seiner Werkstatt in Staub und Fetzen verwandelt.

Während die Else, fest und rund wie ein Knödelchen, durch nichts anderes zu zersplittern als durch eine Bombe, in ihre Mädchenreihe hineinsprang, nahm Marianne ihren Platz in der äußersten Ecke der hintersten Reihe ein, wo Otto noch immer neben ihr stehen konnte, ihre Hand in seiner. Sie sahen über den Zaun weg ins Wasser, wo sich ihre Schatten mit den Spiegelbildern der Berge und Wolken vermischten und der weißen Mauer der Ausflugswirtschaft. Sie sprachen nichts miteinander, sie waren sich völlig gewiß, daß nichts sie trennen konnte, keine Viererreihen und keine Dampferabfahrt, nicht einmal später der gemeinsame Tod im geruhsamen Alter in einer Schar gemeinsam gezeugter und aufgezogener Kinder.

Der ältere Lehrer der Knabenklasse – er schlürfte dahin und räusperte sich, er hieß bei den Buben der »Greis« – kam über den Landungssteg in den Garten, von seinen Knaben umgeben. Sie setzten sich flink und gierig an den Tisch, den wir Mädchen eben verlassen hatten, und die Wirtin, die froh war, daß ihr krankes Kind noch immer von Gerda betreut wurde, brachte ihr frisches, blauweißes Zwiebelmustergeschirr. Der Knabenklassenchef, Lehrer Reiß, fing seinen Kaffee zu schlecken an. Es klang, als schlürfe ein bärtiger Riese.

Umgekehrt wie es sonst geschieht, erlebte der Lehrer das Absterben seiner jungen Schüler im folgenden und im jetzigen Krieg, in schwarzweißroten und in Hakenkreuzregimentern. Er aber überlebte alles unbeschadet. Denn er wurde allmählich zu alt, nicht bloß für Kämpfe, sondern auch für auslegbare Äußerungen, die ihn hätten in Haft und Konzentrationslager bringen können.

Während die teils gesitteten, teils strolchigen Buben, die um den »Greis« herumbummelten, den Kobolden aus der Sage glichen, war der Mädchenschwarm drunten im Garten piepsig und elfig. Bei unserer Abzählung hatte man festgestellt, daß ein paar

Mädchen fehlten. Lore saß in der Knabenklasse, denn sie blieb immer so lange wie möglich, heute sowohl wie ihr ganzes, übrigens durch Nazieifersucht schlecht beendetes Leben, in männlicher Gesellschaft. Neben ihr kicherte eine gewisse Elli, die ihren Tanzstundenfreund plötzlich entdeckt hatte, Walter, ein pausbäckiges Knäblein. Jetzt waren die zu seinem Kummer noch kurzen Höschen zu stramm über seinem festen Hintern, später würde er, ein zwar schon ältlicher, aber noch äußerst ansehnlicher SS-Mann, als Transportleiter Lenis verhafteten Mann für immer fortbringen. Leni stellte sich weiter sorgfältig schräg, damit Marianne die letzten Worte mit ihrem Liebsten wechseln konnte, ohne daß sie nur ahnen konnte, von wieviel künftigen Feindschaften sie hier im Garten umgeben war. Ida, die künftige Diakonissin, trottete pfeifend mit drolligen Tanzschritten zu uns herunter: die runden Kulleraugen der kleinen Burschen und die schrägen, behaglichen des alten Kaffeeschlürfers von Lehrer lagen erfreut auf ihrem Lockenkopf, um den ein Samtband gedreht war. Einmal im russischen Winter 1943, wenn ihr Spital unerwartet unter dem Bombardement liegt, wird sie genauso klar wie ich jetzt an das Samtbändchen in ihrem Haar denken und an das weiße, sonnige Wirtshaus und den Garten am Rhein und an die ankommenden Knaben und die abfahrenden Mädchen.

Marianne hatte die Hand ihres Otto Fresenius losgelassen. Sie hatte auch ihren Arm nicht mehr auf Lenis Schulter, sie stand in ihrer Mädchenreihe allein und verlassen im Nachdenken der Liebe. Trotz dieser irdischsten aller Gesinnungen stach sie jetzt von den anderen Mädchen durch eine beinahe überirdische Schönheit ab. Otto Fresenius kehrte zu dem Knabentisch zurück, Seite an Seite mit dem jungen Lehrer Neeb. Der betrug sich ohne Spott und Fragen wie ein guter Kamerad, weil er ja in derselben Klasse ein Mädchen suchte, und weil er auch bei den Allerjüngsten Liebesunternehmungen achtete. Da diesen Jungen, den Otto, soviel rascher als den älteren Lehrer der Tod von seiner Liebsten reißen würde, blieb ihm im kurzen Leben Treue für immer gewährt und alles Böse erspart, alle Versuchungen, alle Gemeinheit und Schande, denen der ältere Mann zum Opfer fiel, als er für sich und Gerda eine staatlich bezahlte Stelle retten wollte.

Fräulein Mees, mit dem mächtigen, unzerstörbaren Kreuz auf

dem Busen, bewachte sorgfältig uns Mädchen, damit keines vor der Ankunft eines Dampfers zu ihrem Tanzstundenfreund durchbrannte. Fräulein Sichel war auf die Suche nach einer gewissen Sophie Meier gegangen, fand sie auch schließlich auf der Wippschaukel mit einem Jungen, Herbert Becker, zusammen, der genau wie sie selbst schmächtig und bebrillt war, so daß sie eher Geschwistern glichen als einem Liebespaar. Herbert Becker jagte beim Anblick der Lehrerin davon. Ich sah ihn noch oft durch unsere Stadt jagen, grinsend und Grimassen schneidend. Er hatte noch immer das gleiche bebrillte, pfiffige Bubengesicht, als ich ihn vor wenigen Jahren in Frankreich wiedertraf, da er gerade aus dem spanischen Bürgerkrieg kam. Sophie wurde von Fräulein Sichel wegen ihrer Rumtreiberei ausgescholten, so daß sie ihre von Tränen feucht gewordene Brille putzen mußte. Nicht nur das Haar der Lehrerin, in dem ich auch jetzt wieder verwundert ein Gemisch grauer Strähnen feststellte, auch das Haar der Schülerin Sophie, jetzt noch so schwarz wie Ebenholz, wie das Haar Schneewittchens, sollte über und über weiß sein, als sie zusammen im vollgepferchten plombierten Waggon von den Nazis nach Polen deportiert wurden. Sophie war sogar völlig verhutzelt und veraltert, als sie in den Armen von Fräulein Sichel wie eine gleichaltrige Schwester überraschend abstarb.

Wir trösteten Sophie und putzten ihre Brillengläser, als Fräulein Mees in die Hände klatschte zum Abzug an die Dampferstation. Wir schämten uns, weil die Knabenklasse beobachtete, wie man uns aufmarschieren ließ, und weil sich alle über den schiefen wackligen Entengang unserer Lehrerin belustigten. Nur bei mir milderte sich der Spott durch die Achtung vor ihrer immer gleichgebliebenen Haltung, der auch die Vorladung vor das von Hitler in Szene gesetzte Volksgericht mit Androhung von Gefängnis nichts anhaben konnte. Wir warteten alle zusammen auf dem Landungssteg, bis unser Dampfer sein Seil auswarf. Mir erschien das Auffangen des Seiles durch den Bootsmann, das Winden des Seiles um den Pflock, das Aufstellen der Schiffsbrücke ungemein behende, der Willkomm einer neuen Welt, die Bürgschaft unserer Wasserfahrt, so daß alle Reisen über unendliche Meere von einem Kontinent zum anderen verblaßten und abenteuerlich wurden wie Kinderträume. Sie waren bei weitem nicht so erregend, so wirklichkeitstreu im Geruch von Holz und Wasser, im leichten Geschwank der Schiffsbrücke, im Knirschen der Seile wie der Antritt der zwanzig Minuten langen Rheinfahrt nach meiner Vaterstadt.

Ich sprang aufs Verdeck, um nahe am Steuerrad zu sitzen. Das Schiffsglöckchen läutete, das Seil wurde eingeholt, der Dampfer drehte. Sein weißer glitzernder Bogen von Schaum grub sich in den Fluß ein. Mir fielen alle weißen Schaumritzen ein, die alle möglichen Schiffe unter allen möglichen Breitengraden in die Meere gefurcht hatten. Die Flüchtigkeit und die Unverrückbarkeit einer Fahrt, die Bodenlosigkeit und die Erreichbarkeit des Wassers hatten sich mir nie mehr so stark einprägen können. Da stellte sich plötzlich Fräulein Sichel vor mich. Sie sah in der Sonne sehr jung aus in ihrem getupften Kleid mit ihrer festen kleinen Brust. Sie sagte zu mir mit blanken grauen Augen, weil ich gern fahre und weil ich gern Aufsätze schreibe, sollte ich für die nächste Deutschstunde eine Beschreibung des Schulausfluges machen.

Alle Mädchen der Schulklasse, die das Verdeck der Kajüte vorzogen, kamen um mich herum herauf auf die Bänke gestürzt. Aus dem Garten winkten und pfiffen die Knaben. Lore pfiff schrill zurück, sie wurde dafür heftig von Fräulein Mees ausgescholten, derweil die drüben im selben Takt fortfuhren zu pfeifen, Marianne beugte sich weit über das Geländer und ließ den Otto nicht aus den Augen, als könne schon diese Trennung für immer sein wie später die im Krieg 1914. Als sie ihren Freund nicht mehr erkennen konnte, legte sie einen Arm um mich und einen um Leni. Ich spürte zugleich mit der Zärtlichkeit ihres mageren bloßen Armes den Aufglanz der Sonne auf meinem Nakken. Ich sah jetzt auch zu Otto Fresenius zurück, der immer noch seinem Mädchen nachstarrte, als könnte er sie im Auge behalten und, da sie jetzt ihren Kopf an Leni lehnte, für immer an unverbrüchliche Freundschaft erinnern.

Wir drei sahen eng umarmt stromaufwärts. Die schräge Nachmittagssonne auf den Hügeln und Weinbergen plusterte da und dort die weißen und rosa Obstblütenbäume. Im späten Sonnenschein glänzten ein paar Fenster wie in einer Feuersbrunst. Die Dörfer schienen zu wachsen, je näher man kam, und, wenn man sie kaum gestreift hatte, zusammenzuschrumpfen. Das war der angeborene Wunsch nach Fahrt, den man nie stillen kann, weil man alles nur im Vorbeifahren streift. Wir fuhren unter der Rheinbrücke durch, über die bald im ersten Weltkrieg Militärzüge fahren sollten mit all den Knaben, die jetzt im Garten ihren Kaffee tranken, und mit den Schülern aller Schulen. Als dieser Krieg endete, rückten die Soldaten der Alliierten über die gleiche Brücke und später Hitler mit seiner blutjungen Armee, die das gesperrte Rheinland wieder besetzte, bis die neuen Militärzüge zum neuen Weltkrieg alle Knaben des Volkes zum Sterben rollten. Unser Dampfer fuhr an der Petersau vorbei, auf der einer der Brückenpfeiler ruhte. Wir winkten alle zu den drei weißen Häuschen, die uns von klein auf vertraut waren wie aus Bilderbüchern mit Hexenmärchen. Die Häuschen und ein Angler spiegelten sich im Wasser, dazu das Dorf auf der anderen Seite, das mit seinen Raps- und Kornfeldern über einen Saum rosa Apfelbäume in einem ineinandergeduckten Schwarm von Giebeldächern bis zu dem Kirchturmspitzlein auf dem Bergabfall in einem gotischen Dreieck anstieg.

Das späte Licht schien bald in eine Tallücke mit einer Eisenbahnspur, bald gegen eine entlegene Kapelle, und alles lugte rasch noch einmal aus dem Rhein, bevor es in der Dämmerung verschwand.

Wir waren alle im stillen Licht still geworden, so daß man das Krächzen von ein paar Vögeln hörte und das Fabrikgeheul aus Amöneburg. Sogar Lore war völlig verstummt. Marianne und Leni und ich, wir hatten alle drei unsere Arme ineinander verschränkt in einer Verbundenheit, die einfach zu der großen Verbundenheit alles Irdischen unter der Sonne gehörte. Marianne hatte noch immer den Kopf an Lenis Kopf gelehnt. Wie konnte dann später ein Betrug, ein Wahn in ihre Gedanken eindringen, daß sie und ihr Mann allein die Liebe zu diesem Land gepachtet hätten und deshalb mit gutem Recht das Mädchen, an das sie sich jetzt lehnte, verachteten und anzeigten. Nie hat uns jemand, als noch Zeit dazu war, an diese gemeinsame Fahrt erinnert. Wie viele Aufsätze auch noch geschrieben wurden über die Heimat und die Geschichte der Heimat und die Liebe zur Heimat, nie wurde erwähnt, daß vornehmlich unser Schwarm aneinandergelehnter Mädchen, stromaufwärts im schrägen Nachmittagslicht, zur Heimat gehörte.

Ein Flußarm zweigte schon ab zum Floßhafen, aus dem frisch

gefälltes, geschnittenes und geflößtes Holz nach Holland gebracht wurde. Die Stadt schien mir noch entfernt genug zu liegen, als könnte sie mich nie zum Aussteigen und Bleiben zwingen, obwohl mir ihr Floßhafen, die Platanenreihen und Warenspeicher am Ufer viel vertrauter waren als jegliche Einfahrt in fremde Städte, die mich zum Bleiben gezwungen haben. Ich erkannte nach und nach schon vertraute Straßenzüge und Dachfirste und Kirchtürme unversehrt und vertraut, gleich längst untergegangenen Orten in Märchen und Liedern. Der eine Tag Schulausflug schien mir alles zugleich entfernt und zurückgeschenkt zu haben.

Als jetzt der Dampfer seinen Anlegebogen machte und Kinder und Strolche sich müßig zu unserer Ankunft drängten, schienen wir nicht nach dem Ausflug, sondern nach jahrelanger Reise heimzukehren. Kein Loch, kein Brandschaden hafteten dieser vertrauten winkligen, wimmligen Stadt an, so daß sich meine Beunruhigung legte und ich mich daheim fühlte.

Die Lotte verabschiedete sich zuerst, kaum waren die Seile ausgeworfen. Sie wollte zur Abendmesse in den Dom, der schon bis zur Schiffsbrücke läutete. Die Lotte endete später im Kloster auf der Rheininsel Nonnenwerth, von wo man sie mit einem Trupp Schwestern über die holländische Grenze schaffte, aber das Schicksal kam ihnen nach. – Die Klasse verabschiedete sich von den Lehrerinnen. Fräulein Sichel erinnerte mich noch einmal an den Schulaufsatz, ihre grauen Augen blinkten wie feingescheuerte Kieselsteine. Dann teilte sich unsere Klasse nach den verschiedenen Wohnrichtungen in einzelne Schwärme auf.

Leni und Marianne gingen eingehängt auf die Rheinstraße. Marianne hatte noch immer eine rote Nelke zwischen den Zähnen. Sie hatte die gleiche Nelke in das Band von Lenis Mozartzopf gesteckt. Ich sehe Marianne immer weiter mit ihrer roten Nelke zwischen den Zähnen, auch wie sie den Nachbarinnen der Leni bösartige Antworten gibt, auch wie sie mit halbverkohltem Körper, in rauchenden Kleiderfetzen in der Asche ihres Elternhauses liegt. Denn die Feuerwehr kam zu spät, um Marianne zu retten, als das Feuer des Bombardements von den unmittelbar getroffenen Häusern auf die Rheinstraße übergriff, wo sie gerade bei ihren Eltern zu Gast war. Sie hatte keinen leichteren Tod als die von ihr verleugnete Leni, die von Hunger und Krankheiten im

Konzentrationslager abstarb. Doch durch die Verleugnung überlebte das Kind Lenis das Bombardement. Denn es wurde von der Gestapo in ein abgelegenes Nazierziehungsheim gebracht.

Ich trottete mit ein paar Schülerinnen Richtung Christhofstraße. Zuerst war mir bang. Wie wir vom Rhein her in die Innenstadt einbogen, da legte sich's hart auf mein Herz, als ob mir etwas Unsinniges, etwas Böses bevorstünde, vielleicht eine heillose Nachricht oder ein Unheil, das ich über dem sonnigen Ausflug leichtfertig vergessen hatte. Dann verstand ich klar, die Christhofskirche konnte unmöglich bei einem nächtlichen Fliegerangriff zerstört worden sein, denn wir hörten ihr Abendläuten. Ich hatte mich überhaupt umsonst gegraut, auf diesem Weg heimzugehen, weil sich mir im Gedächtnis festgehakt hatte, dieser mittlere Stadtstreifen sei völlig von Bomben zerstört. Es ging mir auch durch den Kopf, daß jene Zeitungsfotografie sich geirrt haben möchte, auf der alle Gassen und Plätze abrasiert oder zerstört waren. Ich dachte zuerst, man hätte vielleicht auf Goebbels' Befehl, um über das Ausmaß des Angriffs zu täuschen, eine Scheinstadt mit äußerster Geschwindigkeit aufgebaut, in der kein Stein mehr wie früher auf dem anderen stand, die aber immerhin ganz kompakt und ansehnlich anmutete. Wir waren ja alle längst gewöhnt an solche Art Vorspiegelung und Betrug, nicht nur bei Bombenangriffen, sondern auch bei anderen Vorkommnissen, die schwer zu durchschauen waren.

Doch die Häuser, die Treppen, der Brunnen standen wie immer. Auch Brauns Tapetengeschäft, das mit der Familie in diesem Krieg verbrannt sein sollte, nachdem ihm im ersten Krieg durch ein Fliegerabwehrgeschoß nur die Schaufenster zertrümmert worden waren, zeigte die geblümten und gestreiften Tapetenauslagen, so daß die Marie Braun, die zuletzt neben mir gegangen war, rasch in das Geschäft ihres Vaters ging. Die nächste unter uns Heimkehrerinnen, Katharina, lief zu ihrer winzig kleinen Schwester Toni, die unter den Platanen auf einer steinernen Stufe vor dem Brunnen spielte. Der Brunnen und alle Platanen waren ja wohl längst zerschmettert, doch die Kinder vermißten gar nichts zum Spielen, denn auch ihre letzte Stunde hatte geschlagen in den Kellern der umstehenden Häuser. Dabei kam auch die kleine Toni in dem Haus um, das sie von ihrem Vater geerbt hatte, mit einem Töchterlein, winzig wie sie heute, die das

Wasser aus dicken Backen blies. Auch Katharina, die große Schwester, die sie jetzt am Schopf packte, und die Mutter und die Tante in der offenen Haustür, die beide mit Küssen begrüßten, sie sollten alle noch miteinander im Keller des väterlichen Hauses umkommen. Katharinas Mann, Tapezierer, Nachfolger des Vaters, half währenddessen Frankreich besetzen. Er hielt sich mit seinem kurzen Schnurrbart, seinem Tapeziererdaumen für den Angehörigen eines Volkes, das stärker ist als die anderen Völker – bis ihn die Nachricht ereilte, daß sein Haus und seine Familie zermalmt worden war. Die kleine Schwester drehte sich noch einmal um und spritzte auch mich mit dem letzten Wasser, das sie noch in der Backe aufgespeichert hatte. Ich lief den Rest des Weges allein. In der Flachsmarktstraße traf ich die bleiche Liese Möbius, auch ein Mädchen aus meiner Klasse, die wegen einer Lungenentzündung seit zwei Monaten keine Ausflüge mitmachen konnte. Jetzt hatte das Abendläuten der Christhofskirche sie von daheim weggelockt. Sie rannte an mir vorbei mit ihren zwei baumelnden, langen braunen Zöpfen, einen Zwicker in ihrem kleinen Gesicht, behend, als renne sie auf einen Spielplatz statt zur Abendmesse. Sie bettelte später bei ihren Eltern, mit Lotte auf Nonnenwerth ins Kloster eintreten zu dürfen. Als Lotte allein die Erlaubnis bekam, wurde Liese Lehrerin in einer Volksschule unserer Stadt. Ich sah sie noch manchmal zur Messe laufen mit ihrem bleichen, spitzen Gesichtlein, wie heute den Zwicker vorgeklemmt. Sie wurde von der Nazibehörde geringschätzig behandelt wegen ihrer Glaubenstreue, doch auch die Versetzung in eine geringe Schule für Schwachbegabte störte sie gar nicht, weil sie durch ihren Glauben an Verfolgungen aller Art gewöhnt war. Auch wurden die rabiatesten Naziweiber, die tückischsten, spöttischsten Nachbarn überaus sanft und mild, als sie beim Fliegerangriff um Liese herum im Keller saßen. Den Älteren kam dabei in den Kopf, daß sie schon einmal mit derselben Nachbarin Liese im selben Kellerloch gehockt hatten, als im ersten Krieg die ersten Geschosse krachten. Sie rückten jetzt dicht an die verachtete kleine Lehrerin, als ob die durch ihren Glauben und ihre Ruhe schon einmal den Tod beschwichtigt hätte. Die Frechsten und Spottlustigsten waren sogar geneigt, etwas von dem Glauben der kleinen Lehrerin Liese abzubekommen, die immer in ihren Augen verschüchtert und ängstlich gewesen war, doch jetzt wieder getröstet und zuversichtlich unter all den grauweißen Fratzen im künstlichen Kellerlicht hockte bei dem Bombenabwurf, der diesmal die Stadt fast gänzlich zerstörte, auch sie selbst und ihre gläubig-ungläubigen Nachbarinnen.

Die Läden waren gerade geschlossen worden. Ich lief durch die Flachsmarktstraße durch ein Gewimmel heimkehrender Menschen. Sie freuten sich, daß der Tag zu Ende war und eine geruhsame Nacht bevorstand. Wie ihre Häuser noch unversehrt waren von Geschossen, von der ersten großen Probe 1914 bis 1918 sowie von den jüngsten Haupttreffern, so waren auch ihre behaglichen, durch und durch vertrauten, mageren und dicklichen, schnurr- und vollbärtigen, warzigen und glatten Gesichter unversehrt von der Schuld ihrer Kinder und von dem Wissen dieser Schuld und Zusehen und Dulden dieser Schuld aus Feigheit vor der Macht des Staates. Dabei sollten sie doch bald genug bekommen an aufgeblähter Staatsmacht, an großspurigen Befehlen. Oder hatten sie gar Geschmack daran gefunden, dieser Bäcker mit dem gezwirbelten Schnurrbart und dem runden Bäuchlein, Ecke Flachsmarkt, wo wir immer den Streuselkuchen kauften, oder der Trambahnschaffner, der eben an uns vorbeibimmelte? Oder hatte der Friede dieses Abends mit den hastigen Schritten der Heimkehrenden, mit Glockengeläut, mit Feierabendtuten entlegener Fabriken, die bescheidene Behaglichkeit des alltäglichen Werktags, die ich jetzt wie ein Labsal genoß, für alle die Kinder etwas Widriges an sich, so daß sie bald die Kriegsberichte ihrer Väter begierig einsogen, sich aus dem bemehlten oder bestaubten Arbeitskittel in Uniformen hineinsehnten?

Ich hatte wieder einen Anflug von Angst, in meine eigene Straße zu biegen, als ob ich ahnen würde, daß sie zerstört war. Die Ahnung verflog bald. Denn schon in der letzten Strecke der Bauhofstraße konnte ich wie immer meinen Lieblingsweg heimgehen, unter den beiden großen Eschen, die sich von der rechten und linken Seite der Straße wie ein Triumphbogen spannten, sich gegenseitig berührend, unzerstört, unzerstörbar. Ich sah auch schon die weißen, roten und blauen Kreisrunde von Blumenbeeten aus Geranien und Begonien in dem Rasen, die meine Straße durchkreuzten. Wie ich hinzutrat, wehte ein Abendwind, wie ich so stark noch keinen auf meinen Schläfen gespürt hatte, aus den Rotdornbäumen eine Wolke von Blättern, die mir zuerst von der Sonne beglänzt schienen, in Wirklichkeit aber sonnenrot gefärbt waren. Es war mir wie immer nach Tagesausflügen zumute, als hätte ich schon geraume Zeit nicht mehr das Sausen des Windes vom Rhein her, in meiner eigenen Straße eingefangen, angehört. Ich war durch und durch müde, so daß ich froh war, endlich vor dem Hause zu stehen. Nur kam es mir unerträglich schwer vor, die Treppe hinaufzusteigen. Ich sah bis zum zweiten Stock hinauf, in dem unsere Wohnung lag. Meine Mutter stand schon auf der kleinen, mit Geranienkästen verzierten Veranda über der Straße. Sie wartete schon auf mich. Wie jung sie doch aussah, die Mutter, viel jünger als ich. Wie dunkel ihr glattes Haar war, mit meinem verglichen. Meins wurde ja schon bald grau, während durch ihres noch keine sichtbaren grauen Strähnen liefen. Sie stand vergnügt und aufrecht da, bestimmt zu arbeitsreichem Familienleben, mit den gewöhnlichen Freuden und Lasten des Alltags, nicht zu einem qualvollen, grausamen Ende in einem abgelegenen Dorf, wohin sie von Hitler verbannt worden war. Jetzt erkannte sie mich und winkte, als sei ich verreist gewesen. So lachte und winkte sie immer nach Ausflügen. Ich lief so schnell ich nur konnte ins Treppenhaus.

Ich stutzte vor dem ersten Treppenabsatz. Ich war plötzlich viel zu müde, rasch hochzusteigen, wie ich noch eben gewollt hatte. Der graublaue Nebel von Müdigkeit hüllte alles ein. Dabei war es um mich herum hell und heiß, nicht dämmerig wie sonst in Treppenhäusern. Ich zwang mich zu meiner Mutter hinauf, die Treppe, vor Dunst unübersehbar, erschien mir unerreichbar hoch, unbezwingbar steil, als steige sie eine Bergwand hinauf. Vielleicht war meine Mutter schon in den Flur gegangen und wartete an der Treppentür. Doch mir versagten die Beine. Ich hatte nur als ganz kleines Kind eine ähnliche Bangnis gespürt, ein Verhängnis könnte mich am Wiedersehen hindern. Ich stellte mir vor, wie sie umsonst auf mich wartete, nur ein paar Stufen getrennt. Dann fiel mir zum Trost ein, falls ich hier aus Erschöpfung zusammenbreche, mein Vater könnte mich doch sofort finden. Er war gar nicht tot, denn er kam gleich heim, es war ja Feierabend. Er liebte nur, länger als meiner Mutter lieb war, an den Straßenecken mit seinen Nachbarn herumzuschwatzen.

Man klapperte schon mit den Tellern zum Abendessen. Ich hörte hinter sämtlichen Türen das Klatschen von Händen auf

Teig in vertrautem Rhythmus, daß man auf diese Art Pfannkuchen buk, befremdete mich: die zähe Masse, statt sie auszurollen, zwischen zwei Händen plattzuschlagen. Ich hörte zugleich vom Hof her das zügellose Schreien von Truthähnen und wunderte mich, wieso man plötzlich im Hof Truthähne züchtete. Ich wollte mich umsehen, doch blendete mich zuerst das überaus starke Licht aus den Hoffenstern. Die Stufen waren verschwommen von Dunst, das Treppenhaus weitete sich überall in einer unbezwingbaren Tiefe wie ein Abgrund. Dann ballten sich in Fensternischen Wolken zusammen, die ziemlich schnell den Abgrund ausfüllten. Ich dachte noch schwach: Wie schade, ich hätte mich gar zu gern von der Mutter umarmen lassen. Wenn ich zu müd bin, hinaufzusteigen,wo nehme ich da die Kräfte her, um mein höher gelegenes Ursprungsdorf zu erreichen, in dem man mich zur Nacht erwartet? Die Sonne brannte noch immer stark, ihr Licht brannte nie schneidender, als wenn es schräg gerichtet war. Mir war es wie immer fremd, daß es hier keine Dämmerung gibt, sondern immer nur jähen Übergang von Tag zu Nacht. Ich nahm mich zusammen und schritt jetzt kräftiger aus, obwohl der Anstieg in einem unbezwinglichen Abgrund verloren war. Das Treppengeländer drehte und wölbte sich zu einem mächtigen, pfähleartigen Zaun aus Orgelkakteen. Ich konnte nicht mehr unterscheiden, was Bergkämme und was Wolkenzüge waren. Ich fand den Weg zu der Kneipe, wo ich nach dem Abstieg aus dem höher gelegenen Dorf gegessen hatte. Der Hund war weggelaufen. Zwei Truthähne, die vorhin noch nicht dagewesen waren, weideten jetzt auf dem Weg. Mein Wirt hockte noch immer vor dem Haus, und neben ihm hockte ein Freund oder ein Verwandter, genau wie er, erstarrt von Nachdenken oder von gar nichts. Zu ihren Füßen hockten einträchtig die Schatten ihrer Hüte. Mein Wirt machte keine Bewegung, als ich zurückkam, ich war es nicht wert, ich war schon in die gewöhnlichen Sinneseindrücke eingereiht. Ich war jetzt zu müde, nur noch einen Schritt zu machen, ich setzte mich vor meinen alten Tisch. Ich wollte in die Berge zurück, sobald ich ein wenig ausgeschnauft hatte. Ich fragte mich, wie ich die Zeit verbringen sollte, heute und morgen, hier und dort, denn ich spürte jetzt einen unermeßlichen Strom von Zeit, unbezwingbar wie die Luft. Man hat uns nun einmal von klein auf angewöhnt, statt uns der Zeit demütig zu ergeben, sie auf irgendeine Weise zu bewältigen. Plötzlich fiel mir der Auftrag meiner Lehrerin wieder ein, den Schulausflug sorgfältig zu beschreiben. Ich wollte gleich morgen oder noch heute abend, wenn meine Müdigkeit vergangen war, die befohlene Aufgabe machen.

Länder und Städte

Ich habe manchmal in anderen Völkern gehört, daß man Europa mit einem großen Vogel verglichen hat; zwei Flügel habe der Vogel im Osten und Westen, der immer neue Schwünge versuche; Zentraleuropa sei wie der schwere Rumpf dieses Vogels, der immer wieder beim Aufflug zu Boden zieht. Deutschland hat es immer schwer gehabt, die Brücken zu anderen Völkern zu schlagen. Es hilft uns wenig, die historischen Gründe aufzuzählen. Das historische Erbe, die unsichtbare Last, die jeder Mensch – er mag noch so frei von Lasten sein – auf seinen Schultern zu tragen hat, beschränkt seinen persönlichen Wunsch und Willen. Hitler hätte nicht Frankreich zum ewigen Erbfeind im Westen stempeln können, wenn er nicht für seine Lügen den Boden gefunden hätte, und dieser Boden war Fremdheit und grenzenlose Verständnislosigkeit.

Aus ›Kulturelle Brücken zu anderen Völkern‹, 1946/47

Der Führerschein

Im Haufen verdächtiger Zivilpersonen, den die Japaner zusammengetrieben und in einem Haus in Schanghai eingesperrt hatten, stand ein regloser kleiner Mensch, besser gekleidet als die meisten. Sein Gesicht unterschied sich beinahe durch nichts von den Gesichtern im Keller: Das erwartete Urteil hatte sie alle einander ähnlich gemacht.

Ein Offizier trat mit seinen Soldaten ein. Alle Gefangenen starrten ihn an, sein Blick glitt geschwind über alle, blieb an dem Kleinen hängen. Er gab einen Befehl, der Mann wurde vor ihn hingestoßen, ein paar Hände suchten an ihm herum. Weder die Griffe noch die Fragen, die man ihm stellte, brachten den Mann aus der Ruhe. Es gab eine Stockung; denn man fand ein Papier in seinem Rock. Darauf war aber nur verzeichnet, was er bereits geantwortet hatte: Er ist Wu Pei-li, der Chauffeur des Kaufmanns Zang Lo-fei.

Wu Pei-li wurde darauf in den Hof geführt und durch den Häuserblock in einen größeren Hof zu den Garagen. Dort mußte er zwischen Gewehrkolben warten.

Zwei Zivilpersonen befahlen ihm, eins der Autos aus der Garage zu fahren. Der eine nahm neben dem Führersitz Platz, der andere in Wu Pei-lis Rücken. Mit den Revolvern tippten sie zu ihren Befehlen auf seine Schläfe und seinen Hinterkopf. Sie fuhren durch ein paar Straßen, sie hielten vor einem Haus der japanischen Kommandantur. Zwei Generalstäbler mit ihrer Ordonnanz stiegen zu. Man breitete eine Geländekarte aus, man zeichnete den Weg ein. Die Gedanken des Chauffeurs Wu Pei-li wandten sich von dem Tod, der ihm eben noch unvermeidlich erschienen war, dem roten Endpunkt auf der Geländekarte hinter dem Weg zu den Werften zu. Es hieß: »Fahr, was das Zeug hält!« Er hupte; das war das verrückte Hupen der japanischen Militärautos, das ihn seit Tagen und Wochen rasend machte. Sie sausten durch Tschapei, durch die zerstörten, von den Geschossen aufgerissenen Straßen, wimmelnd von ratlosen Menschen. Sie fuhren längs des Kanals, er spürte die Mündungen der Pistolen, hart, schon nicht mehr kalt; sie befahlen ihm jede seiner Bewegungen. Aber seine Gedanken entgingen ihnen. Sein Auftrag und sein Entschluß.

Bei der Wendung am Brückenkopf begriff der Chauffeur Wu Pei-li, was jetzt von ihm verlangt wurde. Er drehte das Steuer, und er fuhr das Auto mit den zwei Generalstäblern und ihrer Ordonnanz und den zwei Zivilpersonen und sich selbst in einem kühnen, dem Gedächtnis des Volkes für immer eingebrannten Bogen in den Fluß.

Das Obdach

An einem Morgen im September 1940, als auf der Place de la Concorde in Paris die größte Hakenkreuzfahne der deutsch besetzten Länder wehte und die Schlangen vor den Läden so lang wie die Straßen selbst waren, erfuhr eine gewisse Luise Meunier, Frau eines Drehers, Mutter von drei Kindern, daß man in einem Geschäft im XIV. Arrondissement Eier kaufen könnte.

Sie machte sich rasch auf, stand eine Stunde Schlange an, bekam fünf Eier, für jedes Familienmitglied eins. Dabei war ihr eingefallen, daß in derselben Straße eine Schulfreundin lebte, Annette Villard, Hotelangestellte. Sie traf die Villard auch an, jedoch in einem für diese ruhige, ordentliche Person befremdlich erregten Zustand.

Die Villard erzählte, Fenster und Waschbecken scheuernd, wobei ihr die Meunier manchen Handgriff tat, daß gestern mittag die Gestapo einen Mieter verhaftet habe, der sich im Hotel als Elsässer eingetragen, jedoch, wie sich inzwischen herausgestellt hatte, aus einem deutschen Konzentrationslager vor einigen Jahren entflohen war. Der Mieter, erzählte die Villard, Scheiben reibend, sei in die Santé gebracht worden, von dort aus würde er bald nach Deutschland abtransportiert werden und wahrscheinlich an die Wand gestellt. Doch was ihr weit näher gehe als dieser Mieter, denn schließlich Mann sei Mann, Krieg sei Krieg, das sei der Sohn des Mieters. Der Deutsche habe nämlich ein Kind, einen Knaben von zwölf Jahren, der habe mit ihm das Zimmer geteilt, sei hier in die Schule gegangen, rede französisch wie sie selbst, die Mutter sei tot, die Verhältnisse seien undurchsichtig wie meistens bei den Fremden. Der Knabe habe, heimkommend von der Schule, die Verhaftung des Vaters stumm, ohne Tränen, zur Kenntnis genommen. Doch von dem Gestapooffizier aufgefordert, sein Zeug zusammenzupacken, damit er am nächsten Tag abgeholt werden könne und nach Deutschland zurückgebracht zu seinen Verwandten, da habe er plötzlich laut erwidert, er schmisse sich eher unter ein Camion, als daß er in diese Familie zurückkehre. Der Gestapooffizier habe ihm scharf erwidert, es drehe sich nicht darum, zurück oder nicht zurück, sondern zu den Verwandten zurück oder in die Korrektionsanstalt. – Der Knabe habe Vertrauen zu ihr, Annette, er habe sie in der Nacht um Hilfe gebeten, sie habe ihn auch frühmorgens weg in ein kleines Café gebracht, dessen Patron ihr Freund sei. Da sitze er nun und warte. Sie habe geglaubt, es sei leicht, den Knaben unterzubringen, doch bisher habe sie immer nur nein gehört, die Furcht sei zu groß. Die eigene Patronin fürchte sich sehr vor den Deutschen und sei erbost über die Flucht des Knaben.

Die Meunier hatte sich alles schweigend angehört, erst als die Villard fertig war, sagte sie: »Ich möchte gern einmal einen solchen Knaben sehen.« Worauf ihr die Villard das Café nannte und noch hinzufügte: »Du fürchtest dich doch nicht etwa, dem Jungen Wäsche zu bringen?«

Der Patron des Cafés, bei dem sie sich durch einen Zettel der Villard auswies, führte sie in sein morgens geschlossenes Billardzimmer. Da saß der Knabe und sah in den Hof. Der Knabe war so groß wie ihr ältester Sohn, er war auch ähnlich gekleidet, seine Augen waren grau, in seinen Zügen war nichts Besonderes, was ihn als den Sohn eines Fremden stempelte. Die Meunier erklärte, sie brächte ihm Wäsche. Er dankte nicht, er sah ihr nur plötzlich scharf ins Gesicht. Die Meunier war bisher eine Mutter gewesen wie alle Mütter: Schlange stehen, aus nichts etwas, aus etwas viel machen, Heimarbeit zu der Hausarbeit übernehmen, das alles war selbstverständlich. Jetzt, unter dem Blick des Jungen, wuchs mit gewaltigem Ruck das Maß des Selbstverständlichen, und mit dem Maß ihre Kraft. Sie sagte: »Sei heute abend um sieben im Café Biard an den Hallen.«

Sie machte sich eilig heim. Um weniges ansehnlich auf den Tisch zu bringen, braucht es lange Küche. Ihr Mann war schon da. Er hatte ein Kriegsjahr in der Maginotlinie gelegen, er war seit drei Wochen demobilisiert, vor einer Woche hatte sein Betrieb wieder aufgemacht, er war auf Halbtagsarbeit gesetzt, er verbrachte den größten Teil der Freizeit im Bistro, dann kam er wütend über sich selbst heim, weil er von den wenigen Sous noch welche im Bistro gelassen hatte. Die Frau, zu bewegt, um auf seine Miene zu achten, begann zugleich mit dem Eierschlagen ihren Bericht, der bei dem Mann vorbauen sollte. Doch wie sie auf dem Punkt angelangt war, da der fremde Knabe, aus dem Hotel weggelaufen, in Paris Schutz vor den Deutschen suche, unterbrach er sie folgendermaßen: »Deine Freundin Annette hat wirklich sehr dumm getan, einen solchen Unsinn zu unterstützen. Ich hätte an ihrer Stelle den Jungen eingesperrt. Der Deutsche soll selbst sehn, wie er mit seinen Landsleuten fertig wird – Er hat selbst nicht für sein Kind gesorgt. Der Offizier hat also auch recht, wenn er das Kind nach Haus schickt. Der Hitler hat nun einmal die Welt besetzt, da nützen keine Phrasen was dagegen.« Worauf die Frau schlau genug war, rasch etwas andres zu erzählen. In ihrem Herzen sah sie zum erstenmal klar, was aus dem Mann geworden war, der früher bei jedem Streik, bei jeder Demonstration mitgemacht hatte und sich am 14. Juli stets so betragen, als wollte er ganz allein die Bastille noch einmal stürmen. Er glich aber jenem Riesen Christophorus in dem Märchen – ihm gleichen viele – der immer zu dem übergeht, der ihm am stärksten scheint und sich als stärker erweist als sein jeweiliger Herr, so daß er zuletzt beim Teufel endet. Doch weder in der Natur der Frau noch in ihrem ausgefüllten Tag war Raum zum Trauern. Der Mann war nun einmal ihr Mann, sie war nun einmal die Frau, da war nun einmal der fremde Junge, der jetzt auf sie wartete. Sie lief daher abends in das Café bei den Hallen und sagte zu dem Kind: »Ich kann dich erst morgen zu mir nehmen.« Der Knabe sah sie wieder scharf an, er sagte: »Sie brauchen mich nicht zu nehmen, wenn Sie Angst haben.« Die Frau erwiderte trocken, es handle sich nur darum, einen Tag zu warten. Sie bat die Patronin, das Kind eine Nacht zu behalten, es sei mit ihr verwandt. An dieser Bitte war nichts Besonderes, da Paris von Flüchtlingen wimmelte.

Am nächsten Tag erklärte sie ihrem Mann: »Ich habe meine Kusine Alice getroffen, ihr Mann ist in Pithiviers im Gefangenenlazarett, sie will ihn ein paar Tage besuchen. Sie hat mich gebeten, ihr Kind solange aufzunehmen.« Der Mann, der Fremde in seinen vier Wänden nicht leiden konnte, erwiderte: »Daß ja kein Dauerzustand daraus wird.« Sie richtete also für den Knaben eine Matratze. Sie hatte ihn unterwegs gefragt: »Warum willst du eigentlich nicht zurück?« Er hatte geantwortet: »Sie können mich immer noch hierlassen, wenn Sie Angst haben. Zu meinen Verwandten werde ich doch nicht gehen. Mein Vater und meine Mutter wurden beide von Hitler verhaftet. Sie schrieben und druckten und verteilten Flugblätter. Meine Mutter starb. Sie sehen, mir fehlt ein Vorderzahn. Den hat man mir dort in der Schule ausgeschlagen, weil ich ihr Lied nicht mitsingen wollte. Auch meine Verwandten waren Nazis. Sie quälten mich am meisten. Sie beschimpften Vater und Mutter.« Die Frau hatte ihn darauf nur gebeten zu schweigen, dem Mann gegenüber, den Kindern und den Nachbarn.

Die Kinder konnten den fremden Knaben weder gut noch schlecht leiden. Er hielt sich abseits und lachte nicht. Der Mann konnte den Knaben sofort nicht leiden; er sagte, der Blick des Knaben mißfalle ihm. Er schalt seine Frau, die von der eigenen Ration dem Knaben abgab, er schalt auch die Kusine, es sei eine Zumutung, anderen Kinder aufzuladen. Und solche Klagen pflegten bei ihm in Belehrungen überzugehen, der Krieg sei nun einmal verloren, die Deutschen hätten nun einmal das Land besetzt, die hätten aber Disziplin, die verstünden sich auf Ordnung. Als einmal der Junge die Milchkanne umstieß, sprang er los und schlug ihn. Die Frau wollte später den Jungen trösten, der aber sagte: »Noch besser hier als dort.«

»Ich möchte«, sagte der Mann, »einmal wieder ein richtiges Stück Gruyère zum Nachtisch haben.« Am Abend kam er ganz aufgeregt heim. »Stell dir vor, was ich gesehen habe. Ein riesiger deutscher Camion, ganz voll mit Rädern von Käse. Die kaufen, was sie Lust haben. Die drucken Millionen und geben sie aus.«

Nach zwei, drei Wochen begab sich die Meunier zu ihrer Freundin Annette. Die war über den Besuch nicht erfreut, bedeutete ihr, sich in diesem Quartier nicht mehr blicken zu lassen, die Gestapo habe geflucht, gedroht. Sie habe sogar herausbekommen, in welchem Café der Knabe gewartet habe, auch daß ihn dort eine Frau besucht, daß beide den Ort zu verschiedenen Zeiten verlassen hatten. – Auf ihrem Heimweg bedachte die Meunier noch einmal die Gefahr, in die sie sich und die Ihren gebracht hatte. Wie lange sie auch erwog, was sie ohne Erwägen in einem raschen Gefühl getan hatte, der Heimweg selbst bestätigte ihren Entschluß, die Schlangen vor den offenen Geschäften, die Läden vor den geschlossenen, das Hupen der deutschen Autos, die über die Boulevards sausten, und über den Toren die Hakenkreuze. So daß sie beim Eintritt in ihre Küche dem fremden Knaben in einem zweiten Willkomm übers Haar strich.

Der Mann aber fuhr sie an, sie hätte an diesem Kind einen Narren gefressen. Er selber ließ seine Mürrischkeit, da die eigenen Kinder ihn dauerten – alle Hoffnungen hatten sich plötzlich in eine klägliche Aussicht verwandelt auf eine trübe, unfreie Zukunft –, an dem fremden aus. Da der Knabe zu vorsichtig war und zu schweigsam, um einen Anlaß zu geben, schlug er ihn ohne solchen, indem er behauptete, der Blick des Knaben sei frech. Er selber war um sein letztes Vergnügen gebracht worden. Er hatte noch immer den größten Teil seiner freien Zeit im Bistro verbracht, was ihn etwas erleichtert hatte. Jetzt war einem Schmied am Ende der Gasse die Schmiede zwangsweise von den Deutschen abgekauft worden.

Die Gasse, bisher recht still und hakenkreuzfrei, fing plötzlich von deutschen Monteuren zu wimmeln an. Es stauten sich deutsche Wagen, die repariert werden sollten, und Nazisoldaten besetzten die Wirtschaft und fühlten sich dort daheim. Der Mann der Meunier konnte den Anblick nicht ertragen. Oft fand ihn die Frau stumm vor dem Küchentisch. Sie fragte ihn einmal, als er fast eine Stunde reglos gesessen hatte, den Kopf auf den Armen, mit offenen Augen, woran er wohl eben gedacht habe. Darauf sagte er: »An nichts und an alles. Und außerdem noch an etwas ganz Abgelegenes. Ich habe soeben, stell dir vor, an diesen Deutschen gedacht, von dem dir einmal deine Freundin Annette erzählt hat, ich weiß nicht, ob du dich noch erinnerst, der Deutsche, der gegen Hitler war, der Deutsche, den die Deutschen verhafteten. Ich möchte wohl wissen, was aus ihm geworden ist. Aus ihm und aus seinem Sohn.« Die Meunier erwiderte: »Ich habe kürzlich die Villard getroffen. Sie haben damals den Deutschen in die Santé gebracht. Er ist inzwischen vielleicht schon erschlagen worden. Das Kind ist verschwunden. Paris ist groß. Es wird sich ein Obdach gefunden haben.«

Da niemand gern zwischen Nazisoldaten sein Glas austrank, zog man oft mit ein paar Flaschen in Meuniers Küche, was ihnen früher ungewohnt gewesen wäre und beinah zuwider. Die meisten waren Meuniers Arbeitskollegen aus demselben Betrieb, man sprach freiweg. Der Patron in dem Betrieb hatte sein Büro dem deutschen Kommissar eingeräumt. Der ging und kam nach

Belieben. Die deutschen Sachverständigen prüften, wogen, nahmen ab. Man gab sich nicht einmal mehr Mühe, in den Büros der Verwaltung geheimzuhalten, für wen geschuftet wurde. Die Fertigteile aus dem zusammengeraubten Metall wurden nach Osten geschickt, um andren Völkern die Gurgel abzudrehen. Das war das Ende vom Lied, verkürzte Arbeitszeit, verkürzter Arbeitslohn, Streikverbot. Die Meunier ließ ihre Läden herunter, man dämpfte die Stimmen. Der fremde Junge senkte die Augen, als fürchte er selbst, daß sein Blick so scharf sei, daß er sein Herz verraten könne. Er war so bleich, so hager geworden, daß ihn der Meunier mürrisch betrachtete und die Furcht äußerte, er möge von einer Krankheit befallen sein und die eignen Kinder noch anstecken. Die Meunier hatte an sich selbst einen Brief geschrieben, in dem die Kusine bat, den Knaben noch zu behalten, ihr Mann sei schwerkrank, sie ziehe vor, sich für eine Weile in seiner Nähe einzumieten. – »Die macht sich's bequem mit ihrem Bengel«, sagte der Meunier. Die Meunier lobte eilig den Jungen, er sei sehr anstellig, er ginge schon jeden Morgen um vier in die Hallen, zum Beispiel hätte er heute dieses Stück Rindfleisch ohne Karten ergattert.

Auf dem gleichen Hof mit den Meuniers wohnten zwei Schwestern, die waren immer recht übel gewesen, jetzt gingen sie gern ins Bistro hinüber und hockten auf den Knien der deutschen Monteure. Der Polizist sah sich's an, dann nahm er die beiden Schwestern mit aufs Revier, sie heulten und sträubten sich, er ließ sie in die Kontrolliste eintragen. Die ganze Gasse freute sich sehr darüber, doch leider wurden die Schwestern jetzt noch viel übler, die deutschen Monteure gingen bei ihnen jetzt aus und ein, sie machten den Hof zu dem ihren, man hörte den Lärm in Meuniers Küche. Dem Meunier und seinen Gästen war es längst nicht mehr zum Lachen, der Meunier lobte jetzt nicht mehr die deutsche Ordnung, mit feiner, gewissenhafter, gründlicher Ordnung war ihm das Leben zerstört worden, im Betrieb und daheim, seine kleinen und großen Freuden, sein Wohlstand, seine Ehre, seine Ruhe, seine Nahrung, seine Luft.

Eines Tages fand sich der Meunier allein mit seiner Frau. Nach langem Schweigen brach es aus ihm heraus, er rief: »Sie haben die Macht, was willst du! Wie stark ist dieser Teufel! Wenn es nur auf der Welt einen gäbe, der stärker wäre als er! Wir aber, wir sind ohnmächtig. Wir machen den Mund auf, und sie schlagen uns tot. Wie jener Deutsche, von dem dir einmal deine Annette erzählt hat, du hast ihn vielleicht vergessen, ich nicht. Er hat immerhin was riskiert. Und sein Sohn, alle Achtung! Deine Kusine mag sich selbst aus dem Dreck helfen mit ihrem Bengel. Das macht mich nicht warm. Den Sohn dieses Deutschen, den würde ich aufnehmen, der könnte mich warm machen. Ich würde ihn höher halten als meine eignen Söhne, ich würde ihn besser füttern. Einen solchen Knaben bei sich zu beherbergen, und diese Banditen gehen aus und ein und ahnen nicht, was ich wage und was ich für einer bin und wen ich bei mir versteckt habe! Ich würde mit offnen Armen einen solchen Jungen aufnehmen.«

Die Frau drehte sich weg und sagte: »Du hast ihn bereits aufgenommen.«

Ich habe diese Geschichte erzählen hören in meinem Hotel im XVI. Arrondissement von jener Annette, die dort ihren Dienst genommen hatte, weil es ihr auf der alten Stelle nicht mehr geheuer war.

Post ins Gelobte Land

Im letzten Jahrzehnt des vorigen Jahrhunderts, als fast die ganze jüdische Einwohnerschaft des polnischen Städtchens L. bei einem Pogrom von den Kosaken erschlagen worden war, floh der Rest einer Familie Grünbaum nach Wien zu der mit einem Kürschner verheirateten ältesten Tochter. Nachdem die übrigen Kinder zugrunde gegangen, bestand die Familie noch aus dem Schwiegersohn Nathan Levi, dem Enkel und den Schwiegereltern. Die junge Frau Levi, die zweite Tochter Grünbaum, war nicht durch Tritte oder Schläge in dem Pogrom selbst umgekommen, sondern an den Folgen einer Frühgeburt, da sie die Ermordung der eigenen Brüder, in einem Keller versteckt, durch eine Luke mit angesehen hatte. Sie war die Lieblingstochter gewesen. Die ältere, zu der man jetzt fuhr, hatte früher als ungefällig und unleidlich gegolten; man hätte vielleicht sonst nicht ihre Heirat weit weg, wenn auch in eine der Stadt entstammende Familie, gebilligt. Sie hatte in ihrem länglichen, etwas schiefen Gesicht ziemlich uneinnehmende, verdrießliche Züge, wobei man nicht sagen konnte, ob ihr verdrossenes Gemüt an dem Aussehen schuld war oder erst das Aussehen ihr Gemüt bedrückt hatte.

Als sie ihre Leute am Wiener Ostbahnhof abholte, da konnte sich die Mutter in aller Verzweiflung nicht von der Empfindung befreien, wie tot, wie schmählich gestorben die sanfte, die jüngere Tochter war und wie unverändert grämlich und schiefmäulig die ältere lebte. Denn die Verzweiflung, statt zu mildern, schärft unermüdlich die Erinnerung an die Toten und den Anblick der Lebenden. Wie die Tochter, so der Schwiegersohn. Ob sie sich in ihrer Grämlichkeit gefunden oder später angesteckt hatten, er war nachtragend und mißgünstig. Die Kinder des Kürschners waren gar nicht erfreut über den kleinen Vetter, der Essen und Kammer teilte. Die Enge der Wohnung machte den Großen das Unbehagen noch lästiger. Man hätte vielleicht nach soviel Leid über jeden Zuschlupf froh sein müssen. Doch konnte man, weil man dem Tod entronnen war, dem Leben nicht schlechthin danken, nur weil es da war, doch grau, freudlos, öde.

Der Schwiegersohn Levi half sofort in der Kürschnerei. Er saß am liebsten abseits in einem Winkel, seinen kleinen Sohn auf den Knien. Er war ein Fremdling in der Familie der toten Frau. Die Schwiegereltern hatten ihn in L. als Waisenkind ohne Anhang aufgenommen. Er hatte mit den zwei Söhnen, die jetzt auch umgekommen waren, in der Kürschnerei Grünbaum das Handwerk gelernt. Er hatte sehr rasch als Schwiegersohn gegolten. Die alten Grünbaums pries man für diesen Entschluß, und ihre Wohltaten galten dadurch belohnt, daß der junge Levi fleißig und ehrenhaft war. Er hatte die jüngste Tochter von klein auf als seine Braut angesehen. Er war auch jetzt noch, trotz seines beträchtlichen Bartes, im Herzen gar jung, gar wenig gewillt, sich auf die neuen Darbietungen des Lebens einzulassen, er hatte auch jetzt noch so knabenhaft wenig Bewußtsein von der Länge und Mannigfalt des Lebens, daß er nur eine lästige Zwischenzeit zu überstehen glaubte, nach der er wieder mit seiner Frau vereint sein würde. Die Schwiegermutter dagegen trug sich schnell mit Umzugsgedanken. Sie wußte, daß man im Leid ein unfreundliches Dasein nicht gleichgültig aufnimmt, sondern schmerzlicher und bedürftiger. Ein Brief ihrer eigenen Schwester aus Schlesien brachte sie auf den Ausweg. Die jetzt schon betagte Frau Löb war einstmals mit ihrem Mann, dem Altkleiderhändler, nach Kattowitz zu einer Messe gefahren. Sie waren dort hängengeblieben, weniger durch Wohlstand festgehalten als durch die lebhafte Hoffnung auf Wohlstand. Jetzt schrieb sie, wie froh sie sei über die Unterkunft ihrer Schwester. Sie hätte ja sonst auch bei ihr Obdach gefunden. Frau Grünbaum antwortete sofort, mit ihrer Unterkunft sei es leider schlecht bestellt, sie zögen alle die Weiterfahrt nach Schlesien vor. Ihr Mann und ihr Schwiegersohn könnten dem Schwager dort an die Hand gehen.

Sie wickelte daraufhin das Enkelkind in viele Tücher. Der Schwiegersohn, der klein gewachsen war, nahm es meistens auf seine Knie. Er gab es nur ungern den Großeltern rechts und links von ihm ab in jener Nacht, in der sie nach Deutschland fuhren. Der Wiener Familie kam die Abfahrt verwunderlich, doch nicht ungeschickt. Sie trug sich nur mit allerlei Nebengedanken über das Reisegeld, das plötzlich zur Verfügung war. Der Familie Löb kam die Ankunft überraschend und nicht sonderlich beglükkend. Sie war arm und die Wohnung eng. Grünbaum und Schwiegersohn suchten Kürschnerarbeit, da der Kleiderhandel nicht mehr als zwei Hände brauchte. Sie fanden wenig Beschäftigung, denn die Werkstätten waren überfüllt. Der junge Levi grämte sich mit den Großeltern um den Jungen, an dem ihre Herzen hingen, weil er vor Schwäche still war. Frau Grünbaum, von Natur eher heiter und unternehmend, wäre trotzdem nach und nach mit den Ihren der Trostlosigkeit des täglichen Lebens anheimgefallen, wenn nicht ein unerwarteter Zwischenfall plötzlich alle aufgerüttelt hätte.

Der Schwiegersohn Nathan Levi hatte einen Bruder gehabt, der längst allen aus dem Gedächtnis entschwunden war. Er hatte vor langer Zeit, wenn man zufällig seiner noch einmal erwähnte, als Taugenichts gegolten. Er war, als die Eltern Levi noch lebten, auch in der Kürschnerei angelernt worden, wobei er Gelegenheit gefunden hatte, irgendeinen ausländischen Händler auf einer Reise zu begleiten, da er – so hatte man damals behauptet – in seiner Unbeständigkeit auf Reiserei erpicht war. Er war jedenfalls schon damals auf eine jetzt nicht mehr erklärbare Weise nach Paris geraten und von dort nie mehr heimgefahren, aus Angst vor den Folgen einer Unterschlagung, wie das Gerücht rasch aufkam, weil man sonst für die absurde Umsiedlung keinen Grund wußte. Jetzt kam von der Hand dieses verschollenen Bruders, durch die Hilfe und Findigkeit vieler jüdischer Gemeinden, ein langer Brief, in dem er den jungen Levi um Auskunft bat, wie es ihm und den Seinen bei dem Pogrom ergangen sei, von dem er in den Zeitungen gelesen hatte. Der junge Levi schrieb sofort zurück. Die folgenden Tage verliefen für alle höchst aufgemuntert im Briefabwarten, da sich auch der ödeste Zeitabschnitt durch das bloße Warten belebt.

Zuerst kam eine Sendung Geld durch ein Telegramm auf die Bank, das erstaunlichste Ereignis für die Familie. Dann kam das Telegramm, das die Ankunft des älteren Levi ankündigte, der ihrem Lebensablauf also nicht entschwunden war wie ihrem Gedächtnis. Frau Grünbaum benutzte den Rest ihrer eigenen Ersparnisse – um keinen Preis das eben geschenkte Geld –, um zum Empfang alle möglichen Speisen zu kaufen, Geflügel und Fisch und Wein, und alle Zutaten, um den besten Kuchen zu backen.

Zum erstenmal seit dem Unglück zog sie sich und den Enkel sorgfältig an, sie bürstete und bügelte die Hosen für den Mann und den Schwiegersohn.

Der jüngere Bruder ging den älteren an der Bahn abholen. Man hatte inzwischen die ganze Wohnung soweit verschönt, wie man eine Stube und eine Küche auffrischen kann, ohne die Wände zu verschieben. Der Gast, Salomon Levi, war höher gewachsen als sein Bruder. Sein Gesicht sah nackt aus, weil es rasiert war, bis auf den Schnurrbart auf der Oberlippe. Dadurch sah der Ältere wie der Sohn des Bärtigen aus. Er trug einen steifen Hut, einen engen, aber neuen Mantel, Handschuhe und eine kleine lederne Reisetasche. Frau Grünbaum wäre sowohl durch das Aussehen wie durch die Sprache verstört gewesen, wenn nicht ihre durch das Unglück im Guten und im Schlechten geschärften Sinne sofort gemerkt hätten, wie gut und wie mitleidig seine Augen waren. Wenn er auch bisweilen noch jiddisch sprach, es zischte fremd, oder es kam ungewohnt aus der Nase statt aus der Kehle, und wenn er dabei die Hände bewegte, dann drehte er zu den fremden Lauten fremde Kurven in die Luft. Er setzte erschrocken den steifen Hut auf, als man zu Tisch ging, weil alle schon den Kopf bedeckt hatten. Die Grünbaums ärgerten sich über gar nichts und trugen ihm gar nichts nach, weil er das Kind nicht nur lobte, sondern auf den Armen hochschwang, vor allem aber, weil er von dem Pogrom nie genug hören konnte: Alle übrigen Menschen waren ja inzwischen längst der Schilderungen müde geworden, so daß sie jene Erinnerung in sich vergraben hatten, wo sie dann freilich das Herz abdrückte. Er ließ sich gern solche Begebenheiten, von denen man seine Brust am liebsten befreite, immerzu wiederholen. Er merkte genau alles Gute, was man ihm antat. Er lobte die Klöße in der Suppe, und er pries den Fisch und die Füllung des Fisches und sogar ein gehäckeltes Kraut in der Soße, und als ihm auf der Zunge der Apfelstrudel zerging, krümmte er sich zusammen und kniff die Augen zu. Wie viele Fehler er auch machte, die Gebete beim Händewaschen, über dem Brot und über dem Wein und auch das Tischgebet selbst verloren ihre Einförmigkeit und ihre achtlose Gewöhnung und wurden frisch in ihrem Klang und sonderbar in vielen Wendungen, nur weil er ungeschickt mitbrummte und den Oberkörper dazu schaukelte.

Nachts auf dem Heimweg ins Hotel erzählte er seinem Bruder, er sei niemals wegen Geldunterschlagung in Paris geblieben, sondern weil ihm die Stadt überaus gut gefiel. Er sei zudem reich genug geworden, um alle etwaigen früheren Schulden leicht abzutragen. Er machte jetzt den Vorschlag, die ganze Familie fahre mit ihm nach Frankreich. Der alte Grünbaum und der Bruder könnten in seiner eigenen großen Kürschnerei, in der es Verkäufer, Buchhalter und Handwerker gab, nach Verlangen unterkommen. Vor allem könnte der kleine Junge ordentlich gepflegt werden, und er könnte eine ordentliche Schule besuchen.

Die Folge aller Erwägungen war der dritte Umzug der Flüchtlinge, diesmal mit allerlei Zuwendungen an Mann und Frau Löb und sogar mit einer Geldsendung an die Kürschnerfamilie in Wien. Denn nachträglich wurde Frau Grünbaum auch dieser Tochter gerecht, die, wie sie jetzt einsah, an ihren äußeren und inneren Unzulänglichkeiten so unschuldig war wie an einem Gebrechen.

Der Bruder Salomon Levi wohnte am rechten Seineufer, wo das Viertel St. Paul an den Kai stößt. Er mietete dort schon am ersten Tag für die Ankömmlinge eine Wohnung und kaufte mit Frau Grünbaum die nötigen Möbel in den Warenhäusern. Frau Grünbaum war benommen von der Wildnis der Stadt. Niemand behandelte die Fremde mit Neugierde oder Geringschätzung. Sie stieß in den Straßen und in den Geschäften auf fremdere Fremde, auf Gelbe und auf Schwarze, und manchmal stieß sie auf ihresgleichen. Doch ließ man sie alle ungeschoren, wie sie auch der Stadt keinen Abbruch taten, so wenig wie sonderbare Pflanzen einer Wildnis Abbruch tun. Frau Grünbaum fühlte sich hier an dem äußersten Punkt der ihr bekannten Welt fast so gut wie daheim.

Die Grünbaums lebten ungeschoren fort, als hätten sie nach St. Paul ihr Heimatstädtchen mitgeschleift, sogar den Bäcker und den Fleischer. Es stellte sich heraus, daß durch irgendwelche Zufälle auch die Schwester ihrer ehemaligen Schneiderin hierhergeraten war. Der alte Grünbaum galt bald als eine Art Aufseher in der Kürschnerei, in der der Schwiegersohn Nathan Levi eine Art Werkmeister wurde, denn er wollte durchaus beim Handwerk bleiben. Der Junge lernte zunächst hebräisch lesen und schreiben bei dem Schwager der heimischen Schneiderin, der eine Vorschule für die Kinder eröffnet hatte.

Die Synagoge befand sich unweit der Wohnung in einem Gemäuer, das, wie der ältere Bruder Levi wußte, der Turm des Palastes war, den König Heinrich IV. vor vielen Jahrhunderten erbaut hatte. Jetzt war er teilweise verfallen, die Reste seiner Gemäuer waren von allerlei Volk bewohnt. In der Gasse lagen die Keller der Lumpensammler, deren Staub die Luft noch dämmeriger machte. Der Hof der Synagoge steckte voll von dem Gerümpel eines Schreiners, der zugleich Synagogendiener war. Die Bretter lehnten in den Spitzbögen gegen die abgeschabten Säulen. Das Schreinermännchen, verwachsen und bärtig, war schon vor langem aus einer Nachbarstadt von L. zugezogen. Es gab noch Reste von Wappen an der zertretenen Wendeltreppe, die sich zur Frauenabteilung hinaufdrehte. Der Türrahmen war abgegriffen. Beim Eintreten küßten die Frauen ihre zwei Fingerspitzen, um damit die Gebetkapsel zu berühren.

Wie glimmten drunten, wo die Männer beteten, die Kerzen, die an den Jahrzeittagen für alle toten Verwandten brannten!

Frau Grünbaum erkannte von oben die eigene Kerze oder glaubte sie zu erkennen; sie suchte sie zärtlich, als sei sie die Tochter selbst. Sie zeigte sie auch dem Kleinen, den sie herauf in den Frauenraum genommen hatte, bevor er endgültig mit den Männern zum Gebet ging.

Sie hatten sich rasch in ihrem Quartier eingelebt: das winzige L. in der unbekannten Stadt, mit vertrauten Gesichtern, mit den gewohnten Läden, um ein paar heimische Gassen und Plätze. Nathan Levi sprach bald ganz geläufig französisch. Der Sohn sprach es noch besser, obwohl an ihm ein paar russische und ein paar polnische Worte hängengeblieben waren, und etwas Hebräisch und Jiddisch. Der ältere Levi drängte den jüngeren, wieder zu heiraten. Der widersetzte sich lächelnd in seiner sanften Art. Er lief aus der Werkstatt täglich rasch heim, um mit dem Kind zu schwatzen und zu erfahren, was es gelernt hatte; wenn es einmal krank war, kam er noch früher und noch rascher und verbrachte die Nacht am Bett. Er lehnte auch jeden Heiratsvorschlag ab, als die Schwiegereltern starben, viel früher, als man erwartete, und kurz nacheinander. Nach all den Plagen, die sie ruhig überstanden hatten, war ihnen offenbar endlich erlaubt gewesen, vom

Leben erschöpft zu sein. Doch nach ihrem Tod gelang es dem Bruder Salomon Levi, da seine Heiratsvermittlungen fehlschlugen, mit einem ganz anderen, auch schon lange umsonst vorgebrachten Vorschlag durchzudringen. Der Neffe gehöre jetzt in eine vernünftige Schule. Es sei höchste Zeit. Französisch müsse er lernen und überhaupt alle Kenntnisse, die Knaben hierzulande geboten wurden. Er drang schließlich durch. Er brachte das Kind in das Lycée Charlemagne, die höhere Schule von St. Paul. Vom nächsten Morgen ab führte der Vater den Jungen selbst in die Schule, er holte ihn mittags ab, damit er nicht in Versuchung gebracht werde, an den verbotenen Schulmahlzeiten teilzunehmen.

Der Junge war bald viel zufriedener in der Schule, als sein Vater erwartet hatte. Er wurde von seinen Lehrern und Mitschülern nicht gequält und nicht geschlagen. Er wurde nur verspottet, wenn er schlecht französisch sprach. Er gab sich von selbst Mühe, auf den Klang zu kommen, der ihm gefiel, weil ihm auch die Worte gefielen. Er glaubte des Sinnes habhaft zu werden, wenn er sich den Klang einprägte. Er schloß sich bald einem pfiffigen, rauflustigen Jungen an, dem Sohn eines Wagenkontrolleurs im Viertel, der brachte ihm nach und nach allerlei Spiele und Verse bei und mit der Freundschaft die Sprache.

Er war jetzt in seiner schwarzen Ärmelschürze, flink, mager, klugäugig, einer von den Hunderttausenden Schulbuben von Paris. Er schloß sich am Vorabend jedes 14. Juli der Familie des Schulfreundes an, der Wagenkontrolleurfamilie. Er steckte viele Stunden in dem Gewühl auf der Place de la Bastille. Er vergaß sein Tischgebet, wenn er mit dieser Familie aß und trank, er tanzte mit den Töchtern in dem gemeinsamen Tanz der Straße.

Er war bald viel lieber in der Schule als daheim. Das bloße Dasein der Großeltern hatte früher alle besänftigt. Der Vater und der Onkel stritten jetzt gern. Der Lehrer Rosenzweig, der Schwager der Schneiderin aus L., war beim Essen und Streiten dabei. Es ging um die Ereignisse, die die eigene Gemeinde und alle Gemeinden der Welt seit vielen Jahren in Aufregung brachten. Ein Jude in Wien, der jetzt schon geraume Zeit tot war, war auf den Gedanken gekommen, das Gelobte Land, das Gott versprochen hatte, sofort für das jüdische Volk zu fordern. Es sollte aus allen Ländern der Welt, in denen es verfolgt wurde, in seine Heimat nach Palästina zurückkehren.

Der Bruder Salomon Levi trat heiß für die neue Lehre ein. Der Lehrer Rosenzweig wog das Für und Wider so heftig, als ob zwei Seelen in seiner Brust kämpften, nach Art von Menschen, die unschlüssig zwischen zwei Grundsätzen stehen. Der Vater Levi mischte sich nicht ein; er hörte lächelnd zu. Von klein auf war es sein heimlicher, sein inbrünstiger Wunsch gewesen, vor seinem Tod mit eigenen Augen das Gelobte Land zu sehen. Doch dieser Wunsch hatte keine politischen Grenzen, er war nur von Gott erfüllbar. Seine Wurzel war der Glaube, nicht ein Landstreifen in Vorderasien. Man lebte in der Verbannung, ob man in Paris oder in L. lebte, in Amerika oder in Wien, in der Verbannung, die Gott verhängt hatte.

Er zürnte auch nicht, er lächelte, als sein Bruder plötzlich Herzls Fotografie über seinem Schreibtisch in der Kürschnerei aufhängte. Dasselbe dem Wesen des Bruders eigentümliche Gesetz, das ihn als Jungen mit allen Vorstellungen seiner Familie hatte brechen lassen, zwang ihn jetzt zum zweitenmal, als alter Mann, mit den früheren Vorstellungen zu brechen und die Protokolle der zionistischen Kongresse begierig zu verfolgen.

Der Junge saß während all dem Streit vergnügt kauend am Tisch bei den drei Alten. Sein Vater versuchte manchmal heimlich, sein Haar oder wenigstens seine Hand zu berühren. Der Junge horchte weniger auf die Gespräche, die ihm gleichgültig waren, als auf den Lärm der Straße, bis er den Pfiff des Schulfreundes erkannte.

Nur an den Festtagen war er mit Leib und Seele daheim, als ob ihn das sanfte Kerzenlicht fester schmiede als alle Streite und Meinungen, aber auch fester als alle Rufe und Pfiffe. Der Vater, am Sederabend auf seinem Ehrenplatz in den roten Kissen, sah zaghaft und kindlich aus, trotz seines Bartes. Er nickte dem Kleinen zu, damit er aufspringe und nach dem Brauch die Tür öffne, denn der Messias konnte in dieser Nacht durch alle Türen in allen Häusern der Welt unversehens eintreten, um sein Volk aus der Verbannung heimzuführen. Ein schwacher Hauch dieses Glaubens, der sich nicht lehren und nicht übertragen läßt, wehte den Jungen bei jedem Türöffnen an, die verstohlene Frage: »Wie, wenn er jetzt bei uns eintritt?« Obwohl er, der schlauer war als sein Vater, genau wußte, daß sie ganz sinnlos war.

Um diese Zeit, um sein dreizehntes Jahr, war sein alter Lehrer,

Herr Rosenzweig, äußerst stolz, weil man wieder auf ihn zurückgriff. Er sollte das Kind auf den Festtag vorbereiten, an dem es in der Gemeinde unter die Männer aufgenommen wurde. Die drei Alten führten es zu dritt in die Synagoge in dem Palastturm Heinrichs IV. Sie glänzten vor Stolz, als die junge Stimme anhob, vertraut, fremdartig allein und feierlich ängstlich. Man weiß von alters her, daß die Köpfe der Knaben in diesem Jahr am wachsten und offensten sind. Darum kamen mit den überlieferten uralten Glaubenssätzen auch Gedanken hinein, von denen sich sein Vater nie hatte träumen lassen. Sie quälten ihn nicht; sie legten sich über die alten Gedanken, wie sich zwei Rinden übereinander um einen jungen Baum legen. Er ging noch immer mit seiner Schulfreundfamilie den 14. Juli feiern. Er war jetzt nicht mehr bloß vergnügt, weil getanzt und getrunken wurde. Sein Herz klopfte nicht bloß vor Freude über das Feuerwerk und den Schwung der Fahnen. Sein Lehrer im Lycée Charlemagne hätte selber nicht geahnt, daß seine herkömmlichen Worte den fremden, kleinen, mageren Jungen aufgewühlt hatten. Der Abend des 14. Juli sei ein Fest für alle Völker. Es gäbe bei diesem Fest keine eingeladenen Gäste, hier in Paris sei jeder an diesem Tag sein eigener Gastgeber auf der Place de la Bastille. An diesem Tag hätte das Volk von Paris für die ganze Welt das Mittelalter gesprengt. Er war ein Lehrer, der jeden Schüler mit seinen Augen packte, daß jeder glaubte, allein von den Augen gepackt zu werden.

Sie merkten gar nicht daheim, daß der Kleine am Sederabend nur notgedrungen die für den Jüngsten bestimmten Worte aus der Haggada vorlas, weil ihn sein Vater verliebt betrachtete und weil er selbst sanft und höflich wie sein Vater war.

Er wuchs so schnell, daß er bald die drei Alten überragte. Kam das Jahr 1914; kam der Mord in Sarajewo; kam eine Kriegserklärung nach der anderen. Die Deutschen, die Belgien geschluckt hatten, drangen bis zur Marne vor. Die Gesichter wurden finster. Der kleine Levi trat überraschend früh zum Examen an. Der Vater erfuhr erst hinterher, daß nur die Schüler zugelassen waren, die sich bei der Armee freiwillig gestellt hatten. Beim Anblick der runden Mütze mit der roten Quaste auf dem Kopf seines Sohnes geriet er in einer Weise ins Zittern, daß seine Hände über den ganzen Krieg weg zitterten. Der Sohn war froh. Er war jetzt mit Leib und Seele, nicht bloß mit der luftigen, ungewissen

Seele, dem Volk verpflichtet, dem er sich längst verbunden fühlte, dessen Sprache und dessen Gedanken längst in ihn gedrungen waren, vom Bastillesturz bis zum Dreyfusprozeß. Der Vater und der Onkel standen weinend am Bahnhof unter den Abschied nehmenden Eltern.

Als er auf Urlaub heimfuhr, erschien ihm der Vater noch winziger und noch kindlicher. Er selbst war der Starke, der Väterliche. Er hörte sich in der Kürschnerei die Sorgen von Vater und Onkel wie die Sorgen von zwei Söhnen an. Er hatte in einem Kriegswinter, in der Todesnähe, in der Kameradschaft, einen Weg zurückgelegt in Einschmelzung und in Erfahrung, den sonst Generationen brauchen. Als er im Argonnerwald schwer verwundet wurde, kam ihm die Erde erworben vor, in die er hineinblutete. Der Vater bekam die Nachricht von der Verwundung mit einer vom Sohn selbst gekritzelten Botschaft, die schlimmste Gefahr sei vorbei.

Er kam nach dem Waffenstillstand auf Krücken heim. Das häusliche Leben wäre ihm jetzt zuwider geworden, wenn ihn nicht eine völlig neue Idee beherrscht hätte. Sein liebster Kamerad war von schwerer, zuerst aussichtsloser Augenverwundung geheilt worden. Er hatte im Lazarett alle Phasen zwischen Hoffnung und Verzweiflung miterlebt, bis ein Augenarzt die Sehkraft gerettet hatte. Eine Neigung zur Medizin, die ihn dann und wann in den höheren Schulklassen überkommen hatte, hatte sich durch die Erfahrungen im Krieg noch verstärkt und auf ein besonderes Ziel geheftet: die Heilung der Augen. Der Vater, der einen Kürschner oder einen Kaufmann oder einen schlauen Juristen erwartet hatte, war zuerst über die Berufswahl verwundert. Dann sagte er sich, daß der Sohn durch Gottes Willen gerettet sei, und auch der Entschluß des Geretteten sei dann Gottes Wille.

Die Alliierten besetzten das Rheinland. Wilson kämpfte um den Frieden. Der Sohn Levi setzte mühselig durch, daß ihm der Vater ein eigenes Studierzimmer dicht bei der Klinik mietete. Nathan Levi war jetzt allein, viel mehr als je in seinem Leben, das immer in einer Familie verlaufen war. Er war jetzt nicht nur von dem Sohn, sondern auch von dem älteren Bruder überraschend schnell verlassen worden. Der englische Außenminister Balfour hatte den Juden Palästina als Heimat versprochen. Der Bruder

Salomon Levi nahm sich plötzlich vor, das Gelobte Land mit eigenen Augen zu sehen, bevor er sich endgültig entschloß, die Balfour-Deklaration auf sich selbst anzuwenden. Er dachte sich diese Reise zunächst als ein Ferienunternehmen von höchstens drei Monaten. Er lud auch den Bruder zur Reisegesellschaft ein. Der machte ihm aber klar, daß er der Kürschnerei vorstehen müßte. Der Zurückgebliebene wurde bald durch Post von dem Mittelmeerdampfer beunruhigt, in der sich der Reisende kränklich und unfroh zeigte. Die Ferienfahrt wurde in einem Spital in Haifa unterbrochen und endigte mit der ewigen Ansiedlung im Heiligen Land auf dem Friedhof von Haifa.

Als die Todesnachricht nach Paris kam, ließ der Bruder Nathan Levi, der den Ältesten nur mit düsterem Vorgefühl und mit verstecktem Zweifel hatte abziehen sehen, das Kaddisch in derselben Synagoge in dem Palastturm sagen, in dem man schon Kaddisch für die Schwiegereltern sagte und für seine eigene, in L. umgekommene junge Frau. Er lief jedes Jahr zu ihrer Todesfeier durch die Gassen und Höfe von St. Paul, durch die ineinandergeschobenen Tore, durch den Nebeneingang des verwitterten Palastes, als laufe er zu einem Wiedersehen mit der Frau. Der Sohn, der ihn begleitete, kannte nicht mehr von der Mutter als die weiße, kurzzüngelnde Jahrzeitkerze. Er kam jedesmal für das Kaddisch nach St. Paul aus dem lateinischen Viertel. Die schmale, aus den Abfallkellern der Lumpensammler verstaubte Gasse, gesäumt von den Schloßzinnen, war von dem schmalen Licht angeglänzt, das durch das hohe, fast unbemerkte Fenster des Frauenstockwerks herunterdrang. Die Schreinerei war noch immer im Hof. Die Schreinersleute betreuten noch immer die Synagoge, jetzt schon in gebücktem Gang.

Es gab eine neu eröffnete Kneipe zwischen den Lumpenkellern. Die Gasse war von neuen jüdischen Zuzüglern bewohnt. Sie waren nach dem Kriegsende gekommen, weil ihnen daheim ihr Rabbiner versichert hatte, man könnte in dem neuen Staat Sowjetrußland die Kinder nicht fromm erziehen. Die gleiche Furcht vor der gleichen Revolution hatte noch eine andere Gruppe von Flüchtlingen angetrieben, die diese jüdischen Gesichter aus der Ukraine nur ungern wiedersahen: die Offiziere aus der Armee des Hetmans Petljura und alle ihre Kumpane, die noch vor kurzem viele Juden abgewürgt hatten, bis ihnen die eigene Heimat vergällt war, da Lenin sein Plakat anschlug: »Gegen die Schwarzen Hundertschaften und gegen die Pogrome.« Jetzt hatte die französische Polizei die Sorge, die weißen Zaristen von den jüdischen Emigranten getrennt zu halten. Sie konnte gleichwohl die Kugel nicht abfangen, mit der der Uhrmacher Schwarzbart aus St. Paul den Hetman der Ukraine, Petljura, abknallte; der hatte ihm in dem letzten Pogrom daheim seine ganze Familie ermordet.

Der junge Levi besuchte den Vater jeden Freitagabend. Nathan Levi dankte Gott, weil sein Sohn kein gewöhnlicher Kürschner geworden war, sondern ein auserwählter Mensch, der seinen Kranken ergeben war wie ein guter Lehrer seinen Schülern. Die Augenklinik war nicht nur für den Sohn, sie war auch für den Vater heiliger Boden. Der Vater ließ sich von dem Sohn Lehrbücher mit den Schemata des menschlichen Auges zeigen, über das offenbar sein Junge am meisten grübelte unter allen Organen, die Gott geschaffen hat. Er wunderte sich gar nicht, daß alle Professoren auf seinen Sohn bald aufmerksam wurden. Man ahnte auch schon in St. Paul vor dem Examen, daß der kleine Levi ein großer Augenarzt würde. Den Vater grämte bloß eins. Er selbst war in dem Alter des Sohnes Vater gewesen, die Liebe hatte sein Leben bis auf den heutigen Tag erhellt.

Er sprach über diesen Kummer mit seinem Nachbarn, dem Löb Mirsky. Der war jetzt sein Freund. Denn die plötzliche, zuerst unerträgliche Vereinsamung durch den Tod des Bruders und den Wegzug des Sohnes hatte die gute Folge, daß sich seine Augen auch für die Mitmenschen öffneten. Er hatte Anschluß an den Nachbarn gefunden, der schon längst vor dem Krieg, nach dem Ritualmordprozeß in Odessa und der daraus entstandenen Judenverfolgung, nach Paris verschlagen worden war. Er hatte, wie Levi, die Frau verloren und das Kind gerettet, eine Tochter, die ihm später den Haushalt führte, bis sie das Lernen mehr liebte, als es, wie ihr Vater glaubte, ihrem schönen Wuchs und ihrem ebenso schönen Angesicht zutunlich war. Die beiden Väter waren sich klar, daß ihre Kinder ein gutes Paar abgeben würden, wenn sie sich nicht den Plänen der Eltern durch die Einwirkung neuer Bräuche in dem neuen Land hartnäckig widersetzten. Der alte Levi, dem das schöne, störrische Mädchen überaus für den Sohn behagte, riet dem Nachbarn, endlich die Erlaubnis zu geben, daß die Tochter aller häuslichen Pflicht ledig werde und täglich zum Lernen auf das linke Seineufer nach der Sorbonne gehe. Es fügte sich dort, daß das Lernen die beiden jungen Leute ebenso sicher zusammenfügte wie der schlaueste Heiratsvermittler. Der junge Levi bemerkte schnell das dunkelbraune Haar, die sanften Augen, die durchsichtige Haut, den stillen Schritt. Die beiden Väter feierten nach dem Examen die ersehnte, die endlich geglückte Heirat.

Jakob Levi, der jetzt der Doktor Jacques Levi hieß, war noch längst nicht in dem Alter, in dem der Ruf eines Mannes sonst feststeht, als ihm zuerst in der Klinik seines Lehrers, dann in der eigenen Klinik an der Place de Sèvres der Zustrom der Kranken einen Namen machte. Der Vater freute sich, war aber erst glücklich, als er einen Enkel bekam, ein wenig später, als er gehofft hatte. Er hatte sich um so ungeduldiger Nachkommenschaft gewünscht, da er, genau wie dereinst seine Schwiegereltern, sich schwächer und älter fühlte, sobald er Frieden und Ruhe dazu hatte. Er saß oft in dem Sprechzimmer des Sohnes, wo er die Klagen und Lobpreisungen der Augenkranken anhörte. Dann fuhr er mit dem Sohn heim, um ein wenig mit dem Enkel zu spielen, und später, um die Schulhefte zu betrachten, wie er ehemals die des Sohnes betrachtet hatte.

Er trat eines Tages zu ungewohnter Zeit in die Klinik an der Place de Sèvres, als die Sprechstunde gerade beendet wurde. Er bedeutete dem erstaunten Sohn, er sei absichtlich gekommen, um mit ihm allein zu sprechen. Der Sohn hätte jetzt seine eigene Familie, sein eigenes Heim, sein Kind, seinen Beruf. Der Vater betrachte darum das Gebot erfüllt und die Zukunft seiner Nachkommenschaft gesichert. Der Doktor Jacques Levi wunderte sich, was sein Vater mit dem Besuch bezweckte. Er war noch erstaunter, als der Alte fortfuhr, in viel gewichtigerem, feierlicherem Ton, als er sonst zu sprechen pflegte, Gottes Wege seien unergründlich. Man bedenke, wie er nach dem Pogrom von L. zuerst nach Wien, dann von Wien nach Kattowitz, von Kattowitz nach Paris geflohen sei, den Sohn auf den Knien, und wie die Familie in dem Sohn gewachsen sei. Er sprach, als hätte er schon vergessen, daß der Sohn im weißen Arztkittel ihm gegenübersaß. Er wünschte wohl noch ein wenig der Hauptsache auszuweichen, die ihm endlich aus dem Mund kam.

Er sei nicht älter als jetzt sein Enkel gewesen, da hätte die ganze Stadt L. einen alten Mann an die Bahn begleitet, der abgefahren sei, um im Gelobten Land zu sterben. Das Reiseziel sei ihm schon damals als das verlockendste vorgekommen, das sich ein Mensch ausdenken könnte. Er könnte sich auch heute noch gut an den Abschied erinnern, als hätte er gestern stattgefunden. Damals sei der gewaltige Wunsch in sein Herz gepflanzt worden, auf demselben Fleck sterben zu dürfen, wenn er so alt sei wie der Alte. Er habe den Wunsch auch nie vergessen, nur tief in sich verborgen. Er habe bereits im geheimen das nötige Geld für die Reise gesammelt, auch für den letzten Aufenthalt in dem Altersheim in Jerusalem. Er hätte die Auflösung der Kürschnerei bereits dem Nachbarn übertragen, so daß nichts überstürzt werde.

Der junge Levi staunte über den Bericht des Vaters, der von mehr Entschlußkraft zeugte, als er dem sachten, weichen Mann je zugetraut hätte. Und diese Entschlußkraft bezog sich nicht auf die Lebensumstände, sondern auf das Sterben. Er staunte auch, daß der alte Mann, der sonst anschmiegsam und sehr offen war, den Plan wie ein Geheimnis verborgen hatte, sowohl in der letzten Zeit, als die Verwirklichung möglich wurde, wie durch sein ganzes früheres Leben, da der Plan nur ein Traum war. Er stellte dem alten Levi vor, daß ihm schon sein Umzug aus St. Paul nach dem Quartier Latin einen Schmerz bedeutet hätte, obwohl man doch keine halbe Stunde brauchte, um über die Brücke zu gehen. Er las aber in den glänzenden Augen des Alten, bevor er noch seine Warnung beendigt hatte, die Antwort. »Gewiß, wenn man stirbt, geht man einen weiteren Weg, als man je im Leben für möglich gehalten hat.« Der Sohn brach ab. Er verstand, daß es keinen Zweck hatte, seinen Vater abzuhalten. Es war im Gegenteil seine Pflicht, die Abreise zu erleichtern, damit der alte Mann seinen Tod ruhig erwarten konnte.

Der Vater, dem jede Trennung fast das Herz gebrochen hatte, bereitete sich selbst fliegend auf die Abreise vor. Er lud seine Kinder nach St. Paul zum Abschiedsessen ein, das so heiter wurde wie ein Feiertagsabend. Sein Sohn mußte ihm beim Abschied versprechen, regelmäßig zu schreiben. Er konnte sich ruhig auf den Tod vorbereiten in dem Land seiner Väter, wenn alles, was hinter ihm lag, besorgt war. Der Sohn schrieb seinen ersten Brief, bevor er den alten Mann an den Hafen brachte. Der Vater meldete in seinem ersten Brief zugleich seine glückliche Ankunft und den Dank für die Post, die er schon empfangen hatte.

Man fühlte an diesem Dank, daß der Alte beruhigt war, weil sein Anteil am Leben erfüllt war. Er dankte Gott, der ihm erlaubt hatte, in das Gelobte Land zurückzukehren, aus dem ihn nun nichts mehr wegbringen konnte. Er fühlte bei jedem Schritt, daß er jetzt auf der Erde ging, in der begraben zu liegen er sich von jeher gesehnt hatte. Er dachte zuerst überhaupt kaum mehr an das Leben, das er verlassen hatte. Er hatte zunächst nicht einmal Sehnsucht nach seinem Sohn oder nach seinem Enkel. Er dachte höchstens an seine tote Frau, die in seinen Träumen so sanft und so still wie er selbst war, die jüngste und lieblichste Tote. Er merkte kaum, daß das Heilige Land viel heißer war als all die Länder, die er bis jetzt auf Erden durchquert hatte. Er gab nicht auf die fremden Gesichter acht und die sonderbaren Gepflogenheiten und die Streitigkeiten um ihn herum, die nicht minder heftig wurden als in St. Paul. Weil man nicht wissen konnte, wieviel Zeit noch verging, bis man ihn ins Grab legte, ging er sehr vorsichtig mit seiner Barschaft um. Er wohnte in dem Asyl, das von alten, einsamen Männern bewohnt war, die gleich ihm aus allen Teilen der Welt gekommen waren, um hier im Gelobten Land zu sterben in einem kleinen Zimmer wie seins, das er mit einem Bewohner teilte. Er selbst war sanft und still, sein Zimmergenosse war grobknochig und ein wenig bösartig. Während Nathan Levi gern für sich allein nachdachte und lernte und betete, geriet der andere gern in Händel und in die heftigsten Auseinandersetzungen nicht nur mit diesem und jenem Hausgenossen, auch in der Gemeinde, sogar mit Gott selbst; er war für die Schlauheit berühmt, mit der er Erklärungen und Einwände einstreute, während Levi, früh gealtert, für ein wenig töricht galt.

Der alte Levi wurde sich nach und nach erst darüber klar, daß er immerhin noch auf Erden lebte, in alle Mißhelligkeiten des irdischen Lebens verstrickt. Indem er sich darüber klar wurde, fühlte er auch die Last des eigenen Alters. Er dachte weniger an die Tote, die er liebte, und desto mehr an die Lebenden, die er gleichfalls liebte. Er schrieb besorgt an den Sohn, den Doktor Levi in Paris. Er wartete aufgeregt auf Antwort. Er fühlte sich eine Zeitlang ruhiger, wenn ihn die Post über das Wohl der Familie beschwichtigte, die er daheim gelassen hatte. Vor seiner

Abfahrt hatte er das Land, in dem er sich jetzt befand, für »Daheim« gehalten.

Der Arzt Levi schrieb viel leichter und heiterer, als er früher mit dem Vater hatte sprechen können. Die leise Unruhe entging ihm nicht, die erst nach und nach aus den Briefen des Alten klang, sowenig wie einem Vater die Unruhe in den Briefen des Sohnes entgeht. Als ihm der Alte einmal schrieb, er könne jetzt seinen Sohn gut brauchen, weil seine Augen schwächer würden, schrieb ihm der Sohn beinah streng zurück: »Du hast Gott bei der Ankunft gedankt, daß Du endlich angekommen bist. Es gibt überall gute Ärzte, besonders da, wo Du bist. Die Heilkunst ist nicht auf ein einzelnes Land beschränkt und erst recht nicht auf einen einzigen Menschen. Ich kann jetzt nicht zu Dir fahren, weil ich meine Hilfe vielen versprochen habe.« Der Vater setzte sich mit dem Brief an die hellste Stelle des kleinen Zimmers, an das Fenster, das auf den Garten ging. Es war kein üppiger Garten, ein paar junge Bäume umschlossen das Herz des Gartens, das Stückchen Rasen. Die Bäume waren von der Gemeinde gestiftet und gepflanzt worden. Ihr kleiner kreisrunder Schatten reichte gerade aus für eine zusammengerückte Gruppe von Greisen. Der alte Levi fühlte sich durch den Brief getröstet und auch ein klein wenig beschämt. Er nahm sich vor, von jetzt an seine Leiden und Schwächen zu verschweigen. Sein Sohn schrieb fortwährend fröhlich und beinahe aufmunternd, als ob er ahnte, daß sein Vater gerade solcher Briefe bedürfte. Er fragte nicht einmal mehr nach der Augenkrankheit, so daß der alte Mann sich beruhigte, der Sohn hätte seine kurze Klage vergessen.

Der Arzt hatte aber gar nichts vergessen. Er fragte nur deshalb nicht mehr, weil er wußte, daß er dem Alten ohnedies nie mehr würde helfen können. Er schrieb immer weiter leicht und froh, auch als sein eigenes Glück unversehens zerstört war. Auf einmal war ihm, der mitten in der Arbeit stand, der Tod viel näher als seinem Vater, der weggefahren war, um zu sterben.

Er hatte längst den Ruf eines großen Augenarztes, zu dem auch Kranke aus fremden Ländern fuhren. Er selbst sah in dem Erfolg nur ein zufälliges Zubehör seines Berufes, den er treu erfüllt hatte, Tag und Nacht, ohne sich von Müdigkeit oder von Zweifel irremachen zu lassen oder von Fehlschlägen oder von Klagen. Er war nicht stolz auf den Erfolg. Er war nur den Kranken dankbar, daß sie zu ihm kamen, weil sie bei ihm auf Heilung hofften.

Die junge Frau hatte immer verstanden, daß zwischen daheim und Spital keine Trennung war. Sie hatte ihm von der ersten Stunde an beigestanden, damals, als sie im Hörsaal aufeinandergestoßen waren, ohne zu wissen, daß sie einen Plan ihrer Väter erfüllten. Sie hatte immer danach verlangt, aus dem engen Heim herauszukommen, in dem es nur eine Art Pflichten gab, die ihr dürftig und kleinlich vorkamen. Jetzt hatte sie ernste, schwerwiegende Pflichten in ihrem Haus, in dem die Kranken zur Familie zählten, an den Betten der Kranken, bei der Erziehung des kleines Sohnes, die nur ein Teil ihrer Pflichten war. Die Eltern freuten sich, daß ihr Sohn in dem Land aufwachsen konnte, in dem sie erst Wurzel hatten schlagen müssen, daß er nicht erst in der Schule Französisch lernte, sondern schon vorher so gut wie sein Lehrer sprach. Wenn sie den Jungen vom Fenster riefen, dann freuten sie sich, wenn er mit den Gassenbuben spielte, so daß er gar nicht von dem Knäuel sich balgender Buben zu trennen war, anstatt, wie früher sein Vater, verlegen in seltsamen Kleidungsstücken aus der Haustür dem Spiel zuzusehen. Sie teilten Sorgen und Freuden in ihrem gemeinsamen Leben, wie immer in ihren Familien die Väter und Mütter Sorgen und Freuden geteilt hatten, nur waren es andere Sorgen und andere Freuden gewesen.

Der Arzt merkte frühzeitig, als sein äußeres Glück beneidet wurde, daß sein Glück von innen heraus bedroht war. Er täuschte sich nicht über die Art seiner Krankheit, die ihn zuerst nur gelegentlich plagte. Er konnte selbst seinen Todestag beinahe festsetzen, als alle Heilversuche fehlgeschlagen waren. Er nutzte die Zeit, in der er noch kräftig und ruhig war. Sein Vater brauchte nie zu erfahren, daß er vor ihm hatte sterben müssen. Er schrieb darum, obwohl ihn die Schmerzen schon hinderten, mit Aufbietung seiner letzten Kräfte soviel Briefe, wie sein Vater in den vereinbarten Abständen zu empfangen gewöhnt war. Er gab das Bündel vorbereiteter Post seiner Frau und nahm ihr ebenso feierlich, wie ihn sein Vater zum Schreiben verpflichtet hatte, das Versprechen ab, nach seinem Tod einen Brief nach dem anderen abzuschicken. Wenn er sich, von Schmerzen gepackt, zum Schreiben zwang, dann fragte sie lächelnd, als sei damit die Gewißheit weggeschoben, wie er denn für die kommenden Jahre Dinge vorausbeschreiben könne. Ihr Mann erwiderte, daß es Dinge genug zu beschreiben gäbe, die nichts auf der Welt veränderte.

Er schickte selbst einen Patienten nach dem anderen zu fremden Ärzten, von denen jeder, wie er beteuerte, ebensoviel wie er selbst verstand. Er machte sich klar, was er gesund nie geglaubt hätte, daß seiner nicht länger bedurft wurde und daß die Gesunden und Kranken ohne ihn auskommen mußten, da die Heilkunst nicht auf einen Menschen beschränkt war, genau wie er seinem Vater gesagt hatte.

Die junge Frau glaubte selbst dann noch nicht an seinen Tod, als er das Kind nicht mehr erkannte. Selbst als er schon auf dem Totenbett lag, konnte sie sich das Kind nicht als Waisenkind vorstellen. Bei dem Begräbnis waren die ehemaligen Nachbarn noch einmal stolz auf den jungen Levi, der es so weit gebracht hatte. Denn viele Ärzte mit großen Namen kamen zu seiner Beerdigung und kleine bärtige Landsleute, sogar der immer noch rüstige Lehrer Rosenzweig. Es kam auch der Lehrer vom Lycée Charlemagne. Ein jeder von beiden dachte bei sich, daß er den Toten zu dem gemacht hatte, was er im Leben gewesen war.

Die Frau schickte pünktlich den ersten Brief an den alten Levi aus dem Vermächtnis des Toten, das ihr wie ein Auftrag des Lebenden vorkam. »Du wunderst Dich vielleicht«, stand in dem Brief, »daß ich nicht sofort zu Dir gereist bin, als Du mir zu verstehen gegeben hast, daß Du krank bist. Du hast mich selbst beim Abschied gelehrt, daß es eine noch höhere Verpflichtung gibt. Du bist von Deiner Familie weggefahren, um Deinen brennendsten Wunsch zu erfüllen. Ich habe damals sofort verstanden, daß nicht Deine Liebe zu mir sehr klein war, sondern Dein Wunsch sehr groß.«

Die Frau besorgte dem Toten Brief nach Brief, so wie sie ihm lebend jede Last abgenommen hatte. Ein jeder Brief fügte ihr gemeinsam gelebtes, jäh gespaltenes Leben wieder zusammen. Der alte Levi freute sich, wenn er einen Brief bekam, daß er so klug gewesen war, die zwei widerspenstigen jungen Leute, die sich keinen Befehlen gefügt hätten, mit einer List zusammenzubringen. Der Sohn schien auch jetzt zu bereuen, daß er den alten Mann nie hatte an seinem Glück genug teilnehmen lassen. Er fand jetzt auch Worte, um ihm begreiflich zu machen, was ihn mit der Frau verband, als ob er sich früher geschämt hätte, etwas zu rühmen, was der Alte nicht begriffen hätte. Der alte Levi konnte das Bild der jungen Frau nicht recht erkennen, das manchem Brief beigefügt war. Er labte sich an den lobenden Ausrufen seiner Freunde. Er dachte aber, daß keine Frau der Welt, sie mochte sein, wie sie wollte, es je mit seiner eigenen hätte aufnehmen können.

»Ich brauche Dir, lieber Vater, nicht erst zu beschreiben, wie wir drei den Feiertag ohne Dich verbracht haben. Wir lassen den Sessel für Dich frei, als seiest Du nur eben aus dem Zimmer gegangen.« Der alte Levi versuchte, den Brief selbst zu lesen, erreichte aber bald nicht mehr, als das Papier zwischen seinen Fingern zu befühlen. Sein Zimmergefährte, der selbst keine Post bekam und daher mit Neugierde diese Briefe erwartete, kam rasch herbei, um sie langsam und gründlich vorzulesen. Der Alte diktierte ihm auch bald seine Antworten, damit den Sohn seine zittrige Schrift nicht beunruhige. Allmählich gewöhnten sich auch die übrigen Greise im Altersheim, mit ihm auf die Post aus Paris zu warten und ihn zu trösten, wenn er zu lange warten mußte.

Die junge Frau in Paris genoß die väterlich einförmige Antwort an den weit weg lebenden Sohn, als sei durch diesen Briefwechsel der Tod selbst überlistet. An Festtagen sperrte sie sich in ihr dunkles Zimmer, wo sie am besten des Schimmers verlorener Feste habhaft wurde. Sie machte sich die Absendung der von dem Mann hinterlassenen Briefe zu einer abergläubisch genauen Pflicht. Die neuen Bewohner des Hauses hatten ihr eine Zuflucht gelassen. Sie hießen Dumesnil, der Mann, ein Augenarzt, war der Freund des Toten gewesen. Er hatte eine junge Frau, so alt wie die Witwe, sie waren in alten Tagen in Freuden und Sorgen zwei gute Paare gewesen. Jetzt war von der alten Freundschaft nichts übrig als der kleine magere Junge und die schweigsame, über die Trauerzeit hinaus dunkelgekleidete Frau, die sich durch nichts bewegen ließ, an ihren Freuden teilzunehmen. Sie schien sich immer nur zu wundern, wie leicht und wie schnell sie den Toten vergessen hatten. Der alte Mann allein wartete sehnsüchtig auf die Briefe. Für ihn war der Mann lebendig wie für sie selbst.

Der alte Levi spürte jetzt immer deutlicher, daß er noch mit einem Fuß auf der Erde stand. Die Erde ließ ihn so leicht nicht fort, wie er geglaubt hatte. Die alten Männer saßen jetzt oft in großer Unruhe beisammen. Das Land ihrer Väter war genauso wie alle Länder der Welt von Unruhe aufgewühlt und von den düsteren Nachrichten, die wie Schwärme von Todesvögeln dem Krieg vorauszogen. Was Hitler beging, war nur ein Nachspiel von alten berühmten Untaten, die ihnen geläufiger waren als alles, was heute geschah, und ihnen traumhaft und zeitlos vorkamen. Der Aufschub des Krieges war einer der ohnmächtigen Versuche, dem Unvermeidlichen zu entgehen. Der Ausbruch des Krieges war das häufig erlebte Vorspiel des unvermeidlichen Endes. Wenn ihre eigene Erinnerung versagte, fanden sie immer noch in der Bibel Vergleiche mit ungeheurem Gemetzel, mit Einkerkerungen und Hinrichtungen und auch mit unwahrscheinlichen Heldentaten. Dort fanden sie Beispiele aus den Zeiten der Richter und der Könige von scheinbar aussichtslosen Wagnissen um des Glaubens willen, auch von todesmutigen Rückzugsgefechten einer kleinen Schar. Und giftige Pfeilregen waren über die Städte gegangen, so tödlich wie heute die Bomben auf London. Sie saßen eng um den alten Levi herum, der an Wuchs unter ihnen der kleinste Greis war, in dem kleinen runden Schatten, der ihnen allen am Garten am besten behagte. Sie steckten auf diesem Rasenplätzchen die Köpfe zusammen, als wüchsen die starren Bärte aus einer einzigen Dolde.

Der Vater Levi merkte an ihrem fortwährenden Trost, wie schlimm es jetzt in Europa stand und welche Gefahren sein Fleisch und Blut bedrohten. Fast jeder Trost hat ja die Wirkung, daß man an seiner Maßlosigkeit die Gefahr am besten ahnt. Die Jugendtage waren ihm selbst im Alter nur noch klarer geworden. Die Tritte der Kosaken waren ihm nie verhallt. Das weiße, im Sterben glänzende Gesicht seiner Frau war ihm jung und weiß geblieben. Der Kranz von seidigen und von struppigen Bärten zuckte und zitterte um seinen eigenen Bart herum, der gar nicht klein und fein wie er selbst war, sondern greisenhaft wuchtig. »Lieber Vater, unsere Gedanken bleiben bei Dir. Der eine von uns wird weit gerufen, der andere darf nicht von dem Platz weggehen, auf den er einmal gestellt worden ist.« Der alte Levi schloß sich schon längst nicht mehr mit seinen Briefen ein; da er ohnedies auf die Hilfe aller seiner Gefährten angewiesen war, teilte er nicht bloß die Wege mit ihnen, da er nicht mehr allein gehen konnte, die Handgriffe beim Anziehen, die zahllosen Befürchtungen und Mutmaßungen. Er hatte sich auch daran gewöhnt, das Beste mit ihnen zu teilen: die Briefe des Sohnes und den Trost, der ihm aus ihnen kam. »Lieber Vater, was auch geschieht, meine Arbeit bleibt immer dieselbe. Was auch der Tag für Ereignisse bringt, mein Tagewerk ist mir vorgeschrieben. Was auch die Menschen für Wege einschlagen müssen, ich gehe jeden Morgen denselben Weg, von meinem Haus zu meinen Kranken. Was sich auch jetzt auf der Welt ereignet, die aufregendsten und geheimnisvollsten Ereignisse vollziehen sich für mich in dem Augenspiegel. Ich danke Dir Tag und Nacht, lieber Vater, daß Du mir damals keinen Widerstand entgegengesetzt, sondern mich immer nur bestärkt hast in dem Beruf, den ich mir gewählt habe.« Die weißen und grauen Zotteln kitzelten Levis Gesicht, wenn ihre Köpfe sich über den Brief beugten. Er ließ ihn nicht gern aus der Hand, selbst wenn er ihn nicht entziffern konnte.

Die Witwe in Paris hatte den Ausbruch des Krieges mit all der Ruhe und Gleichmäßigkeit erlebt, die Menschen aufbringen, die an Leid gewöhnt sind. Sie konnte den anderen zeigen, wie man sich in schweren Tagen verhält, die ihr geläufiger waren als jenen, die immer nur gute erlebt hatten. Sie war früher beinah ein Hemmnis geworden, weil es ihr nie gelungen war, sich in die Lustigkeiten und Festlichkeiten zu fügen. Die Doktorsleute freuten sich jetzt, wenn sie eintrat, gewappnet gegen Kummer. Sie wunderten sich, weil sie an ihrem Geburtsland hing, in dem sie als Kind nur Schlechtes erlebt hatte. Seit Polen verbrannt und verwüstet war, besann sie sich nur auf die guten Stunden. Sie sprach von den Bauersleuten, die ihr einen Apfel geschenkt hatten, damals, als man ihre Mutter erschlug. Das ganze gequälte Volk setzte sich jetzt für sie aus dieser Art Bauersleuten zusammen. Der dicke Rock der Bäuerin, in den sie sich einmal hatte ausweinen können, verdeckte damals und heute das Schlechte.

Der alte Mann wartete desto ungeduldiger auf Post, je dringlicher ihn seine Freunde trösteten.

»Lieber Vater, Du darfst nicht verzweifeln, wenn die Post von mir manchmal eine kurze Zeit ausbleibt. Was auch kommen mag, ich bin immer auf meinem Posten. Meine Pflichten verändern sich nie. Du kannst Dir an jeder Stunde am Tag vorstellen, was ich gerade tue. Für mich gibt es keine Zerstreuung und keine Ablenkung mehr. Ich stehe auf, sobald mich ein Kranker braucht.« Gewiß, den Sohn hielt im Krieg die Pflicht erst recht bei den Kranken fest. Das Glück über den Brief fiel mit dem Segen des kleinen Schattens zusammen, da ihm die Sonne sonst weh tat. Soweit man sich aus dem Gelobten Land in ein schlechtes sehnen kann, hatte er manchmal geheime, sich selbst nicht eingestandene Sehnsucht nach Kälte, die einem die Backen zerbiß, nach der vor Frost gesprungenen Erde, nach unbändigem Schneegestöber. Er labte sich, bis ein neuer Brief kam, an dem Geknister des alten, den er heimlich, statt mit dem Blick mit den Fingerspitzen genoß. Er bat manchmal seine Hausgefährten, den alten Brief zu wiederholen. Sie folgten ihm gerne, weil solche Briefe auch sie trösteten.

Die Witwe des Arztes rüstete schon in Paris ihr Gepäck, um abzufahren. Man sagte sich in der Stadt, daß Hitler die Maginotlinie umgangen hätte und jede Stunde näher rücke. Die Flüchtlinge übernachteten auf den Straßen und in Bahnhöfen. Die Autos schleppten seltsame Lasten durch die Tore: Statuen des Louvre, Kisten voller Banknoten, Instrumente von Spitälern, bunte Glasfenster aus den Kirchen. Die junge Frau sah den bepackten Postautos mit dem Gedanken nach, ob jetzt ein Brief ihres Mannes vor dem Einmarsch der Nazis das Schiff erreichen konnte.

Der Fall von Paris war schon zu den Ohren des alten Levi gekommen, als er den Brief in der Hand hatte, auf den er diesmal in einer Verzweiflung hatte warten müssen, die nur durch das Alter gemildert war und durch die Nähe des Todes, der alles dämpft und mildert.

Der älteste Greis, dem merkwürdig scharfe Augen geblieben waren, wie auch sein Verstand scharf und klar war, las allen genau und eindringlich vor: »Mir hat heute morgen ein Kranker einen Traum erzählt, ein junger Mensch, der kürzlich ein Auge verlor. Wir sind noch um sein zweites Auge besorgt. Ich fürchte, ich kann es nicht mehr retten, obwohl ich bemüht bin, ihm das Gegenteil zu versichern. Mir träumte, erzählte er, mein zweites Auge sei gleichfalls verloren. Ich war verzweifelt. Man nimmt mir meinen Verband ab. Auf einmal sehe ich alles mit beiden Augen, sogar mit dem Auge, das gar nicht mehr da ist; ich sehe Sie, ich sehe das Licht; ich sehe den ganzen Krankensaal. – Ein andrer erzählt mir im Spital, er liebe die Nacht am meisten, denn wenn ihm auch tagsüber alles dunkel sei, bei Nacht im Traume erkenne er seine Frau wieder, die Gesichter seiner Kinder.«

Dem Vater dünkte, der Sohn, der sich stets vorm Wortemachen gescheut hatte, fände jetzt erst im Schreiben seine verborgene Beredsamkeit. Er hätte jetzt erst Lust, die kleinen Begebenheiten zu schildern, die er früher bei Fragen gern übergangen hatte.

»Mir wird oft bang, wenn mich die Kranken drängen, ihnen die ganze Wahrheit zu sagen. Sie sagen zwar, ganze Wahrheit, doch was sie meinen, ist Hoffnung. Ich weiß aber schon durch einen Blick, ob ihre Krankheit heilbar ist oder ob nur der Tod sie heilen kann.«

Der alte Levi fühlte, daß solche Worte auch auf ihn selbst gemünzt waren. Er stellte sich unter dem Ewigen Licht eine milde Klarheit vor, die ihm kein Arzt mehr verschaffen konnte, und wäre er selbst dem Sohn überlegen.

Die Witwe des Arztes hatte inzwischen mit ihrem Kind den Ausgang aus Paris angetreten. Sie gehörte zu den Verdammten, die das Jüngste Gericht in der teuflischen Juniwoche von Sonntag bis Mittwoch über die Route d'Orléans gegen die Loire jagte. Sie drückte in dem Auto der Arztfreunde ihr Kind hart an sich. Sie kamen ruckweise vorwärts in dem Wirbel und in den Stokkungen des Menschenstroms. Am Straßenrand lagen die Trümmer verunglückter und von Fliegern zerstörter Autos in Klumpen von Toten und von Verwundeten. In dem Unglück, dem das Herz nicht mehr gewachsen war, erschien selbst der Tod nur ein unvermeidlicher Zwischenfall. Auf vielen Bäumen hatten Mütter die Namen der plötzlich im Gewühl verlorengegangenen Kinder angeschrieben. Die Witwe des Arztes hatte nicht mehr das Bewußtsein, ihr Mann sei tot, viel eher, er sei in dem Wust verlorengegangen. Die tiefe Gleichgültigkeit der Frau, ihr Unbewegtsein von Todesgefahr, das ihr die Verzweiflung eingab, erschien ihren Reisegefährten als Mut. Sie krochen alle zusammen unter das Auto, wenn ein Fliegergeschwader am Himmel heransurrte. Sie hörten jedesmal um sich herum in Splittern und Trümmern das Geheul von Menschen. Sie hatten das Glück, daß ihr Wagen heil blieb. Sie merkten erst im Weiterfahren, daß das Kind gestreift worden war. Weil es viel zu verstört war, um zu klagen, bemerkten sie seine Wunde erst, als sein Kittel von Blut trätschte. Sie fuhren das Ufer der Loire entlang auf der Suche nach einer Brücke, die noch nicht gesprengt war. Die Menschen schrien, zwischen Pfeilern baumelnd, in ihren zerbrochenen Wagen. Das Kind lag auf den Knien der Mutter, betäubt oder in krankem Schlaf. Es schlief auch noch auf der rechten Loireseite, als sie nachts in ein Gehöft krochen. Sie rasteten, bis sich der Junge erholt hatte. Dann fuhren sie rasch gegen Süden. Obwohl die Frau ihr ganzes Gepäck bei der Reise eingebüßt hatte, trug sie das Päckchen von ihrem Mann hinterlassener Briefe noch unversehrt in der Tasche. Es war ihr ein ebenso teures Gut wie dem alten Vater, die Bürgschaft des Lebens. Sie setzte das Kind am Bahnhof von Toulouse in den Schoß der Freundin, um den nächsten Brief einzuwerfen.

Sie fanden Zuflucht in einem Dorf an der Rhône, das von Flüchtlingen vollgestopft war. Die Dumesnil waren ihrer Untätigkeit bald müde. Sie trauten dem Waffenstillstand so wenig wie den neuen Herren in Vichy, die ihn unterschrieben hatten. Sie rüsteten sich, von Marseille nach Algier zu fahren, weil dort ihre Kraft gebraucht werden konnte. Sie drangen umsonst in die Frau Levi ein, sich mit dem Kind ihnen anzuschließen. Doch eben das Kind, das immer noch schwach und kränklich herumlag, wurde der Frau zum Anlaß, ihre Reise hinauszuschieben; ein Anlaß, der eher ein Vorwand war, ihre restlichen, viel zu geringen Kräfte nicht länger gegen ein Schicksal aufzulehnen, in das sie von vornherein ergeben war, weil sie keinen Widerstand mehr aufbrachte. So daß die Dumesnil nicht mehr aus Freundespflicht bei ihr aushalten konnten, sondern sich auf ihre eigene Kraft und auf ihr eigenes Schicksal verließen. Frau Levi gab den Freunden den letzten Brief des Toten, da sie ihrem Schicksal schon selbst mißtraute, nach Afrika mit, damit er sicher befördert wurde. Das Bild des alten Vaters hatte zwar seine Leuchtkraft eingebüßt wie alle Erinnerungen, das Bild des Toten war aber klarer geworden.

Als der alte Levi den Brief bekam, den die Frau noch selbst in Toulouse eingeworfen hatte, da rückten die Greise dicht um ihn herum. Der greiseste Greis, dem der Brief nur noch schimmerte, las ihm in die Augen und Ohren. »Das Kind fragt uns oft, wann Du wieder zurückkommst. Es kann nicht verstehen, daß Du fort bist. Ich denke manchmal, wie schlau die Kinder sind, daß sie den Tod nicht wahrhaben wollen. Sie halten das Sterben für einen von den sonderbaren Einfällen, die wir Erwachsene manchmal haben.«

Obwohl der alte Levi schon längst nicht mehr lesen konnte, setzte er sich in seiner freien Zeit allein mit dem Brief an den gewohnten schattigen Platz. Man hätte von weitem glauben können, er sei noch ein junger, gesunder, scharfsichtiger Mensch, wenn man ihn beobachtete, weil er den Bogen immer wieder entfaltete und das Kuvert glättete und, immer wieder die Lippen bewegend, über die Zeilen flog, deren bloßer Schimmer ihm vertraut war. Er war viele Wochen mit dem Brief ruhig. Dann fing er an, auf einen neuen zu warten, zuerst im geheimen, immer noch von dem alten getröstet, dann seufzend und nach Post fragend und schließlich laut unruhig und sichtbar gequält. Die Mitbewohner trösteten ihn, so gut sie konnten. Doch konnten sie nicht verhindern, daß er stets nach der Ankunft des Postboten horchte und manchmal tappend und tastend dem Briefträger entgegenging, nur um zu erfahren, daß sein Sohn noch nicht geschrieben hatte. Der Älteste, der helläugige Greis, der auch der Schlaueste war, kam auf den Gedanken, selbst einen Brief zu verfassen, denn der alte Levi könnte den echten ja nicht mehr lesen. Die Hausgefährten weigerten sich. Ein solcher Betrug erschien ihnen sündhaft. Wenn schon ein Unglück bestimmt sei, dann müsse es ertragen werden.

Inzwischen wartete jene Arztfamilie Dumesnil an ihrem Bestimmungsort in Algier auf die Ankunft der jungen Frau mit dem Knaben. Statt ihrer kam nur die Nachricht, der Sohn sei noch zu krank, um abzufahren. Sie drängten, weil die Nazibesetzung Frankreichs von Tag zu Tag drohte. Die Witwe begann zwar endlich, ihre Überfahrt anzuordnen, die immer verschoben wurde, wie es vielen ging, durch die Beschaffung all der Zulassungspapiere. Die Frau des französischen Arztes erinnerte sich unterdessen ihres festen Versprechens, den anvertrauten Brief an den alten Levi zu besorgen. Sie verstand, daß die Absendung dieses Briefes ein Gelöbnis war, das ihre Freundin unverbrüchlich ernst nahm.

Der alte Levi war von Krankheit und vor Verzweiflung winzig zusammengeschrumpft. Genau das war eingetreten, was der

Sohn verhindern wollte. Statt Friede im Land seiner Väter zu finden, war er in Gedanken im Land seiner Kinder, in dem es blutig und wild herging. Er malte sich alle Leiden aus, die den Sohn betroffen haben konnten. Es deuchte ihn jetzt, er hätte ihn im Stich gelassen.

Er saß an seinem gewohnten Platz, den letzten Brief in einem fort mit den Fingern zerknitternd, als sein Nachbar herankeuchte, der neue Brief sei gekommen. Man rief den Helläugigen; um zuzuhören, drängten die anderen Hausgenossen um den Greis.

»Mein lieber Vater, ich habe in der Nacht geträumt, ich ginge durch die Höfe und Gänge von St. Paul, ich war ein kleiner Junge, ich ging gar nicht an Deiner Hand, sondern an Großvaters Hand. Wir gingen die Wendeltreppe hinauf in den ersten Stock der Synagoge. Die Großmutter zeigte mir von oben herunter die Jahrzeitkerze, die für die Mutter angesteckt wurde. Ich sah auf das Flämmchen begierig hinunter.«

Der alte Levi drehte sein Gesicht, das vom Weinen schnell naß war. Er fühlte wieder einen Anflug von Sehnsucht nach seiner irdischen Heimat. Wie merkwürdig diese Sehnsucht nach einem elenden Land, in dem man nichts anderes erlebte als Schmach und Leiden. Die unklaren Gesichter sämtlicher alten Männer, die inzwischen alle herbeigekommen waren, durch die Neuigkeit von dem Brief in den Garten gelockt, verschwammen mit den Gesichtern noch viel älterer Männer, die die Zeit verwaschen hatte. Der alte Levi wunderte sich, weil auch sein Schwiegervater mit dem fransigen, dünnen Bärtchen hierhergefahren war. Der Lehrer Rosenzweig war auch gekommen, er fuchtelte streitsüchtig mit den Händen. Der Bruder der Schneiderin, der seinem kleinen Jungen in Paris die hebräische Schrift beigebracht hatte, als niemand noch ahnte, was für Ruhm der Junge erwerben sollte. Der Ruhm war dem Vater selbst unfaßbar geworden, nicht als ob er schon vergangen sei, sondern als ob er noch gar nicht begonnen hätte. Jetzt drängte sich jener Schreiner in den Kreis, der seine Werkstatt in dem Hof der Synagoge in St. Paul hatte. Er war ein spindeldürres Männchen, verwachsen, mit einer weißen Flocke von Bärtchen. Sie fingen alle miteinander an, sich aus dem Brief vorzumurmeln. Die schmale, schmutzige, ewig schattige Gasse war über ihnen von den Türmen und Zinnen des verfallenen Palastes gerändert.

Er trat unsicher in den Hof. Das krumme Männchen mit seiner weißen Flocke von Bärtchen nahm ihm die Kerze ab, die er vorsichtig in der Hand trug. Er steckte sie in ein freies Loch in der zinnernen Platte, in der es schon etliche Kerzen gab. Der Schwiegervater sprach das Gebet, und er zündete die Kerze an. Das glänzend bleiche, zarte Gesicht seiner Frau, die bei dem Pogrom im Keller gestorben war, glimmte in dem Flämmchen auf. Es war so lieblich, daß das Gesicht seiner Schwiegertochter nicht damit zu vergleichen war. Sie war so fein und dünn wie die Kerze, und alles, was nachkam, war vergänglich und unfaßbar wie die paar Wachstropfen, die auch zerschmolzen.

Die junge Witwe war nicht rechtzeitig abgefahren. Die Naziarmee besetzte ganz Frankreich. Die französischen Freunde in Algier liefen umsonst von einem Schiff zum andern. Sie bekamen nach einiger Zeit nur die Nachricht, die Frau mit dem kranken Kind sei irgendwohin verschleppt worden. Sie hatte, wie es zu gehen pflegt, die Abfahrt verschoben, um das Kind zu schonen, und dadurch nur den Untergang vorbereitet. Die Freunde hofften auf kein Wiedersehen mehr. Sie sprachen nur manchmal davon, Mann und Frau, die beiden Franzosen, ob man nicht einen Brief an den alten Levi verfassen müßte. Sie fanden auch einen Flüchtling, der imstande war, einen Brief zu verfassen, der ungefähr den Briefen entsprechen mochte, an die der alte Mann gewöhnt war. Da der alte Levi in dieser Zeit schon beerdigt war, erfuhr man nicht mehr, ob der Brief völlig gelungen war. Er befriedigte jedenfalls nicht die übrigen Hausbewohner. Sie waren bereits so stark an die Ankunft der Briefe gewöhnt, daß sie auch jetzt nach Levis Tod diesen Brief auf dem gewohnten Platz miteinander lasen. Vielleicht war nur die Abwesenheit des Empfängers daran schuld, daß sie sich nicht ganz so beruhigt und erquickt wie früher fühlten.

Die Hochzeit von Haiti

Die Juweliere Nathan und Mendez standen am Kai von Le Cap und warteten auf die »Trianon«. – »Da ist sie«, sagten die schwarzen Dockarbeiter. Die beiden Alten starrten das Pünktchen an, als könnten sie es vom Horizont abpflücken. Das Karibische Meer, grausam blau, stach mit Pfeilen aus Licht in ihre Augen zurück. Sie hockten sich in den Schatten zwischen die Lagerhäuser.

Der Vater Nathan stand von Zeit zu Zeit trotz der Hitze auf, um festzustellen, ob man die Maste schon unterscheiden könnte. Der Westen trennte sich widerwillig von dem, woran ihre Herzen zwischen Himmel und Wasser am meisten hingen. Das war für Nathan der einzige Sohn, für seinen Schwiegervater der Enkel und was er brachte: eine Sammlung von Edelsteinen, der Grundstock ihres Besitzes, der in den unruhigen Zeiten hier auf der Insel am sichersten war.

Michael Nathan war in Paris geblieben, als Großvater, Mutter und Schwestern vor zwölf Jahren dem Vater nach Haiti nachreisten. Er sollte daheim erzogen werden und den Brillantenhandel lernen. Ihr vornehmster Kunde, Graf Evremont, hatte zwei Jahre zuvor den alten Nathan zu seiner Hochzeit bestellt mit einem besonders kostbaren Schmuck für die Braut. Er war allein durch die Mitgift zu einem der reichsten des französischen Königreiches geworden. Er hatte Nathan die sichere Ablieferung und die etwa von der Braut gewünschte Änderung anvertraut. Nathan hatte bei dieser Gelegenheit eine Anzahl in der Bestellung nicht vorgesehener Steine mitgenommen. Die Stadt war reich und kauflustig, es wimmelte von gelandeten und gestrandeten Edelleuten. Die Söhne einiger guter Familien spielten hier von neuem die Rolle, die sie sich in Frankreich durch Liebes-, Geld- und Ehrengeschichten verscherzt hatten. Die Reste alten Besitzes wurden vorzüglich in Plantagen angelegt, in seltsamen, daheim zweideutigen, hier geläufigen Kolonialgeschäften. Man ließ seine Kinder oft in Frankreich erziehen. Man fuhr, von neuem zu Geld und Macht gelangt, auf Besuch nach Hause, man ging dort mit seinesgleichen zu Hoffesten, man kehrte nach Haiti zurück, um sich auszuruhen und mit den Verwaltern abzurechnen. Seit man in großem Maßstab, unter restloser Ausnutzung schwarzer Sklaven, Kaffee und Zuckerrohr pflanzte, war auf dem französischen Teil der Insel das häusliche Leben in den Gutshäusern so ausgeklügelt, so abgewogen, daß man, damit verglichen, sogar in Paris manche Annehmlichkeit entbehrte. Die Frauen und Töchter erinnerten gar nicht mehr an die Frauen und Töchter der ersten französischen Siedler. Um der Ansiedlung nachzuhelfen, hatte Paris damals die Insassinnen der Salpeterie, die wegen allerhand Diebstahls- und Prostitutionsdelikten bestraft worden waren, auf die entlegene Insel verfrachtet. Die Nachfolgerinnen schaukelten sich in Hängematten zwischen Decken und Dielen der Gutshäuser. Sie waren verblüffend weißhäutig unter der rasenden Sonne geblieben. Aus den Maschen der Hängematten guckten Zehen und Finger und Locken und rosa und gelbe Seidenwölkchen hervor. Pariser Schnittmuster fanden rascher Absatz als sonst ein Heimatprodukt. Die Haussklavin, die ihre Herrin mit einer Tasse Kakao oder Kaffee, mit einem Fächer oder mit einem Fliegenwedel bediente, fürchtete sich, etwas falsch zu machen oder zu verschütten. Ein geringes Versehen hieß, zur Feldarbeit versetzt zu werden, wenn nicht halbtot geschlagen. Sie bestaunte zugleich das unerklärliche weiße Weiß, dem man kaum zutrauen konnte, daß es dazu da war, noch einmal ähnliche Engelein zu gebären.

Die Hausbesorgerin des Gutes Evremont trat unter dasselbe Vordach, das die zwei Männer beschattete. Sie war selbst eine kräftige junge Frau gewesen, als sie geholfen hatte, ihre siebzehnjährige Herrin für die Hochzeit einzukleiden. Jetzt war sie vorzeitig alt. Ihr Gesicht war genauso gefältelt wie ihr Kopftuch. Sie verbeugte sich vor den Männern, weil sie ihnen als Schwarze im Rang unterlegen war, aber ohne Regung in ihrem ohnedies harten Gesicht, weil sie in diesen zwei jüdischen Händlern die kleinsten der »kleinen Weißen«, ihrem Herrn an Rang tief unterlegen, begrüßte. Ihr Rücken war auch sofort wieder stramm. Das Alter würde ihn kaum beugen; erst recht nicht die harten Schläge, die sie in ihrer Jugend empfangen hatte, als sie selbst noch leichtsinnig gewesen war. Sie pflegte die jungen Sklavinnen anzureden, wenn sie aufbegehrten: »Ihr dummen Dinger, seht mich an! Was habe ich früher alles im Hause Evremont ausstehen müssen! Ich kann mich erinnern, was mir geschah, als ich vor fünfzehn Jahren bei einem Fest mit einem Kaffeetablett ausrutschte. Man band mich im Hof fest und peitschte mich bis aufs Blut. Und als ich vergessen hatte, verwelkte Blumen auf dem Spinett der gnädigen Frau rechtzeitig mit frischen auszutauschen. Weil mir dasselbe schon einmal passiert war in meiner Vergeßlichkeit, machte man mir einen Kranz aus den welken Blumen und knüpfte mich an den Pfahl in der prallen Sonne. Ich lag wie tot, als man endlich abends die Stricke durchschnitt. Ja, damals, ihr jungen Dinger, damals hab ich aufbegehrt, wie ihr es jetzt tut bei jedem Dreck. Ich habe geschrien und geflucht; ich habe auf meine Herrin geflucht und auf alle Herren. Und einmal sogar auf ihren Gott. So hab ich ihn damals in meiner Erbärmlichkeit genannt, unseren Heiland, ›ihren Gott‹. Das ist zum Glück nur dem Vater Jusieux zu Ohren gekommen und keinem anderen, dem gütigen Vater Jusieux, der gerade bei unserem Herrn Grafen zu Gast war, um seine Bibliothek zu ordnen. Er ist nicht davor zurückgeschreckt, in unser Quartier herauszukommen und meine Hand in seine zu nehmen, meine elende, schwarze Hand, und mich sanft zu ermahnen, wie mich mein leiblicher Vater nie ermahnt hätte. Was ich mir denn bei diesen schrecklichen Worten vorgestellt hätte: euer Gott. Gerade für eine wie mich, für mich, für mich sei ER gequält worden und gegeißelt unter Pontius Pilatus und ans Kreuz geschlagen. Was mir widerfuhr, das sei ja eine milde Strafe für meine eigene Schuld, mit den Hieben verglichen, die ER schuldlos empfangen hätte, freiwillig, um meine Seele zu retten. Der Vater Jusieux hat sich auch nicht gescheut, mit der gnädigen Frau zu sprechen. Er hat auch ihre weiße Hand in seine genommen, wie ein Vater die Hand seiner Tochter. Bedenkt doch, ihr Mädchen, an einem Tag zuerst meine schwarze Hand und dann ihre weiße, als seien wir beide seine Töchter. Er hat sie auch ohne Scheu angeredet, genau wie mich: ›Meine Tochter. Lassen Sie doch dieses unwissende Kind nicht noch einmal büßen für Worte, deren Sinn es gar nicht verstehen kann. Überlassen Sie einer Mutter die Sorge, überlassen Sie unserer Kirche die Ermahnung. Für ihre häusliche Ungeschicklichkeit ist sie gestraft, die schrecklichen Worte, die ihr dabei im Zorn entfahren sind, fallen in unseren Bereich.‹ So hat der Vater Jusieux damals und später oft schreckliche Folgen abgewandt. Ihr könnt noch jetzt den alten Mann mit seinen Büchern und Schriften im Klostergarten im Schatten sitzen sehen. Ich bin mit der Zeit ruhiger geworden; ich habe gelernt, die Zähne zusammenzubeißen. Ich habe gelernt, meine Hausarbeit geschwind und ordentlich zu erledigen, so daß auch die gnädige Frau nichts mehr beanstandet. Ich bin ihr unentbehrlich geworden. Ich bin jetzt die Hausbesorgerin. Nehmt euch ein Beispiel an mir. Gebt besser acht auf eure Finger und Mäuler, denn jede von euch, wenn sie vernünftig ist, kann es, wie ich, zur Hausbesorgerin oder zur Oberaufseherin bringen.«

In einer Stunde, bei der Landung der »Trianon«, würde die alte Veronika wahrscheinlich etwas Ähnliches zu dem erwarteten Ankömmling sagen. Denn dieses Schiff sollte von einer Zwischenlandung in Martinique mit allerhand Waren eine kleine, in der Zuschneidekunst für ihr Alter erstaunlich begabte Haussklavin bringen, die eine Großkusine der Gräfin Evremont endlich für ein wertvolles Erbstück, eine eingelegte Spieluhr, zu tauschen bereit gewesen war. Zwei sehr junge Haussklaven, halbe Knaben, hatten bereits die verpackte Uhr hinter Veronika auf den Kai getragen. Der Agent von Martinique, der alljährlich zu gemeinsamer Abrechnung eines beiden Familien zustehenden Besitzes die paar Tage Schiffsfahrt von Martinique nach Haiti machte, hatte sich verpflichtet, die kleine Schneiderin nur von der Hand zu lassen, wenn die Spieluhr an Bord war.

Der alte Nathan konnte das Stillsitzen nicht mehr aushalten. Er hörte schon Militärmusik. Der Gouverneur schickte seine Garde zum Empfang der »Trianon«. Er wußte, wer an Bord war. Die Ankunft des Marquis de la Roque war als Überraschung geplant, mit königlichen Vollmachten. Der festliche Empfang sollte aber bekunden, daß der Gouverneur nicht so leicht zu überraschen war. Das zwischen den Warenhäusern gespannte Brokattuch beschattete allerlei Uniformen und seidene Ordensfräcke; in einigem Abstand warteten Gruppen unter weniger prunkvollen Baldachinen, geringere, aber doch angesehene Insulaner, kleine Plantagenbesitzer und Kaufleute. In größerem Abstand gab es auch Leute genug, die sich den gewöhnlichen Schatten suchten, weil für ihre Wartezeit nicht vorgesorgt war, Mulatten von unbestreitbarem, aber zweifelhaftem Reichtum, die aus Geschäftslust oder aus purer Neugierde warteten. Nathan stand an der richtigen Stelle, obwohl er viel zu erregt war, diese zu suchen. Er wurde weder beachtet noch angesprochen, er wurde auch nicht deutlich gemieden, er gehörte zu keiner bestimmten Gruppe von Weißen und zu keiner Gruppe Mulatten. Auch wenn er nicht ganz von Wiedersehensfreude benommen gewesen wäre, hätte er sich darüber ebensowenig gewundert, wie sich ein Mangobaum wundert, der zwischen den Kokospalmen steht. Das war, wie es war. Als ihn der Graf Evremont vor fünfzehn Jahren herbestellt hatte, war eine Menge Sorgen und Ängste, Bedenken und Zweifel in seiner Familie aufgetaucht. Sie hatte ihm damals abgeraten. Wie konnte er plötzlich so weit weggehen? Weg von den Seinen? Weg von der Gemeinde? Auf eine Insel, wo es keine Gemeinde gab? Wie sollte ein Mensch wie er, wie Samuel Nathan, dort leben können? Was gingen ihn die französischen Herrschaften an, die dort auf der Insel gediehen? Was ging ihn die Negerwirtschaft an? Was ging ihn das Mulattengemansche an, von dem man manchmal einen Ableger in Paris zu sehen bekam? – Sein Schwiegervater, sephardischer Herkunft, äußerte unter dem Gejammer die Meinung, man könnte vielleicht auf der spanisch regierten Inselhälfte einen Anschluß finden. – Doch dieser Teil war verkommen und arm, der Besuch hatte nur geschäftlichen Zweck auf dem französischen Teil. Der schlaue Alte verstand recht gut, daß sein Schwiegersohn dort sein Glück suchte.

Die Aufregung wuchs. Verspätete Wagen rollten an mit den durchdringenden, beinahe kühnen Rufen der Negerkutscher. Die traurigen, langgezogenen Angebote der Verkäufer drangen durch den Lärm und die Militärmusik wie einförmige Klagelieder. Man drängte sich ans Meer. Man winkte, obwohl die »Trianon« eben erst in die Bucht gelotst wurde. Nathan klebte am äußersten Rand der Kaimauer. Er war allein, der Hafenklatsch ging ihn nichts an. Die halbe Stunde, die noch bis zur Ankunft des Schiffes verlaufen mußte, deuchte ihm unerträglich lang. Die letzte halbe Stunde Trennung von seinem einzigen Sohn. Er konnte sich nach ein paar Scherenschnitten und zwei Gravuren nichts unter dem Jungen vorstellen. Er hatte auch keine besondere Lust, sich etwas unter ihm vorzustellen. Es war sein einziger Sohn, und er kam zurück. Das war eine einfache, klare Vorstellung in dieser verworrenen, unerklärlichen, sinnlos bunten Welt. Er hatte in den vergangenen Monaten manchmal an beides gedacht: an seinen Jungen und an das, was er mitbringen sollte. Die kostbaren Steine, die Grundlage des Familienbesitzes. Jetzt hatte er diese Steine vergessen. Er hatte nur Angst, die Ankunft des Sohnes könnte in letzter Minute durch irgend etwas verhindert werden. Über den bunten Kopftüchern und den weißen Perükken, über den Uniformen und seidenen Fräcken, über spitzenbedeckten und nackten, schwarzen und bräunlichen Schultern wuchs schon auf dem Hafenmastbaum zur Begrüßung das Lilienbanner. Ein schwacher Wind zerknäulte es unlustig. Auf der »Trianon« hing es schon schlapp und verdorrt in der glühenden Morgensonne.

Nach der ersten Begrüßung blieben alle Familienmitglieder über das Essen hinaus befangen. Mendez, der Älteste, Klügste und Schlaueste in der Familie, sah sich mit zusammengekniffenen Augen spöttisch belustigt den Enkelsohn an. Michael Nathan war für einen jungen Mann seiner Herkunft und seines Standes beinahe zu sorgfältig frisiert und gekleidet. Er wäre eitel erschienen, hätte er sonst nicht gar zu wenig Gewicht auf seine Haltung und seine Gebärden gelegt. In seinem beinahe häßlichen, nachdenklichen oder nur trägen Gesicht war alles dadurch noch mehr verlänglicht, daß er die Unterlippe schlapp hängen ließ, jetzt schon mit zwanzig Jahren, genau wie sein Vater mit fünfzig. Er war überhaupt dem Vater leider ähnlicher als dem Großvater; Mendez sah eher spanisch als jüdisch aus. Wenn Michael seine Unterlippe nicht hängen ließ, dann kaute er daran herum, oder er ließ von Zeit zu Zeit eine Bemerkung fallen, die gewöhnlich gekaut und träge hervorkam, doch manchmal unerwartet genau war, mit einem Straffen der Mundwinkel und einem Aufleuchten seiner sonst schläfrigen Augen. In dem Fuchsgesicht des Alten gab es dann, je nachdem, zwei verschiedene Ausdrücke. Was nicht ist, kann werden, schien er sich selbst zum Trost zu denken, oder, wenn ihm eine Bemerkung des Jungen gefiel: Was ein Häkchen werden will... Nathan war der einzige, der nur glücklich war. Doch war er nicht durch die Freude verjüngt wie Menschen sonst; er sah sogar älter aus als Mendez, sein Schwiegervater.

Isabel war teils stolz auf den erwachsenen Sohn, teils ängstlich vor ihm, der keine rechte Stelle zum herzhaften Lieben bot. Er war nicht so schön, wie sie gehofft hatte; er hatte aber ein gutes Auftreten. Sie würden ihm abgewöhnen, daß er plötzlich zusammenfiel wie ein Alter und in die Luft starrte. Michael war insgeheim enttäuscht von der Mutter, die in seiner Einbildung mit den Jahren ein Wunder an Schönheit geworden war. Bei ihrer letzten Umarmung war sie überaus reizend und jung gewesen. Ihre Jugend war in der Erinnerung nicht verwelkt, sondern erblüht. Ihr helles Lachen kam jetzt etwas gepreßt, nicht aus der Kehle, sondern aus der Brust. Ihre zwei Löckchen hüpften nicht mehr von selbst aus der Frisur, sondern waren mit einiger Sorgfalt auf den Schläfen gekräuselt. Sie versuchte als das zu erscheinen, was sie damals gewesen war: die einzige, wunderschöne Tochter von Mendez, der sein Kind ohne Mitgift und dabei doch mit einer Geste von Großmut an Nathan gegeben hatte, der für reich galt. Emigrantenfamilien waren sie beide, aber aus entgegengesetzten Enden von Europa. Die Eltern Nathans hatten in die Hochzeit gewilligt, obwohl die Mendez keine gesetzestreuen Juden, aber schließlich doch welche waren; die Mendez hatten eingewilligt, obwohl die Nathans keine spanischen Juden, aber angesehen und reich waren. Isabel war noch so jung und kindisch, daß sie sich all den sonderbaren Gebräuchen fügte, denen ihr Mann aus alter Gewohnheit anhing, während das alles in ihrer eigenen Familie notdürftig nur an hohen Festtagen ausgeführt wurde, weil man nun einmal zu dieser Schicksalsfamilie gehörte.

Die Schwestern saßen bei Tisch Michael gegenüber. Mali war älter als er und Miriam viel jünger. Die Kleine sah ungefähr aus, wie er sich seine Mutter vorgestellt hatte, nur war ihre Schönheit weniger ernst und gewichtig. Mali, leider, glich ganz dem Vater. Ihr Gesicht war so häßlich, daß ihr zartfarbenes Festkleid beinahe lächerlich wirkte. Man sah ihren Händen an, daß ihr die Hauptsorgen um den Haushalt und um die Küche oblagen. Sie war schweigsam. Die häßlichen Zähne entblößt, mit tiefhängender Unterlippe, starrte sie ihren Bruder mit nie zu erschöpfender Zärtlichkeit an. Dafür war sie sofort belohnt, ohne daß sie es merkte. Michael schloß sie in sein Herz. Er hatte Augen, die zu sehen verstanden. – Seine Mutter erklärte ihm alle Früchte, zeigte ihm, wie man den Mango aufspießt, den zarten, goldfarbigen Halbmond: durch ein winziges Loch am Ende des länglichen Kernes auf eine silberne Gabel.

Da war im Vorzimmer Lärm; man bestellte die Herren zu dem Grafen Evremont. Mendez hatte ihm längst erzählt, sein Enkel komme aus Frankreich zurück mit einer Sammlung kostbarer Steine. Der Graf empfing gerade die eigenen Schiffsgäste zu einem großen Fest auf dem Gut. Er schickte den Wagen für Nathan Vater und Sohn und den Großvater Mendez mit zwei Schwarzen und einem weißen Franzosen im eigenen Dienst. Die drei Männer brachen sofort die Mahlzeit ab; sie packten schnell aus und um. Die zwei Alten stellten jetzt bei der geschwinden Umordnung fest, daß der Junge in geschäftlichen Angelegenheiten ihren Erwartungen ganz entsprach. Anweisungen waren unnötig. Er verstand sofort, welche fertigen Schmuckstücke, welche ungefaßten Steine sie aufs Gut bringen und vorlegen könnten, welche sie besser rasch absonderten und in Familiengewahrsam hielten. Sie merkten auch an der Anordnung seiner Frisur und Kleider, bei der ihm die Mutter und die kleine Schwester halfen, daß er an solche Geschäftsbesuche gewöhnt war.

Wagen und Negerkutscher waren von mäßiger Qualität, den drei Händlern angepaßt. Der weiße Lakai stellte sich hinten auf. Die Schwarzen rannten ohne Gepäck voraus, da die Kaufleute ihr kostbares Gut nicht aus den Händen ließen. Vom Fuhrwerk aus, auf dem Weg in die Berge, blieben die beiden Schwarzen immer sichtbar in ihrer flimmrigen Staubwolke, kaum die Erde berührend, wie schwarze Engel. Den Hügel herab kam schon Musik aus dem Gutshaus. Die Kutsche war gleich bei der Ankunft von Schwarzen umdrängt. Die Händler hielten sich dicht aneinander, ihre Päckchen an sich gedrückt. Die Schwarzen wollten ihnen sofort jede, aber auch jede Last abnehmen. Sie gaben sich beim Hineinbegleiten mit den Schuhen, Hüten, Frisuren und Röcken der Kaufleute ab, damit sie ordentlich in das Empfangszimmer treten konnten. Der Graf rief durchs Haus, man möge sie gleich ins Eßzimmer bringen. Alles war noch bei Tisch in dem weißen und flachen Saal. Die Notwendigkeiten des Klimas waren der Gewohnheit der Herkunft in einer Art angepaßt, die den Augen wohltat. Die schwarzen Diener standen hinter den Stühlen, als hätte jeder der Gäste seinen wachsamen Schatten mitgebracht. Da Evremont endlich die Anekdote erzählte, um die man ihn lange gebeten hatte, wurden die Händler beiseite geführt. Ein kleiner Tisch war schon aufgeschlagen, auf dem sie ihre Waren ausbreiten konnten. Sie warteten also, bis sich der Beifall gelegt hatte. Dann kamen einzelne Herren an das Tischchen herüber und nahmen die Steine in Augenschein. Der alte Nathan bewunderte die Geschicklichkeit seines Sohnes beim Vorführen und Erklären. Michael hatte offenbar gleich alles richtig beurteilt, die Kaufkraft und das Urteil der Käufer, auch, wo man nachgeben, wo man festbleiben mußte. Ein Gast, der Herr Antoine, betrachtete die einzelnen Stücke mit gierig-traurigen Augen, man merkte ihm an, daß sein Vermögen nicht reichte. Er galt als entfernter verarmter Verwandter der Bréda, deren Gut er verwaltete. Evremont legte seiner Tochter den längst in Paris bestellten Schmuck an. Die ganz gefällige, nicht bedeutende Schönheit des Kindes, das noch unfertig in Wuchs und Gebärden war, funkelte plötzlich auf, als stünde sie unter einem neuen, vollkommeneren Licht. Sie verzog den Mund, als ihr der Vater mit einem Zwinkern gegen die Nathans den Schmuck wieder abnahm. Er war zu ihrer Hochzeit bestimmt wie einstmals ein ähnlicher Schmuck für die Mutter.

Geschwatz und Getrinke gingen weiter. Die Sklavinnen bewegten die Fächer heftiger. Der Einbruch der Nacht verlangte, daß man die zahllosen Kerzen anzündete.

»Nun hast du's gleich selbst gesehen«, sagte der Vater Nathan daheim, »wir stehen euch in Paris in nichts nach. Unsere Herrschaften leben genau wie eure. Ihre Feste stehen den Festen nicht nach, die eure Herrschaften in Paris geben. Genauso gute Toiletten, noch bessere, genauso schöne Frauen, noch schönere.« – »Wie sie bei Tisch alles laut erzählen«, sagte Michael Nathan, »was bei uns in Paris passiert ist.« – »Die Gäste sind doch genau wie du auf demselben Schiff gekommen«, sagte der alte Nathan. – »Mit den Schwarzen im Rücken«, fuhr der Sohn fort, »die hören doch alles an, was sie von daheim erzählen, von Bauernaufständen, von Ansammlungen, von Steuerberatungen, von der Unfähigkeit des Hofes, von der Wut des Volkes. Da machen sich doch diese Sklaven ihre Gedanken und werden auch später in ihren Baracken darüber sprechen.« – »Was du dir einbildest«, sagte der Vater, »Gedanken machen, das ist eine Beschäftigung für die Weißen. Die Schwarzen stehen hinter den Stühlen, die Stuhllehnen machen sich keine Gedanken über die Tischgespräche.« Der alte Mendez sah seinen Enkel belustigt an. Er dachte: Ach so, daher weht der Wind. Der Junge hat in Paris, wo es kalt ist, gelernt, sich so viel unnütze Gedanken zu machen, daß er denkt, alle anderen machen sich auch so viel unnütze Gedanken.

Die Kutsche des Herrn Antoine hielt an einem der nächsten Tage vor Nathans Tür. Er wollte das Unbesitzbare wenigstens noch einmal sehen. Sein Blick blieb an einem ungefaßten Brillanten hängen, den man am Festabend gar nicht vorgezeigt hatte. Nathan und Mendez schlugen ihm eine Anzahlung vor. Er möge den Stein ruhig mitnehmen, bis der Rest aufgebracht sei, der Stein sei bei ihm ebenso gut wie bei ihnen aufgehoben. Antoine fuhr sehr zufrieden weg.

Die Kutsche kam um die Mittagszeit zu den Händlern zurück. In ihrer Wohnung war ein Stoffeinkauf für die Familie vergessen worden. Der schwarze Kutscher wartete, bis das Paket gesucht und gefunden war. Michael Nathan fiel es auf, wie dieser Kutscher eines der Büchlein betrachtete, das er heimlich aus Frankreich mitgebracht hatte. Die Zollbeamten waren zu stark mit der Überprüfung seiner wertvollen Ware beschäftigt gewesen, um in seinem Gepäck nach anstößigen oder verbotenen Schriften zu stöbern. Er fragte den Kutscher: »Kannst du lesen?« – Der Kutscher war ein mittelgroßer, gedrungener, nicht alter, nicht junger Mann, von biederem, etwas mürrischem Aussehen. Er antwortete: »Ein wenig.« – »Wie hast du's gelernt?« – »Der Vater Jusieux hatte die Güte, mich, als ich jünger war, etwas lesen zu lehren. Mein Herr hatte damals die Güte, mir den Unterricht zu erlauben. Der Herr ist außerordentlich gütig.« – Dem jungen Nathan hatte bis jetzt an dem Herrn Antoine der unverhohlene, beinahe kindliche Wunsch gefallen, auch einen seltenen Stein zu erwerben. Er hatte offenbar außer den Eigenschaften, die bei dem Brillantengeschäft zutage traten, noch andere, die auch nicht übel waren. »Wenn du willst«, sagte Michael, »kannst du manchmal mit meiner Hilfe ein wenig üben.«

Der Kutscher lächelte über den Vorschlag, der einen ganz unerfahrenen, ortsfremden jungen Menschen verriet. Er antwortete höflich: »Ich danke, Herr Nathan. Dazu bin ich jetzt zu alt. Meine Zeit ist jetzt auch zu sehr von meinem Herrn in Anspruch genommen. Mein Herr kann mir jetzt höchstens noch dann und wann erlauben, den Vater Jusieux im Kloster zu besuchen.« Er nahm das Bündel und ging.

»Was mag nur im Kopf eines solchen Schwarzen vorgehen?« dachte Michael. Er dachte es sogar laut. Der Großvater Mendez lachte. »Ich schwöre dir, Junge, gar nichts.«

Es stellte sich bald heraus: Michael hatte gar nicht die Absicht, dauernd zu bleiben, wie seine Familie hoffte. Der Großvater tröstete Samuel Nathan, sein Sohn könne gar nicht weg, selbst wenn er wollte. Ein kleines Wort an den Grafen Evremont, und der Gouverneur verbiete ihm das Verlassen der Insel. Und ohne Erlaubnis irgendwie abzufahren, zu einer solchen Torheit sei der Junge nun doch nicht fähig. Die Mutter drängte: »Was fehlt dir denn bei uns? Was gefällt dir denn nicht daheim?«

Es war jetzt ohnedies nicht mehr ganz einfach, nach Frankreich zu fahren. Die Nationalversammlung hatte die Unruhen nicht gelöst, sondern in sich verknotet. Man war für jeden Überflüssigen froh, der aus der dichten, unruhigen Bevölkerung ausfiel.

»Es gefällt mir bei euch«, sagte Michael still, »mir fehlt nichts.«

Es fehlte ihm aber sehr viel, wenn nicht alles. Es gefiel ihm gar nicht. Der Großvater war zu listig und zu spöttisch, um ihm das Herz zu öffnen. Der Vater war gar zu schlicht, die Mutter zu töricht, die kleine Schwester Miriam zu kindisch. Blieb nur die ältere Schwester, Mali. Sie redete zwar so wenig, daß man nicht wußte, ob sie viel oder gar nichts dachte. Ihre beredten Augen, bald traurig, bald vorwurfsvoll, folgten ihm unverwandt.

Die Männer waren zu einem Goldeinkauf in Le Cap. Die Kleine ging mit ihrer Mutter nach Putz in viele Geschäfte, ihr liebster Gang jeden Tag, wenn die Hitze nachließ. Die Älteste richtete, wie immer, das Abendessen. Michael sagte in ihrem Rücken: »In Paris habe ich mir hier alles anders gedacht.« – Sie drehte sich um. Ihr häßliches, gelbes Gesicht war durch die Anstrengung noch viel gelber und häßlicher. Als ob sie sich alles ausdenken müßte, was sich ihr Bruder anders vorgestellt hatte. Zugleich wurden ihre Augen noch schöner, als ob sie schon abglänzten, was sich ihr Kopf erst ausdachte. Zustimmend und fragend sagte sie: »Ja?«

»Seit ich in Paris wußte, daß ich bald zu euch fahre, habe ich mir ständig vorgestellt, was hier auf der Insel sein wird. Wie kann man an einen Ort auf der Erde fahren, ohne sich vorher auszudenken, wie die Menschen dort leben? Man denkt sich das ja schon von Orten aus, an die man bestimmt nie fahren wird. Gewiß, unsere Mutter zum Beispiel würde sich höchstens ausdenken, wie sie selbst dort lebt.« Die Augen der Schwester strahlten in großer Schönheit. Sogar ihre lange Nase, die sie von dem Vater geerbt hatte, verging in dem Glanz, der unbestimmbar und durchdringend war wie das himmlische oder das innerste Licht. Sie zog auch nicht mehr ihre Mundwinkel und ihre Stirn vor Nachdenken zusammen. Sie horchte bloß. Ihr Zuhören machte den Bruder beredt wie nie.

»Mein Vetter Léon, der so alt ist wie du, und die anderen Vettern und ihre Freunde, die denken auch in derselben Art. Sie denken, wie sie an Stelle von dem und jenem leben und ihre Geschäfte betreiben würden, wenn sie dort immer weiter sie selbst wären. Ich muß immer denken, wie ich wäre, wenn ich dort der andere wäre. Sie denken zum Beispiel jetzt: Bald kommt auf der Nationalversammlung das Gesetz für die jüdischen Kaufleute durch. Sobald ich wußte, daß meine Reise feststand, hab ich versucht zu verstehen, wie es hier aussieht. Ich habe versucht, mir vorzustellen, wer so ein Neger sein mag. – ›Mit einem Neger wirst du bestimmt nie Geschäfte machen‹, hat Léon gesagt, ›höchstens mit einem Mulatten. Von denen soll mancher dort Geld gemacht haben.‹ Nun gut, da hab ich versucht, mir auch vorzustellen, was das ist, ein Mulatte. Es fing vor zwei-, dreihundert Jahren an, als die ersten spanischen Siedler sich Neger aus Afrika herbestellten, weil ihre Indios die Zwangsarbeit nicht vertrugen. Manch eine Negerin schlief mit dem weißen Herrn. Der Herr hatte dann diesen Sohn besser behandelt als Kinder von Negereltern, die wieder nur Sklaven wurden. Ein solcher halbweißer Sohn hat manchmal beinahe weiß aussehen können oder beinahe schwarz. Wie Gott will. Der Herr hat ihm vielleicht eine halbweiße Frau verschafft. Wenn es kein Sohn war, sondern eine schöne Tochter, sogar einen weißen Diener, oder was weiß ich. Wenn die dann Kinder bekamen, dann waren die Kinder nicht schwarz und nicht weiß. Mulatten. Wie denken die? ›Was geht dich das an‹, sagt der Vater. ›Du hast Sorgen genug. Was soll aus einem Menschen werden, der ständig von einem Land ins andere zieht und sich über jedes Gedanken macht?‹ – Er hat vielleicht sogar recht, der Vater, Mali. Er ist ein guter Mann. Er bleibt überall gut, sicher. Doch wo er auch hingerät, ihm ist es nur wichtig, daß seine Geschäfte und seine Familie gedeihen.«

Die Nacht war so plötzlich gekommen, wie sie in den Tropen kommt. Die Sonne sengte noch einmal rasch die letzten Spitzen auf den Polstern, die entlegensten Sofaecken, die Henkel der Porzellantassen, die Frau Nathan in ihrem Glasschrank aufbewahrte. Die Scheiben des Glasschranks glühten in ungebührlichen Farben. Dann war die Sonne fast ohne Dämmerung unter der Erde. Mali rührte sich nicht. Michael unterbrach sich nicht. Er fühlte die Augen der Schwester mehr auf sich, als er sie sah. Er fuhr fort: »Ich habe mich in Paris um all das gekümmert, als sei ich bereits in Haiti wohnhaft, ja, hier geboren. Ich wurde ein ständiger Gast in dem Café, in dem die Mulatten sitzen. Sie waren nicht übel; sie wußten manches zu denken und zu sagen. Ich war ein Gast in der ›Gesellschaft der Freunde der Schwarzen‹. Du hast vielleicht in der Zeitung den Namen von Lafayette schon gelesen. Vielleicht auch von Robespierre, der ein Anwalt ist. Er fordert die Bürgerrechte sogar für die Schwarzen. Er hat sie noch nicht für sich selbst, und er will sie für alle, für Juden, für Indios, für Neger, für Mulatten. ›Jetzt sind sie alle verrückt in Paris‹, sagt Léon, ›und deine Verrückten, Michael, sind die Allerverrücktesten.‹

Verstehst du das, Mali? Jetzt, wo so viel von den Bürgerrechten die Rede ist, will sie zwar jede Gruppe für sich, aber um Gottes willen nicht für alle. Jeder will schon im voraus, daß sie etwas Besonderes sind, falls er sie auch bekommt, verstehst du?«

Mali hatte zuerst nicht viel, aber etwas verstanden. Sie gab sich keine Mühe mehr, nachzudenken. Sie hörte nur in dem dunklen Zimmer die Stimme des Bruders, die vor Erregung zischte. Sie saugte diese Erregung auf, ihre Augen strahlten in einer Schönheit, die nutzlos war, weil man nichts mehr im Zimmer sah. Der Nachthimmel glänzte hinter dem Hoffenster. Die Sterne blinkten schon in den engen Maschen des zwischen die Rahmen gespannten Fliegennetzes, und einsamer als die anderen Sternbilder blinkte das Wahrzeichen dieses Himmels, das »Kreuz des Südens«. – »Die Evremonts von Paris, die findest du im Club Massiac; dort sitzen die reichen Großgrundbesitzer der Kolonien, die Aristokraten. Das ist es, was unseren Léon angeht. Dort gehen die Leute aus und ein, von denen er hier auf der Insel etwas für den Brillantenhandel erhofft. ›Du mußt dir eine Verbindung suchen, Michael.‹« – Er äffte den Tonfall nach. – »›Das sind die Leute, die dir die rechten Papiere beschaffen. Die mußt du kennenlernen.‹« – Mali sagte zum erstenmal etwas: »Das hast du ja auch gelernt. Großvater sagt, wie gut du mit ihnen umzugehen verstehst.« Michael sagte: »Das ist wieder etwas für sich. Man muß mit den Menschen umgehen können, mit denen man leben muß.«

Mali zündete alle Kerzen auf dem silbernen Leuchter an. Es brummte gegen das Fliegennetz. Mali war einen Augenblick äußerst häßlich im Licht, mit zugekniffenen Augen. Ihr Bruder gab gar nicht auf sie acht. Er sah vor sich hin und dachte nach. Als er den Kopf hob, traf ihn wieder ihr voller ergebener Blick. Er redete laut, was er dachte: »Ich kam mit äußerster Spannung her. Mein Herz war voll. Mein Kopf war voll von allem, was ich gehört und gelesen hatte. Doch schon am ersten Abend, als wir heraufgeholt wurden zu den Evremonts, war ich enttäuscht und betroffen. Es schien mir, ich hätte in Paris mehr über die Neger erfahren als hier, wo ich unter ihnen lebe. Es schien mir, die Negerfrage spiele eine größere Rolle in der ›Gesellschaft der Freunde der Schwarzen‹ als hier in den Tropen. Die Neger sind euch hier vollständig gleichgültig. Unter ›euch‹ verstehe ich nicht nur die Aristokraten, nicht nur die Familie Evremont, sondern auch unseren Vater und Großvater, ob Juden, ob Christen, ob Franzosen, ob Spanier, ob Amerikaner, ob Europäer, alles, was weiß ist.

Die Neger aber, wenn sie, hinter jedem Stuhl einer, hinter den Gästen stehen, eingießen und fächeln, hören zu, was bei Tisch gesprochen wird. Die Gäste des Abends waren auf meinem Schiff; sie haben erzählt, was in Paris los war: Unruhen in den Straßen, im ganzen Land, Drohungen der Leibeigenen, über die man an diesem Tisch noch lachte.« Michaels Stimme wurde lauter, er sah einen Augenblick auf die Schwester. Falls er auf ein Wort gewartet hatte, wurde er enttäuscht. Mali sah ihn nur zärtlich an. Die leise Empörung in seiner Stimme beteuerte ihr noch stärker, daß ihr Bruder, der einzige, unermeßlich geliebte Bruder, mit ihr im Zimmer allein war, Vertrauen hatte und zu ihr sprach. Sie regte sich nicht, als könnte sie ihn mit einer Bewegung stören.

»Die Schwarzen haben doch Ohren am Kopf. Gewiß, sie waren stumm. Wie hätten sie auch ihre Aufmerksamkeit zeigen sollen? Sie haben sicher nachts über alles gesprochen, was sie hörten! Großvater lacht und sagt nein. Ich sage ja. Ich lache nicht. Ich bin für den Grafen Evremont auch nur der Sohn seines Händlers, nicht einmal das; er hat die Verwandtschaft wahrscheinlich schon vergessen. Die Schwarzen werden sowenig ihre Gedanken beim Servieren abgestellt haben wie ich beim Verkaufen.«

Man hörte die Haustür klinken, zusammen mit Schritten und Lachen. Die Mutter und die kleine Schwester kamen heim, zwei langhälsige Vögel, von dem Vergnügen des Nachmittags aufgeplustert. Die Krinolinen füllten das Zimmer mit Weiß und Lila; es gab eine Menge kleiner Pakete und Schals und Fächer und einen neuen süßen Geruch, der sogar Michael lächeln machte. Mali hielt schützend beide Hände vor die Kerzen, die der vergnügliche Wind zu löschen drohte. Die Mutter sah einen Augenblick in dem Zwielicht so schön aus, wie sich der Sohn ihrer erinnert hatte. Mit Schatten von langen Wimpern auf ihrem matten Gesicht und mit Pünktchen von Gold in den Ohren. Die Kleine kicherte noch eine Weile weiter; es gab da irgendeine Geschichte von einem Fremden, von einer Blume, die in dem winzigen Busen hinter dem Halstuch steckte.

Die Gebetskapseln, die Nathan nach dem Gesetz seiner Väter auf Haiti wie in Paris in den Türrahmen angebracht hatte, als er daranging, ein Heim zu gründen, bewahrten die Wohnung nicht davor, zu werden wie alle Wohnungen von Kolonialeuropäern. Auch wenn sie für zweit- oder drittklassig galten und sich auf den Stadtrand beschränken mußten. Dieselben Wolken von Spitzen, dasselbe Kichern, derselbe süße Geruch. Michael fühlte so stark wie nie die Unentrinnbarkeit des Heimes, in das er geboren war. Er hatte sich nie so eingekreist gefühlt von den häuslichen Verhältnissen, von den Lebensbedingungen und Geschäften und den Verwandten. Das war ein Netz, in dem er herumzappelte mit allem, was sonst noch hineingeraten war, an Ohrringen und Krinolinen, Halstüchern und Kerzen. Mali ging hinaus, um das Abendessen zu beenden.

Der alte Mendez wäre jetzt, wo es auch in Le Cap unruhig zuging, gern auf den spanischen Teil der Insel übergesiedelt, wenn nicht das Verbot für Juden dort noch bestanden hätte. Die Evremonts hätten wahrscheinlich die Reise trotzdem geregelt; sie waren aber zu sehr von eigenen Sorgen in Anspruch genommen.

In Paris machten die Mulatten alle erdenklichen Anstrengungen, ihre Gleichberechtigung mit den weißen Plantagenbesitzern in der Nationalversammlung durchzusetzen. Sie hätten den Weißen an Landbesitz und Vermögen gleichkommen können, wenn sie die hinderlichen Gesetze abschüttelten. Manche von ihnen trugen Namen, die in Kaufmannskreisen guten Klang hatten. Sie setzten Kaffee und Zucker ab wie die Weißen. Sie hielten Sklaven. Sie blieben der »Gesellschaft der Freunde der Schwarzen« fern. Sie legten ja auf die Ebenbürtigkeit mit den Weißen Wert, auf den Abstand von den Schwarzen. Es gab auch einen jungen Mulatten Ogé, der Land und Sklaven in Haiti besaß und trotzdem die Freiheit der Schwarzen befürwortete. Dies erschien den Mulatten unklug und übertrieben. Sie konnten ihre Ansprüche nur gefährden, wenn sie sich mit denen vermischten, mit denen sie unter keinen Umständen verwechselt werden wollten. Der Plan Ogés ging in der Tat so schlecht aus, wie sie geahnt hatten. Als ihm die Heimreise von dem französischen Gouverneur verweigert wurde, trat er sie dennoch an in fremder Uniform und auf fremde Papiere. Er war so verrückt, nach seiner Landung die eigenen Leute zu bewaffnen, nicht nur die Mulatten, sogar die schwarzen Sklaven. Es gab Zusammenstöße mit den Soldaten des Gouverneurs, es kam zu Unruhen, sogar zu Blut.

Das waren die Tage, in denen Nathan und Mendez sich und die Ihren in Sicherheit bringen wollten. Wenn Evremont die drei Männer ins Gutshaus fahren ließ, um mit ihnen seine Geschäfte durchzusprechen, beschleunigte Lieferung, sichere Aufbewahrung oder Versand, dann liefen wie früher erregte Gespräche um die wie früher gedeckte Tafel. Die Händler warteten an ihrem seitlichen Platz. Der Hausherr und seine Gäste gaben dabei ebensowenig auf sie acht wie auf die Schwarzen hinter den Stühlen. Mendez und Nathan, Vater und Sohn, wiederholten daheim, was sie den Gesprächen entnommen hatten. Die Evremonts trugen sich mit dem Gedanken, mit englischen Freunden in Verbindung zu kommen, falls ihnen der Boden unter den Füßen heiß wurde. Das zogen sie aber nur für alle Fälle in Betracht, vorerst schätzten sie die Gefahr gering ein. Wenn sie die Verbindung hielten, dann stünden sie auf jeden Fall unter dem Schutz der englischen Flagge, glaubten sie, und könnten zu Schiff nach London, nötigenfalls über Jamaika. Bei dieser Gelegenheit gab es den ersten Wortwechsel in der Familie. Samuel Nathan und Mendez waren sich einig, man müsse die Evremonts um Schutz bitten, damit man sich ihnen anschließen könnte. Michael erklärte plötzlich: Wenn er wirklich die Insel verlassen müßte, dann würde er höchstens zurück nach Paris fahren. Wenn das nicht möglich sei, bleibe er hier, in Le Cap. Sein Vater erschrak. Was er denn, um Gottes willen, vom Bleiben erhoffte! Mendez betrachtete ihn spöttisch.

Mit dem jungen Mulatten Ogé ging es zu Ende, wie es seine Freunde befürchtet hatten. Seine bewaffneten Banden wurden schnell aufgerieben. Er wurde gefangen und gehängt. Er hatte also die Durchsetzung der Mulattengesetze eher gehindert als gefördert. Die Abneigung der Mulatten gegen die Schwarzen wurde von den Schwarzen erwidert. Sie arbeiteten sogar lieber unter den weißen Aristokraten, die an ihre selbstverständliche Macht zu sehr gewöhnt waren, um sie immerfort wie die neureichen Mulatten durch Willkür und Grausamkeit zu betonen. Die weißen Aristokraten verstanden sich auf die Geschäfte der Welt, die länger als tausend Jahre in ihren Händen lagen. Es zeigte sich bald, wie gut sie gerechnet hatten. Man zögerte schließlich auch in Paris, die ausgebrüteten Freiheiten hier in Haiti gewaltsam durchzusetzen, weil sonst die wertvollste Insel zu den Engländern übergehen konnte.

Die Siedler und Stadtbewohner lagen nachts in kaltem Schweiß wach und horchten auf den durchdringenden Wirbel der Negertrommeln in den entferntesten Bergspalten. Sie wußten nicht, ob er eine Botschaft an alle schwarzen Brüder auf der Insel bedeutete oder ein Gebet zu den heidnischen Göttern. Er machte das Innerste jedes Menschen in unerträglicher Spannung beben. Einzelne Sklaven ließen Hütten und Arbeit liegen und zogen aufs Geratewohl dem Wirbel nach in den Wald. Es gab auch weiße Siedlerfamilien, die auf alle Fälle in die Stadt zogen.

Die unbestimmte kalte Angst wurde zu einer greifbaren heißen. Zuerst kam von einer entlegenen kleinen Farm die Nachricht, daß die Sklaven sich plötzlich zusammengetan und mit Frauen und Kindern und Bündeln den Marsch in die Berge begonnen hätten. Ihr Trupp vergrößerte sich auf der nächsten Farm. Wo sie vorüberzogen, schlossen sich Scharen von Negern an, zuerst mit Rufen und Jubel und Liedern, als sei die Freiheit ein Ort in den Bergen, den man in zwei Tagen und Nächten erreichte, wenn man gerade darauf zuhielt.

Auf dem vierten oder fünften Gutshof fiel ihnen ein Mann in die Hände, der über die eigenen Felder hinaus verrufen war. Sein Herr war meistens in Frankreich, er war der Verwalter. Er war einer von denen, die für ihren Herrn unausdenkbare Roheiten begingen, nicht nur, weil dabei etwas für ihn selbst abfiel, sondern weil er seinen Ehrgeiz daransetzte, aus der Feldarbeit, die ihm unterstand, noch reicheren Ertrag zu erzwingen als irgendein anderer Verwalter. Er schätzte die Sklaven viel zu gering ein, um einen Aufruhr zu erwarten. Als man ihm den Anmarsch meldete, kletterte er auf einen Baum, in dessen Krone er sich längst eine Art Wachposten eingerichtet hatte. Er sah, wie die Staubwolke näher kam, schreiend und singend, sich in die Länge zog, auseinanderfiel, wieder zusammenschmolz. Die eigenen Leute waren inzwischen zusammengelaufen. Er wurde in seinem Baum entdeckt. Er wurde heruntergeschüttelt wie eine Kokosnuß. Er wurde zerknackt. Ein Neger setzte die Zähne an und sog ihm den Saft aus. Der hatte noch eine Woche vorher zugesehen, wie seine zwei Töchter, aneinandergebunden, von einer Hundekoppel rund um den Hof gejagt wurden.

Bevor der Negermarsch dieses Gut erreicht hatte, stand das Verwalterhaus in Flammen. Der Marsch in die Freiheit war nicht mehr licht, er war jetzt ein roter Schweif. Nach ein paar Tagen waren die Felder und Güter ausgebrannt. Das Zuckerrohr, das die Machete, das große Messer, wütend zerhackt hatte, statt es unter den Peitschen der Aufseher im befohlenen Rhythmus weiterzuschneiden, züngelte von der Erde weg. Die Stadt war nachts glühend hell von dem Funkenregen aus sprühendem Stroh und Schilf. Der Wind trieb Schwärme von Funken über die Dächer. Die Stadt fing an vielen Enden zu brennen an. Lastträger, Arbeiter, Haussklaven, was in ihr an Negern lebte, zitterte vor den Weißen, die Weißen zitterten vor den Schwarzen. Hier aber, in der Stadt, innerhalb des Gürtels von brennenden Farmen, hatten die Weißen Macht und Waffen. Ein Ungehorsam, ein verdächtiger Ruf genügte, um einen Neger an den Galgen zu bringen. Das Lilienbanner wehte noch immer unversehrt über den Galgen, über den Weißen in Uniformen, in Waffen, in Kaleschen, inmitten des Funkenregens.

Herr Antoine sagte, einer seiner besten Sklaven, Pierre Simon hieß er, der ihn jahrelang brav kutschiert hätte, sei plötzlich von seinem Gut in die Berge gelaufen. Vorher hätte er noch Madame Antoine und ihre Kinder in die Stadt in Sicherheit gebracht. Er hätte auf dieser Fahrt kein Wort über seine Pläne fallenlassen, sowenig wie sonst auf einer Fahrt. Antoine dachte, es sei vielleicht gut, daß sein Negerkutscher, ein ordentlicher, ruhiger Mann, jetzt nicht in der Stadt war. Er hätte ihn kaum vor den eigenen Freunden schützen können, die ihre Wut an jedem Neger ausließen, der ihnen zwischen die Finger kam.

Für kurze Zeit war alles noch einmal beim alten, oder man stellte sich so, als könnte noch einmal alles beim alten sein. Die Zeitungen und die Matrosen erzählten zwar, in Paris sei der König eingesperrt, sein Kopf sitze nicht mehr fest. Die Gutsbesitzer wußten zwar, daß dicke Haufen entsprungener Sklaven in den Wäldern steckten, sie ließen sich aber einstweilen, wie früher, von Negern bei ihren Gastmählern bedienen. Sie hielten ihr gewohntes Stadtleben aufrecht. Sie fingen sogar hie und da mit Resten von Feldsklaven an, ihre Güter frisch zu bestellen. Sie glaubten, das Leben fließe von selbst weiter, wenn man die alten Gesetze bewahre und nicht zur Kenntnis nehme, sie seien woanders schon abgeschafft.

Die Regenzeit hatte begonnen, der Himmel war endlich geborsten, eines Nachmittags um vier. Das Wasser stürzte mit einem Schlag auf die ausgedörrte Erde. Die zarten Pflanzen in den Gärten kamen gar nicht zum Aufatmen; sie waren gleich am Ersaufen. Die Hütten am Stadtrand waren im Nu aufgeweicht. Ein paar nackte Füße klatschten noch durch die verlassenen Straßen. Die letzten Fahrgäste duckten sich in die Kutschen. Die Pferde schnauften und wußten nicht, ob die Hiebe vom rasenden Regen kamen oder von den verzweifelt lustigen Peitschenhieben. Lustig verzweifelt war alles, weil endlich der Regen auf die ausgedorrten Plantagen fiel, aber so wild, so unmenschlich wild. In den regenverdunkelten Häusern gingen die Kerzen am frühen Nachmittag an. Die Flüche von Lastträgern, die gerade noch ungeschoren oder doch schon durchnäßt irgendwo unterschlüpften, vermischten sich mit dem Gekicher von Mädchen, die rechtzeitig ihre Krinolinen in die Türen gezwängt hatten; der nasse Tüll in den Drahtgestellen machte sie steif und schwer wie Glokken.

Michael kam atemlos heim. Er hörte schon in der Haustür das Auflachen seiner jüngeren Schwester, das ihn wie immer ebenso abstieß wie anlockte. Er wollte eintreten. Da drängte sich eine kleine Schwarze mit ziemlicher Unverfrorenheit unter seinem Arm durch in den Türrahmen. Ihr junger gesunder Geruch war von der Nässe so stark, daß sogar Michael ihm nicht entrinnen konnte, obwohl er Verlockungen dieser Art sonst auswich. Dieselbe Kleine war in den letzten Wochen schon dreimal an ihm vorbeigestrichen mit einem leichten Zeichen der Hand, das wahrscheinlich Liebesbereitschaft bedeutete. Das erstemal hatte er gar nicht darauf geachtet. Er konnte sich nicht einmal besinnen, wann und wo es gewesen war. Das zweitemal flüchtig, das drittemal etwas genauer. Jetzt, da er die kleinen Brüste in dem nassen Kattunkleid gewahrte, war ihm klar, daß er richtig gesehen hatte. Das Mädchen war ausnehmend schön. Die wütende Eifersucht weißer Frauen war bei ihrem Anblick begreiflich; begreiflich die Grausamkeit, die sie durch unausdenkbare Strafen, erfindungsreicher als Männer, bei kleinen Verfehlungen an ihren Sklavinnen ausließen. Michael verwünschte sich einen Augenblick, weil er nicht einmal jetzt die langen Beine und Hüften, das Bäuchlein im glitschigen Rock, die Brüste, die in zwei hohle Hände gingen, betrachten konnte, ohne dabei an den allgemeinen Zustand der Menschheit zu denken. Sie faßte den Saum seines Ärmels zwischen Daumen und Zeigefinger mit einer Scheu, die, so viel verstand er nun doch schon von dieser Insel, von diesem Abschnitt der Welt, die Scheu vor der Liebe nicht sein konnte. Warum sonst der düstere Blick ihrer aufgerissenen, beinahe starren kohlschwarzen Augen? Er trat nicht ein. Er hörte noch das Lachen der Schwester hinter der Tür verklickern. Er ließ sich die Pfützen weiter um das Gesicht spritzen, durch die seine kleine Schwarze vor ihm hüpfte. Er ließ sich den Hut und die Perücke und den Rock einweichen. Es war ihm zu heiß, Kälte und Regen zu fürchten. Er lief ihr durch ein paar vereinsamte Gassen nach, in denen nur hie und da die Lichtchen im Regen glänzten. Sie warf zuweilen den Kopf zurück, ob er noch hinter ihr war. Und immer das gleiche Handzeichen, ihr ja zu folgen, und immer der gleiche schwarze, fast drohende Blick aus Augäpfeln, die sich schneller drehten als ihr Kopf. Er dachte nach Art von Liebenden, die so gründlich sehen, daß ihnen der Anblick nicht erstmalig vorkommt, sondern wie Wiedersehen: Wo hab ich dich denn zuerst gesehen? Da fiel es ihm auch ein, oder er glaubte, daß es ihm einfiel: auf dem Schiff »Trianon« bei der Ankunft. Sie war in Martinique zugestiegen und in Haiti empfangen worden. Er konnte nicht wissen, daß die Evremonts sie gegen die Spieluhr aus dem Familienbesitz eingetauscht hatten, weil sie geschickt im Nähen war. Die Hausbesorgerin hatte sie gleich am Hafen mit Beschlag belegt. Sie hatte zuweilen aus einem Schwarm von Gesinde in Evremonts Hof nach ihm geblinzelt.

Sie blieb nur ein-, zweimal stehen, drehte das nasse Kleid vor dem Schoß zusammen, wand es aus, ließ es fallen. Michael blieb dann gleichfalls stehen, sah ihr zu und folgte ihr wieder. Der Regen spritzte mannshoch um seine Schaftstiefel. Er sprühte um ihre nackten Füße wie um zwei Vögel. Sie kamen in eine Gasse in einem schlechten Viertel, in dem nur kleine Weiße wohnten und viele Mulatten. Sie schlüpfte in eine Kneipe und, als er nachkam, sofort durch die zweite Tür in den Hof der Kneipe und, sowie er in den Hof trat, durch die Tür des Hofes in einen Raum des dahinter gelegenen Hauses. Es war finster, so daß er, wenn sie den Kopf nach ihm drehte, um sich der Gefolgschaft zu versichern, nur ihre weißen Augäpfel sah und einmal auch ihre Zähne, als sie lautlos lachte. Die nächste Gasse war ebenso einsam, ebenso regendurchweicht. Sie hüpfte über die Pfützen weg. Es gab hier nicht die winzigsten Lichter in den Häusern. Hier standen nur Warenlager und Schuppen. Es roch nach Meer. Sie machte sich unter einem Vordach so flach wie ein Blatt. Er konnte sich nur neben sie drücken in dem brausenden Regen, der ihnen keinen trockenen Erdfleck gewährte. Sie bewegte die Lippen, ohne daß er im Brausen verstand, was sie wollte. War sie noch immer im Dienst bei den Evremonts? Die wohnten aus Sicherheitsgründen längst nicht mehr im Gutshaus auf dem Land. War sie heimlich fortgelaufen? War er es, der sie verlockt hatte, Prügel in Kauf zu nehmen aus den unerfindlichen Gründen, die einen Menschen zu dem anderen ziehen und nur zu diesem? Er hatte sich in Paris als Junge manchmal Gedanken darüber gemacht, daß er vielleicht eine solche Kraft gar nicht besäße. Jetzt, da sie offenbar wirksam war, nahm er sie beinahe als selbstverständlich hin, wie ein Geschenk des Himmels. Sie kamen auf einen freien Platz vor dem Kai, wo die Palmen gelassen wie immer im Regen standen. Das Meer war von Regensträngen durchsiebt, als bohrten sie in eine noch tiefere Untiefe. Meer und Himmel waren bleifarben und glanzlos und ungetrennt. Michael wäre dem Mädchen gefolgt, auch wenn sie über das Meer gerannt wäre. Sie bog aber in eine Hafengasse. Er hörte Stimmen und Lärm und Gläser.

Es war wie das erstemal: Sie rannte durch den Flur einer Kneipe, er sah noch einmal ihre weißen Augäpfel über der Schulter. Als sie einen Laden aufstieß, fuhr ihm ihr nasses Haar übers Gesicht. Er folgte ihr in der Hoffnung, man sei jetzt an einer Art Ziel. Er stand unter Kolonnaden in einem kleinen Hof. Es gab ein Brünnlein, das lächerlich nutzlos im Regen plätscherte. Die Blumen waren zerdrückt, ein paar nasse Flecke rot und gelb. Zwischen den Säulen war es trocken. Er sah nach rechts und nach links. Das Mädchen war verschwunden. Ein Neger, barfuß, zerschlissen, durchnäßt, sprang plötzlich neben ihm hoch. In einem unfrohen Lachen zeigte er erschöpft die Zähne. Er atmete schwer, bevor er sprach. Michael dachte zornig, er sei einem Streich zum Opfer gefallen. Er fluchte sogar, daß er waffenlos war. Der Neger sagte leise und beinahe höflich: Herr Michael Nathan möge ihm folgen. Sein Herr wünsche ihn diese Nacht noch zu sprechen. – Michael fragte: »Wer ist das?« – Toussaint Louverture, sagte der Neger, habe ihn in der Gewißheit ausgeschickt, Herr Nathan werde sich nicht weigern, ihm einen dringenden Wunsch zu erfüllen. Herr Nathan müsse ihm bei einem wichtigen Brief behilflich sein.

Michael horchte auf. Er war so erstaunt, daß er sogar die Enttäuschung vergaß. Er fragte: »Von welchem Brief ist die Rede?« – »Mein Herr trennt sich nicht von dem Brief. Ich will Ihnen unterwegs alles erzählen.« Er fügte hinzu, als sei ein ungeheurer Schutz in seinen Worten enthalten: »Wenn man uns erwischt, wird man uns nicht nur ermorden, sondern foltern, um die Geheimnisse dieses Briefes zu erfahren. Ich bringe Sie sicher zu Toussaint und morgen früh sicher zurück, bevor man in der Stadt aufsteht.« Michael sagte: »Gehen wir.« Er fühlte die Lust des geistigen Abenteuers, das eine unermeßbare Weite hatte und verlockender war als das junge Ding, an das er schon nicht mehr dachte. Der Neger fügte tröstend hinzu: »Der Regen schützt uns vor Beobachtung. Die ganze Strecke ist überschwemmt. Wir haben zuerst nur schlammigen Boden.«

Obwohl ihr Weg in die Berge stundenlang dauerte, wurde der Neger mit seinem Bericht erst fertig, als sie schon dicht am Ziel waren. Er mußte ihn oft unterbrechen, wenn sie eine Wache umgingen und durch die ersoffenen, halb verwilderten Ländereien wateten. Kaum waren die Besitzer geflohen und ihre Häuser verbrannt, da hatte der Urwald, als hätte er nur darauf gewartet, seine Wurzeln und seine Schlingpflanzen bergab geschickt, um zu besetzen, was unbewacht war. Michael reimte sich ungefähr zusammen, was er schon vorher stückweise erfahren hatte.

Der Konvent in Paris hatte zwei Kommissare mit Soldaten nach Haiti geschickt. Die Männer hatten sich auf dem Schiff ihre Aufgabe leichter vorgestellt, als sie sich nach der Landung zeigte. Die Befreiung der Negersklaven war zwar längst auf der Nationalversammlung beschlossen, sie war aber immer noch nicht als Gesetz erlassen. In Frankreich waren die Grundherren verjagt, die Leibeigenschaft war abgeschafft. Die Sklaven in den Kolonien waren noch immer Sklaven. Die Grundbesitzer von Haiti weigerten sich entschieden, das Lilienbanner mit der Trikolore zu vertauschen. Ihr Kaffee, ihr Zucker, ihr Indigo, das war ihr Erbe und ihr Besitz, das war auch der Stolz und der Reichtum Frankreichs. Es sei unvorstellbar, hieß es, die Güter ohne die Sklaven zu bestellen. Die Aristokraten von Haiti brauchten nicht wie die von Paris nach London zu fliehen. Sie brauchten nur die englischen Kriegsschiffe aus den Häfen der Nachbarinsel herüberzurufen.

Die Kommissare und ihre Soldaten hatten auf die Hilfe der armen besitzlosen Weißen gebaut, der kleinen Weißen, wie sie in Haiti hießen. Doch was es an Weißen dort gab, war auf seiten der Grundbesitzer. Wo sollte man hier eine Stellung finden, wenn keiner mehr da war, der einen bezahlte? Man konnte nicht einmal Friseur oder Schreiber werden ohne Leumundszeugnis von einem angesehenen Namen. Hier in der Kolonie war der Hunger noch bitterer als daheim in Frankreich. Man ging vor die Hunde, und wie vor die Hunde! Ohne sicheres Dach hatte man die Wahl, an Malaria umzukommen oder an Typhus oder an Schlangenbissen.

Die Kommissare hatten sich darauf an die Mulatten gewandt. Sie hatten noch auf dem Schiff geglaubt, die Mulatten würden sie mit offenen Armen begrüßen. Sie kamen ja, zuerst das Gesetz ihrer Gleichberechtigung durchzuführen, das die Aristokraten erbitterte. Die Begeisterung der Mulatten war aber rasch abgekühlt, als sie hörten, wieviel Freiheit auf einmal in Paris zugestanden wurde. Aufhebung der Sklaverei? Was sollte den Mulatten, die längst selbst ihre Sklaven hielten, die Gleichberechtigung nutzen, wenn man ihnen auch ihre Sklaven nahm?

Die Kommissare und ihre Soldaten waren von allen Seiten umzingelt. Plantagenbesitzer tranken und würfelten mit den englischen Offizieren. Mulatten und kleine Weiße waren verzagt und verschüchtert. Es gab zuletzt nur noch eine Art Menschen, die bereit sein konnte, die Trikolore in Haiti zu pflanzen. Die Neger waren zwar im Urwald zerstreut, verwildert und ungezügelt. Sie wußten aber genau, daran war kein Zweifel, was Freiheit bedeuten sollte.

Selbst dieser Weg war vielleicht schon versperrt. Es gab einen festen Kern in all den Banden entsprungener Sklaven. Die Kommissare hatten oft einen Namen nennen hören. Mit Angst, mit Hoffnung, mit Abscheu, mit Vertrauen, in all den Tönen, mit denen ein Name genannt wird, mit dem die Menschen an schwierigen Tagen rechnen. Toussaint, wie er plötzlich hieß, hatte seine Bande zu einer Truppe gemacht. Er hatte sie in den Wäldern einexerziert. Sie gehorchten ihm aufs Wort. Sie hätten, mit den Soldaten aus Frankreich zusammen, die Republik schützen können. Doch dieser Toussaint, erfuhren die Kommissare, haßte selbst, was man jetzt in Paris unter Freiheit verstand. Als man den

König enthauptet hatte, war er mit den Seinen auf den spanischen Teil der Insel übergegangen. In Michael Nathans Familie, in der ganzen Stadt, war man froh gewesen, den schwarzen Satan, den gefürchtetsten Bandenführer, losgeworden zu sein.

Toussaint haßte die Weißen nicht, wie sehr ihn die Weißen auch haßten. Er verachtete auch die Mulatten nicht, wenn sie ihn auch verabscheuten. Er hatte als Kind schon erfahren, wie wenig die Hautfarbe über den Mann besagt. Manche Mulattenaufseher hatten die Neger grausamer als die Weißen zur Arbeit getrieben. Andere Mulatten waren sanft und gütig und witzig, und wo sie auftraten, in Geschäften und in Familien, ein Bindeglied zwischen den Rassen, die sie geformt hatten, als hätten sie nur das Beste von beiden in ihre Gehirne und Herzen eingelassen. Sein weißer Herr, Antoine, auf der Brédafarm, war gütig und klug gewesen. Er hatte ihn nur kutschieren lassen, niemals hart arbeiten. Er hatte ihm sogar erlaubt, auf die Schule zu gehen. Toussaint fühlte sich nicht nur dem Vater Jusieux verbunden, der ihn lesen und schreiben gelehrt hatte; er fühlte sich tief seinen Lehren verbunden. Die weiße Kultur erschien ihm ein strahlendes, unermeßliches Schloß. In seine armseligen Knabenjahre war davon ein Abglanz gefallen, der ihm das Leben wert gemacht hatte. Man durfte sie nie geringschätzen, weil sie von den Weißen ausgedacht war. In einem besseren Leben mußte man alle Menschen daran teilnehmen lassen. Man mußte denselben Abglanz auf alle Leben fallen lassen.

Der Vater Jusieux hatte ihn auch gelehrt, wie Christus für alle Menschen litt. Wenn viele sein Vorbild vergaßen, dann waren sie schlechte Christen. Unter den Heiligen Drei Königen, die ihre Geschenke dem Christkind gebracht hatten, war einer schwarz wie Toussaint gewesen. Darum entsetzte er sich wie seine ehemaligen weißen Herren, als man den König von Frankreich enthauptete. Darum ging er zu den Spaniern über. Dort, hatte er sagen hören, galten noch Gott und der König.

Er lernte sehr schnell, daß sein Übertritt ein Irrtum gewesen war. Die Spanier würden nie ihr Versprechen halten, das ihn dazu angespornt hatte: die Freiheit der Schwarzen. Sie waren höflich, hielten ihn mit Versprechungen hin und lachten ihm in den Rücken. Sie machten mit den Aristokraten gemeinsame Sache. Sein Königsglaube verging. Der Irrtum war noch wiedergutzumachen. Er führte nachts seine Neger in Eilmärschen zu ihrem Ausgangspunkt zurück.

»Es geht darum in dem Brief«, sagte Toussaint, »meine Dienste den Kommissaren anzubieten, aber so anzubieten, daß sie verstehen, was meine Dienste wert sind. Daß ich keine Bande mehr hinter mir habe, sondern Soldaten, die besser und zäher sind als das Pack Kolonialsoldaten. Ich muß zwar eingestehen, daß ich mich geirrt habe, als ich zu den Spaniern übertrat. Ich biete aber jetzt meine Dienste freiwillig der Republik an. Ich will meine Fehler so eingestehen, daß die Republik meine Freiwilligkeit richtig einschätzt.«

Michael sah zuerst nur das Tuch im Dunkeln schimmern, das Toussaint um seinen Kopf trug. Er erkannte ihn langsam. Der Sklave, der lächelnd sein Angebot abwies, bei ihm Unterricht zu nehmen. Das blanke Schwarz des Gesichts gegen das stumpfe der Nacht. Sie saßen in einer Hütte in einem Bergspalt. Man brannte aus Vorsicht kein Licht. Toussaint verlor kein Wort darüber, wieso er gerade auf Michael Nathan verfallen war, und dieser sagte kein Wort des Erstaunens und verlangte keins über seine Ankunft, die Toussaint erwartet hatte, als unterstünde der Ankömmling seiner Befehlsgewalt oder einer noch höheren Befehlsgewalt, der beide gemeinsam unterstanden.

Man blendete eine Kerze ab, damit er schreiben konnte. »Es gibt nur wenige tätige Männer, die nie einem Fehler zum Opfer fallen.« Toussaint brauchte mehr Zeit, um den Brief zu lesen, als Michael zum Schreiben gebraucht hatte. Die Ereignisse brauchten zum Abrollen weniger Zeit als ihr Eindringen in die Züge des Menschen. Toussaints Gesicht war geduldig und gleichmütig, mit der Aufmerksamkeit, die es immer hatte, wenn es vom Bock auf die Pferde hinuntersah. Nur wenn sich Michael bei einer Frage nach ihm drehte, hatten die Augen mit den Pünktchen von Kerzenlicht die Funken des Brandes gefangen, der sein ganzes Wesen entzünden konnte und später erst, von innen nach außen, seine Züge verändern. Toussaint tauschte den Platz mit Michael. Er buchstabierte nicht ohne Mühe. »Doch welcher tätige Mann begeht nie einen Irrtum?« Im mühsamen Ablesen klangen die flüchtigen Worte wie eine mühsame Arbeit. Michael sah erst nach und nach, als sich seine Augen an die Dunkelheit gewöhnt hatten, daß die Hütte gestopft voll Neger war. Sie waren kaum zu erkennen in der Nacht, die sie überall zu verwegenen Guerillas machte.

»Jetzt ist es gut«, sagte Toussaint nach einigen Vorschlägen und Änderungen. Er machte sich seufzend daran, den Brief selbst abzuschreiben. Michael las ihn sorgfältig durch. Es war noch tiefe Nacht. Wenn aber der Tag erwachte, dann würde er beinahe von einer Minute zur anderen kommen, fast ohne Dämmerung, wie eine Sturzflut von Licht. Toussaint entließ ihn ohne Dank mit einer kalten Würde. Er gab ihm den gleichen Neger mit, der ihn in die Berge gebracht hatte. Die Sonne ging auf, als sie den Stadtrand erreichten.

Daheim schliefen noch alle. Nur die schwarze Dienerin war schon herausgekrochen. Sie zeigte bei seiner Ankunft lachend die Zähne. Sie stellte behutsam den Fuß in die Tür, um niemand zu wecken, als helfe sie ihm, ein nächtliches Stelldichein zu verbergen.

Der in der Nacht zusammen verfaßte Brief gelangte sicher in die Hände, für die er bestimmt war. Die Not hatte den Kommissaren richtig geraten. Von allen Teilen ihrer Bevölkerung im Stich gelassen, wäre die Insel verlorengegangen, wenn sie nicht Halt an den Negern gefunden hätte. Toussaint fühlte jetzt, daß die Republik stark genug war, ihr Versprechen zu halten. Er machte seinen Soldaten und Offizieren klar, daß nicht der geringste Fleck die schwer errungene Freiheit stören dürfe. Daß sie die Gutshäuser niedergebrannt hatten, wo sie dreihundert Jahre gequält worden waren, das war wie ein Sturm auf Dutzende von Bastillen.

Die Gutsbesitzerfamilien flohen bei jeder Gelegenheit auf jedem nur möglichen Schiff nach jedem nur möglichen Hafen. Toussaint hatte noch selbst die Frau seines eigenen Herrn in die Stadt kutschiert, damit ihr kein Leid geschähe.

Die Spanier und die Engländer hatten geglaubt, nichts sei so leicht einzusacken wie eine herrenlose Insel. Da wurden sie von den Truppen des Nationalkonvents geschlagen, mit Hilfe der Neger, die verstehen gelernt hatten, was Freiheit wert war. Im Laufe dieser Kämpfe wurde Toussaint ein immer besserer Offizier, und seine Leute wurden immer bessere Soldaten.

Die Evremonts hatten einen Teil ihres Besitzes in Banknoten und Juwelen eingetauscht. Die Hochzeit der einzigen Tochter hatte nicht mehr auf Haiti stattfinden können. Sie wurde zunächst samt ihrem Brautschmuck und ihrem Bräutigam, einem Grafen Lavette, nach Jamaika in Sicherheit gebracht, und einmal auf englischem Boden, fand sich Gelegenheit, nach London überzusiedeln. Das Brautpaar war von der Mutter begleitet und der alten Veronika, die ihnen Treue gehalten hatte. Die Damen nannten sie ein Beispiel für unbestechliche Treue. Die alte Veronika fühlte sich später, vom Klima abgesehen, nicht so schlecht in London, wie sie gefürchtet hatte. Ihre Herrschaft gehörte auch dort nicht zu den ärmsten Emigranten, dank der Voraussicht des Vaters. Auch seine Händler, Mendez und Nathan, die ihn vorzüglich beraten hatten, besonders Mendez, reisten Zwischendeck auf demselben Schiff mit der Frau Nathan und der jüngeren Tochter.

Dem alten Nathan brach fast das Herz beim Abschied von seinem Sohn. Er zweifelte an einem Wiedersehen, da er immer zu trüber Voraussicht neigte. Er malte sich alle Gefahren aus, in denen sein Sohn schwebte, wenn er in Le Cap blieb. Er schrieb den Entschluß seines Sohnes, zu bleiben, den Ratschlägen Mendez' zu, der von vornherein dazu neigte, nicht alles auf eine Karte zu setzen, sondern einen Teil des Vermögens unter sicherer Obhut an Ort und Stelle zu lassen. Es gab ja Gutsbesitzer genug, die einen Sohn oder einen Verwandten auf den kostbaren Pflanzungen wohnen ließen, weil sie damit hofften, das Ärgste abzuwenden, und weil ihnen der Gedanke unfaßbar war, ihr durch Jahrhunderte dem Urwald abgerungener Besitz könnte für immer verloren sein. Und Michael Nathan freute sich, daß er aller Erklärung enthoben war. Er wäre nie der Familie gefolgt. Obwohl er am kürzesten hier war, war er in allem verwurzelt.

Es wurde von niemand in der Familie viel beachtet, daß seine ältere Schwester bei ihm blieb, um, wie es gelegentlich hieß, ihn zu betreuen und seinen Haushalt zu führen. Der Vater weinte, als er das ältliche, ihm so ähnliche Gesicht beim Abschied küßte. Er saß auf der Reise traurig in einem Schiffswinkel. Seine Gedanken und seine Worte drehten sich aber nur um den Sohn.

Jeden Freitag zündete Mali in dem verlassenen Haus die Kerzen auf dem siebenarmigen Leuchter an, obwohl ihr Bruder darauf keinen Wert legte. Sie hörte die Nacht durch von der Straße die Rufe und Schreie und Schritte der durchziehenden Menschen. Die schwarze Dienerin Angela brachte das Abendessen. Angela zog die Lippen über die Zähne, die Lust zum Lachen hatten. Ihr war es spaßig zumute in dem verlassenen Haus; der junge Herr brütete vor sich hin, seine Schwester sah ihn ratlos an. Und draußen platschende Füße, Verwirrung und Ungewißheit, und manchmal entfernter Soldatengesang, auch Schüsse, man wußte nicht, von wem gegen wen. Angela versprach sich von jetzt an einen leichten Dienst. Die neue Herrin war zwar ein wenig knauserig; sie konnte sich aber kaum viele Unannehmlichkeiten ausdenken. Angela war nicht mehr sehr jung, aber auch noch nicht alt genug, um ihre Kette von Liebhabern abzureißen, die sie, je nach Bedarf, nach Laune und Zufall einfädelte. Einer war Klostergärtner gewesen; sie hatte auf Ehe gehofft. Er hatte aber ihre gemeinsamen Kinder unehelich gelassen und plötzlich ein blutjunges Ding geheiratet. Das jüngste Kind war schnell verkommen, das älteste blieb als Hilfe in einem Lager am Hafen hängen mit einer Abfindung an die Familie Nathan, der es als Sohn ihrer Sklavin unterstand. Ein anderer Liebhaber hätte beinahe Angelas Sohn sein können, ein pfiffiger, lustiger Schwarzer. Er war bei den ersten gewesen, die kurzerhand losgerannt waren, von dem verlockt, was er unter Freiheit verstand. Die alte Hexe, wie er Angela nannte, vergaß er sofort. In Nathans Hof lungerte noch eine kleine Tochter herum. Die stammte von einem Feldarbeiter, der manchmal mit einem Markttransport in die Stadt gekommen war. Er hatte schon vorher bei seiner Herrschaft Frau und Kinder gehabt, die alle mit ihm auf denselben Feldern schufteten. Das Herrschaftshaus hatte inzwischen lichterloh gebrannt. Angela wußte nicht, was aus der Familie geworden war. Sie selbst war so grob und ungeschickt, daß sie froh sein mußte, in einem Haus zu dienen statt auf dem Feld, auch wenn ihre Herrschaft nur als kümmerliche »kleine Weiße« galten, obwohl die Juden Nathan und Mendez wahrscheinlich höhere Werte ihr eigen nannten als manche Plantagenbesitzer.

Die Straße lag voll von obdachlosen Schwarzen. Sie hatten zunächst weder Herren noch Freiheit. Es gab sogar welche, die über diese Art von verkehrter Freiheit murrten. Sie hatten selbst die Häuser anzünden helfen, jetzt hatten sie nicht einmal ein

Dach. Sie waren frühmorgens geweckt worden und bei jedem Zögern geprügelt; sie hatten aber wenigstens ein paar Stunden im Trockenen geschlafen. Sie hatten Essen und Trinken gehabt; sonst hätten sie nicht arbeiten können. Jetzt brauchten sie nicht zu arbeiten. Sie hatten kein anderes Essen als ein paar verfaulte Früchte, und sie kauten an Stücken von Zuckerrohr; sie süffelten Kokosnüsse leer, denn sie waren verzehrt von Durst, und das Wasser roch faul, so daß man ihm die Krankheit zuschrieb, an der jeden Tag ein paar Dutzend starben. Es kamen bei weitem mehr auf solche Art um als vor dem Beginn der Freiheit. Da hatte man auf den Gütern aus reinen Quellen Wasser geschöpft. Sie hockten quer durch die Stadt, längs der niedrigen Holzhäuser, fast lauter Frauen, bis auf die alten gebrechlichen Männer, die keinen Anhang an die schwarze Truppe gefunden hatten. Ein Saum von Kopftüchern und Brüsten, an denen die Kinder lutschten. Manchmal kamen Patrouillen vorbei, sie gehörten zu dem französischen Regiment, das die Kommissare aus Paris mitgebracht hatten. Sie hatten Befehl, vorsichtig mit diesen seltsamen Bürgerinnen umzugehen, deren Männer für die Republik kämpften. Wenn eine laut atmete oder stöhnte, dann machte die, die neben ihr hockte, zwei entgegengesetzte Bewegungen: aus Todesfurcht möglichst weit abzurücken, wenn das Gestöhn in Geröchel überging, und gleichzeitig sich herunter zu beugen, um doch zu helfen oder zu trösten. Man hörte eine Gewehrsalve von weit weg am Meer. – Was gab es denn jetzt schon wieder? Michael Nathan verließ das Haus; er wollte erfahren, wessen Landung man am Hafen verhinderte. Er wußte, was diese herumlungernden Schwarzen bedeuteten, die Gerüchte, die Salven am Hafen: die letzten Versuche, die Aufhebung der Sklaverei zu verhindern, mit Waffen, mit Hunger, mit Hohn.

Er schloß die Haustür hinter sich ab, ohne auf die Schwarze zu achten, die sich auf der Stufe zusammenkrümmte. Es war ihr nicht anzusehen, wie sie versucht hatte, sich noch bis zu diesem Haus zu schleppen. Aus diesem Haus könnte schließlich, falls er noch immer darin wohnte, der junge Weiße heraustreten, den sie eines Nachts an den Stadtrand gebracht hatte.

Sie wußte nicht, ob er sie damals wiedererkannt hatte. Sie aber, sie hatte sich längst das Bild dieses Fremden eingeprägt, des jungen, mageren, schweigsamen, ständig an seiner Lippe nagenden

Menschen, mit seinem meistens träg streichenden, zuweilen genauen und scharfen Blick. Er hatte sicher nicht auf sie achtgegeben während der Überfahrt von Martinique nach Haiti, weil kein Weißer auf ein schwarzes Mädchen achtgibt, das mit seinesgleichen zusammengepfercht ist. Erst recht bei der Ankunft nicht, als er sehnsüchtig von seinem Vater umarmt und sie von der alten Hausbesorgerin gegen die Spieluhr eingetauscht wurde. Auch später nicht, wenn sie die Gäste auf dem Gut Evremont in einem Haufen von Haussklaven empfing.

Es war sogar schwierig gewesen, an Michael Nathan heranzukommen, als einer von Toussaints Offizieren ihr den Auftrag gegeben hatte, den jungen Nathan um jeden Preis zur Stelle zu schaffen. Sie hatte ihn endlich festgehalten. Sie hatte ihn gleich wieder einem Kurier überlassen müssen. Sie hatte ihn aus den Augen verloren. Sie hatte bisweilen an ihn gedacht, wenn in den Bergen der Regen auf die aus Ästen zusammengefügten Hütten des Notlagers prasselte, wenn in einem Klumpen von Flüchtlingen jeder für sich allein in Nässe und Kälte schauderte und sich in die Wärme eines verlorenen oder auch nur erfundenen Gefährten träumte.

Er kam jetzt aus seinem Haus, in dem er also noch immer wohnte. Sie war zu schwach, um ihn anzusprechen. Sie faßte nur seinen Finger, der aus der Westentasche heraussah. Michael stutzte. Er erkannte das Mädchen, obwohl sie heruntergekommen war und nicht im geringsten mehr so lieblich, wie sie ihm damals erschienen war. Er hatte sie auch wahrhaftig sofort in jener Nacht vergessen, nachdem ihm der Sinn ihrer Werbung klargeworden war. Er schloß die Haustür wieder auf. Er ließ sie ein. Er fragte: »Wo kommst du her?« – »Ich lief zuerst mit meinen Brüdern. Sie sind in der Armee. Ich bin auf gut Glück in die Stadt zurück.«

Angela war über den Gast erbost. Sie warf der Jüngeren einen Maiskolben hin. »Da, pflück!« Sie konnte es nicht vertragen, daß dieses Mädchen ohne weiteres eindrang. Es machte die Arbeit zu langsam mit seinen an Nähen gewöhnten Fingern. Sie schickte ihm eine Strohmatte unter das Vordach im Hof. Das Mädchen sollte sich ja nicht einbilden, daß es sich ohne weiteres im Zimmer des jungen Herrn einsiedeln könnte. Sie behielt auch diese Gewohnheit bei, obwohl der junge Herr seinen Gast, sobald er nach Hause kam, in sein Zimmer rief. Margot ging in den Hof zurück, sobald Michael ausging, rollte schweigend die unbenutzte Matte auf und lehnte sie in die Ecke, die Angela dazu bestimmt hatte. Sie beklagte sich nie über die immer schwerere Arbeit. Michael fragte nie, wie sie denn, wenn er nicht daheim war, mit den übrigen Hausbewohnern einig wurde. Genug, daß sie lautlos hereinschlüpfte, wenn er da war, von neuem anmutig in ihrem frisch zusammengeflickten Kattunkleid, in einem neuen gesäumten Kopftuch. Sie flickte seiner Schwester die Kleider aus und manchmal sogar der Angela, die aber dadurch nicht besser gelaunt wurde.

Die Schwester ertrug die Launen des Bruders. Sie hätte weit schlimmere ertragen. Sie grämte sich nur im stillen, daß er ihr nie mehr wie früher sein Herz eröffnete. Sie war seinethalben geblieben; sie wäre mit ihm in jedem Abgrund geblieben. Was ihren Bruder an diese Fremde band, war etwas, das nur ihn anging. Es hatte nichts mit den Gedanken zu tun, die er ihr früher mitgeteilt hatte, wenn sie die Augen auf ihn heftete, zu ewigem Horchen bereit. Ihr Herz zog sich erst zusammen, als sie die beiden erblickte – er redete auf das Mädchen ein, wie er geredet hatte, wenn er mit ihr allein geblieben war und ihm gedünkt hatte, er sei allein. Er war aber jetzt nicht allein, obwohl auch das Mädchen zu schweigen verstand, wie nur die Schwester zu schweigen verstanden hatte. Sie hörte ihn anders an und sah ihn auch anders an. Als ob sie beide dasselbe erblickten. Wenn sie zusammen gewesen waren, dann hatte sie nur den Bruder erblickt, was er auch sagte. Das schwarze Mädchen unterstand sich auch, ihrem Bruder zu antworten. Er sah auch genau, was sie sagte. Sein Blick wurde klarer, solange sie redete. Dann schwiegen sie beide, als dächten sie über dasselbe nach.

Margot tat weiter den ganzen Tag ohne Widerrede die härteste Arbeit. Sogar in die Nacht hinein, wenn ihr Freund spät zurückkam. Je zorniger die Befehle wurden, desto gelassener gehorchte sie, als sei es sinnlos, die Ruhe des Hauses zu stören. Mali hatte ihr zuerst keine Beachtung geschenkt. Als ihre Eifersucht bitterer wurde, streute sie selbst Befehle ein. Margot widersprach ihr nicht. Sie beklagte sich auch bei dem Bruder nicht. Es war umsonst, daß sich Mali geradezu anstrengte, einen Vorwurf zu erreichen. Das Mädchen schien die Zeit zwischen Michaels Gehen und Kommen gar nicht zu rechnen.

Das war auch leicht, wenn er erzählte, was unterdes alles geschehen war. Toussaint hatte sein Wort gehalten. Haiti blieb unter der Trikolore. Hier glühte ihr Rot noch röter; ihr Blau noch blauer; ihr Weiß glänzte noch weißer. Die Kommissare hätten die Feinde der Republik nie in Schach halten können ohne Toussaint. Der setzte überall seine Truppe ein und warf sie blitzschnell herum nach Einfällen, die immerfort in seinem plötzlich erwachten Kopf entstanden, als sei seine junge Kraft noch durch keine Benutzung, durch keine Enttäuschung, durch keinen Zweifel ermüdet. Die Revolution in Paris fand ihren Mann zu jeder Phase. Hier in Haiti blieb er alle Phasen hindurch immer derselbe. Sie wechselte ihre Kommissare, Toussaint ging auf jeden ein. Er hielt die Jakobinerzeit durch und Robespierres Sturz und den Staatsstreich Bonapartes.

Sein Ruf auf der Insel war eine Zeitlang widersprechend und zwiespältig, als bestünde der Mann aus verschiedenen Männern und jeder hätte seinen besonderen Ruf. Nicht einmal die Schwarzen waren restlos bereit, sich über seinen Triumph zu freuen. Sie zweifelten manchmal selbst, ob es dabei mit richtigen Dingen zugehe. Sie waren daran gewöhnt, sich als Sklaven zu sehen, gut oder schlecht behandelt, und Glanz und Macht als das Vorrecht der Weißen. – Selbst Michaels kleines Haus war von dem zwiespältigen Ruf des Mannes gestreift. »Es heißt aber auch«, sagte Mali, nicht allzu heftig, mehr fragend, »daß er blutdürstig ist, daß er brennt und mordet. Wie viele hat er nicht abgeschlachtet, als er den Mulattenaufstand niederwarf.« Michael sagte: »Er kann nicht zugleich überall sein. Er hat sie besiegen müssen, und sie wurden besiegt. Jetzt kann er zeigen, wie er sich seine Republik vorstellt.« Er konnte sich denken, von wem die Schwester solche Geschichten bezog. Angela hatte zum letzten Geliebten einen Mulatten, einen Kellner, gehabt. Der hatte damals alle Karten auf Toussaints erbitterten Gegner, auf den Mulattenchef Rigaud, gesetzt.

Die Stadt erwartete Toussaints Einzug. Die dicke Angela ging auf die Straße, um alle Girlanden und Fahnen anzusehen. Sie tat es zunächst spöttisch und witzelnd mit Redensarten, die sie ihrem Geliebten abgehört hatte. Michael schickte Margot auf einen der Straßenmärkte, die den Krieg, sogar das Feuer hindurch, die Zeit überstanden hatten, als wüchsen ihre paar wackeligen Buden, ihre paar Matten und Ananasse und Mangos, ihre paar irdenen Töpfchen an den gewohnten Straßenkreuzungen nach wie zähes Unkraut. Er hatte ihr so viel Geld mitgegeben, daß sie für sich selbst und für die beiden anderen Frauen des Hauses, für die schwarze und für die weiße, genug Stoffe mitbrachte und dazu passende Bänder. Sie schnitt und nähte behutsam die ganze Nacht, als sei sie bisher von diesen Frauen behutsam behandelt worden. Sie waren alle drei frisch und bunt, als sie sich morgens zum Empfang in die wartende Menge drückten. Es war nur fraglich, ob Toussaint überhaupt durch die Straße ritt, in der sie eingekeilt standen. Man hörte am Glockenläuten, daß er in die Kirche gekommen war, als rauschten am Himmel die Flügel schwarzer und weißer Heerscharen.

Die Straße wurde auf einmal still mit den Glocken. Angela sogar schluckte ihre bissigen Anspielungen. Obwohl man hier draußen nichts hörte, wußte man in der Menge, was in der Kirche vorging. Die weißen Beamten bezeigten dem Negergeneral ihren Dank, daß er endlich Frieden gebracht hatte. Es gab einen Festgottesdienst mit Chorgesängen. Es läutete noch einmal. Das abgeebbte Geschwätz strömte hoch in den Gassen. Dann ebbte es wieder ab. Es summte: Er kommt. Er ritt kreuz und quer durch die Stadt, so daß es hieß, bevor er noch kam: Er kommt. Er ritt ein gutes gestriegeltes Pferd. Das war gesattelt wie das eines Edelmannes. Er trug nach Negerbrauch ein Taschentuch um den Kopf geknotet. Er trug auf der Brust die Orden aus Frankreich. Sein Gesicht war, wie es immer gewesen war. Es sah womöglich noch mehr dem Gesicht ähnlich, wie es immer gewesen war.

Er sah streng nach rechts und nach links. Sein Blick ließ keinen aus. Jeder wußte, daß er entdeckt worden war. Er sah auch das neue Kleid, das Margot noch nachts genäht hatte. Er sah auch die neuen Kleider, die Mali und Angela trugen, so daß sogar diese Kleider nicht nutzlos noch in der Nacht beendet waren. Er sah auch Michael, der die drei Frauen behütete.

Es zeigte sich bald, wie gut die Herren gerechnet hatten, die trotz aller Warnungen einen Verwalter oder sogar einen Sohn auf Haiti ließen, als sie selbst mit Frauen und Töchtern in die Emigration nach London fuhren. Ihr Grundsatz war also richtig gewesen, auf ein paar Karten zugleich zu setzen. Falls sich der Verwalter oder der Sohn vor dem ersten Wutausbruch gerettet hatte, den eine jähe Befreiung mit sich bringt, konnte er bald unbesorgt aus seinem Loch herauskriechen. Toussaint war jetzt der unbestrittene Herr. Er war klug genug, um zu wissen, daß eine Schar Neger, die durch Glück und Kühnheit und durch die kluge Ausnutzung ihrer Lage auf einer entlegenen Insel zur Macht kam, ohne Hilfe der Weißen nicht lange herrschen konnte. Er wußte auch, was er den Weißen verdankte. Die paar tausend Jahre Kultur, ein paar tausend Jahre Erfahrung. Wenn weiße Christen als Sklavenhalter ihren Glauben verleugnet hatten, dann war es an ihm, dem schwarzen Christen, ihr Christentum besser zu verstehen. Jetzt kehrten einzelne Gutsbesitzer wieder auf ihre Farmen zurück; sie mußten zwar hohe Steuern abgeben. Die Schwarzen waren frei. Sie wurden zwar durch die Gesetze gezwungen, die Lohnarbeit wiederaufzunehmen. Sie bekamen Lohn gegen geregelte Stundenarbeit. Sie waren inzwischen an ein anderes Leben gewöhnt, sie ärgerten sich über den Zwang, wie sich die Herren über die Steuern ärgerten. Der Ärger versiegte langsam, die Zukker- und Kaffeeplantagen gediehen, das Leben floß zuerst wieder träge, dann brauste es kräftig wie vorher mit Handel und Frachten, mit Schiffsempfängen und Tanzmusik, mit offenen Geschäften. Jeder fand Arbeit, jeder wurde gebraucht, die Angebote richteten sich weder nach Hautfarbe noch nach Herkunft.

Die Herren frischten ihre Häuser, ihre Kleider und ihre Kutschen auf. Sie hatten keine stummen Schatten mehr hinter den Kutscherböcken und hinter den Stuhllehnen, sie durften kein schwarzes Mädchen mehr anbinden und durchpeitschen. Sie gewöhnten sich aber daran. Ihr Leben war manchmal wieder lustig. Die Geschäfte füllten sich. Jetzt hieß es, sich auszustatten.

Der Sohn eines alten Kunden kam zu Michael Nathan. Er verlangte ein Schmuckstück zurück, das Nathan und Mendez in Verwahrung genommen hatten. Er bekam es ausgehändigt. Michael schrieb seiner Familie, er habe alles gut überstanden. Auf der Insel sei Friede und Ordnung, das Geschäft blühe langsam auf. Sein Vater in London war glücklich über das Lebenszeichen. Der alte Mendez rieb dem alten Nathan unter die Nase, wie richtig sein Rat gewesen sei, den Jungen an Ort und Stelle zu lassen.

Ein schwarzer Ordonnanzoffizier kam eines Morgens zu Michael. Er lud ihn in das Gouvernementspalais. Die Schäden des Krieges waren dort längst geheilt. Die Vorhänge, Lampenschirme und Teppiche waren aufgefrischt oder erneuert. Die Messingbeschläge und Knöpfe auf dem Geländer und auf den Möbeln waren poliert.

Michael hatte oft spotten hören über die Seidentapeten in dem Empfangszimmer des schwarzen Regierungschefs, über die Livreen seiner Diener. Die Witzbolde hatten sich von selbst beruhigt, als ob sie umsonst erwartet hätten, die Möbel, Tapeten und Livreen könnten sich sträuben.

Toussaint verriet mit keiner Miene, daß ihm der Gast bekannt war. Er machte keine Anspielung auf ihr vergangenes geheimes Zusammentreffen. Es war eine Sammlung Edelsteine, die er bei dem Juwelier zu besichtigen wünschte, gefaßte und ungefaßte. Er trug sich an Haltung und Kleidung, wie es der Raum verlangte. Der Raum war heute das Gouvernementspalais, gestern war es der Urwald gewesen. Er kam auf Besuch in Michaels kleines Haus. Michael merkte an seinen Fragen und Wünschen, er hatte Vergnügen an edlen Steinen. Es war vielleicht schon entstanden, als er den Herrn kutschierte.

Er beachtete die drei Frauen nicht, die ihn im Haus bedienten. Michael hielt es trotzdem für möglich, daß ihm keine Einzelheit entging. Nur, daß er jeden Sinneseindruck wie einen im Augenblick unverwertbaren Schatz in sich ruhen ließ. Schon damals, in seiner Sklavenzeit, war Michaels Bild in ihm haftengeblieben, zunächst unter anderen unbenutzbaren Eindrücken, bis er sich den Mann heraussuchen mußte, den er brauchte.

Toussaint fragte nur einmal, bei einem seiner späteren Besuche, was denn aus den beiden Alten geworden sei. Sie wären nach England geflüchtet, erzählte der junge Nathan. Angela putzte vor Toussaints Besuchen die Zimmer. Sie frischte die Teppiche auf, sie kramte die besten Gläser hervor, sie stellte Liköre und Leckerbissen bereit. Sie plapperte ihrem Liebsten nicht mehr nach, ein entlaufener Sklave maße sich an, den Herrn zu spielen. Sie war nachgerade davon überzeugt, daß er es wirklich war, nicht nur spielte. Darum, weil er bestimmt und höflich auftrat, mit dem gehörigen Abstand von ihr, der dicken schwarzen Angela, und von den angebotenen Leckerbissen genau die wählte, die nur für hohe Besuche bereitet waren. Michael hätte sich andere Dienste gewünscht als das Vorlegen von Brillanten. Er wurde aber bei diesen Besuchen zufriedener als sonst mit seinem Beruf. Toussaint fragte ihn unermüdlich nach Namen und Preisen und Fundorten aus. Jetzt, wo er die Möglichkeit hatte zu wählen, war er schnell von der Vorliebe echter Sammler angetan; zu einem bestimmten Stein, der ihm nur in dieser und keiner anderen Fassung gefiel. Er kannte nur leidenschaftliche Unternehmungen, sie mochten Spiel oder bitterer Ernst sein. Und dieses Spiel mit den dünnen Lichtblitzen, rötlichen oder grünlichen, das immer den Herren Spaß gemacht hatte, wie viele Spiele, die ihnen ihr Dasein erheitert und bestärkt hatten, erheiterte und bestärkte jetzt Toussaints andersgeartetes Dasein. Er ging vergnügt und ausgeruht aus dem Zimmer, in dem es gespielt worden war.

Der Vater Nathan schrieb aus London, wie froh er jetzt sei, daß seine Firma eine Zweigstelle in Le Cap habe. Wer hätte das beim Scheiden gedacht? Damals sei alles drunter und drüber gegangen. Wer hätte denn damals auch in dem Kutscher des Herrn Antoine so etwas vermutet?

Michael kaufte ein kleines Landhaus. Margot gebar ihm dort eine Tochter. Angela fühlte keinen Haß mehr. Jetzt war der junge Herr Nathan nicht mehr ein verwöhnter Sohn mit allerhand Hirngespinsten und Liebschaften; er war ein ausgewachsener Herr, der auf die richtige Karte gesetzt hatte. Margot machte ihre Sache gut, denn sie war die Geliebte des Herrn, der auf die richtige Karte gesetzt hatte. Das waren feste Zustände, die man anerkannte. Margot trug ihr nichts mehr nach. Sie schickte ihr oft die Kutsche. Angela kam zum Schwatzen und um das Kind zu bewundern, das lieblich wie seine Mutter war. Manchmal fiel etwas von den Stoffballen ab, die Michael jede Woche ins Haus schleppte. Was es an Launen und Phantasie in Michaels ernsthaftem, etwas steifem Wesen gab, das kam zutage, wenn er in Geschäften und auf Märkten, sonderbar nachdenklich, Stoffe in allen Farben und Mustern wählte, Kattune mit Blumen und Vögeln und Punkten und Kringeln bedruckt und Seiden in zartem Grau, von grünen und rosa Fäden durchzogen, oder goldbraun und Hände voll Spitzen. Sie dachten sich Zuschnitte aus, die Dicke und die Junge. Die Junge immer das gleiche für ihre Tochter, als sei das Kind ihre jüngste Schwester. Michael lächelte, wenn er dazutrat. Wenn er Margot einen Smaragd an den Finger steckte, dann brachte er immer ein Tröpflein Smaragd für die Kleine mit. Er lächelte auch, wenn kein Ringlein klein genug war für die winzigen Finger.

Der goldbraune Stoff, den er Margot am liebsten brachte, hatte genau die Farbe der kleinen Tochter, als sei er aus ihrer Haut geschnitten.

»Die Rassen schmelzen wie Wachs in seinen Händen.« So hatte der Kommissar in Paris über Toussaint berichtet. Inzwischen war Bonaparte Konsul geworden. Toussaint hatte seine eigene Verfassung herausgebracht. Er hatte erst nachträglich, der Form zu genügen, um Bestätigung bei dem Konsul nachgesucht. Bonaparte, nachdem sein eigener Staatsstreich gelungen war, fischte nach Bedarf aus der erstickten Revolution die Gesetze heraus, die ihm brauchbar schienen. Er ließ sie fallen, wenn sie mit seinem Wunsche nach Ruhm und militärischer Macht nicht auf einen Nenner zu bringen waren. Er hatte schon längst beiläufig geäußert, daß er auf den Schultern von Negern Epauletten nicht dulden wollte. Und dieser Neger da, weit weg im Westen, begann sich zu einem kleinen schwarzen Staatschef auszuwachsen. Auch Toussaint hatte für seine neue Verfassung aus der Revolution gelernt, was ihm gut schien. In seinem Fall war es ihr Grundgesetz, die Freiheit und Gleichheit.

Bonaparte antwortete nicht mit der Bestätigung der Verfassung, sondern mit seiner Kriegsflotte. Er schickte eine beträchtliche Mannschaft aus, so groß wie später nach Spanien, mit erprobten Offizieren, um gründlich Schluß mit dem Schatten zu machen, der nicht auf einem Kutscherbock saß oder hinter einem Sessel stand, sondern ein Schatten hinter der eigenen Macht war.

Toussaint sah mit seinen Freunden aus den Bergen zu, wie sich ein Schiff nach dem anderen vom Horizont ablöste. Je mehr solche Schiffe sich ablösten, desto sicherer war sein Untergang. Er wußte plötzlich, daß die besten Gedanken keinen Bestand haben konnten, wenn sie die Macht nicht hinter sich hatten.

Michael kletterte mit seiner Frau in die Berge. Die Frau zog eine Schnur durch die Schuhe und hing sie über die Schulter, um barfuß leichter zu klettern. Die Schwarzen warfen finstere Blicke auf Michael, den einzigen Fremden in der Schar, der der Ankunft der Schiffe zusah. Sie argwöhnten in seinem länglichen, strengen

Gesicht eine Spur Schadenfreude. Sie fanden nichts anderes in seinen Mienen als ihre eigene Bestürzung und ihren eigenen Haß.

Margots Kleid war zerfetzt und zertragen, als sie nachts heimkam. Am nächsten Morgen ging Michael früh in die Stadt, um sein Haus zu ordnen. Er brachte die Ware in Sicherheit. Ein junger Adliger kam, um sich Rat zu holen. Es war derselbe, der bei Toussaints Regierungsantritt seine Juwelen zurückverlangt hatte. Sein Onkel hatte ihn damals auf der Kaffeeplantage zurückgelassen in der Hoffnung, er könne ihm doch noch einen Teil seines Besitzes erhalten. Insofern war diese Voraussicht gerechtfertigt worden, als Toussaint, einmal an der Macht, nur selten, mit Maß und Vorsicht, in den Besitz der Weißen eingriff, nachdem die Sklaverei endgültig abgeschafft war. Der junge Mensch sagte zu Michael: »Ein Glück, Herr, daß wir endlich aus diesem Hexenkessel gefischt werden.«

Michael schickte die beiden Frauen, Angela und die Schwester, aufs Land zu Margot. Er blieb zunächst im Stadthaus. Auf Bonapartes Schiffen hatte man sich den Empfang vergnüglicher vorgestellt. Man hatte geglaubt, ein paar Kanonen bei der Landung müßten genügen, um Platz zu machen für ein Befreiungsfest, bei dem es hoch herging mit Tanz und Musik. Die Schwester des Konsuls Bonaparte, die Frau des Oberbefehlshabers, hatte Kleider genug an Bord für einen solchen Empfang. Statt dessen bekamen die Kanonen solche Antworten, daß sie mitsamt den Koffern in einem Soldatenzelt schlafen mußte, weitab von der brennenden Stadt. Es gab Negerbeamte und Offiziere, die Fackeln in ihre eigenen Häuser warfen. »Was diese Teufel sich noch zum Schluß ausgeheckt haben«, sagte der junge Adlige, als er wieder unversehens auf Michael stieß.

Michael machte sich fertig, um zu den Frauen aufs Land zu ziehen. Sein eigenes Haus war noch unversehrt. Es war aber längst Zeit zum Weggehen. Jede Hoffnung auf eine Wendung war sinnlos. Er lief nur Gefahr, mit den Weißen verwechselt zu werden, die ungestüm die französische Truppe als Befreier begrüßten, wenn sich Soldaten in die brennenden Straßen wagten. Verängstigte Negerinnen zerrten die Kinder unter den Hufen der Pferde weg und unter den Sporen der Offiziere. Die blendende Stadt war verraucht und verascht. Die Regenzeit hatte früher eingesetzt als gewöhnlich. Sie löschte endlich. Sie vermanschte die Trümmer zu einem schwarzen Brei. Alle waren verstört von den Nachrichten über das gelbe Fieber, das in der Armee und in der Bevölkerung ausbrach.

Als Michael endlich sein Stadthaus verließ, paßte ihn eine unförmige, dicke, fremde Negerin ab. Ihm schien es, er hätte gerade auf ihre Botschaft gewartet, sei deshalb trotz allem geblieben. Er müsse ihr sogleich folgen. Er hatte manchmal vergebens versucht, zu erfahren, wo in den Bergen sich Toussaints Lager befand. Er stellte sein Handgepäck ab. Er folgte. Der Weg war zunächst gefahrlos durch die allgemeine Zerstörung. Dann schlängelte diese dicke Schwarze sich und ihn überraschend gewandt durch Wachpostenketten über von neuem herrenlose Plantagen. Erst in der zweiten Nacht erreichten sie Toussaints Lager. Michael war zu erschöpft, daran zu denken, daß er vermutlich aus diesem Bergspalt seine Geliebte und seine Tochter nicht mehr finden könnte. Toussaint trug seine gute Uniform und an den Fingern Ringe. Er trug keine Perücke. Sein Gesicht war lebhafter, als es Michael aus guten und schlechten Zeiten kannte. Es war eine Unruhe in dem Mann, ein zweckloses Zucken. Damals wie heute das spärliche Licht einer Kerze, in dem das Weiß in den Augäpfeln glänzte und das Metall an den Resten von Uniformen und Gürtelschnallen und Säbeln und auch an zwei krummen Urwaldmessern. Es wurde viel, aber hart gelacht. Toussaint, der früher selten gelacht hatte, brach in Abständen in ein kurzes Gelächter aus, in das dann alle einzustimmen versuchten, obwohl oft nicht mehr herauskam als Zähnefletschen.

Toussaint begrüßte Michael beinahe lustig wie einen alten Kumpan. Seine Begleiter stimmten in die Begrüßung ein. Sie klatschten ihm auf die Schulter, sie zogen ihn an den Ohren, sie fuhren ihm übers Haar. Michael war steif. Sein Gesicht war, wie es immer war. Die Gesichter um ihn herum waren teilweise wieder finster geworden. Es dauerte eine Weile, bis aus allen Gesichtern das Ungestüm der Begrüßung, beinahe wie zu einem Gelage, abgestellt war. »Schreiben Sie auf«, sagte Toussaint, »was ich Ihnen diktiere.« Er hatte bereits wieder das Gesicht, das Michael kannte, nachdenklich, ruhig und ein wenig mürrisch. Nur in den Mund- und Augenwinkeln saßen die Male des Denkens eingeritzt, Wappenzeichen, die alles in dem Gesicht bestimmten, den ganzen gedrungenen Mann. Michael merkte plötzlich, daß Toussaint das Kinn im Grübeln hängen ließ wie er selbst. Toussaint starrte vor sich hin. Er machte plötzlich die gewohnte Bewegung eines Befehls. Michael setzte die Feder an. Toussaint sah genau auf den Punkt, auf dem die Feder das Papier berührte. Aus seinen Augen kamen, wie aus Untiefen von Schwermut, solche Ströme von Schwermut, als hätte er soeben den Zwischenraum zwischen der Grenze alles auf Erden Erreichbaren und der Grenzenlosigkeit des Gedankens endgültig abgemessen. Die Offiziere drückten sich in den Ecken der Hütte zusammen. Ihr Geschwätz, das einem zufällig eingetretenen Fremden beinahe närrisch und ausgelassen gedünkt hätte, war bei dem Klang von Toussaints Stimme verstummt. An Geböller und Schüsse draußen war man schon viel zu gewöhnt, um darauf zu achten. Michael schrieb zuerst ein paar Sätze auf, die an den Befehlshaber der französischen Landungstruppe gerichtet waren. Toussaint hatte längst selbst gelernt, solche Briefe zu verfassen. Er hatte schwarze und weiße Sekretäre in seinem Dienst gehabt, Michael stutzte bei einer Wendung, dann griff er ein zweites Papier; dann setzte er die Vorschläge der Reihe nach auf, dann bat er um die Erlaubnis, seine eigene Meinung zu sagen, bevor er den Brief fertigstellte. Die Vorschläge, welche Toussaint machte, schienen ihm sinnlos angesichts einer Übermacht, die vollständige Niederlage bezwecke und vermutlich bedeute. – Die Achtung, die Toussaint offenbar diesem Weißen bezeigte, hinderte seine Freunde an gröberem Widerspruch als Gemurmel und zornige Ausrufe und einige halbe Drohungen. Michael verstand, daß diese Menschen die Lage nicht in demselben Licht sehen konnten wie er selbst. Er verstand auch, daß der Zwischenraum zwischen dem auf Erden Erreichbaren und der Grenzenlosigkeit des Gedankens, über den Toussaint soeben gegrübelt hatte, bei diesen Menschen ein paar Äonen kürzer war als bei ihm selbst. Sie einigten sich im Laufe der Nacht auf den Brieftext. Toussaint fragte einzelne Freunde nach ihrer Meinung. Sie widersprachen rasend Michaels Vorschlägen; sie wichen knurrend zurück, wenn Toussaints Stimme eine Spur härter zu dem endgültigen Diktat ansetzte.

Man führte Michael in die Hütte, die für ihn hergerichtet war. Er wurde nach ein paar Stunden Schlaf zurückgeholt, um etliche

Briefe an ausländische Behörden zu schreiben, mit denen Toussaint die letzten Jahre Beziehungen unterhalten hatte. Einer von Toussaints Freunden, der Henry hieß, mit dem Spitznamen Tintin, machte kein Hehl aus seinem Mißtrauen gegen den einzigen Weißen im Lager. Toussaint ermahnte ihn nicht. Michael stellte ihn nicht zur Rede. Henry war ein verwegener Offizier, berüchtigt durch seine Grausamkeit, schon vormals, im Feldzug gegen den spanischen Teil der Insel. Er hatte als erster bei der Landung Bonapartes, seinen Gefährten das Beispiel gebend, die Brandfakkel in sein eigenes Haus geworfen. Henry war bei den Soldaten beliebt. Er ging oft in die Baracken, in denen die Kranken untergebracht wurden, zwar meistens erst, wenn sie schon starben. Die Neger litten trotzdem viel weniger an dem gelben Fieber, das die Armee Bonapartes aufrieb. Henry empfing solche Nachrichten mit Gelächter und Tänzen, mit Drohungen gegen alle Weißen, mit Spott auf Michael. Der schwieg; er begriff, daß Toussaint diesen Gefährten mißbilligte, aber liebte, vielleicht sogar mehr als andere. Wenn er Toussaint etwas nachtrug, so war es vor allem die Einsicht, er würde Henry immer mehr lieben als ihn, Michael.

Er war jetzt schon Tage hier oben, vielleicht schon Wochen. Es war die Zeit der Neger geworden, die uferlose, gewichtlose Flugsandzeit. Toussaint ging plötzlich auf ein Zusammentreffen mit französischen Offizieren ein. Er widersetzte sich hartnäckig allen Warnungen. Er vertraute auf die versprochene Sicherheit, als wollte er sein eigenes sicher begründetes Mißtrauen vor seinen Freunden lächerlich machen. Als glaube er nicht, was die Franzosen schon mehrmals geäußert hatten: daß ein Versprechen, Negern gegeben, niemals gelte. Toussaint wurde sofort verhaftet und abgeführt. Am Abend, als seine Freunde allein in der Hütte warteten, stürzte sich Henry in einem Wutanfall auf Michael, als sei dieser schuld an dem Unglück. Michael hatte beharrlich vor der Begegnung gewarnt, er hatte sich sogar entschieden geweigert, den betreffenden Brief zu verfassen.

Henry wurde an beiden Armen zurückgehalten, er stampfte mit dem Fuß, er stieß mit dem Kopf in die Luft, er schrie so laut, daß vor der Tür die Neger zusammenrannten. Er schrie auch: »Verdammter weißer Jude!« Michael schwieg, bis Henry von seiner Wut erschöpft war. An einem der folgenden Tage, die sie verzweifelt und ratlos verbracht hatten, trat Henry von selbst zu Michael. Er sagte: »Ich liebe dich nicht. Du bist aber unschuldig an dem Unglück, das sehe ich ein.« Michael schwieg.

Die Negerhauptleute bestimmten einen militärischen Rat, da niemand als alleiniger Nachfolger Toussaints in Betracht kam. Er hatte als einzelner Mensch in einigen Jahren viele Entwicklungsstufen übersprungen, die sie alle zusammen in Generationen kaum meistern konnten. Sie fühlten jetzt mehr denn je, daß Toussaint Eigenschaften in sich vereinigt hatte, die man sonst nur getrennt an mühselig aufspürbaren Menschen finden kann. Man findet selbst dann solche Eigenschaften höchstens im Ansatz, nie ganz entwickelt. Toussaint lag jetzt gefesselt auf einem Kriegsschiff, unterwegs nach Frankreich. Bonaparte konnte kaum militärischen Vorteil aus seiner Verhaftung ziehen. Die Armee war zermürbt und zerkrümelt, und wo sie sich noch einmal straffte, wurde sie nicht nur von einigen dreisten Ausfällen der Neger getroffen, sondern vor allem vom gelben Fieber. Das brach in sie ein, als kämpfe die Erde der Insel mit Wasser und Luft vereinigt einen zähen Guerillakampf.

Michael machte sich eines Tages zur Stadt auf. Sein Aufenthalt war überflüssig geworden. Im Lager war kein Bedarf mehr für seinesgleichen. Die Neger zerstreuten sich nach jedem französischen Angriff im Urwald. Die ganze Insel zuckte von Einzelkämpfen, von unerklärlichen Überfällen, von unerwarteten Schüssen auf hohe französische Offiziere. Die Antwort darauf waren Metzeleien, Ausrottungen von Negerdörfern, erfindungsreiche Abschlachtungen durch Schüsse, Brand, Stricke, Hunde.

Michael kam nach langer Wanderung auf vielen Umwegen in der Vorstadt an. Le Cap, das in seiner Glanzzeit bis nach Europa geleuchtet hatte, mit einer heiteren Sicherheit, die unter der kurzen Herrschaft Toussaints noch einmal geglitzert hatte, war nur noch ein Trümmerhaufen. Es gab keine Märkte und keine Geschäfte mehr. Nur ein paar elende Neger verkauften ängstlich ihre halbzerdrückten Früchte. Michael war darauf gefaßt, nicht mehr viel von seinem Landhaus übrig zu finden. Sein Gram war so groß, daß er kaum unter dieser Furcht litt. Sie war nur ein Stein mehr auf der Last seines Herzens. Wenn er in Toussaints Quartier Margot aus dem Gedächtnis verloren hatte, dann war es nur billig, daß sie sich gänzlich verflüchtigte nach Art von lieblichen, manchmal stechenden, im ganzen schmerzlichen Träumen. Sein Garten lag ungepflegt und verwildert, aber unzerstört zwischen den ausgebrannten oder verkommenen Plantagen. Es war kurz nach der Regenzeit. Die Blumen, von keinem gebändigt, wucherten desto stärker zwischen Wurzeln und Stauden, zwischen Fliesen und Ziegeln. Sie glühten und blauten in einer Wildheit, als könnten sie sich, wenn man sie weiter gewähren ließ, in bunte Fabeltiere verwandeln. Das Landhaus sah unbewohnt aus. Der Türklopfer gab einen vielfachen Widerhall, der über die bange Erwartung des Klopfenden spottete. Um den Spott vollzumachen, endete das Schweigen in einem furchtsamen Schlurfen. Michael rief seinen Namen. Die Schwester öffnete. Sie war noch gelber, noch hutzeliger. Ihre Augen leuchteten nicht auf, sie starrten zuerst, dann schossen sie voll Tränen. Margot, erzählte sie, sei vor Wochen am Fieber gestorben, mit ihrem Kind, wie beinahe alle, die den Krieg überlebt hatten. Angela sei sofort in die Stadt gezogen aus Furcht vor der Krankheit. Ihr Freund sei noch in der einzigen offenen Wirtschaft am Hafen angestellt. Sie, Mali, sei allein bei den Kranken geblieben. Sie habe alles getan, was möglich war. Sie hätte die Anstrengung nicht gescheut, sie hätte sich bei der Pflege und bei den Nachtwachen immer gedacht: Was möchte mein Bruder jetzt noch, was ich den beiden Gutes tue?

Michael schwieg. Er streckte nur einmal die Hand aus, um ihr Haar zu berühren. Er ging dann stundenlang schweigend kreuz und quer durch das leere Haus. Er fand keine Spur mehr von seiner Geliebten. Denn alles war ausgeräuchert aus Furcht vor Ansteckung. Die Kleider waren verbrannt, sogar die Vorhänge. Michael spürte nicht einmal großen Kummer, nur eine maßlose Leere. Mali hörte ihn plötzlich auflachen. Er hatte in einer Ritze zwischen den Dielen einen Knopf von der Frau oder von dem Kind gefunden. Sie saßen abends schweigend zusammen, Bruder und Schwester, mit hängendem Kinn, einander und ihrem Vater so ähnlich wie je.

Michael ging in die Stadt, um zu sehen, was dort von der Wohnung übrig war. Die Straße war verbrannt. Er hatte aber einige wertvolle Stücke im Gouvernementspalais untergebracht. Das neue französische Amt genehmigte ihm ohne weiteres, seinen

Besitz herauszunehmen. Er war in der Stadt nur bekannt als Sohn der Firma Nathan und Mendez.

Er stieß auf den jungen Adligen, dem er bei seinem letzten Aufenthalt in der Stadt begegnet war. Der half ihm, seine Post zu besorgen und später für sich und die Schwester Schiffspapiere.

Der Vater weinte vor Freude, als er den Sohn am Hafen umarmte. Michael fand ihn kaum verändert. Der Großvater Mendez, der immer noch munterer gewirkt hatte als sein Schwiegersohn, war plötzlich zusammengeschrumpft und schwerhörig. Die Mutter trug sich so sorgfältig wie früher, sogar noch gekräuselter und gefältelter. Ihre Schönheit war gänzlich verblaßt. Die kleine Miriam dagegen war jetzt ein blendendes, geradezu in die Augen der Männerwelt stechendes junges Weib. Sie trug sich mit einer leicht spöttischen Gelassenheit, sogar ihrem Bruder gegenüber, als ob sie von vornherein annehme, er sei von ihrem Anblick verwirrt und gleichzeitig zu bedauern, weil er immer noch grämlich und unansehnlich wie früher war. Sie hatte inzwischen einen Kaufmann geheiratet, einen jungen gewandten Juden aus Paris, der zwischen den Hauptstädten reiste und handelte. Er war in die Firma Nathan und Mendez eingetreten.

Michael war noch nicht lange in London, da legte sein Vater auch ihm eine Heirat nahe. Der alte Nathan war selbst überrascht, als sein Sohn sofort einwilligte. Nicht darum, weil ihm das vorgeschlagene Mädchen besonders gefiel, nicht einmal, um dem alten Vater einen Gefallen zu tun, sondern weil ihm die ganze Sache völlig gleichgültig war.

Verglichen mit den durchlebten Jahren, konnte, was jetzt noch nachkam, auf keinen Fall noch eine Rolle spielen. Sein Innerstes war versengt gewesen, jetzt war es verraucht und verascht wie Le Cap. Da es ihm einerlei war, bei welcher Art Frau er zufällig lag, da es doch die Frau nicht mehr sein konnte, die er liebte, war es am einfachsten, dieses ruhige, freundliche, reinliche Mädchen anzunehmen, das ihm der Vater vorschlug.

Er wäre vielleicht doch noch auf Menschen gestoßen, die ihn aus der Stumpfheit gerissen hätten; auch seine Asche hätte noch einmal glimmen können. Er wurde aber rasch kränklich. Er zog sich noch mehr in sich selbst zurück. Er verfolgte noch die Nachrichten, die bisweilen aus Haiti kamen. Sie waren zugleich einförmig und erregend. Der Kampf gegen die schwarzen Guerillas ging weiter, ohne mit ihnen aufzuräumen. Die Insel war gänzlich verrottet. An reiche Plantagen, an blühenden Handel war nie mehr zu denken. Wenn einmal in manchen Köpfen der Traum gespukt hatte, Haiti könnte einem Staatsmann, sei es Toussaint, sei es Napoleon, zum Stützpunkt werden für wirkliche und mutmaßliche Weltherrschaftspläne, so waren die Träume bald versiegt mit dem Glanz und dem Reichtum der Insel. Napoleon hielt die Welt durch andere Pläne in Atem. Da war es besser, die ohnedies verkommene Insel sich selbst zu überlassen, statt zuviel Kraft an sie zu vergeuden. Sie blieb dadurch unabhängig. Zwar nicht, wie es Toussaint geplant hatte, frei und stark unter den freien und starken Republiken der Epoche. Sie war verarmt, ausgelaugt, wirtschaftlich abhängig von den reichen Ländern der Welt. Sie blieb aber ein Negerstaat.

Der alte Nathan, der in den Zeiten der Trennung um den Sohn gebangt hatte, erlebte jetzt in London den Tod seines einzigen Sohnes. Er tröstete sich an seinen zwei Enkelsöhnen. Mali betreute sie in gesunden und kranken Tagen, wie sie auch einmal in Haiti die kleine goldbraune Tochter der toten Margot ihrem Bruder zuliebe betreut hatte.

Michael Nathan hat vermutlich vom Ende Toussaints nichts mehr erfahren. Toussaint starb ungefähr um dieselbe Zeit einen qualvollen Tod auf der Festung, auf der ihn Napoleon gefangenhielt. Bei diesen zwei Toten fallen einem die Bäume ein, die, längs der Heerstraßen quer durch Europa gepflanzt, zusammen krank werden und verkommen. Ihr Tod, gleichzeitig an verschiedenen Enden der Welt, erscheint einem weniger rätselhaft, wenn man weiß, daß sie derselben Aussaat entstammen.

Wiedersehen

Den Roten Platz entlang, auf der Seite des Kaufhauses GUM, dann über die Brücke zum anderen Ufer – die Freunde lachten. »Du gehst immer denselben Weg.« Ich sagte: »Ja, drüben gibt's etwas, was mir besonders gefällt.« – »Was denn?«

Ich sagte: »Eine Kirche. Ich weiß nicht, wie sie heißt, sie liegt ganz versteckt. Hinter den Häusern, in einem Hof. Als ich zum erstenmal dort war, gefiel mir die Kirche so gut, daß ich wieder und wieder hin muß. Als ich zum allererstenmal dort war, wohnten noch Menschen in der Kirche. Aus der Kuppel, vielleicht war's bloß ein Fenster unter der Kuppel, guckte ein altes Weib heraus und rief: ›Was suchen Sie?‹ Ich rief: ›Nichts!‹ Sie war mit der Antwort zufrieden. Sie schüttelte ihr Bett aus, ohne sich länger um mich zu kümmern. –

Inzwischen, natürlich, ist diese Kirche längst renoviert. Kein Mensch wohnt mehr drin. Um die Wahrheit zu sagen, mir gefiel sie so, wie sie war, die Kirche, mit dem alten Weib in der goldenen Kuppel. Wer war sie? Gottes Verwandte? Die heilige Martha? Zum Glück, vor den niedrigen Häuslein, die die Kirche umgeben, mit Vorgärten, mit Apfelbäumen, mit einzelnen Bänken, sitzen immer noch ein paar Umwohner, alte und lahme, oder einfach geschwätzige, wenn die Sonne auf diesem Stück Hof liegt.« –

»Was soll das für eine Kirche sein?« sagte ein Freund, er hieß Wolodja. »Ich kenne hüben und drüben, auf beiden Ufern, jede Straße und jedes Haus. Nie bin ich auf diese Kirche gestoßen.«

Ich sagte: »Gehen Sie mit mir, wenn Sie's nicht glauben.« Wir gingen also zusammen, dieser Bekannte und ich, den Weg, den ich soundso oft gegangen bin, am Roten Platz, die GUM-Seite entlang.

Viele Leute, mit Einkäufen beladen, liefen herunter, auf uns zu oder an uns vorüber; andere gingen mit uns hinauf, zum Einkauf. Wir gingen am GUM vorbei im Rücken der Leute, die sich die Schaufenster anguckten. Wir sahen hinüber zum Roten Platz. Mit der Geschwindigkeit unsrer Schritte rückte vorbei, was erlebt worden ist, was noch zu erleben sein wird, das Mausoleum – vor seiner Tür stehen die Vordersten der Schlange von Menschen, die Lenin ansehen wollen –, die heute unbenutzte und kahle Tribüne, Kremlmauern mit Türmen und Kuppel, die Basilika wächst so bunt aus dem großen Platz, daß alles übrige fahl aussieht, der Stein, auf dem man Stenka Rasin den Kopf abschlug. In ihren Tagesgeschäften laufen allerlei Leute hin und her. – Wir liefen über die Brücke. Auf dem anderen Ufer blieben wir einen Augenblick stehen. Sieht man die Kuppeln und Kremlmauern von hier aus, dann sind sie auf einmal, obwohl der Fluß nicht breit ist, weit abgerückt, in ihrem eigenen Licht, befreit von der Tagesstunde.

Mein Begleiter sah einen Augenblick in die gleiche Richtung. Dann sagte er: »Nun los. Wo soll es sein?«

Ich lief voraus. Ich sah in dieses und jenes Tor. Ich bekam Angst, was ich suchte, sei nicht mehr da, obwohl es hier immer gewesen war. Jetzt wird so viel gebaut, so viel abgetragen – vielleicht ist das ganze Viertel verändert. Wolodja hatte in sicherem Ton gesagt: »Ich kenne dort jeden Hof, jede Straße. Ich weiß nichts von dieser Kirche.« Jetzt sagte er: »Ich glaube, Sie haben's erfunden.« – »Warum soll ich so etwas erfinden?« – »Nun, weil wir gelacht haben, daß Sie immer denselben Weg gehn.«

Ich lief in den nächsten Hof. Der war trübselig. Ein Stapel Bretter. Gerümpel. Auf einmal sah ich die wirkliche, die erwartete Kuppel. Sie glänzte hinter den niedrigen Dächern goldblättrig und weiß in der Vorfrühlingssonne – auf der Moskwa trieben ja noch ein paar Eisschollen –, niemand erstaunend in diesen Höfen, ein Glanz, an den man gewohnt war.

Da mein Begleiter den Krieg von A bis Z mitgemacht hat, unterscheidet er zwischen Erfindung und Wirklichem, die Grenze hat sich ihm furchtbar eingeprägt. Er gab sofort zu: »Wahrhaftig – da ist sie!« Und er sagte verwundert: »Ich seh sie zum erstenmal.«

Ich brauchte den Zugang nicht zu suchen. Jetzt war er es, der mich mit sicherem Ortsgefühl durch mehrere Torfahrten und Höfe zu dieser Kirche führte. Sie sah aus der Nähe, was selten der Fall ist, wenn man sich stark gewünscht hat, etwas wiederzusehen, noch schöner aus als von weitem. Vielleicht weil die Holzhäuser um sie herum so klein waren – sie schwebte hoch über den Dächern. Die Vorgärten waren noch kahl. In der fröstligen Frühjahrssonne saßen aber schon einige Umwohner auf den Bänken. Das Tor der Kirche war verschlossen, irgendein Schild war dort angebracht worden: An diesen und jenen Wochentagen darf man hineingehen, dieses und jenes ansehen. – Wir setzten uns auf eine Bank, nur eine Frau saß schon da. Ich sagte: »Wer hat recht gehabt?« – »Ich war hier wirklich noch nie«, wiederholte Wolodja.

Die Frau, die neben ihm saß, füllte ein Kissen mit Werg oder Watte, sie hatte solch Zeug in ihren Korb gestopft. Ich dachte: Die läßt nichts herumfliegen. Sie kann's noch mal verwenden. Sie nähte dann den Überzug zu.

Ich spreche schlecht russisch, kann aber einfache Sätze verstehen. Ich verstand, was Wolodja fragte: »Wohnen Sie hier?« – »Nein«, sagte die Frau, »ich bin hier nur zu Besuch.« Sie hob ihren Kopf und sah ihn an. In diesem Augenblick kam ein kleines Mädchen mit kurzen und starren Zöpfen herangesprungen. Es redete auf die Frau ein, und diese erwiderte: »Gleich, gleich. Wenn ich fertig bin.« Wolodja fragte: »War das Ihre Tochter?« – »Nein«, sagte die Frau, »mein ältestes Enkelkind.« Das hatte ich mir gedacht. Die Frau sah nicht jung aus. Freilich auch noch nicht sehr alt.

Diese Frau und Wolodja hatten sich bei den letzten Worten aufmerksam angesehen. Wolodja sagte: »Mir kommen Sie bekannt vor. Kennen wir uns?«

Die Frau sagte: »Ja.«

Wolodja sagte: »Ist so was möglich?«

Die Frau sagte. »Nun ja.«

Wolodja sagte: »Pelageja Wassiljewna? Sind Sie's?«

»Ja«, sagte die Frau, ihre Näharbeit rutschte weg. Sie sagte dann etwas, sehr schnell, was ich nicht verstand. Auf einmal waren die beiden aufgestanden, und sie umarmten sich. Einen Schritt wich eins vom anderen zurück, um einander genau zu betrachten. Dann umarmten sie sich zum zweitenmal, ungläubig, heftig – es kann nicht wirklich so sein, soll aber so sein, darum hält man sich fest. Das Gesicht der Frau war jetzt naß von Tränen. Das war sehr sichtbar, weil die Sonne auf ihr Gesicht schien.

Auch weil ihr Gesicht keine Spur weinerlich war, eher trocken und streng.

Ich stand von der Bank auf. Die beiden machten sich breit und redeten aufeinander ein. Ich ging zu der Kirchentür, und ich versuchte zu entziffern, was auf dem Schild stand. Dienstag und Freitag war es erlaubt, sich die Ausstellung anzusehen: allerlei Sachen aus allerlei Kirchen, die gerade hier aufbewahrt wurden.

Als ich mich umdrehte, war die Frau wieder beim Nähen. Sie gab ruhig Antwort auf Fragen, die ihr Wolodja stellte. Gerade als ich zurückkam, sagte sie etwas Heftiges. Ich glaube, sie hat wieder aufgeweint, ich glaube, Wolodja sagte ihr zum Trost etwas Sanftes. Dann ging ich noch mal zurück zu meinem Schild an der verschlossenen Kirchentür. Ich wartete jetzt ein paar Minuten, damit die beiden sich vollends aussprechen könnten.

Als ich wieder zur Bank ging, kam das kleine bezopfte Mädchen aus der Haustür, die hinter der Bank lag. Die Frau nannte seinen Namen: Mascha. Sie erklärte auch etwas über seine Familie. Sie befahl dann der Enkelin, den Korb, in dem sich jetzt das fertige Kissen samt dem alten Füllsel befand, an einem Henkel zu nehmen, und sie faßte den anderen Henkel. Sie stellte aber den Korb noch einmal ab, um gründlich von Wolodja Abschied zu nehmen. Darauf zogen sie mit dem Korb ab, die Frau und das Kind, durch eine Torfahrt hinter der Kirche. Auf unserer Bank wurde es bald fröstlig. Die Kirche hatte ihren Kopf, wie eine Sonnenblume, dem Licht zugedreht. Man sah von der Kuppel nur noch einen schmalen, hellen, sichelförmigen Streifen. Wir gingen denselben Weg zurück, den wir gekommen waren. Wolodja war stumm, und ich wartete, bis er Lust bekam, etwas von selbst zu erzählen. In einem der öden Höfe blieben wir noch einmal stehen, und wir sahen uns um nach der weißen und goldenen Kuppel. Ihr größter Teil war aber schon himmelsgrau.

Von der Straße aus sah man auf dem anderen Ufer die Mauern und Kuppeln nicht mehr so klar wie vorher; sie waren schwach verdunstet, darum waren sie erst recht in nichts mehr der Stunde verpflichtet.

Wir gingen wieder die GUM-Schaufenster entlang. Auf dem Roten Platz gingen die Leute herüber und hinüber. Das Mausoleum war geschlossen. Die Menschenschlange hatte sich aufgelöst. Ein paar Kinder warteten auf die Ablösung der Wache, oder sie saßen, weil sie's gern taten, eine Weile hier vor dem Mausoleum, ehe der Tag zu Ende war.

Wolodja sagte: »Die Frau vorhin, Pelageja Wassiljewna, ich hab sie zweimal im Krieg getroffen. Nein, dreimal. Die beiden ersten Male lagen dicht beieinander. Für mich nicht richtig getrennt. Vielleicht war etwas Besonderes dran jedesmal für die Frau.

Zuerst war es so: Es war im Oktober 1941. Am zwanzigsten nachmittags. Wieso ich das weiß? Weil ich Sergejs Mutter an diesem Tag endlich schrieb. Ich hätte ihr sofort schreiben sollen. Das hab ich nicht fertiggebracht. Und schließlich schrieb ich jeden Buchstaben extra sauber und langsam. Den 20. Oktober 1941. Ich sah das Datum vor mir, als hätt es ein anderer geschrieben, ich seh's noch heute. Ich schrieb, vor meinen Augen sei Sergej gefallen. Er hat noch eine Sekunde zuvor gelacht. Sein Gesicht war noch fröhlich im Tod. Man hätte sich keinen besseren Tod wünschen können.

Er hatte in Wirklichkeit entsetzlich gestöhnt. Er hatte getobt. ›Schießt mich tot!‹ Das hatte ich nicht gekonnt. Wir waren Schulfreunde. Wir hatten nie richtigen Krach gehabt. Wir hätten vielleicht einmal später Krach bekommen. Ein Mädel, das uns beiden gefiel. Wir hatten beschlossen: Wenn wir heimkommen, soll sie selbst wählen. – Wir hatten beide geahnt, das gibt Krach. Doch dann, als sei das Mädchen nur denkbar für einen furchtbaren Wettkampf zwischen Sergej und mir, hab ich mich gar nicht mehr um sie gekümmert, als Sergej gefallen war. Sie war mir egal geworden. Sie hat einen andern genommen. Einen faden Burschen. Und sie ist heute selbst fad, langweilig. Sergej, als man ihn wegtrug, starb unterwegs. Seiner Mutter schrieb ich erst eine Woche später. Ich starrte das Datum an, bevor ich mich entschloß, ihr zu schreiben: Er ist gefallen. –

Weil ich seitdem nicht mehr derselbe war und vor mich hinbrütete, hieß man mich dieses und jenes tun, nicht aus Schikane, sondern damit ich nicht ganz versumpfte in meinem Gram. Darum hieß es am Nachmittag: ›Wolodja, geh diese Straße zurück und dann bieg am Bach ein, dann geh auf die Mauer zu, die Esche hinter der Mauer hat noch Laub, da liegt der Kartoffelakker, da ist noch was drin, da buddle mal, da, nimm den Sack.‹ –

Wir waren in diesem Herbst zurück bis nach L. Wir waren zurückgedrängt worden bis G. Dort, im Tal, hatten wir uns festgekrallt. Im letzten Augenblick wurden wir doch noch herausgezogen, mit schweren Verlusten. Dabei ging mein Sergej drauf. Und nun, auf dem Rückmarsch, hatten wir einen Tag Ruhe, wir lagen in dem Dorf N.

Ich fragte: ›Wieso wißt ihr denn, daß es dort noch Kartoffeln gibt?‹ – ›Alle sind aus dem Kolchos weg. Er lag unter Beschuß. Verfault sind die Kartoffeln nicht. Wir sind ja auf diesem Weg gekommen. Nun los.‹

Es war schon neblig. Ich stocherte eine Zeitlang herum, es war leicht, meinen Sack vollzustopfen. Beim Weggehen sah ich: Wir sind nicht allein auf diese Idee gekommen. Da buddelt noch wer. Ich sah nicht gleich, wer es war. Es war eine Frau, ja, diese Frau von vorhin. Wie sie heißt, erfuhr ich dann etwas später. Sie gab keine Antwort, als ich sie anrief.

Sie setzte sich wild entschlossen auf ihren Sack, als ich auf sie zukam. Ich sagte: ›Na, na, ich rühr ja nichts an.‹

Sie lud wortlos den Sack auf und schleppte ihn nach der Straße zu. Ich fragte: ›Wo wollen Sie hin?‹ – ›Nach dem Dorf.‹ – ›Da werden Sie nachts noch nicht sein, mit so was Schwerem. Ich hab denselben Weg. Her damit! Keine Angst!‹ Sie sagte statt danke!: ›Ach, hätt ich nur einen zweiten Sack.‹

Wir kehrten zurück ins Dorf. Ich trug einen Sack auf jeder Schulter. Sie lief, zwar nicht mehr mißtrauisch, doch das Ihre auf jeden Fall im Auge, neben mir her.« –

Wolodja und ich, wir waren inzwischen die Straße hinuntergestiegen mit dem Trupp bepackter Menschen, der aus dem Kaufhaus kam, den Trupp durchbrechend, der mit leeren Taschen zum Einkauf heraufstieg. Wir bogen ab. Wir gingen durch Anlagen, die schon nach Frühling rochen. Bis zum Manegeplatz und wieder zurück und noch mal denselben Weg.

Wolodja fuhr fort: »Ich fragte sie aus. ›Sie kommen von wo?‹ – ›Von Shitomir.‹ – Ich traute fast meinen Ohren nicht. ›Und immerzu unterwegs?‹ – ›Wieso? Was sonst?‹ – ›Sind Sie allein?‹ – ›Wieso? Natürlich mit meinen Kindern.‹ – ›Wie viele?‹ – ›Fünf.‹ Sie verbesserte sich. ›Nein, eigentlich nur vier eigene.‹ – ›Wo wollt ihr hin?‹ – ›Nach Rostow.‹ Ich fühlte, was ich früher andauernd, aber seit Sergejs Tod nicht mehr gefühlt hatte, beim Anblick des ununterbrochenen Stroms von Flüchtlingen, zwischendurch Tiefflieger, Schreie, Lücken voll zerrissener Menschen und Blut, und dann wieder Ströme von Flüchtlingen über den Lücken, ich fühlte wieder frisch Wut und Haß und auch irgendein Schuldgefühl, daß ich das alles immer noch nicht verhindert hatte, das Böse, das andauernd auf uns war. Denn diese Frau und die Flüchtlinge alle und auch mein Sergej, sie waren gewiß ganz und gar schuldlos. Ich aber, ich hatte doch dieses Schuldgefühl. Warum nur? Weil ich, ja, weil ich schwächer war, unglaublich schwächer als das Böse. –

Die Frau fügte hinzu, als ob dieser Umstand ihren Fluchtweg erleichtert hätte: ›Das älteste Mädchen, Natascha, ist von der Nachbarin. Die war krank, da nahm ich es mit. Das Mädchen hat sowieso oft mein Kleines gehütet. Es ist mir so nah wie mein eigenes.‹ – ›Wo ist Ihr Mann?‹ – ›Er war am Don. Ich weiß nicht, wo die jetzt sind.‹ – ›Vorige Woche wurden viele nach L. verlegt.‹ – ›Sicher?‹ – ›Ja.‹ Sie sah zu mir auf, aber ohne große Erleichterung. Sie dachte wahrscheinlich fortwährend an die Kinder, die im Dorf auf sie warteten.

Ich ging zuerst mit ihr in das Bauernhaus, in dem sie untergekommen waren. – Die Leute machten sich zeternd am Herdfeuer zu schaffen. Ich konnte in dem bald schwachen, bald zuckenden Schein kein Gesicht unterscheiden. Die Frau rief sofort: ›Wo ist Witja?‹ Ein Mädchen erwiderte: ›Gleich nebenan. Bei den Soldaten‹, und sie sagte entschieden, ruhig: ›Du, Kostja, geh rüber, hol ihn!‹

Ich stellte den Sack ab. Und jetzt, da mein Blick etwas an das Licht gewöhnt war – ich hatte nicht gemerkt, daß mein Schmerz, weil Sergej gefallen war, sich zwar nicht verflüchtigt hatte, das hat er bis heute nicht, aber irgendwie ertragbar geworden war er unter der neuen, von irgendeiner Hoffnung erleichterten Last, zum Beispiel diesem Kartoffelsack –, jetzt, da mein Blick an das Licht gewöhnt war, unterschied ich das kleine, steif gewickelte Kind in den Armen des Mädchens, wahrscheinlich Natascha, das Nachbarskind, das immer für das Kleine gesorgt hatte. Dann gab es noch ein größeres, in einen Mantel gewickeltes Mädchen, das lag auf dem Boden. Die Mutter fühlte es sogleich ab und sagte verzweifelt und vorwurfsvoll: ›Es ist wieder ganz heiß.‹ Natascha sagte traurig: ›Ja, ich hab auch Angst.‹ Ein magerer Junge, der irgendwie zigeunerhaft aussah in der hellhaarigen bleichen

Familie, sagte: ›Ich hab ihr was zum Trinken gebracht. Sie hat's aber erbrochen. Hast du was für uns im Sack?‹

Ich schlug der Familie vor, mit mir hinüberzugehen ins übernächste Haus auf der Straße, auf unserem Feuer seien die Kartoffeln gleich gar.

Die Frau machte aus mit Natascha, daß die zuerst mit mir gehe. Sie würde inzwischen das Kleine stillen. Wie es Natascha vorausgesagt hatte, steckte Witja bereits in unserem Quartier. Kostja, der mit uns gekommen war, der ältere Bruder, faßte gleich zu: Wasserholen im Hof. – Viele Hände griffen nach seinem schwarzen Schopf. Der Junge sah schön aus mit seinem Lächeln. Er war ruhig, beherrscht. Witja tobte wie ein Verrückter herum. Wir gaben den Kindern Konservenbüchsen voll Suppe. Als die Kartoffeln geröstet waren, legte Natascha ein paar in die leeren Büchsen. Die Frau kam, um sie abzulösen. Sie war ratlos. Das kranke Kind glühte. Ich fragte herum, ob unsere Ärztin nicht nach ihm sehen könne. Inzwischen waren noch ein paar fremde Kinder aufgetaucht, im Schlepptau der Frau. Sie hatten wohl in Nataschas Büchse die heißen Kartoffeln entdeckt. ›Da, nimm!‹ sagte die Frau. ›Witja, jetzt ist's genug.‹ Sie schlug ihm auf die Finger. ›Du hast schon dein Teil.‹ Mir gefiel es, daß sie nicht alle Kartoffeln für ihre Söhne zusammenschubste. Obwohl sie trostlos war, auch gleich wieder ging.

Nach einer Weile kam ich ihr mit der Ärztin nach. Das Allerkleinste schlief ungestört; trotz Lärm, trotz Rauch war sein Gesicht gesund und zufrieden. Die Frau hielt ihr krankes Mädchen in den Armen, und sie wiegte es hin und her. Die Ärztin nahm es und horchte es ab. ›Versuchen Sie alles‹, sagte die Ärztin, ›damit es den Mund aufmacht. Halten Sie ihm die Nase zu. So.‹ Sie gab ihr ein paar rosa Pillen. Die Leute in der Stube drängten sich zu, sie sagten ihre Meinung.

Ich sagte später zur Ärztin: ›Wie kann sie denn weiter mit diesem Kind?‹ – ›Sie kann nicht‹, sagte die Ärztin traurig. ›Ich fürchte, sie braucht es auch nicht.‹

Es ging diesem Kind aber am nächsten Tag etwas besser. Die Frau holte Wasser. Sie rieb den verkrusteten Schweiß ab. Ich sah ihr zu, als mache sie was Besonderes. Nachdem sie alle irgendwie ein bißchen gefüttert hatte, lief sie noch mal nach Kartoffeln. Diesmal half ihr Kostja. Witja hatte sich nicht nur den Schuh, sondern auch den Zeh eingerissen. Ich ließ ihr Verbandzeug zurück und auch ein paar rosa Pillen; denn wir zogen ab.« –

Längst brannten alle Laternen. Wolodja und ich gingen in der Anlage auf und ab. Wir hatten den ersten lauen Abend. Auf den Bänken saßen nicht nur Liebespaare, sondern, unter den Laternen, schon einzelne Leute, die etwas lasen. –

»Ich hätte Ihnen«, sagte Wolodja, »all diese Einzelheiten am selben Tag gar nicht erzählen können. Jetzt, als ich die Pelageja wiedersah, ist mir erst alles eingefallen.« –

»Wir zogen aus diesem Dorf bis zum Mius-Fluß. In unserem Rücken war ein Gefecht. Um das Dorf, in dem wir gelegen hatten. Ich fragte mich, ob die Frau mit ihren Kindern geflüchtet oder geblieben sei. Zuletzt war es ruhig in unserem Rücken. Die Deutschen saßen in B. Die Front war eingedrückt. Wir marschierten pausenlos, um nicht abgeschnitten zu werden. Wenn wir zurückblickten, sahen wir viele Brände.

Hier gab es noch ein paar trockene Tage. Und auf der Straße immer die Staubwolke, ein Gesicht so grau wie's andere.

In A. bogen wir ab. Vorher war kurze Rast. Wir aßen rasch etwas Warmes. Ein Haufen Flüchtlinge, der auf dem Hauptweg weiterzog, drückte sich um uns herum, von dem Dampf angelockt. Auf einmal sprang mir der kleine Witja zwischen die Beine. Ich gab ihm ein paar Löffel voll. Er sah zu mir auf mit seinen listigen Äuglein. Dann pfiff er. Kostja, der aussah wie ein Zigeunerjunge, aber bedächtig, gelassen war, kam mit seinem schönen Lächeln heran. Hungrig, nicht gierig. Ich fragte, wie es den anderen gehe. ›Gut, gut. Da liegen sie.‹

Ein Häuflein in einer Mulde. Auf trockenem Sand. Und die Pelageja, die dauernd alles zusammenhielt mit ihren Armen, wie mit Binsen ein Bündel. Das große, sehr bleiche Mädchen und auch das jüngere, das sich gegen alle Erwartung erholt hatte; das kleinste, vermummelte Kind mit seinem Apfelgesicht, mit diesen weit offenen, unerstaunten, glasklaren, bloß spiegelnden Augen, wie sie nur ganz kleine Kinder haben. Natascha lächelte etwas, sie hatte mich gleich erkannt. Die Frau sah mich ruhig an, nickte, als hätte sie mich erwartet. Witja kam uns nachgehumpelt. Mir fiel ein, daß er sich vorgestern oder vor einer Woche in Schuh und Zeh gerissen hatte. Die Mutter herrschte ihn an: ›Setz dich, man muß es verbinden.‹ Obwohl mir vorkam, ihre Arme blieben dauernd fest um alles geschlungen, rollte sie von Witjas Fuß die schmutzige Mullbinde ab, die ich ihnen vermacht hatte, guckte sich den Zeh an, stellte fest, man bräuchte jetzt keinen Verband mehr, und sie griff gleich nach der Näherei, die Natascha inzwischen begonnen hatte. ›Zwei Kopftücher zusammennähen. Um einen Stecken durchzuziehen. Damit wir das Kranke tragen.‹

Ich sah ihr zu, und ich hörte auf ihre Worte, und ich hörte zugleich andauernd auf die Luft, die manchmal gluckste, manchmal drohend murrte. Die Frau ging mit mir, sie fragte mich unterwegs, ob ihr die Ärztin noch ein paar Pillen gäbe. Wir wurden aber sofort getrennt. Abschiedslos. Meine Leute waren bereits im Aufbruch. Die Ausbuchtung war zusammengezogen, das hieß, wir mußten wieder zurück. Ich dachte die nächste Zeit noch einmal an die Frau und ihre Familie, als Rostow in die Hand der Deutschen fiel. Da kam mir in den Sinn: Hat sie mir nicht gesagt, sie will nach Rostow? Dort hat sie wohl jemand, einen Bruder oder einen Schwager. Darum hat sie den Weg gemacht. Das hat sie davon. Mein Zorn hielt sich an etwas ganz Bestimmtes. –

Fast ein Jahr war vergangen. Wir fuhren nach Südosten. Wir dachten, wie lange soll es so weitergehen? Bis zur Wolga? Und dann? Wir stiegen aus auf einer kleinen Station. Wir wußten alle, der Aufenthalt würde mindestens eine Stunde dauern. Der Bahnsteig war von Flüchtlingen vollgestopft. Auf einmal hielt mich ein Junge fest, und er lachte, und er sah mich verschmitzt an. Da fiel mir ein: Witja! Wir kletterten über Haufen von lagernden Menschen. Er schwatzte: ›Wir kommen von Rostow. Wir gingen gleich weg, als es frei war. Wir wollen jetzt mit der Bahn nach Baku. Dort ist schon die Tante. Dort bekommt meine Mutter Arbeit. Wir warten seit gestern auf den Zug.‹

Die Frau erkannte mich sofort, war aber aus irgendeinem Grund nicht einmal besonders froh, mich wiederzusehen. Natascha sah mich mit dem Lächeln an, das mir immer gefallen hatte. Das Mädchen, das krank gewesen war, saß gleichmütig, munter da. Es war schwarzäugig; das hatte ich vergessen oder gar nicht bemerkt. Das Kleinste war nicht mehr eingemummelt, es kroch von allein herum, riß da und dort, nagte bald dieses, bald jenes. Mir fehlte jemand in der Familie, und wie mich das Kind mit den schwarzen Augen beständig anstarrte, fiel es mir ein: der kleine Zigeuner. Ich fragte: ›Wo ist denn Kostja?‹ Eine Sekunde gab niemand Antwort. Dann sagte Witja: ›Den haben die Deutschen totgeschossen.‹ – ›Wo?‹ – ›In Rostow. Während der Sperre. Abends. Sie haben ihn gleich getroffen.‹ Und er erzählte: ›Er ging immer weg, wenn es dunkel war. Durch die Keller. Nur ein kleines Stück Straße. Dann durch den nächsten Hof. Es hat oft mal nachts geknallt. Wir haben ja nicht gewußt, daß es auf Kostja knallt. Sie haben frühmorgens die Mutter geholt. Sie hat gesagt, sie hat nicht gewußt, daß er weg ist.‹ – Ich setzte mich zu der Frau auf den Boden. Sie sagte mit müder, ausgeweinter Stimme: ›Die haben zu mir gesagt: Was sind denn Sie für eine? Weiß nicht mal, wohin ihr Sohn läuft! Ich hab nur immer gesagt: Ich schlaf, wenn es dunkel wird. Denn Kostja hatte mir befohlen, nichts andres zu sagen, falls jemand fragt –‹ Sie sah mich voll an, mit trockenen Augen. ›Warum hat's gerade den Kostja getroffen?!‹ Da schalt ich sie aus: ›So was dürfen Sie nicht mal denken. Ihre Kinder sind alle gute Kinder. Das kleine da, das schon läuft, was alles aus dem noch wird!‹ Ich weiß nicht, ob sie ein Wort verstand. Es hat plötzlich gepfiffen. Wir fuhren ausnahmsweise vor der Zeit ab. Und ich hörte noch nachts, die Station sei ausgebombt worden. –

In den folgenden Jahren fiel mir manchmal diese Familie ein, wenn eine Frau in der Nähe war mit vier, fünf Kindern, und eins verstauchte sich den Fuß, und eins war fiebrig, und eins verirrte sich, und eins kam um durch ein Kriegsgeschick und ein andres durch eine Krankheit, die Frau aber schlug sich durch mit den andren, was sollte sie auch tun?

Ich dachte, vielleicht ist diese bestimmte Familie bei dem Luftangriff auf die Station umgekommen.«

Wir waren ein paarmal unseren Weg hinauf und herunter gelaufen. Hinter den Sträuchern glänzte schon die nächtliche Stadt.

»Wir sind vielleicht alle ganz verändert. An ihr war nicht viel verändert. Schon damals war ihr Gesicht gefältelt von den unablässigen Mühen. Und bei unserem letzten Zusammentreffen auf der Station, da hat schon der Kummer um den Kostja etwas mit ihrem Gesicht gemacht, was nicht mehr wegging. Und heute, hier, hat sie auch gleich wieder angefangen, von Kostja zu sprechen. Sie hat mir erzählt, die Bahn sei damals bald gekommen. Sie hätten Glück gehabt. Und drunten in Baku hätte ihr eine Verwandte in der Munition Arbeit verschafft. Zuerst sei nur Witja zur Schule gegangen. Natascha hätte auf die zwei Kleinen achtgegeben. Ihr Mann? Den hat sie nie mehr gesehen. Zuerst eine Nachricht, vermißt. Einer hätte gleich behauptet, er sei gefallen, und wieder ein anderer, im Spital in W. sei er noch am Leben gewesen. Er kam nicht.«

Wir überquerten den Manegeplatz. Wolodja wurde auf einmal vergnügt. »Das kleine Mädchen, das ihr jetzt den Korb tragen half, ist die Tochter der Natascha. Weil ihre eigne Mutter starb, ist sie nie mehr weg von der Nachbarsfrau. Sie ist längst verheiratet. Sie hat einen guten Mann. Mechaniker im Uhrenwerk. Pelageja Wassiljewna hat schon immer mal nach Moskau gewollt, und jetzt ist Natascha im Krankenhaus, da ist es gut, jemand ist da und gibt auf die Kinder acht; denn außer dem Mädchen mit den Zöpfen gibt es noch zwei Kleinere. Darum hat ihr der Schwiegersohn, nicht richtig ihr Schwiegersohn, aber fast, die Reise bezahlt.

Was damals die Allerkleinste war, die kommt vielleicht bald für immer her, die ist sehr gut in der Schule. Und die mit den schwarzen Augen, die krank war, die ist jetzt mit ihrer Mutter in der Gummifabrik, auch ihr Mann ist dort, der richtige Schwiegersohn, ein braver Junge. Auf Witja scheint immer noch kein rechter Verlaß zu sein, sie weiß nicht mal genau, wo der steckt. Er kann's nirgendwo lang aushalten.

Sie ist dann auf den Kostja zu sprechen gekommen. Es sei ihre Schuld, sie hätte ihn nicht weggehn lassen dürfen während der Sperre.

Da hab ich zu ihr gesagt, erstens, in diesem Alter würde kein Junge mehr sich von seiner Mutter daheim festhalten lassen, und zweitens, solche Jungen wie Kostja, die damals fest zusammengeblieben sind trotz Verbote, trotz Sperre, überall durchgekrochen, jede Nacht zusammengekommen, die haben uns ungemein viel geholfen. Sie hätte ihn gar nicht hindern dürfen. Wenn es solche wie ihn nicht gegeben hätte, wo stünden wir jetzt? – Da hat sie gesagt: ›Ja, wirklich?‹ – Auf diesen Gedanken hat sie noch niemand gebracht. Ich hab ihr dann auch noch gesagt, wie sie auf der Straße, in den Dörfern, unter dem Feuer, Tag und Nacht, immerfort, all die Jahre alle zusammengehalten hätte, mal eins gepflegt, mal Kartoffeln gebuddelt, mal eins geschleppt, das würd ich ihr nie vergessen, dadurch seien wir jetzt auch wieder hier und für immer und ewig. Da hat sie noch mal gesagt, leise: ›Ja, aber Kostja?‹ Da hab ich gesagt: ›Das ist so wie mein Freund Sergej, der fiel im zweiten Jahr. Und wie Ihr Mann!‹ – Ich glaube, sie war ein wenig getröstet.« –

Wir waren inzwischen an meiner Hoteltür angekommen. Bevor ich hinaufging, sagte Wolodja: »Sie haben recht. Ich war noch nie drüben in diesem Hof. Hab nicht geahnt, daß da eine Kirche steht, die ich nicht kenne.«

Zwei Denkmäler

In der Emigration begann ich eine Erzählung, die der Krieg unterbrochen hat. Ihr Anfang ist mir noch in Erinnerung. Nicht Wort für Wort, aber dem Sinn nach. Was mich damals erregt hat, geht mir auch heute noch nicht aus dem Kopf. Ich erinnere mich an eine Erinnerung. In meiner Heimat, in Mainz am Rhein, gab es zwei Denkmäler, die ich niemals vergessen konnte, in Freude und Angst auf Schiffen, in fernen Städten. Eins ist der Dom. – Wie ich als Schulkind zu meinem Erstaunen sah, ist er auf Pfeilern gebaut, die tief in die Erde hineingehen – damals kam es mir vor, beinahe so tief, wie der Dom hochragte. Ihre Risse sind auszementiert worden, sagte man, in vergangener Zeit, da, wo das Grundwasser Unheil stiftete. Ich weiß nicht, ob es stimmt, was uns ein Lehrer erzählte: Die romanischen und gotischen Pfeiler seien haltbarer als die jüngeren. Dieser Dom über der Rheinebene wäre mir in all seiner Macht und Größe im Gedächtnis geblieben, wenn ich ihn auch nie wiedergesehen hätte. Aber ebensowenig kann ich ein anderes Denkmal in meiner Heimatstadt vergessen. Es bestand nur aus einem einzigen flachen Stein, den man in das Pflaster einer Straße gesetzt hat. Hieß die Straße Bonifatiusstraße? Hieß sie Frauenlobstraße? Das weiß ich nicht mehr. Ich weiß nur, daß der Stein zum Gedächtnis einer Frau eingefügt wurde, die im Ersten Weltkrieg durch Bombensplitter umkam, als sie Milch für ihr Kind holen wollte. Wenn ich mich recht erinnere, war sie die Frau des jüdischen Weinhändlers Eppstein. – Menschenfresserisch, grausam war der Erste Weltkrieg, man begann aber erst an seinem Ende mit Luftangriffen auf Städte und Menschen. Darum hat man zum Gedächtnis der Frau den Stein gesetzt, flach wie das Pflaster, und ihren Namen eingraviert.

Der Dom hat die Luftangriffe des Zweiten Weltkriegs irgendwie überstanden, wie auch die Stadt zerstört worden ist. Er ragte über Fluß und Ebene. Ob der kleine flache Gedenkstein noch da ist, das weiß ich nicht. Bei meinen Besuchen hab ich ihn nicht mehr gefunden.

In der Erzählung, die ich vor dem Zweiten Weltkrieg zu schreiben begann und im Krieg verlor, ist die Rede von dem Kind, dem die Mutter Milch holen wollte, aber nicht heimbringen konnte. Ich hatte die Absicht, in dem Buch zu erzählen, was aus diesem Mädchen geworden ist.

Der Schlüssel

Die gußeiserne Tonne war ausgekühlt, in der man in Paris Kastanien geröstet hatte. Hier gab es keine Kastanien. Die Negerin Claudine röstete darum zur Mittagszeit Mais, Haselnüsse, Hagebutten und andere Früchte. Die Arbeiter, die die große Straße im Jura-Gebirge anlegten, hielten sich auf, um eine Handvoll zu kaufen von dem, was Claudine schnell zubereitete. Dann legte Amédée das Kopftuch seiner Frau über die ausgekühlte Tonne, er zog eine Weinflasche aus der Tasche und einen Kanten Brot, den er mit seiner Frau teilte. Ein paar Leute, die nach Pontarlier oder in irgendein Dorf gingen, blieben einen Augenblick stehen, um die karge Mahlzeit zu betrachten. Alles kam ihnen sonderbar vor, die Sonne, in der man Mais röstete, die Mahlzeit des Negerpaares, die rasch und ordentlich verzehrt wurde, trotz Hunger ohne Gier. Kauend, im Weitergehen, sagten die Leute: »Er trägt ein Kreuz an der Schnur um seinen Hals.« – »Das war kein Kreuz, sondern ein Schlüssel.« – »Ein Schlüssel?« – »Geh mal näher heran, dann wirst du sehen: ein Schlüssel!«

Amédée sprang auf nach dem letzten Schluck, seinem Arbeitstrupp nach. Die Mittagspause hatte er aus eigenem Willen eingelegt. Sein Meister hatte Leute aus Haiti mitgebracht, einige hatte er in Paris übernommen und den Trupp hier in der Gegend aufgefüllt. Der Bauherr in Paris hatte sich in staatlichem Auftrag verpflichtet, die Straße durch das Gebirge zu legen.

Amédée erfuhr auf dem Schiff, das ihn nach Frankreich brachte, von dem neuen Ereignis, das abermals die Welt erschütterte: dem 18. Brumaire.

Bonaparte blieb endgültig an der Macht. Er ertrug keine Negerherrschaft in Haiti. Ihm waren die Neger zuwider. Toussaint, der auf Haiti die Macht hatte, und sie mit Weisheit gebrauchte, war ihm erst recht zuwider. Er schickte Kriegsschiffe aus. Die Insel wurde zusammengeschossen, ihre Farmen und Wälder verbrannt. Toussaint, der Führer der Negertruppe, wurde mit List gefangengenommen und weggeschafft in eine Festung im Jura-Gebirge.

Als Amédée von diesen Ereignissen erfuhr, erfaßte ihn Angst, man könnte Toussaint, den er unter allen Menschen am meisten liebte – er hatte vielleicht erst durch Toussaints Wirken ganz verstanden, was es bedeutete, einen Menschen zu lieben –, Böses antun. Es gelang ihm, bei dem Straßenbau im Jura unterzukommen. Hier hatte er beständig die Festung vor Augen, in der Toussaint eingesperrt war. Es war ihm zumute, als wüßte Toussaint in seiner Zelle, daß einer seiner treuesten Anhänger ständig sein Fenster beobachtete.

Nicht alle französischen Soldaten, die die Festung bewachten oder dort einen Dienst versahen, waren gleicher Gesinnung. Zwar auch glaubte hier Bonaparte, jeder müsse jeden seiner Befehle gutheißen. Amédée machte einen Wachsoldaten, Jean Violet, ausfindig, der ihm, sobald sie sich gegenseitig vertrauten, bei ihren kurzen, aber regelmäßigen Treffen alles mitteilte, was Toussaint betraf. Und dieser Violet machte kein Hehl daraus, daß er gleichfalls Toussaint für einen gewaltigen Menschen hielt, dem man Gemeines antat, weil man ihn fürchtete.

Nur dieser Blick während der kurzen Pause auf das Fenster in der Festung, hinter dem vermutlich Toussaint jetzt lebte, war Amédée noch geblieben für seine unauslöschbare Liebe. Darum kürzte er oft seinen Arbeitsweg ab, und er brachte seinen Gefährten, damit sie nicht grollten, Mais, Hagebutten und anderes, was seine Frau Claudine zuzubereiten verstand.

Amédée wußte nicht, und auch Jean Violet ahnte nicht, daß das Licht in Toussaints Zimmer nicht aufblinkte, um einem Mann, der ihm treu war, in dem Arbeitstrupp ein Zeichen zu geben, sondern weil zu dieser Minute Toussaints Zelle gründlich durchstöbert wurde. Amédée glaubte, der von ihm geliebte Toussaint müßte sein Hiersein ahnen und ihn erkennen.

In einem leeren Gehöft an der Straße, die gebaut wurde, hatte man eine Unterkunft für den Meister eingerichtet und einen Keller mit Arbeitsleuten vollgestopft. Hier schlief auch Claudine und manchmal, an sie gedrückt, ihre Freundin Sophie. Auch die war Negerin, hatte mit ihrem Mann die Stellung schon in Martinique angenommen. Aneinandergekuschelt, um sich zu wärmen, erzählten sich die zwei Frauen ihre Erlebnisse in den vergangenen Jahren. Weil diese dicht und brennend waren, blieben sie wach trotz Erschöpfung.

Da Amédée so lange wie möglich hinaufstarrte in die Festung, die von der Straße aus ein Gebirgsvorsprung zu sein schien, lag seine Frau Claudine an Sophie gedrückt und erzählte aus ihrem vergangenen Sklavenleben in Haiti.

»Kurz vor dem großen Fest, das die Evremonts jedes Jahr gaben, fiel mir eine Vase aus der Hand. Meine Herrin rief, die Vase sei überaus wertvoll gewesen, hätte dreimal soviel gekostet wie ich selbst auf dem Markt. Sie ließ mich zur Strafe in ein Wandgefängnis einsperren, das man von der Festtafel aus sehen konnte. ›Wenn es dir langweilig wird‹, sagte das böse Weib, ›kannst du dir die Gäste betrachten.‹

Die Herrin dachte sich oft und gern solche Art Strafen aus. Man stopfte mich in das dafür hergerichtete Loch in der Wand. Man drückte das Gitter zu. Die Aufseherin, obwohl sie Negerin war wie ich, stand in hoher Gunst, sie schloß mich ein, und sie steckte den Schlüssel an ihr Halsband. Ich konnte kaum ein Glied in dem Loch bewegen. Ich krümmte mich, und ich stöhnte. Zuerst starrten die Gäste am Tisch, manche neugierig, manche vielleicht sogar mitleidig. Nun mußt du wissen, in dieser Woche geschahen bereits da und dort auf der Insel, auf benachbarten Gütern, allerlei Dinge, von denen ich nichts richtig verstand auf meinem Gutshof, die ich nicht einmal für möglich hielt. –

Der neue französische Kommissar war gelandet. Er hatte den Auftrag, die Güter zu enteignen und dem Volk die Herrschaft über die Gutsbesitzer zu geben. Unter den Negern und Mulatten, lauter Verblendete, angstvolle Leute, hatte er keinen Beistand gefunden. Er hatte sich schließlich an Toussaint gehalten, der sich darauf verstand, in Menschen Widerstand zu entzünden. Auf einer Kaffeeplantage, nicht weit von den Evremonts, die den Grafen Monrois gehörte, war am Morgen desselben Tages, an dem man bei uns das Fest gab und mich in das Wandgefängnis sperrte, kein Afrikaner zur Arbeit gekommen. Das hätten Beauftragte des Kommissars so angeordnet. Sie lachten über Schläge und Tritte. Und plötzlich, das habe ich aber alles erst später gehört, hielten zwei Kutschen des Grafen Monrois vor Evremonts Tor; jemand kam an den Festtisch gerannt, kein Schwarzer, irgendein geputzter Weißer, festlich gekleidet wie unsere Gäste, aber er stürzte verzweifelt in den Festsaal. Niemand sah mehr in mein Wandgefängnis. Obwohl meine Rippen zerquetscht waren, verfolgte ich rasend gespannt, was da plötzlich vorging. Die Gräfin Evremont stand schließlich auf, mit fassungslosem Gesicht, der Graf stand auf und einer, der neben ihr saß, auch andere umringten den Ankömmling. Schließlich drängten alle mit bestürzten Gesichtern aus dem Saal. Dabei zerbrachen mehr Vasen und Teller, als zwanzig Mädchen gleich mir gekostet hätten. Sie warfen sich in die Kutschen, deren sie habhaft wurden. Die Weißen, für die es keinen Platz mehr darin dann gab, stiegen in irgendwelche Karren, die man inzwischen geschirrt hatte. Ich glaube, es gab nur einen Trieb: weg aus dem Gut, an die Küste hinunter. Das habe ich freilich alles erst später erfahren. Ich konnte nur feststellen, was es aus meinem vergitterten Loch zu sehen gab. Mein Staunen und meine Erregung, das mußt du mir glauben, Sophie, waren stärker als meine Verzweiflung. Von dem Monroisschen Gut kamen welche zu unserem. Es roch nach Brand, ich hab dir schon soviel erzählt, willst du jetzt schlafen?«

»Ja, jetzt müßte ich schlafen. Das alles habe ich auch miterlebt. Nur in ein Wandgefängnis war ich nicht gesperrt. Wie du da rauskamst, das muß ich doch noch wissen.«

»Ich rüttelte wie verrückt an dem Gitter. Ich glaubte, mir würden alle Knochen brechen, so rüttelte ich, damit ich befreit werde und raus zu den anderen könne. Unsere Schwarzen hörten mich nicht. Sie brachen in den Festsaal ein. Sie schrien, sie tobten, da und dort fraß eine Flamme ein Tischtuch weg oder einen Vorhang. Das Geschirr auf der Festtafel war längst zertrümmert. Ich schrie: ›Schließt auf! Laßt mich raus!‹ Doch unsere Sklaven, in ihrem Getobe, alles zerfetzend, zerreißend, zündend, drückten sich an der Wand vorbei. Sicher war das gemeine Weib mit dem Schlüsselbund, das mich in das Loch eingesperrt hatte, bereits voll Todesangst zum Hafen entkommen.«

Sophie war es nicht nach Schlaf zumut; sie horchte gespannt.

»All unsere Schwarzen durchrasten johlend das Gutshaus. Keiner gab auf mich acht, mich einzelne. Ich rüttelte an meinem Gitter, ich schrie, ich heulte, sie aber, die im Begriff waren, alle Schwarzen auf der Insel zu befreien, bemerkten mich gar nicht.

Auf einmal, mir schien es nach einer Ewigkeit, stockte einer.

Er stemmte sich gegen die Leute, die gegen ihn strömten, er selbst war groß und stark. Er bückte sich zu mir, sagte: ›Beruhige dich, gleich bist du frei.‹ Mit seinem ersten Handgriff gelang es ihm aber auch nicht, das Schloß aufzubrechen. Seine Stimme dröhnte: ›Her mit dem Schlüssel!‹

Ich weiß nicht, ob die Aufseherin, dieses gemeine Weib, der all die Schlüssel am Halsband baumelten, schon mit den Weißen auf und davon war. Ich weiß nicht, wo meine Leute sie erwischten, ob man sie totschlug, jedenfalls brachte man meinem Befreier, er wurde Amédée wie sein Herr gerufen, den Schlüssel zu meinem Gefängnis. Im Nu war ich frei. Meine Glieder knirschten. Man schleppte mich aus dem Gutshaus, wie machte die Luft mich glücklich! Ich konnte mich nicht bedanken. Damals war Amédée schon über alle Berge.

Die meisten zogen zuerst in die ehemaligen Wohnstätten ihrer Herren ein. Ich weiß noch gut, wie das erste Schiff voll von Kaffee, den wir gepflückt und gekörnt hatten, nach Frankreich fuhr. Es hieß, uns hätte die Französische Revolution befreit, wer das war, was das war, verstanden wir damals noch nicht. Ich hielt die Revolution für eine überaus mächtige Frau, um die wir singend tanzten.

Sie sagten, einer von uns, in einem Herrenhaus sei er Kutscher gewesen, sein Name sei Toussaint, reite an der Spitze eines Trupps Neger von einem Gut zum anderen. Ich jubelte mit den anderen, als dieser Mensch an uns vorbeiritt, obwohl ich gar nicht recht wußte, warum.

Bleib wach, Sophie, noch eine kleine Weile. Jetzt kommt etwas Wichtiges. Sehr viele von uns, ich war mittendrin, stiegen in die Berge. Es hieß, dort könne man diesen Toussaint von nahem sehen, er würde bald zu uns allen sprechen. Wir warteten. Doch ehe er auftauchte, fiel mein Blick auf einen Neger, den ich zu erkennen glaubte, einen großen, mächtigen. An einer Halskette hing auf seiner Brust ein Schlüssel. Ich schrie auf. Ich drängte mich durch die Menschen. Auch er erkannte mich, es war Amédée, der sich den Schlüssel verschafft und mich befreit hatte. Er kam zuerst zu Wort. Er erzählte mit seiner dröhnenden Stimme, wie ich auf dem Gut der Evremonts fast eingesperrt blieb in meinem Wandgefängnis, als sich das ganze Land befreite.

Plötzlich war Toussaint angelangt, er hielt sich aber zuerst zurück und hörte Amédée zu. Dann trat er dicht an ihn heran. Er nahm einen Augenblick den Schlüssel, der auf Amédées Brust hing, und betrachtete ihn; mir strich er übers Haar, er, Toussaint, in dieser Menschenmenge, die ihn erwartet hatte. Ich spüre es noch heute, wie seine Hand über mein Haar strich. Und wenn ich hinaufsehe auf sein Fenster in der Festung von Joux, in die er eingesperrt ist, dann spüre ich erst recht seine Hand.«

Der Winter ging zu Ende. Erschöpft waren die Leute, die die Straße geschlagen hatten im Jura-Gebirge.

An einem Aprilabend kam Amédée später als sonst in die Kellerherberge, ohne Gruß. Er legte sich stumm neben Claudine. Die Frau hatte ihn erwartet. Sie stützte sich auf die Ellenbogen und betrachtete ihn erstaunt. Sein Atem ging schwer. Da spürte sie, daß etwas geschehen war. Er konnte nicht länger an sich halten. Er weinte lautlos, er holte neuen Atem zum Weinen. Es kam ein Stöhnen aus seiner Brust. Jemand knurrte: »Du bringst uns um den Schlaf.« Er kauerte sich dicht an Claudine. Er sagte mit gedämpfter Stimme: »Toussaint ist tot. Wie ihm heute morgen einer das Frühstück brachte, fiel ihm der Teller aus der Hand. Toussaint hat schräg auf dem Stuhl gelegen. Der Kommandant gab sogleich die Meldung weiter. Solche Angst vor Toussaint haben diese Leute noch heute, obwohl er vor ihren Augen tot auf dem Stuhl lag. Der Gemeindepfarrer hat ihn begraben müssen. Sicher war er hier von Anfang an krank in der grimmigen Kälte. Schon als er auf diesen rauhen Erdteil kam und verschleppt worden ist von einem Ort zum anderen, konnte er den eisigen Wind nicht ertragen. Hier wurde er eingesperrt, du weißt, was es mir für einen Schlag gab, als ich davon erfuhr, in dem Kerker in diesem Gebirge ging es ihm täglich schlechter, wie Jean mir erzählte. Jeans Achtung vor unserem Toussaint ist gewachsen, je schlechter es ihm ging. Der Kommandant ahnte gar nicht, daß mein Freund Jean nicht der einzige war, mit seiner Achtung, seinem Zorn und seinem Mitleid; wie dem auch sei, Toussaint ist gestorben.«

Er schluchzte verhalten. Claudine wischte ihm das Gesicht. Sie weinte selbst.

Drei Abende später wartete Claudine gespannt auf ihren Mann, wie sie es jeden Abend tat. Sie erzählte nichts mehr, wahrscheinlich war Sophie froh, früh einzuschlafen. Am vierten Abend kam Amédée spät. Er erzählte: »Der Kommandant, der genau alles ausführt, was die Minister in Paris ihm befehlen, will verbergen, was Toussaint für ein Schwarzer war. Er mußte gegen seinen eigenen Willen für Toussaints Grab einen guten Platz aussuchen unter den alten Soldatengräbern.« Er schwieg eine Minute. Claudine glaubte, er sei am Einschlafen. Er sprach aber noch einmal kurz: »Wenn ich vor dir sterbe, nimm mir den Schlüssel nicht weg. Laß ihn an meinem Hals hängen.«

»Warum sprichst du vom Tod? Das Leben ist hart, ja. Wir werden aber noch ein Stück zusammen leben. Wir sind doch nicht die einzigen, du hast es selbst gesagt, die leiden unter Toussaints Tod. Dieser Jean, der dir alles erzählt hat, versteht gut, was für ein Mann Toussaint war.«

»Er ist nicht der einzige auf dem Fort und nicht der einzige in Frankreich. Die Jakobiner sind doch nicht alle gestorben, als Bonaparte hochkam.«

Nicht nur Amédée weinte auf seinem schäbigen Lager. In der Stadt Joux, in vielen Ortschaften im Jura-Gebirge gingen Gerüchte um über den Tod Toussaints. Menschen, die kaum etwas von Toussaint gehört hatten, zu seinen Lebzeiten, redeten in den Wirtshäusern und in ihren Familien. Jean sagte zu Amédée: »Gefürchtet war er in Ketten, er bleibt es auch im Grab.«

Die Mitglieder des Clubs »Freunde der Schwarzen« in Paris waren verzweifelt über diesen Tod. Sie fanden sich wieder erregt zusammen, obwohl ihr Club in der Reihe der polizeilich verdächtigen oder sogar verbotenen Vereinigungen stand. Und in Bordeaux, wo es ebenfalls einen solchen Club gab, fing man an, Geld für ein Denkmal zu sammeln. Toussaints Sohn, der damals in Bordeaux wohnte, war in Frankreich erzogen worden. In jener Zeit hatte sein Vater geglaubt, in diesem Land erhalte der Sohn Schulbildung und eine gute Erziehung.

Sogar in den Sklavenquartieren der großen amerikanischen Farmen war man bestürzt über Toussaints Tod. Die Nachricht hatte sich überallhin verbreitet, wo Schwarze über ihr Schicksal nachdachten.

So heiß sich Amédée einmal gewünscht hatte, in die Nähe

der Festung zu ziehen, in der Toussaint lebte und schließlich starb, er hatte jetzt nur den Wunsch, das Grab des Mannes aufzusuchen, an dem sein Herz hing.

Aus der Stadt Bordeaux kam ein dringendes Angebot, den Toten, der rasch die nahen Ortschaften mit Gerüchten beunruhigt hatte, auf dem Friedhof der Stadt zu beherbergen. Es war der Sohn Toussaints, der die Grabstätte kaufte. Der Club der »Freunde der Schwarzen«, der sich in Paris aufgelöst hatte und keinen Schutz mehr erhielt und keine Unterstützung, da er zuletzt doch polizeilich verboten wurde, bewahrte in kleinen Gruppen da und dort seinen Anhang. Jener Sohn Toussaints förderte eine solche Anhängerschaft in Bordeaux.

Amédée und Claudine hatten lange Zeit ein erbärmliches Leben im Jura geführt. Ihr nächtliches Lager in dem alten Gehöft wurde nur geduldet, obwohl der Straßenbau in diesem Gebirgsteil beendet war und eine andere Gruppe Arbeiter eingezogen, weil Amédée sozusagen als Vergütung sein Kastanienöfchen in kalten Nächten zum Heizen benutzte. Claudine verstand sich auch darauf, verschiedene Getränke zuzubereiten aus Baumrinden und getrockneten Früchten.

Ihrem Mann war es eine Wohltat, Toussaints Grab regelmäßig in der Festung Joux aufzusuchen. Als er plötzlich vernahm, der Tote würde abtransportiert werden nach einer entfernten Stadt, stand es für ihn fest, ihm nachzuziehen. Es gab niemand, der seinen Entschluß kannte. Als er ihn Claudine mitteilte, war sie sofort zu der schwierigen Reise bereit. Die furchtbaren Stunden in dem Wandgefängnis, vor vielen Jahren, gingen ihr nie aus dem Kopf, sowenig wie ihre Dankbarkeit für Amédée.

Erschöpft und ausgehungert kamen die beiden eines Tages in Bordeaux an. Ein Friedhofswächter zeigte ihnen den Weg zu Toussaints Grab. In dieser Stadt gab es endlich wieder Kastanien, und sie ernährten sich durch das Öfchen, das sie irgendwie mitgeschleppt hatten. Ein Grund mehr für Claudine, die Entschlüsse ihres Mannes zu billigen.

Nach ungefähr einer Woche sprach sie auf dem Friedhof ein Bürger der Stadt an, der ihre Besuche beobachtet hatte. Amédée erzählte ihm ihre Erlebnisse, und er zeigte ihm den Schlüssel, und er sagte: »Ja, das hier ist die Frau.« Claudine war früh gealtert und hutzelig.

Der Bürger führte die beiden zu Freunden ihrer Gesinnung. Sie erhielten Unterkunft und Arbeit.

Diese Gruppe, ein Überbleibsel des Clubs der »Freunde der Schwarzen«, lud sie regelmäßig ein, wenn auch sehr vorsichtig. Dann erzählte Amédée, und Claudine beantwortete, zaghaft und schüchtern, diese und jene Frage.

Als Napoleon zum Kaiser gekrönt wurde und die meisten Länder Europas veränderte, dachten die Menschen an andere Dinge als die Errichtung eines Grabmals auf dem Friedhof von Bordeaux. In Paris war der Club der »Freunde der Schwarzen« längst aufgelöst, es kamen aber noch immer, in Bordeaux und in anderen Städten, einzelne Gruppen zusammen. Sie sagten, wieviel Siege Napoleon auch erkämpft, in Haiti ist er geschlagen worden. Sie stellten fest: Er ist nicht unbesiegbar, wie es den Anschein hat. Vielleicht war der kleine Kreis Freunde der einzige, der den Einmarsch Napoleons in Rußland für aussichtslos hielt.

Vor seinem Tod hatte Amédée erlebt, daß Napoleons Armee in der Beresina zugrunde gegangen war. Vielen Menschen erschien diese Niederlage unfaßbar. Amédée verglich sie mit der Niederlage auf Haiti, da die französischen Kriegsschiffe die Insel nicht einzunehmen vermochten.

In der Nähe von Toussaint begraben zu werden, war sein letzter Wunsch. Vor der Bestattung nahm man den Schlüssel von seiner Brust, und man bat Claudine, ihn von nun an zu tragen. Die Freunde kauften eine silberne Halskette. Daran sollte der Schlüssel hängen, mit dem ihr Mann das Wandgefängnis geöffnet hatte. Sie müsse ihn immer tragen, an Feiertagen und bei der Arbeit.

Claudine, die man als schüchtern und zaghaft kannte, fuhr zornig dazwischen: »Nein, Amédée soll ihn tragen bis zur Auferstehung aller Sklaven der Welt.«

Man fügte sich ihrem Willen, und man begrub Amédée mit dem Schlüssel auf der Brust. Wer bei der Beerdigung eine Handvoll Sand in das Grab warf, fühlte sich mit dem Toten verbunden.

Legenden, Sagen und phantastische Geschichten

Und habt ihr denn etwa keine Träume, wilde und zarte, im Schlaf zwischen zwei harten Tagen? und wißt ihr vielleicht, warum zuweilen ein altes Märchen, ein kleines Lied, ja nur der Takt eines Liedes, gar mühelos in die Herzen eindringt, an denen wir unsere Fäuste blutig klopfen? Ja, mühelos rührt der Pfiff eines Vogels an den Grund des Herzens und dadurch auch an die Wurzeln der Handlungen.

Motto der ›Schönsten Sagen vom Räuber Woynok‹, 1938

Die schönsten Sagen vom Räuber Woynok

Der Räuber Gruschek, der mit seiner Bande im Bormoschtal überwintert hatte, stieß auf die Spur des jungen Räubers Woynok, der immer allein raubte.

Gruscheks Leute waren den Winter über nie müde geworden, von Woynok zu erzählen, den noch keiner von ihnen je selbst gesehen hatte. Gruschek ging einen halben Tag lang der Spur nach, bis er Woynok erblickte, am zweitobersten der Prutkafälle, in der Sonne auf einem Stein. Woynok griff nach seiner Flinte; dann erkannte er Gruschek an allen Zeichen, an denen ein Räuber den andern erkennt. Er kletterte von seinem Stein herunter und begrüßte Gruschek als den Älteren. Sie setzten sich auf die Erde, Gesicht gegen Gesicht, und verzehrten zusammen ihr Brot.

Gruschek betrachtete Woynok gründlich. Woynok sah noch viel jünger aus, als man ihm berichtet hatte; seine Augen waren so klar, als hätte niemals der Schaum eines einzigen unerfüllt gebliebenen unerfüllbaren Wunsches ihre bläuliche Durchsichtigkeit getrübt. Gruschek konnte in diesen Augen nichts anderes finden als sein eigenes haariges altes Gesicht und was ihm über die Schultern sah an Berggipfeln und Wolken.

Gruschek sagte: »Ich habe vierzig Räuber. Das ist gerade die rechte Zahl. Warum raubst du immer allein?«

Woynok erwiderte: »Ich will immer allein rauben. Einmal in Doboroth hab ich mit einem entlaufenen Soldaten gemeinsame Sache gemacht. Dieser Soldat hatte ein Mädchen. Erst lief es mir nach; dann verriet es den einen von uns an den anderen und uns beide an einen dritten. Damals hat es mich etwas gekostet, lebend davonzukommen. Nein, ich will auch kein Mädchen mehr. Ich will immer allein rauben.«

Gruschek betrachtete Woynok erstaunt. Er hatte in seinem langen Leben gelernt, die Worte eines Mannes nach ihrem reinen Gewicht an Aufrichtigkeit abzuwägen. Wie hätte er sonst so lange eine Bande von vierzig Räubern zusammenhalten können, ohne daß je Verrat oder Zwist ihren Ruhm beschädigte? Nicht nur heute und morgen, immer wird Woynok zu seinen Worten stehen. Gruschek betrachtete ihn nochmals eindringlich. Eine Menge Gedanken flogen durch seinen Kopf, von denen nichts anderes verlautete als das Knacken seiner ineinandergeschlungenen Finger. Woynok hob bei diesem Knacken den Kopf. Dann lief sein Blick gleich fort von Gruscheks Gesicht zu den braunen Flocken der Eichenwälder in den tiefen Falten der Berge. Gruschek sagte: »Wenn du jemals etwas brauchst, Essen oder Kleider, Feuer oder Waffen – komm zu uns; wir werden unser nächstes Winterlager in der unteren Prutka zwischen der großen und der kleinen Wolfsschlucht in dem Spalt zwischen den beiden Paritzkafelsen halten.«

Sie nahmen Abschied voneinander. Woynok kletterte auf seinen Stein zurück. Gruschek kletterte vorsichtig den Abhang hinunter. Jetzt sah er aus, als sei sein kleiner knorpliger Körper nicht von Alter gekrümmt, sondern damit er sich besser den Krümmungen der Bergabfälle anpassen könnte.

Woynok vergaß Gruschek, sobald er ihn aus den Augen verloren hatte. Er dachte nicht mehr an die Worte, die Gruschek über das Winterlager gesagt hatte, und vergaß sie. Er zog die Prutkafälle aufwärts bis zu den Quellen, in die südöstliche Prutka, wo der Sommer zuerst und am stärksten hinkommt. Hier gibt es keinen Felsen; steile Wiesen grenzen bald an den Himmel, bald an den dichten, fast schwarzen Hochwald. Drunten im Paritzkatal sieht man Gehöfte und Bienenstöcke und zwei Mühlen. Jetzt war die Luft so still, daß man dort oben die Pfiffe des Fährmanns hörte und die Mühlen und das Klingeln von den zerbrochenen Sensen und all dem metallenen Zeug, das die Bauern in ihre Äcker zu hängen pflegen, um das Wild zu schrecken.

Alles, was Woynok in diesem Sommer tat, ist so oft erzählt worden, daß man es nicht wiederholen muß: Wie er den Fährmann auf dem Paritzkafluß überlistete, wie er als Gast in die Hochzeit des reichen Bauern auf Marjetze Upra einbrach, wie er das Kloster von St. Ignaz in Brand steckte – Langsam kühlte auch dieser Sommer ab. Woynok zog sich dahin zurück, woher er gekommen war. Er vernahm zuweilen das Dengeln der Sensen, aber nur, wenn der Wind von der Paritzka wehte. Wehte er von der Prutka, dann rauschte nur der Wald. Woynok ruhte sich aus von all den stillen und klaren Nächten, die er ohne Lust auf Schlaf durchstreift hatte. Er wühlte sich zuerst in das Laub ein, das sich am Waldrand staute, dann in den Hochwald selbst. Der Regen prasselte bald, aber das Laub war noch warm und trocken. Woynok horchte schläfrig, bis zu den Ohren im Laub – dann war es wieder lange still, an der beharrlichen Dämmerung merkte Woynok, daß der Schnee begonnen hatte. Schlaf übermannte ihn.

Er wachte auf, als die Äste knackten. Schon war es kein gewöhnlicher Sturm mehr; er bog den Hochwald wie Binsen auseinander. Ein Winter war da, wie Woynok, jung wie er war, noch keinen erlebt hatte. Gab es doch selbst im tiefsten Wald keine Sicherheit. Woynok mußte dem Schneetreiben folgen wie alles, was keine Wurzeln hatte – aber auch Bäume wurden in diesem Winter entwurzelt.

Woynok wurde, immer zugleich um sich selbst kreisend, in die westliche Prutka, in die Felsen, hineingetrieben. Er bekam Kehle und Ohren voll Schnee, und dieser Schnee gefror. Er zog die Knie an und machte sich klein und leicht, als könnte er wie ein Blatt den Schneesturm überdauern. Er prallte aber hart nieder, wo es ihn hinwarf. In einer Atempause riß er die Augen auf und erblickte gerade unter sich ein Tal voller Lichter: die Stadt Doboroth. Er erschrak. Der Sturm packte ihn wieder; der hatte seine erste Stärke noch gar nicht erreicht. Woynok wurde jetzt in die Paritzka zurückgetrieben und aus der Paritzka zurück in die Prutka. Am Abend des dritten Tages bekam er noch einmal Boden unter die Füße. Er hatte sich in einen Felsspalt verfangen. Jetzt hatte er die Wahl, sich flach zu machen, um rasch zu Tod zu erstarren, oder, immer um sich selbst kreisend, weiterzufliegen; vom letzten hatte er genug.

Auf einmal wurde der Schnee vor seinen Augen rotgold, als streife er im Niederfallen eine große Helligkeit, ein Licht oder einen Brand. Woynok wußte, daß es kein solches Licht in der Prutka gab und daß der Tod solche Farben zaubert. Er kroch trotzdem darauf zu. Da sah er unter sich in dem tiefen Spalt zwischen den Paritzkafelsen ein großes Feuer. Unbehelligt von Schneetreiben und Kälte hatte dort unten Gruschek sein Winterlager errichtet, genau an der Stelle, die er Woynok im Frühjahr wahrheitsgemäß beschrieben hatte.

Woynoks Stimme, so schwach sie war, wurde im Lager sofort gehört. Ob der Sturm bereits nachließ oder ob Gruscheks Räuber ernstlich erwarteten, der, von dem sie in einem fort erzählten, könnte endlich Gestalt annehmen, oder ob Gruschek einfach die Richtung des Sturmes berechnet hatte und Woynoks Kraft und auf jeden Fall Wachen ausgestellt – jetzt drängten sich die Räuber zusammen und staunten Woynok entgegen. Woynok kletterte noch ein Stück abwärts; dann waren seine Kräfte plötzlich zu Ende. Er setzte sich auf den Schnee. Gleich darauf kletterte Gruschek herauf und setzte sich zu ihm, Gesicht gegen Gesicht. Dann ließ er Woynok ins Lager hinuntertragen und ihm heiße Plischka zu trinken geben, und seine besten eigenen Kleider ließ er vom Leib weg Woynok anziehen und für sich selbst andere bringen. Dann ließ er Fleisch herbeitragen und alle übrige Plischka. Er ließ soviel Holz aufs Feuer legen, wie man sonst für Wochen verbrauchte. Woynok saß reglos auf dem Fleck, auf den man ihn niedergelegt hatte. Hinter seinen geschlossenen Lidern war noch immer die eintönige Wildheit des Schneetreibens. Als er schließlich die Augen aufbrachte, brannte das Feuer so hoch, wie er noch nie eins gesehen hatte. Gruschek, da seine Befehle ausgeführt waren, beobachtete Woynok, der nicht nur die Augen sofort wieder schloß, sondern jetzt das ganze Gesicht mit den Händen bedeckte. Woynok tastete in Gedanken seinen Körper ab, ob er irgendwo Schaden genommen hätte. Er bewegte die Finger und Zehen. Obwohl er nichts fand, spähte er weiter nach einem solchen Schaden, der ihm bestimmt irgendwo im Fleisch steckte, wenn er ihn auch noch nicht entdeckt hatte. Als er die Augen doch wieder öffnete, blendete Gruscheks Gesicht, das sich dem seinen fast um eine Handbreit genähert hatte, das ganze Lagerfeuer ab. Gruschek klemmte sein zottiges Hündchen zwischen die Knie. Das wurde gerade unruhig, weil die Räuber zu feiern begannen. Das ausgesetzte, klägliche I-i-i-i einer Ziehharmonika übertönte den Lagerlärm. Plötzlich ließ Gruschek das Hündchen hüpfen, stemmte die Arme in die Hüften und wiegte den Oberkörper hin und her. Dieser Anblick erfüllte Woynok mit Schrecken, und er senkte vor Scham die Augen. Gruschek stieß einen Schrei aus wie gestochen und schnellte in die Luft und schnappte in die Knie zurück. Die Räuber schrien und klatschten. Gruschek schnellte hoch und herunter, als sei sein Alter bloß ein Betrug und Lüge sein weißes Haar und Gaunerei seine Häuptlingswürde. Die Räuber gerieten vor Freude außer sich, weil Gruschek in ihrer Mitte Lug und Trug fahren ließ. Auch das Hündchen geriet außer sich. Es fletschte mit gesträubtem Fell seinen ausgewechselten Herrn an. Alle brüllten, daß es bis nach Doboroth zu hören war und man dort zitternd dachte: So nahe sind sie also, aber Schneesturm und Wölfe sind ihre Hüter. Ich will fort von hier, dachte Woynok verzweifelt, aber warum soll ich schon fortgehen? Ich bin ja nicht Soldaten in die Hände gefallen, ich bin ja unter Räubern. Ich will fort, solange es noch Zeit ist. Aber warum soll ich schon fort? Ich bin ja nicht in Doboroth, sondern in Gruscheks Lager.

Die Räuber brüllten, wobei sie die Köpfe zurückwarfen und auf die Erde stampften. Plötzlich fiel Gruschek in sich zusammen, als hätte man seine Sprungfedern durchgeschnitten. Er sah jetzt noch älter als vordem aus. Das Hündlein drückte sich froh gegen sein Knie. Auch die Räuber ließen nach. Und war es denn dieselbe klägliche Ziehharmonika, die jetzt auch alles beschwichtigte, alles einschläferte, was sie aufgestört hatte? Bald kam es Woynok vor, er sei der einzige, der noch am Feuer wach war. Jetzt war die Gelegenheit da, sich unbemerkt fortzustehlen –

»Es war einmal ein Mädchen, das wohnte
mit seiner Mutter
im schwarzen Walde von Doboroth.
Jede Nacht, wenn das Licht anging,
kam der Wolf bis unter das Fenster –«

Warum soll ich mir ihre Lieder nicht anhören? dachte Woynok, es sind ja Räuberlieder. Warum soll ich nicht an ihrem Feuer liegen, es ist ja ein Räuberfeuer. Warum soll ich mich nicht mit ihnen freuen, es sind ja Räuberfreuden.

»Die Mutter sagte zu dem Mädchen: ›Nimm den Jäger – denn er hat seine Flinte, nimm den Händler – denn er hat seinen Kasten mit Äpfeln, Schnürsenkeln und Heiligenbildern. Nimm den

Köhler – denn er hat seine Hütte, aber den Wolf kannst du nie nehmen.‹

Als das Jahr um war, wer saß in Revesch vor der Kirchentür? Das Mädchen. – Was hatte es in sein rot und grün gewürfeltes Tüchlein gebunden?

Der Pfarrer sagte zu dem Mädchen: ›Alle Art Kinder kann man taufen, aber Wolfskinder kann man nicht taufen.‹

Da weinte das Mädchen und ging zurück in den schwarzen Wald von Doboroth.«

Die Räuber lachten, aber Woynok war es nicht zum Lachen. Den Mädchen aus den Dörfern hat er nicht nachgetrauert, er wird ihnen nicht nachtrauern, er braucht sie nicht, und er wird sie nicht brauchen. Aber diesem Mädchen trauert er nach. Sie war hell und bleich, mit kleinen Schritten bewegte sie sich, mit niedergeschlagenen Augen; sie war braun und frech, ihre Zöpfe klatschten. Sie war, wie man sie wollte, und doch war sie gar nicht da – war das nicht zum Trauern?

Jetzt kamen die Räuber erst richtig in Zug. Klar und rein waren ihre Lieder wie die Orgel von St. Ignaz an jenem Pfingstmorgen, als sich Woynok zum erstenmal unter die Kirchgänger gemischt hatte, um alles genau zu erkunden, bevor er Feuer legte. Nie hatte er etwas begehrt, was man nicht hatte rauben können – durch Gewalt oder durch List, als Pilger verkleidet oder den Fuß in den Türspalt geklemmt und zugleich den Flintenlauf. Nie hatte er Leiden gekannt, die man nicht aus dem Fleisch herausschneiden oder ausbrennen konnte oder einfach von sich abschütteln wie Läuse. Jetzt aber, minutenlang über dem Feuer, gab es unraubbare Freuden und unausbrennbare Leiden, denn sie waren gar nicht da. Woynok hielt sich ganz aufrecht, um vor Gruscheks unausgesetztem Blick sein Unglück zu verbergen. Wie konnte Gruschek auch ahnen, daß dasselbe Lagerfeuer, das sie alle glücklich machte, nach einem geheimen, selbst ihm verborgenen Gesetz, wenn es mit Woynok zusammentraf, Trauer erzeugte? Gruschek glaubte auch später, Woynok krümme sich nur zusammen, weil ihn schließlich doch der Schlaf übermannt hätte.

Woynok richtete sich unvermutet auf und sagte: »Ich will jetzt fortgehen.«

Gruschek verbarg seine Enttäuschung. Er schenkte Woynok

alles Zeug aus Fell und Leder, womit er ihn bei seiner Ankunft bekleidet hatte. Er ließ ein paar Fleischstücke für ihn rösten und gab ihm alles, was ihm irgendwie dienlich sein konnte. Woynok bedankte sich und verabschiedete sich. Genau wie bei seiner Ankunft drängten sich die Räuber zusammen und staunten ihm nach, wie er sich vom Lager entfernte und aus der Schlucht hinauskletterte in die tödliche Einsamkeit der inzwischen verstummten, inzwischen vereisten Prutka.

Kaum hatte Woynok den Spalt zwischen den Paritzkafelsen im Rücken, als er vergaß, was er erlebt hatte. Er dachte nicht mehr an Gruschek und sein Winterlager und vergaß ihn.

Woynok soll sich, nachdem er Gruschek verlassen hatte, etwas zu lange an die Westwand des kürzeren Paritzkafelsens gehalten haben. Dadurch soll mit ihm folgendes geschehen sein: Plötzlich waren die Felswände um ihn herum mit gelben Augenlichtern bespickt. Er war in die obere Wolfsschlucht geraten. Woynok wußte über die Wölfe, daß sie gar nichts in einem Stück schlingen können wie Bären und Luchse, sondern alles reißen müssen. Trotz ihrer furchtbaren Gier dürfen sie nichts sofort haben und nichts in einem. Woynok warf einzeln von sich, was er am Leibe trug, all das gute Zeug aus Fell und Leder, Stück für Stück, wodurch er den Ausgang der Schlucht zurückgewann.

Der Winter war lang und hart, aber Woynok kam die zweite Hälfte nicht mehr so hart vor. Er verbrachte die Schneeschmelze im Wald von Marjakoy, dann zog er bis zu den oberen Kiruschkafällen. Im Herbst und Frühjahr hört man sie noch in Revesch donnern. Ihr zarter und goldener Wasserstaub füllt nicht nur das ganze Kiruschkatal, sondern verdampft bis in den Sommer hinein über den Prutkabergen. Woynok zog dem Kamm des Gebirges nach, das Kiruschkatal im Rücken. Einzelne Siedlungen waren noch immer so nah, daß er zuweilen Holzschläge hörte. Unter sich aber sah er bald nichts mehr als Wälder, Wälder so dicht und undurchdringlich, daß die Kronen eine einzige grüne Ebene bildeten, auf die die Wolken Schatten warfen. Waren die Tage dunstig, dann zerschmolzen die Wälder in den Himmel. Manchmal, wenn es ganz klar war, erblickte Woynok zwischen Himmel und Waldgrenze einen schmalen, ausgezackten, ihm völlig unbekannten Gebirgskamm. Woynok hatte in diesem Frühjahr nichts unternommen, um seine Kraft für etwas Neues zu sparen: durch die undurchdringlichen Wälder bis zu diesem Gebirgskamm vorzustoßen, wo es gewiß auch wieder Klöster und Dörfer, Brücken und Mühlen geben mußte.

Eines Nachts wachte Woynok in seiner Baumkrone auf. Er wußte nicht, was ihn geweckt haben konnte. Er kroch in eine andere Astgabel, aber er wurde sofort wieder geweckt. Tief unter ihm kratzte etwas am Baumstamm und winselte. Woynok wikkelte Arme und Beine fester um die Äste. Er kannte in diesen Wäldern kein Tier, das derart erbärmlich zu winseln pflegte. Darum beugte er sich nochmals vornüber. Dieses gesträubte winzige Tier bedeutete gar nichts, falls es in Wirklichkeit überhaupt etwas so Klägliches gab. Und auch als Traum war es lästig und kläglich. Woynok schlief weiter; ihm träumte jetzt, Gruscheks Hündchen liefe so schnell um den Baum, daß seine Augen helle Kreise beschrieben. Plötzlich schnurrte es weg und war verschwunden. Jetzt schlief Woynok erst richtig. Da war es schon wieder, rutschte auf Bauch und Vorderfüßen und raunzte. Dann ging es den Baum mit Sprüngen an. Das machte Woynok im Schlaf lachen. Woynok hatte noch kaum begriffen, daß diese besessenen Sprünge gar nicht erlahmten, sondern jedesmal höher wurden, als er die Zähne von Gruscheks Hündchen schon am Fuß spürte.

Woynok war jetzt vollständig wach und kletterte hinunter. Gruscheks Hündchen brachte an seinem Hals eine Botschaft: Gruschek lag mit seinen Leuten hinter dem Wald von Marjakoy in einem der schluchtartigen Nebentäler des Kiruschkatals. Soldaten aus Marjakoy, Revesch und Doboroth hielten den Talausgang besetzt. Gruschek war also verloren, wenn ihm nicht Woynok half, so wie Woynok im Winter verloren gewesen wäre, wenn ihm nicht Gruschek geholfen hätte. Woynok verscheuchte den Hund mit einer Handvoll Eicheln. Er kletterte in seine Astgabel zurück. Wozu hatte ihm Gruschek überhaupt diese Botschaft geschickt? Wozu war es nützlich für ihn, Woynok, zu erfahren, daß Gruschek jetzt zugrunde ging? Gruschek hatte ihn nie im geringsten gestört bei irgendeiner seiner ganz andersgearteten Unternehmungen; so daß Woynok jetzt weder Genugtuung spürte noch Erleichterung. Gruschek ging eben zugrund, so wie auch er, Woynok, oft nahe genug daran war, zugrund zu gehen, und vielleicht auch morgen zugrund ging. Sonderbar kam ihm nur vor, daß ihn Gruschek bei dieser Gelegenheit an seinen Aufenthalt im Winterlager erinnerte. Ebensogut hätten ihn die Wölfe hinter den Paritzkafelsen daran erinnern können, daß er rechtzeitig ihre Schlucht verlassen hatte. Woynok wünschte sich, es möchte schnell Tag werden, ein nicht zu feuchter, nicht zu dunstiger Tag, damit er den ausgezackten, ihm noch unbekannten Gebirgskamm hinter den Wäldern betrachten könnte. Er wollte an diesem vielleicht schon in der nächsten Minute beginnenden Tag nicht nur den Gebirgsabfall hinter sich bringen, sondern bereits ein Stück in die Wälder eindringen. Er ahnte aber auch schon, daß er keineswegs seinem Wunsch folgen würde, sondern Gruscheks Hündchen, in entgegengesetzter Richtung, sobald es Tag war.

Woynok soll Gruscheks Bande dadurch befreit haben, daß er an den Schwanz des Hündchens eine Lunte band. Die Soldaten sollen später in Revesch, Doboroth und Marjakoy erzählt haben, eine ganzer Schwarm feuerschwänziger Teufelchen sei den Räubern beigeflogen. Das ist alles lang und breit in vielen Geschichten und Liedern beschrieben worden. Für uns ist das Gespräch wichtiger, das Gruschek mit Woynok führte, als beide am Abend desselben Tages, Gesicht gegen Gesicht, etwas abseits von den andern auf der Erde saßen. Gruschek sagte: »Auf der ganzen Welt gibt es keine solche Bande wie die meinige – nichts, was sie nicht unternehmen könnte.« Er brach ab, als sei es jetzt an Woynok, etwas zu äußern. Aber Woynok verhielt sich reglos und blickte nur weiter in Gruscheks Gesicht. Gruschek erschienen Woynoks Augen noch immer klar und durchsichtig. Fand er doch wieder nichts anderes darin als sein eigenes Gesicht. Gruschek fuhr also fort: »Diese Soldaten werden gewiß mit Verstärkung wiederkommen. Ich bin alt, das ist es. Möchtest du nicht meine Bande an meiner Statt führen?« Woynok erwiderte: »Nein.«

Gruschek zeigte keine Enttäuschung. Er gab alle Anweisungen, um Woynok als Gast zu feiern. Woynok brauchte diesmal sein Gesicht nicht zu verbergen. Vielleicht, weil man doch nur ein mäßiges Sommerfeuer gerichtet hatte, vielleicht, weil ihn das alles nicht mehr überraschte – er blieb unter Gruscheks unausgesetztem Blick aufrecht und unbewegt. Er legte sich erst nieder, als Gruschek sich selbst ächzend neben ihm ausstreckte. Das Fest wurde zunächst noch lauter, dann fiel es plötzlich zusammen mit dem Feuer, bis auf das I-i-i-i der Ziehharmonika und die glimmende Asche, die man jeweils für den kommenden Abend bewahrte. Woynok glaubte, Gruschek schliefe schon längst, doch Gruschek hatte das von Woynok keinen Augenblick geglaubt. Gruschek verstand sich genug auf Menschen, um zu wissen, daß man zuweilen keine Geschenke braucht, um etwas bei ihnen zu erreichen. Man braucht nicht die schönste Tochter des Großbauern von Marjetze Upra zu entführen; man braucht keine Zigeunermädchen aus Doboroth kommen zu lassen, man braucht nicht einmal etwas zu versprechen; auch Drohungen sind ganz überflüssig. Das klägliche I-i-i-i einer Ziehharmonika kann einem Herzen den Rest geben, wenn ihm alles andere vorher gegeben wurde. Plötzlich sagte Gruschek: »Wirst du, Woynok, wenn ich dich jetzt selbst darum bitte, uns wenigstens aus dem Kiruschkatal herausführen?« – Woynok wartete einen Augenblick, um seine Überraschung zu verbergen, daß Gruschek doch noch wach war. Dann sagte er: »Ich werde euch oberhalb der Kiruschkafälle in der Richtung auf Preth führen.«

Woynok führte Gruscheks Anweisungen ohne Abweichungen und ohne Unterwürfigkeit aus, etwa so, als biete ihm Gruscheks Bande endlich Gelegenheit, seine eigenen Pläne im großen zu verwirklichen. Auf dem Zug durch die Kiruschka oberhalb der Wasserfälle überfiel er mit Gruscheks Räubern ein reiches Dorf, in dem gerade der Stephanstag gefeiert wurde. Sie überwältigten mühelos die betrunkene Bauernschaft. Am Abend desselben Tages, den die Mönche zu Ehren ihres Schutzpatrons ausläuteten, überfielen sie auch das Bergkloster St. Stephan. Sie brannten es bis auf den Felsen nieder. Nachts sind dann die Mönche auf die andere Gebirgsseite gezogen und haben dort über Revesch noch vor Sonnenaufgang das neue Stephanskloster gegründet über dem Schrein mit der Pfeilspitze, den ihr Abt noch gerettet hatte.

In den Dörfern von Preth bis Doboroth verbreitete sich die Nachricht, daß Woynok in Gruscheks Bande eingetreten war.

Glasig wurden die Augen der Bauernkinder, wenn sie nachts in den Bergen in einem ausgebrannten Gehöft die Räuber schreien hörten oder zu hören glaubten. Anders als je faßten dann die Bauern ihre Weiber.

Als die Regenzeit anbrach, führte Woynok die Bande tief in die westlichen Kiruschkawälder. Wie hatte früher der Regen gerauscht, wenn sich Woynok ins Laub hineingewühlt hatte, der einzige lebende Mensch im Wald zwischen Revesch und Doboroth. Was war denn das für ein Regen in diesem Herbst, wenn die Lieder von ein paar Räubern, wenn die alten ächzenden Atemstöße Gruscheks genügten, um sein Rauschen zunichte zu machen?

Eines Abends erblickte Woynok in der Luft ein paar Schneeflocken. Sie wurden sofort durchsichtig und zerfielen. Woynok sah sich rundum, als sei es nun auch an den Gesichtern, durchsichtig zu werden und zu zerfallen. Er stieß dabei auch auf Gruscheks Gesicht, das wie immer genau gegen das seine gerichtet war, in gespannter Eindringlichkeit, die kein falsches Vertrauen minderte. Gruschek merkte an diesem Abend zum erstenmal, daß Woynoks Blick nicht mehr klar war, sondern wie alle Blicke getrübt von unerfüllt gebliebenen oder sogar unerfüllbaren Wünschen. Gruschek hätte gar gern diese Wünsche gekannt. Woynok hatte aber im Augenblick nur einen einzigen Gedanken. Er fragte sich, welche Vorkehrungen Gruschek bereits getroffen haben mochte, um sich und seine Leute vor ihm, Woynok, zu schützen.

Als der Winter zu Ende war – und der war eigentlich schon zu Ende, als Woynok noch gespannt auf seinen Anbruch wartete –, zog die Bande auf Gruscheks Vorschlag, der aber durchaus mit Woynoks Wünschen zusammenfiel, nach dem Ostabfall der Kiruschka zurück. Sie schlug ihr Lager bei jenem Punkt auf, den Woynok im vorigen Frühjahr gewählt hatte, als Gruscheks Hündchen ihn aufspürte. Wie ein Vogelnest klebte das Lager an dem äußersten Gebirgsrand.

Mit Menschenaugen war die Weite der Wälder nicht abzuschätzen, die schwärzer wurden, je blauer der sommerliche Himmel. Wenn wirklich das Ausgezackte hinter den Wäldern ein neuer Gebirgskamm war und nicht etwa doch ein Wolkenstreifen, dachte Woynok, dann mußte dort alles vollständig verschieden sein von dem, was es hier gab. In der Nacht, als die Räuber schliefen, entfernte sich Woynok vom Lager, um sein altes Vorhaben endlich auszuführen. Er kletterte die Bergwand hinunter und versuchte, allein in den Wald einzudringen. Der Geruch und die Dunkelheit betäubten ihn. Eine jede seiner Bewegungen schien sich in die Unendlichkeit fortzupflanzen; als zucke der Wald zusammen über dem Splitter, der in ihn eingedrungen war. Woynok kletterte auf einen Baum, um die Richtung nachzuprüfen, kaum daß er sich vom Gebirgsabfall entfernt hatte. Von der Unendlichkeit der Wälder war noch so wenig genommen wie von dem ausgestirnten Himmel. Aber ganz nahe, einen Katzensprung weg, glühte das Lagerfeuerchen auf dem Abhang.

In dieser Nacht drang Woynok nicht mehr tiefer in die Wälder ein, sondern kehrte zu Gruscheks Lager zurück. Gruschek war recht zufrieden, als Woynok tags darauf das Lager abbrechen ließ. Die Zeit der Hauptunternehmungen war angebrochen.

Woynok hatte inzwischen den Entschluß gefaßt, Gruscheks Bande zu vernichten mit Stumpf und Stiel, so wie man etwas vernichtet, was man auch im Traum nie mehr erblicken, woran man nie mehr denken will.

Woynok führte die Bande in scharfem Zickzack durch die Kiruschka und durch die Prutka. Angesengte Dörfer ließ man zurück, ausgeplünderte Pilgerzüge, verkohlte Gehöfte. Schließlich brachte Woynok die Bande zur Rast und zum Beutesichten in die westliche Prutka, zwischen die obere und untere Wolfsschlucht, in den Spalt zwischen den beiden Paritzkafelsen, den Ort des vergangenen Winterlagers. Jetzt war der Spalt bis auf Mannshöhe mit dem warmen, trockenen Laub der Paritzka-Eichen aufgefüllt. Die Räuber wühlten sich hinein und schliefen. Woynok legte eine Lunte durch das Laub, verrammelte den Ausgang und zündete die Lunte von außen an. Dann lief er weiter – brachte in wenigen Stunden die ganze Prutka hinter sich. Er dachte nicht mehr an Gruschek und seine Bande und vergaß ihn. Auf einem Felsvorsprung hinter dem Schwesternberg, von dem die Kiruschkafälle herunterkommen – aber die Regenzeit hatte noch nicht begonnen und die Fälle donnerten noch nicht, sondern plätscherten –, legte sich Woynok schlafen. Er wachte von einem Winseln auf. Als er abwehren wollte, was an ihm schnupperte, konnte er die Hand nicht bewegen. Er öffnete seine Augen und erblickte Gruscheks Hündchen. Gruschek selbst blickte auf den gefesselten Woynok hinunter und lachte und sagte: »Jetzt hast du doch fast ein ganzes Jahr in unserer Mitte gelebt, Woynok; aber du hast immer noch nicht verstanden, was eine Bande ist. Du hast den Paritzkaspalt angezündet, ich aber habe den Räubern befohlen, einer auf die Schultern des anderen zu steigen. Die untersten Sprossen dieser Leiter sind freilich verkohlt, aber die meisten von uns sind doch, überzeuge dich selbst, auf diese Weise entkommen.«

Gruschek ließ den gefesselten Woynok neben sich her durch die Prutkaberge zurücktragen. Während sein Hündlein an Woynok herumhüpfte, raunzend und winselnd in einem Gemisch von Kläglichkeit und Wiedersehensfreude, fuhr Gruschek fort, seinen Gefangenen zu belehren: »Diese Leiter mußte natürlich schnell errichtet sein. Trotzdem ist mir mein alter Kopf klar geblieben; habe mir ganz genau überlegt, wen ich zur unteren Sprosse mache, wen zur mittleren, wen zur oberen, wen ich vor allen Dingen hinaufklettern lasse. Lieber Woynok, wie dir bekannt ist, haben oft handfeste Burschen aus den Prutka- und Kiruschkadörfern den Weg zu unserem Lagerfeuer gefunden. Auf den Knien haben mich diese Burschen angefleht, ich möchte ihnen erlauben, bei uns das Räuberhandwerk zu erlernen. Zuverlässige starke Burschen, eine Freude, sie bloß anzusehen. Mehr als vierzig darf aber eine Bande auch nicht haben – ausarten darf das ja auch nicht. Im geheimen habe ich oft bedauert, daß ich nicht manchen ganz einfach mit diesem oder jenem meiner Leute austauschen konnte, der abgeknabbert war und bereits entbehrlich. So was habe ich aber niemals verlauten lassen, natürlich nicht, man soll immer nur klare Anweisungen für notwendige Unternehmungen geben – bloße Wünsche und unausgegorene Pläne soll man für sich behalten. Darin, Woynok, sind wir beide uns ja auch einig.

Aber gestern, als deine Lunte eine Lücke in meine Bande riß, habe ich wieder an diese frischen, tatdurstigen Bauernburschen denken müssen, und da war es in meiner Macht gelegen, die Lücke dorthin zu verschieben, wo Auffrischung längst not tat. Wie du siehst, Woynok, hast du uns sogar gestern eher Nutzen als Schaden gestiftet.«

Unterdessen waren Gruschek und seine Leute mit ihrem

Gefangenen bei der unteren Wolfsschlucht angelangt. Dorthin hatte die Bande zunächst ihr Lager verlegt. War doch die Schlucht erst nach dem Schneefall von Wölfen bevölkert. Gruschek ließ Woynoks Fesseln aufknoten. Er zeichnete ein kleines Kreuz auf die Erde und hieß Woynok sich daraufstellen. Dann befahl er den Räubern, ihre Flinten zu laden und einen Kreis um Woynok zu schließen.

Das ganze Jahr über, das Woynok in ihrer Mitte verbrachte, hatten die Räuber nie mehr über Woynok nachgedacht. Man könnte sagen, daß sie ihn vergessen hatten. Jetzt aber, nach so langer Zeit, war endlich wieder ein Raum zwischen ihm und ihnen, der Raum zwischen seiner Brust und den Mündungen ihrer Gewehre. Er war wieder der Woynok von früher, der sich höchstens einmal im härtesten Winter dem Lager nähert, auf dessen Spur man zuweilen stößt oder nur zu stoßen glaubt. Ob die Räuber doch auf Gruscheks Befehl schießen werden? Aber Gruschek befahl es ja gar nicht. Er schob sich in den Kreis hinein, stellte sich vor Woynok hin und sagte: »Geh zum Teufel, Woynok, aber geh! Laß dir nie mehr auch nur im Traum einfallen, unseren Weg zu kreuzen. Laß dich nie mehr in deinem Leben bei uns blicken!«

Woynok hatte noch kein Wort gesprochen, seit er auf dem Schwesternberg gefesselt aufgewacht war. Er erwiderte auch jetzt nichts. Seine Augen waren klar und durchsichtig. Schweigend verließ er den Kreis, der hinter seinem Rücken sogleich auseinanderfiel. Schon hatte er die Wolfsschlucht verlassen. Er dachte nicht mehr an Gruschek und seine Bande und vergaß ihn. Ein paar Räuber liefen auf einmal an den Rand der Schlucht, aber Woynoks Spur war schon verdeckt von dem unablässigen ungeheuren Laubfall der herbstlichen Prutka.

Von diesem Tage ab begann eine neue Zeit, die man nie für möglich gehalten hätte. Sie wäre auch vordem nicht möglich gewesen und wurde auch später nie mehr möglich. Sie dauerte etwas über ein Jahr. Während dieses Jahres weitete sich die fälschlich für eng gehaltene Welt zu dem unendlichen Raum, die Prutka weitete sich, und es war Platz für Woynok und Gruschek. Wer hätte in diesem Jahr behaupten können, einer sei dem anderen überlegen? Wenn wirklich einer in diesem Jahr Woynok den Vorzug gab, dann konnte man aus diesem Urteil gar nicht auf Woynok schließen, sondern nur auf den Urteilenden.

Niemals war so viel in den Dörfern über Woynok und Gruschek erzählt worden; Gruschek aber verbot seinen Leuten nach jenen Ereignissen, Woynoks Namen auch nur zu erwähnen. Alle verstanden, daß das das Geringste war, was Gruschek fordern durfte.

Den nächstfolgenden Winter verbrachte die Bande in einem neuentdeckten Felsspalt hinter dem Schwesternberg. Ausgeschickte Wachen hörten von einem Köhler, Woynok sei umgekommen. Nicht einmal weit weg, sondern nur ein paar Stunden weit, nicht einmal vor langem, sondern erst gestern. Er war eines kläglichen Todes gestorben. Jäger aus Doboroth waren mit neuartigen, unbekannten Fallen in die Prutkadörfer gekommen. Woynok war mit dem Fuß in eine solche Falle geraten, und sie war zugeschnappt. Erst als er die Nacht über festgeklemmt und nahezu erforen war, hatten sich Bauern an ihn herangewagt und ihn mit Stöcken totgeschlagen. Diese Botschaft brannte zuerst den ausgeschickten Wachen, dann den Räubern auf der Zunge. Sie konnten nicht länger an sich halten und brachen Gehorsam und Schweigen. Gruschek merkte aus ihren Mienen und ihrem Flüstern, was geschehen war. Da tat er genau das, was seine Räuber von ihm erhofften. Er setzte sich zwischen ihnen nieder, rang die Hände, daß es knackte, weinte laut und klagte. Alle klagten mit ihm in schmerzhafter Erleichterung.

Über das frisch geschürte Feuer klagte man, was man von Woynok wußte, in einer Art freudiger Verzweiflung. Weil er tot war und weil es doch immerhin seinesgleichen gegeben hatte. Alle klagten, bis sie erschöpft waren und einschliefen.

Mitten in der Nacht rief die am Rand der Schlucht aufgestellte Wache, Woynok sei gekommen. Oberhalb der Bergwand schien sich der Nebel zu verdicken. Woynok näherte sich dem Lager mit unendlicher Langsamkeit. Die Räuber krümmten sich um das niedergebrannte Feuer. Die Hand, die noch rasch einen Scheit hineinwerfen wollte, erstarrte schon vor Grauen und Kälte. Denn ein Luftzug eisiger Kälte flog von Woynok weg und flatterte um die Schläfen der Räuber. Woynok aber, der diese Kälte verbreitete, schien selbst nicht zu frieren. Er setzte sich auf die Erde nieder, außerhalb des Feuerkreises. Er glich dem Woynok von früher soviel, wie ein Toter einem Lebenden gleichen kann.

Da ermannte sich Gruschek, begrüßte Woynok, setzte sich ihm gegenüber auf die Erde, Gesicht gegen Gesicht, und redete ihn an: »Lieber Woynok, warum hältst du dein Versprechen nicht? Warum bist du noch einmal zu uns gekommen?« Woynok erwiderte nichts. Als die Räuber Gruscheks Stimme hörten, beruhigten sie sich ein wenig, sie bewunderten ihren Gruschek, wie er mit aller Art Menschen umgehen konnte, sogar mit toten, und sie wiegten sich in Sicherheit. Gruschek fuhr fort: »Kannst du nicht einmal jetzt halten, was du versprochen hast? Was willst du denn noch bei uns? Wir haben dich nur um eine einzige Kleinigkeit gebeten, aber nicht einmal diese winzige Bitte willst du uns erfüllen.« Woynok regte sich nicht, Gruschek fuhr fort: »Obwohl du nur ganz kurze Zeit mit uns gelebt hast, obwohl diese Zeit bei uns kein besonders gutes Andenken hinterließ, haben wir dich doch heute beklagt, als ob du dein ganzes Leben unzertrennbar mit uns verbracht hättest. Hör mal, Woynok: Woynok ist hinter dem Schwesternberg von den Bauern mit Stöcken erschlagen worden. Nie hat es noch einen solchen Räuber gegeben, nie wird es mehr einen solchen geben. Was ist Gruschek gegen Woynok? Gruschek ist alt; wenn seine Hände morgen herabsinken, dann wird seine Bande nach allen Richtungen auseinanderlaufen.«

Gruschek stemmte die Arme in die Hüften, er wiegte seinen Oberkörper, und seine trockenen Knochen knirschten.

Warum bin ich nur hergekommen? dachte Woynok. Warum habe ich noch einmal diesen furchtbaren Weg durch die Berge zurückgelegt? Ich könnte längst meine Ruhe haben, ich könnte längst zugeschneit sein.

Die Räuber wiegten sich rasch hin und her, wobei ihre Köpfe manchmal aneinanderstießen. Sie fürchteten sich jetzt kaum mehr, als ob sie begriffen hätten, wie wenig ein Toter gegen soviel Lebende ausmacht. Sie vergaßen ihren Gast. Doch ihre Klagen folgten so reich und dicht, daß man sich wundern mußte, wieviel selbst ein rasch geendetes Leben gefaßt hatte.

Woynok war viel zu schwach, um an das Feuer heranzurücken. Wer hätte auf den Gedanken kommen sollen, ihn hinzuziehen? Je eher die Kälte sein Herz zerknackte, dachte Woynok, desto besser, je eher sein unnützes, bis auf die Knochen eingerissenes Fleisch erstarrt war. Er hob ein wenig den Kopf. Einen Augenblick lang über dem Feuer entstand ein Leben, jung und verlockend, das reinste Räuberleben, kühn und glücklich. Woynok dauerte dieses Leben, das rasch zu Ende ging mit dem stürmischen Lied und mit dem übermäßig geschürten Feuer. Man hatte alle Scheite auf einmal hineingeworfen.

Gruschek verstummte zuerst, er hatte bemerkt, daß der Gast fort war.

Am Morgen fanden die Räuber die frische Spur, in der Nacht ausgetreten. Gruschek tröstete sie: Er kann ja nicht weit gekommen sein. Er erhob sich ächzend; er stand jetzt schon immer schwer auf von seinem Nachtlager, als ob ihn die Erde gleich behalten wollte. Er wußte aber, was er der Bande schuldig war. Er machte sich auf mit seinen besten Leuten. Sie fanden Woynok auch bald. Er hatte sich mit dem Kopf in den Schnee eingewühlt. Sie fragten Gruschek: »Soll man ihn im Lager begraben?« Gruschek erwiderte: »Das geht zu weit.« Sie legten Woynok dann einfach mit dem Gesicht nach oben und deckten ihn mit Schnee zu. Das war schnell getan.

Reise ins Elfte Reich

Einreise

Nachdem uns zehn Länder die Einreise verweigert hatten, trotz aller Bürgschaften und Bürgen und Zeugnisse und Empfehlungen, wußten wir keinen Rat mehr und fielen in Verzweiflung. Da trafen wir unterwegs einen alten Bekannten, um den wir uns längst nicht mehr gekümmert und den wir schon ganz vergessen hatten. Dieser Bekannte gab uns einen Rat. »Es gibt noch ein Elftes Reich«, sagte er, »das soll noch Leute hereinlassen unter gewissen Umständen.« Er gab uns auch die Adresse des Konsulats. Das Konsulat lag in einer Gasse, durch die wir schon früher oft gegangen waren, im dritten Stock eines alten Hauses, in dem man nie die auswärtige Vertretung eines größeren Landes vermutet hätte. Wir hatten schon im Vorbeigehen das Konsulatswappen gesehen, das aber so verwittert war, daß man nichts unterscheiden konnte und es für irgendein Warenschild hielt. Jetzt richteten wir unsere ganze Hoffnung auf dieses Konsulatsschild.

Von dem Reich selbst hatten wir nicht die geringste Vorstellung. Wir hatten auch ganz vergessen, unseren Bekannten anzufragen. Aber hatten wir uns früher etwa unter Uruguay etwas Bestimmtes vorgestellt?

Als wir uns anstellten für das Visum, sagte uns gleich der Konsulatsdiener, anstellen hätte hier keinen Zweck, sein Land ließe doch nur solche herein, die keine Pässe hätten. Er zuckte die Achseln bei unserem Bescheid, wir seien nicht in der Stimmung für Scherze. Als wir dran kamen, fragte man uns, ob wir gültige Pässe hätten. Wer einen solchen Paß zeigte, der wurde sofort abgewiesen. Wer keinen hatte, dem sagte man, daß er losreisen solle, er hätte nichts zu befürchten, man würde ihn, wenn er wirklich paßlos sei, glatt hereinlassen.

Darauf ging der kleinere Teil von uns weg, nicht weil er befriedigt, sondern weil er bis zur Gleichgültigkeit erschöpft war. Die mit den rechtsgültigen Pässen und mit den Empfehlungsbriefen von Ministern und von Professoren ausländischer Universitäten, die gingen nicht weg, sondern belagerten weiter das Konsulat um Visa, auf Grund der Zähigkeit ihres ganzen Wesens, durch die sie auch in den Besitz ihrer Ausweispapiere gekommen waren, und sie flehten fast auf den Knien um Visa.

Bis schließlich auch diese Beamten mürbe wurden und ihnen kopfschüttelnd Visa einstempelten, mit der mitleidigen Versicherung, daß sie die Folgen schon spüren würden.

Wir reisten dann alle zusammen los, ein paar Dutzend Leute, und kamen schließlich auch eines Abends an die Grenze des Elften Reiches. Unterwegs war uns Paßlosen bang geworden, weil sich herausstellte, daß die meisten sich doch Visa beschafft hatten, oder irgendwelche guten Ersatzausweise. Wie aber wurde es denen und uns zu Mut, als sich gleich an der Grenzstation folgendes ereignete:

Einer von uns Auswanderern war, obgleich sein Reiseziel mit unserem übereinstimmte, wie auch der Grund seiner Ausreise, mit seiner ganzen Familie in einem Waggon an der Spitze des Zuges gefahren. So gute und viele Bürgschaften besaß er und ein solches Wunder von Reisepaß, daß er wahrhaftig befürchtet hatte, sich durch das bloße Mitreisen an uns anzustecken. Kaum kam der Zug über die Grenze, und sein Schwanz war noch jenseits der Grenze, als sich schon Beamte des Elften Reiches in den vorderen Waggon und daher auch sogleich auf diesen Mann stürzten, mit der Frage: »Haben Sie einen Paß?« – worauf er alles vor ihnen ausbreitete. Wir waren dann Zeugen, wie unser Mann mit seiner ganzen Familie über die Grenze in das andere Land zurückgeworfen wurde, und hinter ihm her all seine Pässe und Bürgschaften. In unserem Coupé entstand eine Panik. Ein paar, die während der Reise geprahlt hatten, daß sie sich durch Auskünfte nicht irremachen ließen und auf jeden Fall ihre guten Papiere eingesteckt oder eingenäht hatten, stopften sich diese Papiere in den Schlund, würgten und kauten und verschluckten sie. Trotzdem hatten zwei noch Pech. Die Beamten wurden auf ihre verquollenen Gesichter aufmerksam, schleppten sie mit und gaben ihnen Rizinusöl. Da kamen doch Paßreste zum Vorschein und Stempel vom Home Office.

Uns aber, da wir die Frage »Haben Sie einen Paß?« mit Nein beantwortet hatten, ließ man anstandslos hinein.

Empfang

Wir wurden in eine Art Wartesaal geführt, wo uns ein paar neue Beamte in Empfang nahmen. Diese Beamten sprachen höflich, ja gütig mit uns allen. Wir waren wirklich froh, daß man solchen Anteil an unserem Schicksal nahm, und erzählten denn auch weitläufig. Dann wurden wir in zwei Gruppen eingeteilt, warum, wußten wir noch nicht. Man versicherte uns, daß wir uns alle am nächsten Abend in der Hauptstadt wiedersehen könnten. Unsere Gruppe reiste unter gewöhnlichen Umständen, in einem gewöhnlichen Zug, vermischt mit der Bevölkerung. Wir machten dabei ein paar merkwürdige Beobachtungen, über die man noch hören wird.

Wie wir nun abends in der Hauptstadt ankamen, sahen wir hinter der Sperre die andere Gruppe, wie sie gerade empfangen wurde von einem Empfangskomitee mit Liedern und Fahnen und Blumen. Wie sich jetzt erst herausstellte, hatten uns die Beamten auf Grund ihrer Menschenkenntnis in zwei Gruppen eingeteilt; eine Gruppe, die stark empfangsbedürftig war, und eine Gruppe, die auf gewöhnliche Art durchreisen konnte. Die Empfangsbedürftigen waren auf allen Stationen durch solche Empfänge und Darbietungen geehrt worden. Wie wir nun diese Gruppe so dastehen sahen, in einer feierlichen Haltung, während sie ebenso feierlich angeredet und dazu noch beschenkt wurde – uns aber redete niemand an, obwohl wir dasselbe verdient hätten –, schoß es uns doch durch den Kopf, obwohl unsere Reise in ihrer Art besser gewesen war, solcher Empfang könnte einem nach soviel Leiden doch gut tun. Einer aus unserer Gruppe machte sogar eine ähnliche Bemerkung. Wups, drehte sich der Empfangsbeamte nach ihm um, schickte ihn wieder zur Grenze zurück, und wie er uns später erzählte, bekam er dann auf der Rückreise nach der Hauptstadt an jeder Station einen großen, ehrenvollen Empfang für sich allein.

Die Orden

Was uns auf der Reise zuerst ins Auge fiel, war der Umstand, daß es unter der ganzen Bevölkerung kaum einen Menschen gab, der nicht dekoriert war. Die gewöhnlichsten Menschen aller Berufe, Männer und Frauen, alle hatten die Brust voll Orden hängen. Die meisten waren geradezu übersät mit Orden. Menschen, die nur ihrer fünf oder sechs hatten, mußten einem schon auffallen. Einen Undekorierten sahen wir überhaupt nicht, wir sahen einen einzigen auf der ganzen Reise, der nur einen Orden hatte. Auf den machten wir uns schon aufmerksam. Entweder wurde in diesem Reich mit der Ordensverteilung Mißbrauch getrieben, oder das Volk hatte eine allgemeine gewaltige Anstrengung hinter sich, die eine solche Art äußeren Lohnes verdiente. Wir fragten den Beamten, der uns begleitete. Der lachte und erklärte uns: »Wenn in unserem Land ein Mensch ins Leben eintritt, wie ihr das nennt, dann hängen wir ihm alle Orden an seine Brust für alle Dinge, in denen er sich im Leben bewähren muß. Er bekommt seinen Orden für Tapferkeit vor dem Feind, seinen Orden für zivile Tapferkeit, seinen Orden für Verdienst um das Vaterland, seinen Orden für treue Berufspflichterfüllung, kurz und gut und so weiter. Wenn er sich dann bewährt hat, reißt man ihm den betreffenden Orden herunter, öffentlich, unter Musik, er braucht ihn dann nie mehr zu tragen. Diese Orden bezeichnen demnach nicht Verdienste, sondern unerfüllte Verpflichtungen. Hat man bei uns jemand den Orden für Tapferkeit feierlich abgenommen, dann wissen alle bei uns, dieser Mann muß wirklich tapfer gewesen sein, da er keinen Orden mehr trägt. Denn je öfter sich einer bewährt hat in unserem Land, desto weniger Orden trägt er. Kahl und still geht er herum. Andere dagegen klimpern mit all ihren Anhängseln bis ans Ende ihrer Tage. Ich zum Beispiel habe trotz aller Anstrengung auch noch fünf Orden auf der Brust. Immerhin, etliche hat man mir schon feierlich abgenommen.

Deshalb reißen sich in unserem Land die Mädchen und Frauen darum, mit Männern spazierenzugehen, die keine Orden tragen. Deshalb gibt es in unserem Land auch das Sprichwort, das einem auf die Zunge kommt im Umgang mit einer gewissen Menschensorte: Der Mann hat noch viele Orden abzulegen –«

Jene Empfangsbeamte, die uns in die Hauptstadt begleitet hatten, wurden dort durch andre ersetzt, deren Pflicht es war, uns einzugewöhnen. Ihnen vertrauten wir unsre Sorgen an, was uns die Zukunft in dem fremden Land bieten könnte. Unsre Sorgen und Zweifel waren mit der Trauer vermischt um die Kenntnisse, die wir uns vielleicht nutzlos angeeignet, um die Berufe, die wir geliebt hatten und aufgeben mußten. Dieser Teil unsrer Klagen blieb aber den Eingewöhnungsbeamten unverständlich.

»In unsrem Land«, erklärten sie, »herrscht ohnedies ein Gesetz, daß jeder mit dem vierzigsten Jahr seinen Beruf wechseln muß. Der Berufswechsel bleibt ihm höchstens in wenigen Ausnahmefällen erspart, die man an den Fingern abzählen kann. Aber auf solche Ausnahmen pflegt sich auch keiner zu berufen. Warum auch? Es entsprach unsrem Empfinden, es wurde Gesetz, es ist anerkannt. Wenn ein Mensch bei uns vierzig Jahre alt wird, dann hat er das Recht und die Pflicht, einen neuen Beruf für sich zu finden. Er war ja auch lange genug in den alten eingespannt. Was für ein frischer Zug dann plötzlich durch unser Leben geht, ja durch das Leben des ganzen Reiches, denn der Berufswechsel betrifft ja alljährlich Hunderttausende von Vierzigjährigen. Dieser da, unser Kollege mit dem grauen Schnurrbart, war ein stadtbekannter Konditor. Kein Platz in seiner Konditorei, zu allen Festen seine Kuchen! Bis dann, allmählich, ihm und uns seine bewährten Nußtorten, Brezeln und Baumkuchen fade wurden. Mit welcher Liebe, Sie merken es selbst, wurde der Kollege Eingewöhnungsbeamter. Ich dagegen, ich bitte Sie alle sehr, sich nicht darüber zu kränken, erwarte sehnsüchtig mein vierzigstes Jahr. Einst erschien mir dieser Beruf, der Umgang mit den merkwürdigsten Menschen, ungemein verlockend. Jetzt, verzeihen Sie, kommt mir an Ihnen schon nichts mehr merkwürdig vor. Ich will Sie mit dieser Bemerkung nicht kränken, sie beweist schon, daß ich in meinem Amt nachlasse. Nun, nächstes Jahr bin ich, gottlob, in der Lehre bei einem Kunstschlosser.«

»Ja, ach, aber«, sagten wir, »wenn nun ein Mensch plötzlich mit seinem vierzigsten Jahr ein Schriftsteller werden will?«

»Dann wird er's. Und der Staat druckt ihm seine Bücher.«

»Aber«, sagten wir, »wie ist denn das möglich? Das muß doch den Staat gewaltig viel Geld kosten.«

»Viel, viel weniger«, sagten die Beamten, »als wenn diese Menschen schon von Jugend an geschrieben hätten.«

»Aber da muß doch ein ungeheurer Zudrang losgehn«, sagten wir, »zu den Berufen der Schriftsteller, Maler, Schauspieler –«

»Da irren Sie sich aber gewaltig«, erklärten uns die Beamten. »Viel geringer, als Sie sich offenbar vorstellen, ist dieser Zulauf. Dagegen ist nichts bei uns so häufig, als daß ein Mensch, nachdem er bis zu seinem vierzigsten Jahr auf der Bühne stand oder Bilder malte, aufatmend in die Schreinerei oder in das Handschuhgeschäft seines Vaters zurückkehrt.«

Hochzeit

Wir wurden zu einem großen Fest eingeladen, zu einer Hochzeit. Man freut sich ja immer, wenn man in der Fremde als Einheimischer behandelt wird. Die ganze Straße war eingeladen. Bäuerliche und städtische Bräuche schienen uns bei dieser Hochzeit vermischt. Es gab ungemein viel zu essen und zu trinken. Haus und Straße waren geschmückt, die besten Musikanten spielten, man tanzte in die Nacht hinein. Die Braut war eine schöne Person, und die Verliebtheit des Bräutigams ganz berechtigt, wenn auch für unsren Geschmack gar zu offensichtlich. Freude steckt an, und man konnte das Hochzeitsfest beinah wild nennen, als alles recht im Zuge war.

Als die Braut und der Bräutigam unter dem Jubel der Gäste abzogen, sagten wir zu einem Tischnachbarn: »Hoffentlich bleiben die beiden glücklich.«

»Bis morgen früh sicher«, war die Antwort. »Später werden sie keine Gelegenheit mehr haben.«

Als wir uns nach dem Sinn dieser Antwort erkundigten, erfuhren wir: »Wenn sich in unsrem Land ein Paar findet, mit der gegenseitigen Einschätzung, daß es wohl dazu taugt, sein Leben zusammen zu verbringen, Kinder miteinander aufzuziehn, kurz und gut, wie ihr das nennt, eine Ehe einzugehn, dann tut es sich still zusammen, und man merkt nach geraumer Zeit, daß sich da wieder zwei gefunden haben. Wenn sich aber ein Paar trifft für ein einziges Mal und zu diesem Zweck, dann machen wir eine riesige Hochzeit, die ganze Straße laden die beiden ein, und wir machen Musik und trinken und tanzen, und es geht hoch her.

Natürlich kommt es bei uns auch bisweilen vor, denn Engel sind wir ja auch nicht, daß ein Mensch sich auf diesem Gebiet irrt. Zwei machen eine riesige Hochzeit, einen großen Aufwand, können sich dann aber doch nicht trennen, kommen wieder zusammen oder bleiben gar zusammen. Über solche Menschen muß man den Kopf schütteln. Man verurteilt sie als Menschen, die ihre Gefühle nicht richtig selbst einzuschätzen wissen und Unordnung in der Gesellschaft stiften, weil sie sich selbst nicht rechtzeitig ordentlich Rechenschaft ablegen. Und wenn man merkt, daß die beiden nach Wochen doch noch immer zusammen sind, dann kann man wohl manche Nachbarin klagen hören: ›Die ganze schöne Hochzeit war umsonst.‹«

Besuch bei den Behörden

Um ein Gesuch vorzubringen, von dem später die Rede sein wird, wollten wir uns an einen kleinen Beamten wenden, den man uns zu diesem Zweck empfohlen hatte. Obwohl er nur ein ganz niederer Beamter war, hatte er wohl ein Dutzend Vorzimmer, und in jedem mußten wir tagelang warten, bis man uns nur erlaubte, die Fragebogen auszufüllen, die für den Einlaß in das nächstfolgende Vorzimmer nötig waren. Jedes Vorzimmer hatte seinen Sekretär, als eine Art Schildwache, und wir mußten unzählige Fragen über uns ergehen lassen, dickes Gedränge, Telefonanrufe, bis wir endlich vor jenem Mann standen, der, wie gesagt, nur ein ganz kleiner Beamter war! Er empfahl uns an einen mittleren Beamten. Dieser mittlere Beamte hatte nicht ganz so viele Vorzimmer, das Gedränge war nicht so dicht, der Telefonanrufe und Fragebogen waren weniger, und wie uns schien, hatten seine Sekretäre keinen so schildwachartigen Anstrich. Er empfing uns, wenn wir auch recht lange gewartet hatten, doch nach etwas kürzerer Zeit, als wir nach unsrer ersten Erfahrung fürchteten. Er empfahl uns einem hohen Beamten. Wir waren äußerst erstaunt, daß dieser hohe Beamte nur ein einziges Vorzimmer hatte, nur einen einzigen Sekretär, der uns nach einem einzigen Telefonanruf vorließ.

»Gehen Sie bitte«, sagte uns dieser hohe Beamte, »quer über den zweiten Korridor links, und klopfen Sie Nr. 23.« Das taten wir. In einem kleinen Amtszimmer saß hinter einem Tisch, an den wir fast stießen, weil er vorzimmerlos direkt vor der Tür stand, ein Mann in einem kahlen Rock, ohne Orden. »Ich bin der Staatspräsident«, sagte er. »Was wünschen Sie?«

Er lachte über unsren Schrecken und unser Erstaunen. »Wie ist das nur möglich, Herr Präsident«, fragten wir, »da man nur bei Ihnen anklopfen muß, daß Sie nicht Tag und Nacht bestürmt werden? Was schützt Sie vor diesem Andrang?« – »Daß niemand auf diesen Gedanken kommt«, sagte er.

Gesuch

Das Gesuch, dem wir die Bekanntschaft des Staatspräsidenten verdankten, hatte folgenden Anlaß:

Wir hatten alle an einem Tag Strafmandate bekommen auf Grund von Anzeigen, die wider uns eingelaufen waren wegen unbefugten Ablegens von Orden. Von ihrem Standpunkt aus mit einem gewissen Recht, nahm die Bevölkerung daran Anstoß, daß wir kahl und undekoriert daherkamen, was trotz der größten Anstrengungen für Einheimische unerreichbar blieb. Wir wurden daraufhin von den Behörden zur Rechenschaft gezogen. Wir hielten Rat und verfaßten gemeinsam ein Gesuch. Darin baten wir um Erlaß der Strafe und um Gelegenheit, das Versäumte nachzuholen. Denn, hieß es in unsrem Gesuch, wir müßten erst Orden besitzen, um sie ablegen zu können.

Da der Staatspräsident selbst unser Gesuch günstig aufnahm, wurden wir alle an einem Tag in die große Festhalle bestellt. Dort hielt man uns eine Ansprache, daß wir jetzt in das Leben des Landes eintreten, das wir uns zur Zukunft gewählt hatten. Beamte liefen mit großen Samtkissen zwischen unsren Reihen umher, und auf den Samtkissen lagen Dutzende von Orden, Bändern, Sternen und symbolischen Figuren. Wer sich zuerst das Lachen verbissen hatte, dem wurde beklommen. Man ermahnte uns, rasch den Abstand aufzuholen, der uns von den Einheimischen trennte, die in jugendlichem Alter in die Sitten und Gesetze eingewöhnt waren. Unsre Erfahrung müsse den Abstand wettmachen, und auch die Reife, die durch Leiden kommt. Gewiß sei es bald soweit, daß der erste aus unsren Reihen die erste Ordensablegung feiere.

Man wird es nicht für möglich halten, aber einigen von uns wurde es wirklich feierlich zumut. Wir sahen Tränen auf manchem Gesicht, über das wir auch in vergangenen Zeiten Tränen rollen gesehn hatten, bei Anlässen, die von dem jetzigen grundverschieden waren. Wir mußten freilich bald alle lachen, als wir uns auflösten und einander betrachteten. Wir waren alle, Männer und Frauen, behängt von oben bis unten, kein Knopfloch, kein Fleckchen war frei geblieben, die Röcke glitzernd und bunt übersät. Das Lachen verging uns erst auf dem Heimweg, als uns schadenfrohe Zurufe trafen und spöttische Blicke. Wir hätten gern ein oder das andre Läppchen in der Tasche verschwinden lassen, wenn wir nicht gefühlt hätten, daß uns alles Volk scharf beobachtete. Man hätte uns ohne Zweifel wie Diebe und Betrüger behandelt.

Unsre Laune kam erst zurück, als wir im Quartier an unserem großen gemeinsamen Tisch saßen wie eine Gesellschaft von Marschällen nach einer Parade. Wir hätten gewiß wieder gelacht, wenn nicht plötzlich einer von uns einen jener furchtbaren Anfälle bekommen hätte, die man aus dem Emigrationsleben kennt. Einem solchen Anfall aus schneidender Erinnerung und ebenso schneidender Fremdheit der Umgebung unterlag überraschend für uns alle urplötzlich ein älterer ruhiger Mann in unsrem Kreis, ein ehemaliger hoher Beamter in unserer Heimat. Er hatte im Coupé bei der Einreise den handgeschriebenen Brief eines seiner früheren Kollegen im Dienst einer großen Macht rasch an der Zigarette verbrennen müssen. Wir hatten ihn dann aus den Augen verloren, weil er den Empfangsbedürftigen zugeteilt worden war. Später hatte er sich ruhig verhalten. Aber was hatte diese Ruhe an Gemüt versteckt! Er weinte jetzt laut, daß er diese unsinnigen Fetzen herumtragen müßte, wo er doch in seinem Koffer die höchsten Orden der Heimat aufbewahrte, die ihm für wahre, hingebungsvolle Dienste verliehen waren.

Am nächsten Morgen begab sich unser Mann zur Behörde und

bat um die Erlaubnis, seine beiden eignen hohen Orden anlegen zu dürfen. Der Beamte hörte ihn mit höchster Verwunderung an. Er sagte ihm: »Wir haben tatsächlich kein Gesetz, das Ihnen verbietet, Zusatzorden anzulegen. Einen so sonderbaren Fall konnte kein Gesetz voraussehn. Bedenken Sie doch, lieber Freund, wie schwer es fällt, Orden abgenommen zu bekommen. Und diese Ihre Orden wird man Ihnen nie abnehmen. Als alter Mann von würdigem Aussehn werden Sie dann immer noch dekoriert in unsren Straßen herumgehn. Das wird Ihnen peinlich sein. Wir warnen Sie in Ihrem eignen Interesse, sich in unsrem Land mit unablegbaren Orden abzuquälen.«

Einschulung

Wir mußten jetzt daran denken, unsre Kinder einzuschulen. Der Schuldirektor bestellte sie, wie es allerorts üblich ist, zu einer Aufnahmeprüfung. Von dieser Prüfung gaben die Kinder uns später die sonderbarsten Beschreibungen, aus denen keiner von uns Erwachsenen schlau wurde. Man hätte jedem von ihnen, erzählten sie, einen Rotstift gegeben und einen Stapel Hefte zum Korrigieren. Die Lehrer waren aus unsren Kindern schlauer geworden als wir, die Eltern, und verteilten sie sorgfältig auf die entsprechenden Klassen. Die Kinder erzählten aber gleich nach dem ersten Schultag so merkwürdige Sachen, daß wir zum Direktor liefen und ihn fragten, nach welchem System hier unterrichtet würde. Der Direktor sagte: »In allen Schulen des Reiches ist das System der Fehlerfindung einheitlich eingeführt. Wir geben den Kindern kein weißes Papier in die Hand und keine leeren Hefte, und keine Bleie und keine Tinte, weil wir all diese Übungen als schädlich erkannt haben. Wir geben unsren Kindern nur Rotstifte. In jeder Klasse teilt dann der jeweilige Lehrer in seinem jeweiligen Fach die Hefte unter die Schüler aus, damit sie die Fehler korrigieren. Der ist dann der Primus, der in dem Heft des Lehrers die meisten Fehler entdeckt hat. Wie brennt ein jeder brave Junge darauf, möglichst viel im Heft seines Lehrers mit dem Rotstift anzustreichen. Wie rührend ist der Anblick der kleinsten Klasse. Da sitzen sie, unsre winzigen Abc-Schützen, und wetzen unruhig die Schulbänke, ob zwei mal zwei wirklich fünf sein kann. Und wie sie daraufkommen, mit ihren Fingerchen nachzurechnen, und noch andre Hilfsquellen finden zur Fehlerfindung, und dann die Freude, wenn sie zum erstenmal in ihrem jungen Leben den Rotstift ansetzen. Und dann geht's weiter zum großen Einmaleins. Das erfordert schon größeren Scharfsinn von so einem Menschlein, herauszufinden, daß zwölf mal zwölf nicht hundertsechsundvierzig sein kann. Denn nichts beschämt unsre Kinder mehr, als wenn ein Rotstiftzeichen mit dem Klassengummi ausradiert wird.

Sehen Sie sich so ein Heft einmal an. Das ist das Heft eines Tertianers. Der Primus! Sehen Sie die kühnen Rotstriche auf dem Rand seines Mathematikheftes! Bei der gestrigen Klassenarbeit hat er ohne Zögern alle Axiome richtiggestellt. Er war der einzige, der in dem Heft seines Lehrers in dem Grundsatz »Die Parallelen schneiden sich nie im Unendlichen« das Nie rot durchgestrichen hat. In einem Jahr wird er soweit sein, daß er in den teilweise scharfsinnigen Beweisen der Alten für die Scheibengestalt der Erde und den Sonnenkreislauf zur Fehlerfindung schreiten kann. Ein so begabter Bursche zweifelt schon mit zehn Jahren am ptolemäischen Weltbild. Dagegen der Kleine dort unten rechts im Schulhof, mit den Sommersprossen und dem Butterbrot, ist schon zweimal sitzengeblieben, und schließlich wird er die Schule verlassen und ein einfaches Handwerk ergreifen, und er wird Familienvater werden und immer noch keinen Anstoß an der vorkeplerschen Erdbahnbestimmung genommen haben. Für ihn wird die Erdbahn wahrscheinlich ewig ein Kreis statt einer Ellipse sein! Doch dieser Tertianer! Ich sehe mit einer Art Vaterfreude die Stunde kommen, wo er zur Fehlerfindung sogar an den Lebenden schreitet. Zum ewigen Ruhm unsrer Schule!«

Wiedersehen

Stellt euch vor, wen wir hier auf der Straße getroffen haben! Erinnert ihr euch noch an den merkwürdigen kleinen Fremden mit dem unverständlichen nach innen gemurmelten Namen, der eines Tages in Berlin in unser Kaffeehaus geschneit kam? Er war ebenso plötzlich verschwunden. Sein kurzer Urlaub war wohl zu Ende, der auch uns damals allerhand Zerstreuung gewährt hatte. Erinnert ihr euch noch? Er verblüffte und belustigte uns durch die merkwürdigsten Gedankensprünge, durch Bemerkungen, die bei uns um so mehr einschlugen, als sie immer in einem trocknen und selbstverständlichen Ton hingeworfen wurden. Seine Aussprüche waren etwa von der Sorte: »Man sollte die Kinder vom ersten Schuljahr ab zur Fehlerfindung erziehen«, oder: »Nur wenn man ein einziges Mal zusammen ist, sollte man Hochzeit feiern«. Jetzt wissen wir, aus welchem Quell er seine Gedanken geschöpft hatte. Als er fort war, zerbrachen wir uns noch die Köpfe, aus welcher Gesellschaft, aus welcher Gegend der Welt er gestammt hatte. Manche hielten ihn für einen Schwätzer, manche für einen Philosophen, manche für einen Künstler, manche für einen Verschwörer. Jetzt wissen wir, was er ist: Filialleiter eines Schuhgeschäftes.

Die drei Bäume

Der Baum des Ritters

Holzfäller in den Argonnen fanden kürzlich, als sie die Axt an einen uralten Baumschlag legten, in einer hohlen Buche einen Ritter in voller Rüstung, kenntlich an seinem Wappen als ein Gefolgsmann Karls des Kühnen von Burgund. Dieser Ritter hatte sich auf der Flucht vor den Soldaten König Ludwigs des Elften in seiner Todesangst in den Baum gezwängt. Nach dem Abzug seiner Verfolger hatte er nicht mehr herausgefunden und war elend zugrunde gegangen in seiner Zuflucht. Aber der Baum, damals schon alt und mächtig, rauschte und grünte weiter, während der Ritter in ihm keuchte, weinte, betete, starb. Stark und makellos, bis auf die schmale, von dem Toten besetzte Höhlung, wuchs er weiter, setzte Ringe an, breitete sein Geäst, beherbergte Generationen von Vogelschwärmen, und er wäre noch weiter gewachsen, wenn die Holzfäller nicht gekommen wären.

Der Baum des Jesaias

Eine Überlieferung weiß von dem Tod des Propheten, daß er in einer Zeder zersägt wurde.

In seinem Leben hatte er sich vor nichts und niemand gefürchtet. Weder vor der Drohung der Mächtigen noch vor dem Spott von seinesgleichen. Weder vor den Häschern, die man ihm überall nachschickte, noch vor den Steinwürfen, die ihn gelegentlich aus der Menge trafen. Weder vor den Tränen seiner Familie, als die Stunde gekommen war, sie zu verlassen, noch vor der Leere der Wüste, noch vor dem mannigfachen verwirrenden Lärm der Volksmassen. Er hatte sich nicht gefürchtet, in trägen Zeiten zum Widerstand aufzufordern. Er hatte sich nicht gefürchtet, die Seinen in eine Schlacht zu führen, von der er wußte, daß sie verloren war. Er hatte sich nicht gefürchtet, mit den Seinen in dieser Schlacht zu fallen. Er war aber gar nicht gefallen. Sein Volk war erschlagen, und mit dem Volk verstummt war die erhabene Stimme, von der er gewohnt war, Weisungen zu empfangen. Da fing er an, sich zu fürchten.

Die Hörner der Schildwachen bliesen am Rand der Schlucht. Sie suchten in den Bergen nach Flüchtlingen. Er kletterte einem Flüßchen nach, bis er an eine Rodung kam. Da lagen Stapel von Zedernstämmen. Die Holzarbeiter waren wohl vor der Schlacht davongegangen. Er kroch in einen Holzstapel. Die Hörner der Schildwachen kamen näher, er fürchtete sich, er kroch in ein hohles Zedernholz. Die Hörner der Schildwachen zogen vorüber, es wurde Nacht, nur das Flüßchen rauschte. Er aber fürchtete sich, sein Versteck zu verlassen. Es wurde Morgen. Die Holzarbeiter kamen zurück, die Fäller und Flößer, mit ihrer Säge, mit Äxten und Stricken. Er hätte jetzt auf seine Füße springen müssen, er hätte die Flößer und Holzfäller ansprechen müssen, wie er gewohnt war, die Menschen anzusprechen. Er aber fürchtete sich vor den Holzarbeitern. Der Aufseher kam und ließ seine Leute das Holz an die Säge tragen. Er hätte jetzt noch herausspringen können, er fürchtete sich vor dem Aufseher der Holzarbeiter. Jetzt wurde ein Stamm nach dem anderen vor die Säge gelegt. Ihm blieb jetzt noch ein Augenblick, um sein Versteck zu verlassen. Er fürchtete sich, so daß er, wie man von ihm berichtet, in einer Zeder zersägt wurde.

Der Baum des Odysseus

Sogar dieser Tag war zu Ende gegangen. Die toten Freier waren fortgetragen, die Pfeile eingesammelt, das Blut war aufgewaschen. Mann und Frau sitzen zum erstenmal wieder am Feuer beisammen wie in den alten Zeiten. Noch einmal werfen die Götter auf dieses Paar einen letzten, schon gleichgültigen Blick. Alles ist ausgespielt worden, um diese Wiedervereinigung zu verhindern, alles, um sie endlich herbeizuführen. Alles Erdenkliche ist geschehen für und gegen die Heimkehr des Mannes. Und das Für hat gesiegt. Da ziehen sich die Götter zurück in ihre ewigen Wohnstätten und überlassen die beiden dem Schicksal.

Wie still das Haus ist. Jetzt verhallt alles in seinem Kopf. Die Musik auf der Hochzeit, als Achilleus gezeugt wurde, der auch schon lange vor Troja starb, der Streit der Göttinnen, die Hörner, die zum Krieg bliesen, die Schlachten vor Troja, das Gejammer in den Straßen der eroberten Stadt, der Gesang der Sirenen, das Gebrüll des Zyklopen, das Gegrunze der verzauberten Kameraden, die Saitenspiele der Phäaken und zu alledem in einem fort das bewegte Meer.

Wie schrecklich jetzt die Stille ist. Hat man auch furchtbare Götter gegen sich gehabt, so war man doch immer zusammen in einer Welt mit den Göttern. Jetzt ist alles verstummt. Und der Rauch auf Ithakas heimischen Hügeln ist ein gar blasses Wölkchen. Odysseus wäre nicht, der er ist, wenn er nicht wüßte, was jetzt die Frau denkt: Dieser Mann kann Odysseus sein. Er kann es auch nicht sein. Zehn Jahre Irrfahrten, zehn Jahre Troja, das ist eine lange Trennung. Zwar, die Freier hat er erschlagen. Aber vielleicht ist er nur noch frecher als der frechste Freier. Vielleicht gibt er sich nur als der Herr aus. Vielleicht ist er nur ein Pirat, und sein Boot liegt versteckt in einer der Buchten. Was sagt mir denn mein Herz? – Gar nichts.

Darauf sagte die Frau: »Du wirst müde sein. Ich will dir jetzt dein Bett ans Feuer tragen lassen.« Darauf sagte Odysseus: »Dieses Bett wirst du nicht hier aufstellen können. Als ich dich zu lieben begann, als ich um dich freite, damals, als keiner von uns nur ahnte, wo Troja lag, suchte ich auf meiner Insel den Ort, der gut war für mein zukünftiges Haus. Ich fand diesen Platz und rodete. Nur einen einzigen starken Baum ließ ich stehen. Ihn bestimmte ich zum Mittelpunkt meines Hauses. Ich kuppte ihn nur, aber den mächtigen Stumpf ließ ich auf seinen Wurzeln stehen. In diesen Stumpf schnitt ich dann unser Bett. Übrigens weißt du das alles ja selbst.«

Das Argonautenschiff

Die Gäste sahen offen oder verstohlen zu dem Fremden hinüber, der allein in einem Winkel saß, ohne sich in ihr Gespräch zu mischen. Was war denn das für ein Mann, der plötzlich hier eingedrungen war? Die Kneipe lag wie eine Höhle in einer der vielen Gassen, die sich um die Berge herum bis zum Meer schlängelten. Sie war auch wie eine Höhle mit Waffen und goldenem Gefunkel ausgefüllt, mit wilden und listigen, räuberhaften Gesichtern. Zahllose fremde Schiffe lagen jahraus, jahrein drunten im Hafen. Ihre Mannschaften sagten sich untereinander in entlegenen Gegenden: »So, dahin wollt ihr. Wenn ihr wirklich dort ankommt, vergeßt diese Kneipe nicht!« Die Ältesten setzten hinzu: »Sie war in unserer Jugend berühmt. Gibt es sie immer noch?« Und Junge, die gerade von dort kamen, antworteten: »Gewiß. Warum soll es sie nicht mehr geben? – Die Stadt war zwar zusammengeschossen. Man hat aber doch in den Trümmern irgendwo etwas trinken müssen.«

Die Gäste stritten, in welcher Sprache ihnen der Fremde antworten könnte, denn unerträglich gleichmütig, unbewegt saß er da mit seinem strahlenden Kopf, um seine Schultern ein goldgelbes, schwarzgesprenkeltes Fell. Das Sonderbarste an seiner Erscheinung war: Obwohl er ihnen bestürzend fremd vorkam, hatte doch jeder bei seinem Anblick das Gefühl, schon einmal irgendwo auf ihn gestoßen zu sein, und sei es auch vor langem gewesen, vielleicht als Kind, vielleicht nur auf einen Augenblick.

Die Tochter des Wirts wagte zuerst die Erkundung. Es war nicht sicher, ob der Wirt sie mit Recht seine Tochter nannte. Sie stand in jedem Fall seiner Wirtschaft vorzüglich vor. Die Hände, mit denen sie Gläser und Flaschen richtete, streiften die Gäste flüchtig wie Blätter. Ihr kleines weißes Gesicht erinnerte die Seefahrer, die aus dem Osten oder aus dem Süden kamen, an die Magnolien und Zitronenblüten ihrer verlassenen Gärten, und solche, die aus dem Norden kamen, an Schneeflocken. Sie war an die sechzehn Jahre. Ihr glattes schwarzes Haar unter dem frischen Taschentuch war mit einem bunten Wollstrang in einen Zopf geflochten. Sie trug oft Ohrringe. Die schenkte ihr ein junger Mensch aus der Stadt. Er saß jeden Abend an demselben Platz in der Schenke. Er galt als ihr Bräutigam.

Das Mädchen fragte den Fremden in ihrer Sprache, die die einzige war, die sie kannte, wie ihm der Wein geschmeckt hätte. Der Fremde erwiderte lächelnd zu aller Erstaunen nicht nur in derselben Sprache, sondern in der Mundart der Stadt, er habe ihm vorzüglich geschmeckt. Er bat noch einmal genau um den gleichen.

Das Mädchen erzählte bald den neugierigen Gästen, der fremde Mann heiße Jason, er sei hier geboren, aber schon früh in der Welt herumgekommen. Er sei der Kapitän eines großen Schiffes gewesen, das Schiff sei im Schwarzen Meer gestrandet. Er sei an Erfahrungen und auch an Geldmitteln reich; er setzte sein Seefahrerleben fort. Er sei nur hierhergekommen, um seine Vaterstadt wiederzusehen.

Das Mädchen brachte dem Jason Wein und stellte dabei die Fragen, die man ihr auftrug. Ob er die Herberge schon gekannt habe? Gewiß, er hätte auch früher hier manchmal getrunken. Ob er sie verändert finde? Keine Spur von verändert. Die ganze Welt habe sich zwar inzwischen verändert, die Stadt selbst habe manche starke Veränderung aufzuweisen. Die Kneipe aber, die sei dieselbe geblieben. »Und auch der Wein«, sagte Jason, er legte die Hand zugleich auf das Glas und die Hand des Mädchens.

Er verschluckte noch rechtzeitig den Satz: »Auch du bist dieselbe geblieben.« Er brauchte ihr nicht ein Geheimnis zu verraten, das doch offen vor aller Augen lag. Das Goldene Vlies auf seinen Schultern! Der Raub aus dem Tempel von Kolchis!

Das sechzehnjährige Mädchen konnte unmöglich dasselbe sein. Ein kleines weißes Gesicht erinnerte ihn zwar, sooft er herkam, an die Zitronenblüten und Magnolien der südlichen und östlichen Gärten, die er durchstreift hatte, oder an die Schneeflocken seiner Nordlandfahrten. Ein blutjunges Mädchen, das zu Recht oder zu Unrecht als die Tochter des Wirtes galt, hatte hier von jeher vorzüglich die Gäste bedient. Ihre Ohrringe hatten geklimpert. Ein eifersüchtiger Bräutigam hatte ihr Gebaren verfolgt wie dieser da, der ihn finster betrachtete.

Er fühlte, das Mädchen umkreiste ihn, obwohl sie die Gäste in allen Winkeln bediente. Sie kam in immer engeren Kreisen, in immer kürzeren Abständen um seinen Tisch herum. Sie goß ihm sein Glas zum drittenmal voll. Sie redete leise auf ihn ein, sie schloß manchmal ihre Augen, als ob sein Anblick sie blende. Er sagte ganz erstaunliche und ganz gewöhnliche Sachen. Er sagte: »Was ich auf der weiten Welt nicht gefunden habe, das finde ich plötzlich daheim.« Er sagte: »Ein Mädchen wie du kann gar keinen Falschen wählen. Sie braucht nicht nach Herkunft, nicht nach Zukunft zu fragen. Sie kann wie die Sonne selbst keinen Falschen wählen.« Je tiefer die Nacht sank, desto dichter wurde der Qualm. Betrunkene Gäste zischten und gurgelten absonderliche Gebete und Flüche und Schiffahrtsbefehle in allen Sprachen, und manche riefen gequält oder glücklich einen Namen, der ihrem Gott oder ihrer Liebschaft oder ihrer Mutter gehörte, oder sie fingen ein Lied an, das sogar hier noch niemand gehört hatte. Bis plötzlich, auf wenige Minuten, das erste, das flachste Tageslicht durch eine Kellerluke hereindrang. Die Sonne rückte dann wieder über die Luke, sie schien nicht mehr in die Kneipe, die Gäste fühlten sich wieder in ihrer Höhle vor dem Sonnengott sicher, mit ihren Beschwörungen, ihren ungezügelten Träumen.

Das Mädchen lief unterdes so rasch von einem Tisch zum anderen, daß die Gäste hinter ihr her ins Leere griffen. Sie kam immer dichter an Jason vorbei. Sie berührte seine Schulter. Sein Vlies schützte ihn wie ein Panzer vor allem, was einen Menschen bedroht. Es ließ zugleich wie eine Haut jeden Freudenschimmer in sein Inneres herein.

Jason stand auf; er folgte ihr in eine tiefere Wölbung, von dort aus durch eine Seitentür in den Hof und schließlich in ihre kleine Kammer, in der es nach Kräutern und Leinen roch.

Das Mädchen legte den Kopf an seine Brust. Sie steckte ihn unter sein Fell. Sie fühlte sich dabei sicher wie nie. Sie zog den Kopf ahnungslos wieder heraus.

Sie rannte ein wenig später durch die Schenke, um Wein in ihre Kammer zu bringen. Rasch, rasch, damit auch kein Augenblick verlorengehe. Die Wirtschaft war leer, die Schiffer waren zum Hafen gezogen. Der dicke Qualm, die Pfützen, die Reste von

Mahlzeiten, Schalen und Scherben, das alles erschien ihr widerwärtig.

Der Mann, der als ihr Bräutigam galt, saß noch auf seinem alten Platz. Er sagte finster: »Was suchst du?« Wie elend war er, wie kläglich! Sie sagte: »Laß mich!« Und dann nur noch »Oh!« Und kehrte um und lief ohne Wein zurück. Sie sah noch den goldenen Schimmer um Jasons Schultern. Er stand aufrecht da. Er wich einen Schritt von ihr zurück. Sein Blick war sofort auf den Horngriff des Messers gefallen, das ihr in der Brust stak. Ein derber Horngriff, wie er den meisten Einheimischen im Gürtel oder im Stiefel stak. Sie war schon zusammengebrochen. Es nützte nichts, wenn er das Messer herauszog. Ein Strudel Blut schoß dann aus dem Schnitt – ihm aber war nichts so zuwider wie ein Fleck auf seinem Goldenen Vlies. Obwohl er im voraus wußte, daß es nichts auf sich hatte, wenn ihn die Stadtpolizei ergriff und durch das Volk vor den Richter schleppte. Dabei belustigte ihn die amtliche Umständlichkeit, die mit jedem Urteil verbunden war, es mochte mit Strafe oder mit Freispruch enden. Wie überflüssig das alles war! Wie all diese Menschen Zeit verschwendeten! Nicht seine Zeit, ihre eigene! Denn seine war grenzenlos. Sie hätten ihm auch nichts anhaben können, wenn er schuldig gewesen wäre. Er wäre sicher entkommen. Durch einen Zufall oder durch Wunder? Darüber sollten sich die gewöhnlichen Menschen den Kopf zerbrechen. Für ihn kam es auf dasselbe heraus.

Das alles war ihm schon oft geschehen. Er war zuerst verwundert gewesen, wie alle Menschen um ihn herum zugrunde gingen, an Pest, an Schiffbruch, Krieg oder Mord und manchmal einfach am Alter. Er hatte sich daran gewöhnt. Er war jetzt beinahe eifersüchtig auf den eifersüchtigen Messerstecher. Der konnte sich einbilden, ihm sei etwas Unerhörtes geschehen. Sein Leben sei ihm zerschlagen worden. Und seine Rache sei unerhört. Er, Jason, hätte ihm sagen können: Das hat es alles schon oft in derselben Schenke gegeben. Das wächst alles nach. Genauso liebliche Mädchen, genau solche Zöpfe, in die ein bunter Wollstrang geflochten ist, genau solche Messer mit Horngriffen.

Er lief durch die leere Schenke. Er trat in den Sonnenschein. Er stieg bergauf, bis er wieder das Meer erblickte, smaragdgrün und unbefleckbar. Die junge runde Sonne am Himmel sah wie das grelle, verflachte Spiegelbild der tiefen unirdischen Sonne aus, die in dem Wasser glühte. Er stieg schneller. Das Land fiel hinter der Stadt ab, es zog ihn durch das schmale bebaute Tal auf den nächsten Gebirgskamm und wieder von dort hinab in die nächste Bucht. Er ließ bald eine zackige, rosakahle Bergkette zwischen sich und der Stadt. Die einzelnen Menschen, die in den Pflanzungen schnitten und pflückten und wässerten, drehten sich nicht nach ihm um. Wenn einmal eine Pfeife ertönte, dann galt sie einem verirrten Bock, dem sie einen Streifen Weideland zeigte. Er kam an einzelnen Ansiedlungen vorüber und manchmal an verlassenen Tempeln oder an einer Mischung von beidem; denn ein Säulenstumpf war ein guter Grundstock für alle Art Wohnung und Stall, und wo schon ein Götterbild stand, brauchte man keines neu zu schnitzen.

Zwei Reiter überholten ihn. Der eine war ein alter strammer Mann, der andere ein Knabe. Sie trugen die Kleidung vornehmer Leute. Die Pferde waren von edler Rasse, sie waren gesattelt wie die Pferde vornehmer Leute. Der Knabe drehte sich zweimal nach Jason um. Als Jason kurz darauf an einem schönen Landhaus vorbeikam, waren die Diener bereits mit den Pferden beschäftigt. Der Knabe stand müßig dabei. Er sah ihm neugierig-schmerzlich entgegen. Jason verstand sich auf den Blick solcher Knaben. Sie trafen ihn auf der ganzen Welt. Der Knabe gefiel ihm gut. Er war scheu, aber sicher kühn in Gefahren, beinahe kränklich, aber zäh. Jason wartete, bis sie allein waren. Er fragte: »Ist das hier dein Haus?« – »Ja, leider«, sagte der Knabe, »es ist das Landhaus meiner Familie.«

Jason erkannte in dem frischen Mauerwerk den Türbalken wieder, den man auch schon in seiner Jugend bei jedem Umbau erhalten hatte. Er sagte: »Warum sagst du: Leider, ja. Bist du nicht gern hier? Willst du weg?« Der Knabe erwiderte, was er selbst als Knabe erwidert hätte: »Mein Vater ist tot, meine Mutter schwach, mein Onkel ist hart und böse. Das ganze Leben hier ist mir zuwider. Ich ginge lieber heute als morgen.« Jason sagte: »Dann geh!« – »Wie soll ich das anstellen? Jeder kennt mich. Niemand gibt mir Obdach gegen den Willen des Onkels.« – »Ich nehme dich mit, wenn du willst. Dein Onkel geht mich nichts an.« Und als der Junge aufstrahlte, fuhr er fort: »Wenn du nicht von der Sorte bist, die sich erst lange besinnt, Abschied und Handgepäck braucht, geh noch heute zum Hafen hinunter. Da liegt ein Schiff, das gestern ankam.« – »Ich habe es aus dem Fenster gesehen. Ich dachte mir, wenn das meins werden könnte! Das denke ich aber bei jedem Schiff.« – »Und läßt dich zu dem Zweiten Steuermann bringen. Du wirst ihn erkennen, seine Nase ist eingeschlagen. Ihm sagst du, ich hätte dich geschickt, der Mann mit dem goldenen Fell.« – »Das tue ich«, sagte der Knabe, und Jason war sicher, er tat es.

Er ging die niedrige, roh, aber genau aus Geröll errichtete Mauer entlang, die alle Felder und Gärten umgab, die zu dem Landhaus gehörten. Sie füllten die ganze Breite des Tales aus, gerade an der Stelle, über der die Sonne am längsten stand, als hätte der Hausherr alle Bergschatten mit dem Geröll zusammen aus seiner Pflanzung geschaufelt. Er hatte von jeher alle Leute in seinem Dienst nach einem Unwetter oder Bergsturz bis zum äußersten eingesetzt, um die verschütteten Halden zu reinigen. Dann war das weggeräumte Geröll, dadurch sogar das ganze Unwetter seiner Grenzscheide noch zugute gekommen.

Die kleinen Anwesen lagen verstreut, zum Teil schon wieder verwahrlost über dem steilen Bergkamm, wo etwas verwertbare Erde geblieben war. Jason war durstig. Er fragte an einer Tür nach Most oder nach Wasser.

Ein mächtiger Baum, der allen Stürmen gewachsen war, umkrallte mit seinen Wurzeln das Häuschen, er hielt auch die Gartenerde zusammen und alles, was darin wuchs. Die kleine Stube war nicht gastlich, sie war ordentlich, aber freudlos-kahl. Ein mürrischer Lümmel von Mann rief seiner Frau zu: »Bist du taub, hörst du nicht? Er will trinken!« Er stampfte mit einem Fuß auf, als er mit einer Hand einlud.

Die junge Frau mußte geweint haben, bevor Jason gekommen war. Ihr glattes, nicht unschönes Gesicht war wie die Stube, ganz freudlos. Jason sagte, sobald sie allein waren: »Ist das seine Art, mit dir umzugehen?« Er fuhr fort, weil sie schwieg: »Warum läßt du dir das gefallen?«

Sie deutete auf die Wiege in einer Ecke der Stube, sie sagte: »Wir haben nun mal einen Sohn. Was uns ist, wird ihm sein. Soll ich alles verkommen lassen? Mein Mann ist ein Trunkenbold. Wenn ich nicht arbeite, Tag und Nacht, wird für den Sohn nichts mehr bleiben.«

Jason sagte: »Pack ihn doch auf, den Sohn, und geh.«

Die Frau sah ihn verwundert an. In ihrem Gesicht entstand ein schmerzlicher Schimmer. Sie schüttelte langsam den Kopf. »Wohin? Wie? Mit wem?«

»Zum Beispiel mit mir«, sagte Jason, »sobald dein Mann in die Stube zurückkommt, sind wir fort.«

Die Frau lachte auf, wenn auch freudlos. Ihr Lachen machte sie aber jung und freudeversprechend. Sie antwortete: »So etwas denkt man vielleicht einmal, aber man tut es nicht. Ich sage dir doch, ich bleibe des Kindes wegen.«

»Es wird aber hier in dieser Luft genauso schlecht werden wie sein Vater.« – »Möglich. Meine Schwiegermutter hat auch nichts zu lachen gehabt. Ich weinte schon, als die Väter auf unserer Heirat bestanden, weil ihre Äcker zusammenstießen.« – »Nun, dann leb wohl«, sagte Jason.

Sie starrte ihm nach, bis ihr Mann zurückkam. Er fuhr sie an: »Was gaffst du?« Sie sagte frecher als sonst: »Du hast doch wohl die Luft nicht gepachtet?« Sie brachte ihm aber unaufgefordert zu trinken. Das wunderte ihn. Er fragte sich, was in den paar Minuten mit ihr geschehen sei. Er ahnte nicht, daß sie plötzlich auf einen Einfall gekommen war. Ja, sollte er trinken und trinken. Bis alles verkam. Bis das Erbteil an gierige Nachbarn fiel. Ihr kam ein Bruder in den Sinn, der schon vor Jahren in ein entlegenes Land gezogen war. Der würde sie aufnehmen. Dieser fremde Mensch mit dem gelben Fell würde sich ihrer nicht mehr erinnern, wenn sie ihn plötzlich irgendwo in der Fremde anspräche. Warum sollte sie nicht noch einmal auf ihn stoßen? Alles war möglich.

Jason war schon so hoch gestiegen, daß er wieder das Meer durch einen Bergspalt schimmern sah. Auf dem Kamm war es einsam. Die nächste Bucht war viel breiter. Sie griff tiefer ins Land ein. Sie war von Schiffen erfüllt wie von Schwärmen von Vögeln, die Lasten und Warenballen aus Lagerhäusern aufpickten wie Futter aus Näpfen. Er hatte noch einen weiten Weg vor sich, hinunter in das Gewimmel. Die Abhänge waren mit Mais und Korn und Wein bepflanzt.

Ein Wald lag zwischen dem Bergkamm und den Feldern.

Der Wind roch nach Meer und nach Bäumen. Wie geizig, wie engherzig war die Erde eingeteilt, mit dem Himmel verglichen, der sich darüberwölbte. Die Wolken fügten sich nicht für eine

Minute, sie teilten sich nie ein, sie beschränkten sich nie auf ein einziges Bild, sie verwandelten sich viel schneller, als jemand denken konnte, bald in Gebirge, bald in Fabeltiere; einmal wuchsen sie götterhaft, einmal wie Pflanzen. Ihre Schatten jagten über den Kleinkram, der genau eingeteilt war.

Auf einmal kam ein alter Mann zwischen den Steinblöcken an Jason heran. Er war kein Hirt. Er sah wie ein Gärtner aus mit einem Tragkorb voll Pflanzen. »Ach, du bist das also.«

Jason sagte: »Was sonst?« – »Ich habe mir nicht erklären können, was plötzlich zwischen den Felsen leuchtet. Von weitem blinkt dein Fell wie Metall in der Sonne.« – »Was treibst denn du hier?« – »Ich bin der Wächter. Ich muß dort unten unseren Wald bewachen.« – »Was gibt es denn daran zu bewachen?« – »Du weißt vielleicht nicht, weil du von außerhalb kommst, daß unser Wald von den Menschen geschont und geachtet wird wie ein Heiligtum. Sie halten dort Feste ab und eine Art Gottesdienst nach einer alten Sitte. Ich sammele seltene Blumen und lege sie vor den Bäumen nieder, die unsere heiligen Wahrzeichen tragen.«

»Ich kann dich ein Stück begleiten«, sagte Jason, »erzähle! Was sind das für Bäume, von denen du sprichst? Was sind das für Wahrzeichen?« – »Weißt du wirklich nicht, was es mit unserem Wald auf sich hat? Er ist den Göttern geweiht. Dort wurden schon in alten Zeiten an einzelnen Bäumen berühmte seltsame Schiffe aufgehängt, die den Ruhm des Landes begründet haben. Heute sind zwar nur noch ein paar Stücke der Schiffe übrig. Ihr Holz ist mit der Zeit morsch geworden. Das allerberühmteste Schiff ist noch recht gut erhalten. Du hast vielleicht schon von ihm gehört. Es heißt die ›Argo‹. Es ist nur ein Wrack. Du kannst aber nicht davorstehen, ohne daß du vor Ehrfurcht zitterst.«

»Was hat es denn mit der ›Argo‹ auf sich?«

»Wie, weißt du das wirklich auch nicht? Hier weiß jedes Kind darüber Bescheid. Kühne Männer des Landes unternahmen auf diesem Schiff eine Fahrt, die vorher noch niemand gewagt hatte. Über das Schwarze Meer, zu einer unbekannten, nie vorher betretenen Küste. Man nannte sie Argonauten. Man sagt, die Göttin Pallas Athene selbst hätte beim Bau des Schiffes geholfen.«

»Sind sie zurückgekommen?«

»Ich weiß nicht recht«, sagte der Alte, »wahrscheinlich nicht, da nur das Wrack angespült worden ist. Viele haben inzwischen dasselbe gewagt. Landeten an der fremden Küste, kamen zurück. Das Schicksal war ihnen günstig.«

»Ich verstehe nicht, was du da erzählst. Das sind doch alles Sagen und Märchen. Du sprichst von Menschen und Göttern und ganz zuletzt noch etwas vom Schicksal. Beim ersten Schiff, sagst du, hat eine Göttin geholfen. Es ist aber wahrscheinlich untergegangen, meinst du. Die nächsten Schiffe, die gewöhnliche Schiffe gewesen sind, kamen glücklich zurück. Was stellst du dir dabei vor?«

»In alten Zeiten, sogar noch in meiner eigenen Jugend, glaubten die Menschen in diesem Land an Götter. Gewiß, sie haben auch einzelne, besonders starke Menschen beinahe wie Götter verehrt--«

Der Alte fuhr fort, weil Jason schwieg, so daß er den Eindruck hatte, sein Begleiter verstünde ihn nicht: »Es war aber doch ein ungeheurer Unterschied zwischen Menschen und Göttern.

Stärker als Menschen und Götter, höher als beide, hoch über allem war das Schicksal.

Man stellte sich darunter, wenn ich es richtig verstehe, das Gesetz vor, nach dem alles geschieht. Wir lehnen uns bis zum Tode dagegen auf. Aber die Götter, die weise waren, die halfen ihm, wenn sie Lust dazu hatten, oder sie zogen sich rechtzeitig zurück und überließen es seinem Lauf.

Hast du mich jetzt besser verstanden? Für einen jungen Menschen ist es sicher nicht einfach, mich alten Mann zu verstehen. Heutzutage hört man selten über solche Dinge sprechen.«

»Doch«, sagte Jason, »ich habe selbst früher manchmal darüber nachgedacht. Aber in all den Jahren habe ich niemanden mehr gefunden, der laut und freiwillig darüber spricht. – Bitte, erzähle mir noch etwas von den Argonauten. Wer war ihr Kapitän? Was hat ihn auf diese Fahrt gebracht?«

»Ihr Kapitän soll Jason geheißen haben. Er soll Streit mit seiner Familie bekommen haben. Reiche Leute des Landes. Vielleicht hat ihn sogar sein Onkel aus dem Weg haben wollen. Du wirst aus den alten Sagen nie ganz klug. Also, der junge Jason setzte es sich in den Kopf, ruhmreich oder gar nicht mehr zurückzukommen. Darum wollte er von der fernen Küste eine kostbare Beute mitbringen und sie den Göttern des Landes schenken. Denn die Bewohner der entlegenen Küste hüteten einen Tempelschatz, der ihren eigenen Göttern gehörte, einen besonders kostbaren, himmlische Kräfte verleihenden Schatz, mit dem Namen ›Das Goldene Vlies‹.«

»Nun, und hat er ihn mitgebracht?«

»Meines Erachtens nicht. Die Meinungen darüber sind geteilt. Einige sagen wie ich: An dem heiligen Baum ist nur das Wrack zur Erinnerung aufgehängt. Das bedeutet, der Kapitän ist mit der ganzen Mannschaft zugrunde gegangen. Andere behaupten, das Goldene Vlies sei irgendwo unter dem Baum vergraben. Das ist nicht festzustellen. Die Menschen, wenn sie auch heutzutage nicht mehr so fest wie früher in ihrem Glauben sind, haben doch noch zu viel Verehrung für den Glauben der Väter, um aus Neugier in der geweihten Erde herumzustochern. Aber jetzt habe ich alter Mann dir genug vorgequasselt. Sieh dir alles selbst an. Vielleicht sehen wir uns auf dem Rückweg wieder.«

Es war schattig und kühl in dem Wald. Solche Stille wie hier war nirgends. Auch der Wald sprach die Sprache der Stille. Er bewegte leise die Zweige, und er siebte das Licht zu Sonnenstaub. An diesem Ort waren auch die Vögel und Pilze heilig. Sie sahen den Eindringling ernst an, als ob sie wüßten, daß er es niemals wagen würde, sie zu verletzen.

Was für ein sonderbarer Brauch, dachte Jason, wenn er an einem Baum vorbeikam, der mit den Ästen einzelne Stücke eines verwitterten Fahrzeugs umklammert hielt. Was meine Landsleute doch für Einfälle hatten! Ein besonders mächtiger Baum trug ein Stück Schiffsrumpf mitsamt der vermoderten Galionsfigur. Jason erkannte die »Argo« sofort, wenn er sie auch noch nie von unten gesehen hatte. Es lief ihm bei dem Wiedersehen kalt den Rücken herunter. Wirklich, der Alte hatte recht. Wenn es auch Jasons eigenes Schiff war, er mußte vor Ehrfurcht zittern. Er erkannte sogar das Stück Planke wieder, das die Göttin Pallas Athene selbst im geheimen eingefügt hatte, wie die Priester behaupteten. Und sein Onkel hatte die Priester für ihre Gebete reich beschenkt. Er hatte an nichts gespart, was die Abfahrt seines verhaßten Neffen und Erben beschleunigte. Die Mutter hatte geweint.

Jason legte sich auf die Erde unter den Baum. Wenn er das Meer auch über alles liebte, heute tat es ihm wohl, nur Grün und

Sonnengesprenkel um sich zu haben. Heute tat ihm der Waldgeruch wohler als die beißende Seeluft. Er war müde von dem Weg in die Berge. Er warf sein Fell ab, um die Erde warm unter den Schultern zu spüren. Er sah hinauf zu dem Schiff, das, mit Seilen an die Äste gebunden, unmerklich im Winde schwankte.

Meine Mutter, so dachte er, hat damals geweint. Sie hat darauf gedrungen, mit mir zum Orakel zu fahren, aber ihre Gebete und Opfer haben nur die Auskunft erwirkt, die sie am meisten fürchtete: »Er wird mit seinem Schiff zugrunde gehen.«

Er aber hatte sich gar nichts aus dem Orakel gemacht. »Weil ich nicht an Orakel glaube«, hatte er seine Mutter getröstet. – Weil ich fest daran glaube, hatte er sich im geheimen gesagt. – Also, er brauchte die kleinen Schliche und Schutzmaßnahmen gar nicht erst anzuwenden.

Wenn er noch so vorsichtig fahren würde, wäre sein Untergang vom Schicksal bestimmt. Er hätte keine Gebete und Opfer gebraucht, um noch einmal das Gesetz zu erfahren, das jede Regung, jede Faser seines Lebens beherrschte. Ihm war die Planke, die die Göttin Pallas Athene eingefügt haben sollte, wie ein Siegel unter diesem Orakelspruch. Er liebte das Schiff, bevor es noch fertig im Hafen lag. Wie sich die Segel zum erstenmal strafften, legte sich auch sein Herz zur heiligen tödlichen Fahrt vor den Wind. Die Menschen drehten sich in den Straßen nach ihm um. »Das ist der vermessene Kapitän.«

Er hatte aber das Ziel bei der Abfahrt schon fast vergessen. Er dachte gar nicht darüber nach. Er würde wahrscheinlich vorher stranden. Weil er das nicht verhindern konnte, schonte er weder sich noch das Schiff. Wenn sich die Mannschaft im Sturm bangte, bekämpfte er ihre Todesfurcht, indem er sie mit der Behauptung der Priester tröstete: Pallas Athene hätte selbst auf der Werft, ein weißer Schimmer in einer heiligen Nacht, mit fliegenden, silberdröhnenden Hammerschlägen den Bau der »Argo« vollendet. An einem solchen Schiff müßten die Stürme doch abprallen! Er selbst aber glaubte im stillen, daß weder Mut noch Todesfurcht das Schicksal abwenden könnten; denn es war stärker als Götter und Menschen. Es drohte ihm nicht. Es lähmte ihn nicht. Es brachte nur Himmel und Meer mit seinem Innern in Einklang. Es war nichts anderes als das Gesetz des Lebens und Sterbens. Es konnte schon bei diesem Sturm eingreifen und genausogut erst beim nächsten.

Jason reckte sich auf der warmen Erde. War er auch tief vertraut mit dem Meer, mit seinen Tücken und Stürmen, es tat ihm auf einmal gut, nichts mehr von ihm zu sehen. Statt dessen beherbergte ihn die Erde schweigend und anspruchslos im stillen Nachmittagslicht – wie die Mutter, verglichen mit der Geliebten. Er nahm einen Halm von Zittergras zwischen zwei Finger, aber er wagte nicht, ihn zu knicken. Es rauschte stärker im Baum. Das unbestimmte Dröhnen vom Meer her ging ihn heute nicht das geringste an. Was sich dort auch für ein Unwetter zusammenballte, das war seine Sache nicht. Er steckte den Halm zwischen die Zähne.

Das Licht, das auf dem Meer vor dem Unwetter etwas tükkisch Grelles, etwas schlau Scharfes an sich hat, fiel mit dem sinkenden Tag schräg und genau, aber sanft durch das Geäst, um noch einmal die geheimsten Winkel zu trösten. Die Blätter glänzten, die ihm auf die bloße Brust gefallen waren, als könnte man das Goldene Vlies auch aus gewöhnlichen Stücken der besonnten Abendwelt zusammenfügen.

Sie hatten damals auf ihrem Schiff »Argo« zahllose Irrfahrten überstanden. Der Kiel, der jetzt sein Gesicht beschattete, hatte manchmal so hoch in die Luft geragt, daß sie den Tod mit der nächsten Welle erwarteten. Gebändigt, zum puren Sinnbild des Seefahrergeistes gezähmt, schwankte die »Argo« leise an den mächtigen Ästen. Ihr morsches Holz knackte. Sie war sicher verankert. Die Wurzel des Baumes reichte wohl bis ins Innere der Erde.

Sie hatten damals auf ihrem böse zugerichteten, aber immer noch festen Schiff auf der anderen Seite des Meeres, an der sagenumwobenen Küste, Anker geworfen. Sie hatten auf einem fernen Berg die Umrisse eines seltsamen Tempels erspäht. Der fahle Abendschein über dem einsamen Land war ihnen wie ein Schimmer des Goldenen Vlieses vorgekommen, das dieser Tempel behütete. Er hatte sich angeboten, dorthin allein als Kundschafter aufzubrechen. Inzwischen sollten seine Gefährten die »Argo« bewachen. Sein Angebot schien tollkühn. Er hatte sich dabei nur gesagt: Ich kann ja doch erst auf der Heimfahrt mit meinem

Schiff zugrunde gehen. Der Tempel der fremden Götter war aus zahllosen Säulen gebaut, die so dicht und so dünn und so gleichmäßig standen wie Schilfrohr und unerklärlich summten und silbern vom Mondlicht beschlagen waren. Sie glichen in nichts den Säulen der eigenen Götter. Sie waren schwarz, aus Vulkanstein. Er glaubte nicht, daß die Panther, die in den Höfen und Säulengängen als einzige Lebewesen wie Priester umherschlichen, ihm etwas anhaben könnten. Er war durch etwas anderes beunruhigt. Er spürte längst einen Blick auf sich haften, bevor er wußte, wem er gehörte. Die Priesterin dieses Tempels war ihm durch alle Säulengänge gefolgt. Sie glich einer schwarzen Blume, sie glich nichts, was er jemals gesehen hatte, sie glich nichts, worauf er jemals in Träumen verfallen war.

Sie hatte ihm dann bei allem, zu allem geholfen. Kein Mord und kein Zauber war ihr unausführbar erschienen, um ihm bei dem Raub zu helfen und dann sein Leben zu retten. Den eigenen Göttern war sie, aus Liebe zu ihm, dem Fremden, untreu geworden, ihm aber widerlich treu. Sie hatte ihm das Goldene Vlies verschafft, anstatt es zu hüten. Die Wellen bei ihrer gemeinsamen Flucht mit Kinderblut zu beschwichtigen, das war für sie nur ein Taschenspielerkunststück gewesen, nur eine Abart von Zauber.

Er hatte damals, den Vorsprung der Küste umsegelnd, sein Schiff, die »Argo«, erreichen wollen. Er hatte es scheinbar aus der Entfernung erkannt. Er hatte, erst näher kommend, gemerkt, daß das Schiff auf dem alten Landungsplatz gar nicht sein eigenes war. Die »Argo« war nach vergeblichem Warten abgefahren. Inzwischen hatten sich andere kühne Seefahrer hergewagt. Das Gerücht seines Mißgeschicks hatte sie eher gereizt als abgeschreckt.

Seit ihn das geraubte Vlies vor Zeit und Unbill schützte, waren für ihn ein paar erregende Stunden, in Wirklichkeit Jahre vergangen. Er sah sich zum erstenmal Medea, seine Geliebte, gründlich an. Die Liebe war zuerst zu rasend gewesen, der erste Anblick hatte ihn bis zu dieser Sekunde selbst verzaubert. Er stellte verwundert fest: Aus der kindlichen, beerenäugigen Zauberin war eine erwachsene Hexe geworden.

Als er auf einmal verstand, daß ihn das Schicksal sich selbst überließ wie die »Argo«, die ohne ihn weitergezogen war, da hörte er auf, an das Schicksal zu glauben. Er glaubte auch nicht mehr an die Götter. Und an die Menschen erst recht nicht mehr.

Wenn sich der Wind legte, summte sofort ein Schwarm Mükken um die Galionsfigur. Er konnte von der Erde aus sehen, wie sie von Luft und Regen verzehrt war. Wenn eine Wolke über die Sonne jagte, schien sie undeutlich und finster auf ihn herunterzusehen. Er hätte jetzt aufstehen müssen, um die Stadt vor Anbruch des Unwetters zu erreichen. Er war schläfrig wie ein Kind. Er fühlte sich hier aller Seemannspflicht, aller Befehlsgewalt enthoben.

Sie hatten damals zur Heimfahrt ein schäbiges Fischerboot gestohlen. Sie hatten darin, seine Hexe und er, alle möglichen Fährnisse gut überstanden. Seine Mutter war tot. Sein Onkel war über die unerwartete Heimkehr erbost. Er mußte, wie es das Volk verlangte, die einzige Tochter mit Jason vermählen. Jason war am Verzweifeln, als seine schwarze Hexe in ihrer Eifersucht alles vernichtete, das Fest, die Braut und die Gäste, sogar ihre eigenen Kinder und ihre eigene Würde und Ehre. Er war aber später auch über ihren Tod am Verzweifeln, wie bei der Rückkehr über den Tod seiner Mutter. So viele Opfer, wie ihm diese beiden Frauen gebracht hatten, waren unwiederholbar, unwiederbringlich. Das übrige ließ sich aufholen, das hatte er längst verstanden. Das Goldene Vlies war seine zweite Haut geworden. Es war ihm nicht eingefallen, die Beute im eigenen Tempel niederzulegen, wie es sein Onkel den Priestern versprochen hatte. Das war ohnedies nur ein Vorwand gewesen, um seinen Neffen loszuwerden.

Die »Argo« hätte er gern noch einmal wiedergesehen. Was seine alte Mannschaft anging, die kühnen Gefährten seiner echten, seiner begrenzten Jugend, die waren immer von neuem durch ebenso kühne Gefährten zu ersetzen – seiner ewigen, unverkürzbaren Jugend.

Es war dabei kein Schicksal im Spiel und keine Vorsehung. Es war alles Zufall. Es gab dabei kein Gesetz. Es gab dabei keinen verborgenen Weg mit einem Ziel, das in den Sagen die klugen Menschen an einem Faden erreichen, den sie auch in der Verwirrung nicht aus der Hand lassen.

Jetzt schwankte die »Argo«, und ihr Schatten war kalt. Denn eine Wolke nach der anderen jagte über die Sonne. Es sprühte

Schaum von Akazienblüten. Die Stricke ächzten wie Taue. Das morsche Schiffsholz knackte in allen Fugen, und auch das lebendige Holz des Baumes stöhnte. Jason dachte: Ich sollte mir eine Bleibe suchen, bevor der alte Wächter zurückkommt. Er dehnte sich aber und wickelte sich in sein Fell.

Es gab auf einmal viel mehr Vögel im Wald. Sie flüchteten sogar in die Spalte zwischen dem Schiffsrumpf und der Galionsfigur. Ein Ast schwang hoch, weil eins der Seile gerissen war, und gelbe Wogen von Blättern stoben über den Mann am Boden. Die Vögel stießen zuerst in die Baumkrone, dann verzogen sie sich so tief wie möglich, noch tiefer als vorher; sie duckten sich in ihrer Verstörtheit gegen den Menschen im Gras.

Vielleicht hätte Jason doch noch aufspringen können. Er verschränkte aber die Arme unter dem Kopf, und sein Gesicht war so kühn, wie es nur in seiner echten Jugend auf dem brüllenden Meer im Augenblick der höchsten Gefahr gewesen war. Der Sturm brach an. Er sprengte die letzten Seile mit einem Stoß, der ganze Schiffsrumpf krachte über Jason zusammen. Der ging mit seinem Schiff zugrunde, wie es das Volk seit langem in Liedern und Märchen erzählte.

Die Heimkehr des verlorenen Volkes

Einstmals hatte das Volk den Urwald durchdrungen. Seine Kundschafter hatten dem Häuptling berichtet: nicht bloß gerodetes Land gäbe es hinter dem Wald, sondern auch zahlreiche Wohnstätten, unbeschreibliche, sonderbare. Aus der Erde des fremden Volkes wachse nicht nur üppig das Gras an vielen Stellen, sondern auch Mais und allerlei genießbare Pflanzen, es gäbe dort Lagunen mit Salz, es gäbe dort allerlei Frucht und Getier, wie sie selbst es nur im Durchziehen erblickt hätten, auf Jagden und Beutezügen. Sie hatten dann manchmal davon etwas ergattert und gekostet und verteilt, wenn ihre eigne Jagdbeute allzu gering gewesen wäre und ihr eignes Volk in Gefahr, einer gräßlichen Krankheit zu erliegen. Das war zwei- oder dreimal nach ihrem Gedächtnis der Fall gewesen. Die Sonne hatte sich, erbittert über die Bosheit einzelner Söhne, von ihrem ewigen Wohnsitz hinter graue, kalte Schauer zurückgezogen. Erst als solche bösen Söhne, mit ihnen freilich ein Teil des Volkes und auch viele Jagdtiere, gestorben waren, hatte sich die Sonne wieder besänftigt und alles Lebende angeglüht.

Diese verwegenen Kundschafter also, die zuerst den Urwald durchdrungen hatten, berichteten, das fremde Volk jenseits des Waldes auf dem bebauten Land sei nur ein Völkchen, schwächlich, klein von Wuchs, gar leicht besiegbar. Es wohne satt, umgeben von Kornfruchterde, ohne sich von der Stelle zu rühren, fest, fest, fest.

Mitten in seinem Land erhebe sich ein Bauwerk, turmartig, mit vielen Stufen, um zu den Göttern zu steigen, seine Spitze ende im Himmel.

Der Häuptling fragte die Priester, die Priester fragten die Götter. Ihr Ratschluß war klar: den Kundschaftern nach, und das fremde schwächliche Völkchen vertreiben, und dann einziehen in seine fertigen Wohnstätten und auch in seinen Himmel steigen auf den Tempelstufen.

Fast so rasch, wie die Götter geantwortet hatten, war ihr Ratschluß befolgt. Aus dem Wald heraus, den das Völkchen für einen undurchdringlichen Schutzwall gehalten hatte, brach das neue, das gierige Volk hervor. Es hatte, gewohnt an Jagden und Kriegszüge, viel mehr, viel sicherere Pfeile, als die sanften, gemächlichen, an Ruh und Frieden gewohnten Seßhaften. Es sikkerte rot aus der Erde und auch aus den Brunnen.

Und als das feste, das schwächliche Völkchen getötet oder vertrieben war, als man seine hohe, den Göttern erbaute Festung erklommen hatte und geopfert von dem unnützen Fleisch der Gefangenen – damals wußte man noch nichts von Sklaven und ihrer nützlichen Arbeit –, rief man die eigenen Leute zusammen mit Botschaftern und Trommeln, um das eroberte Land und Gut zu teilen und zu genießen.

Man aß vom gemachten Tisch. Man baute sich Hütten aus Ziegeln nach dem Muster der Hütten, die man zum Teil zerstört hatte. Bald heilte die niedergestampfte Erde. Mais gedieh. Das landgierige, siegreiche Volk lernte aus allem, was es vorfand. Es wurde ebenso seßhaft, wie das besiegte gewesen war. Und die Priester beschlossen, den Göttern des Landes noch stolzere Festungen zu bauen, hohe Pyramiden, denn diese Götter, denen das Land nun einmal gehörte, waren gute Götter, wenn sie sich überzeugt hatten, man gehe mit ihrem Land gut um.

Schon waren viele Kinder aufgewachsen. Sie erfuhren nach und nach, daß sie auf einer Halbinsel wohnten. Der Rest des besiegten Volkes war nicht völlig vertilgt, er war, auf der Spitze der Halbinsel seßhaft, arg zusammengedrängt.

Aber die jungen, die siegreichen Ansiedler dehnten sich froh nach beiden Ufern. Die Frauen sangen: Hier Meer, dort Meer, hinter uns Wald, über uns Himmel, cho, cho! –

Als dem Häuptling berichtet wurde, wirklich, auf der seitlichen Spitze der Halbinsel gäbe es einen Rest Fremder, fragte er seine Priester, ob er den Rest ins Meer jagen könne. Aber die Priester sagten: »Nein.« Die Priester befahlen, einige Kundschafter auszuschicken. Diese kamen zurück mit Nachrichten von den Priestern der andren. Die Götter warnten mit ausgestreckten Strahlenarmen. Bald tauschten die Priester beider Seiten Nachrichten aus, in Rinde geritzt oder in weiche Steine.

Nicht einmal der Häuptling konnte dergleichen entziffern, geschweige ein einfacher Mann.

Die Priester bauten sich Wandelgänge im Schatten der Pyramiden, wie es ihnen die Priester des Restvolkes auf der Spitze der Halbinsel vorgemacht hatten. Sie nahmen einzelne Knaben, kluge, schönäugige, makellose, die als heilig befunden waren, in ihren Schutz und in ihre Lehre. Sie brachten ihnen mancherart Zeichen bei, die die Knaben dann in die Sockel der Pyramiden und auch in die Hofmauern ritzten. Sie brachten ihnen bei, die Tageszeiten von den wandernden Schatten abzulesen. Sie brachten ihnen auch den Ablauf der Jahreszeiten bei, die festen und beweglichen Sterne. Sie lehrten sie alle Künste, die sie selbst von den Priestern des anderen Volkes gelernt hatten.

Die heiligen Knaben zeichneten, ritzten und kneteten Sonne und Mond, Männer und Vögel, Pfeile und Jagden, die ganze erdachte Welt. Sie ahmten auch nach, was die Besiegten bereits erfunden hatten: Zahlenzeichen und Zeichen für Dürre und Regen, für Ebbe und Flut.

Nach einer gewissen Zeit war kein Unterschied mehr zwischen Besiegten und Siegern. Die Nachrichten wurden nicht mehr nachts im geheimen von heiligen Knaben geschickt. Alles war zusammengeschmolzen. Die Halbinsel hatte für alle Raum.

Das Leben aller war glücklich geworden, und auch der Tod war glücklich, denn hinterher fing ein Dasein in sieben verschiedenen Himmeln an. Der Wald schützte alle vorm Festland, mit der Steppe hinter dem Wald gab es einen doppelten Schutz.

Das ganze Volk aß und trank, soviel es wollte. Es gab Mais genug. Es gab Kakao, es gab süßes Wasser, es gab Salz. Man bereitete Branntwein aus dem Saft der fleischigen Kakteen. Es gab allerlei Feste. Die Priester waren so klug, sie wußten so gut über die Absicht des Himmels Bescheid, daß sie richtige Ratschläge gaben, um zu säen und zu ernten, um Brunnen zu graben.

Der Häuptling war gerecht. Zu seiner Ehre erjagten die Jäger seltene Vögel mit goldenen und grünen Federn.

Die Frauen verstanden sich aufs Spinnen und Weben. Bei der Arbeit sangen sie viele Lieder. Sie sangen zum Beispiel das Lied: Unsre Tochter vor dem Fest fegte alle Stufen unsrer Pyramide. / Und in ihrem Rock, unsrer Tochter Rock, blieb die grüne Feder hängen. / Unsre Tochter, die gebar dann Zwillinge – / Götterzwillinge, Morgenstern und Abendstern. / Alle Stufen unsrer Pyramide fegte unsre Tochter vor dem Fest. / Eine grüne Feder blieb in ihrem Rock. –

Sie buken Maisfladen. In Booten aus leichtem Holz begleiteten sie die Männer beim Fischen. Schön und geschmeidig waren die Frauen, goldbraun. –

Eines Nachts wurde der Häuptling geweckt, und auch an das Priesterhaus wurde gegen alle Sitten mit gewaltigen Faustschlägen geklopft. Kam ein Trupp fassungsloser, vollständig erschöpfter Menschen von der Spitze der Halbinsel. Ihr uralter Priester, den sie mitgeschleppt hatten, lag zuerst besinnungslos auf der Schwelle des Priesterhauses. Die Jungen waren mit dieser Last, die sie abwechselnd getragen hatten, so schnell eingetroffen, daß ihnen der Atem die Brust zu sprengen drohte, bevor sie Worte fanden. Der Häuptling und seine Leute und auch der Priester glaubten, die Ankömmlinge seien von Sinnen. Auch ihre Worte waren sinnlos. Sie stießen hervor, fremde Götter seien über das Meer gekommen. Sie würden schnauben, die fremden Götter, von stinkendem Haß, ihr Haß knalle und rauche, doch niemand verstünde, was ihren Haß erregt hätte.

Es sei ein entsetzlicher Haß, durch nichts zu besänftigen. Ein gotteslästerliches, ein unglaubliches Verbrechen müsse im Volk geschehen sein. Nur, sie wüßten nicht, wer es begangen haben könnte. Plötzlich, unangekündigt, seien die Fremden, die haßerfüllten Götter, auf die Halbinselspitze gekommen. Was ihre Pfeile traf, sei verloren, und diese Pfeile schossen tausendmal weiter als die eigenen Pfeile, beim Abschuß bebe die Luft in einem unnachahmbaren Schrei, grausiger als ein Todesschrei, und der stinkende Haß rauche auf. Sie seien durch nichts zu besänftigen, die gnadenlosen fremden Götter, was zu fressen sei, das verschluckten sie. Sie packten gnadenlos die frisch geweihten Mädchen. Was brennbar sei, stehe in Flammen.

Niemand glaubte zuerst diesen wahnsinnigen Worten. Als man auf die Spitze der höchsten Pyramide stieg, sah man Feuer lodern in der Ferne. Da gab der Häuptling den Befehl, aufzuladen, was man nur schleppen könne an Waffen, an Salz, an Schmuck, an Kleidern, an Korn. Sie sollten sich gegen den Urwald zurückziehen, um dort mit Gebeten zu warten, bis sich die fremden Götter gesättigt und besänftigt hätten und ihre eigenen

Götter herunterstiegen. Sie zogen in der zweiten Nachthälfte ab, verstört, aber gehorsam. Einige Kundschafter wurden zurückgelassen.

Sie hatten die Waldgrenze noch nicht erreicht, da wurden sie eingeholt. Der jüngste und rascheste Kundschafter fiel erschöpft auf den Boden. Dann riß er sich zusammen. Die Fremden seien bereits über den eigenen Wohnstätten, sie kletterten ungehindert die Tempel hinauf, und auch von den Spitzen der Pyramiden, vom Himmel herunter, kämen welche, stumm hätten sich alle eigenen Götter zurückgezogen.

Der Häuptling beriet sich mit den Priestern, welche Schuld, geheim oder offen, im Spiel sein könne, die das alles nachzog. Doch der Häuptling war sich keiner bewußt, und auch die Priester kannten keine. Sie drangen tief in den Wald ein. Auf der Rast weinten die Frauen: Gestern war hier Meer, war dort Meer, hinter uns war Wald, über uns war Himmel, cho, cho!

Wurzeln drehten sich aus der Erde heraus um ihre schmalen Leiber. Es war finster im Wald. Ihre Kleider zerrissen und ihre Haut und ihr Haar. Zornige Vögel schrien. Viele Kinder starben.

Der Häuptling schickte abermals Kundschafter aus. Die kamen so bestürzt wieder, so fassungslos, wie die ersten Unglücksboten nachts gekommen waren. Ihre Heimstätten brannten. Ein Knabe, der nicht mit den anderen geflohen war, auf seine Heiligkeit bauend, werde lebendig geröstet, man frage ihn fortwährend aus, wo dies und das versteckt worden sei, der Knabe erwidere immerzu, so etwas Goldfarbiges gäbe es hier nur in den Federn einiger Vögel; inzwischen wäre er sicher tot, der Knabe. Es könne nicht lange mehr dauern, dann kämen diese blindwütigen Götter ihnen nach in den Wald in ihrer unvorstellbaren Gier.

Der Häuptling besprach sich mit dem ältesten Priester, den man in der ersten Nacht niedergelegt hatte auf der Schwelle des Priesterhauses. Auch in den Wald hinein hatten ihn einige Knaben abwechselnd mitgeschleppt. Dieser älteste Priester sagte: »Es sind vielleicht gar keine Götter. Es ist vielleicht ein böses Volk.«

Der Häuptling sagte: »Woher soll es gekommen sein? Es gab nur das Meer um uns herum.«

»Es gab vielleicht auf dem Meer eine Insel, und ihre Schiffe sind schneller als unsere. Geht aus dem Wald auf die Steppe. Sie kommen uns nach.«

Der Priester verstarb nach diesem Ratschluß. Der Häuptling gehorchte. Sie stießen vor durch den Wald, langsam, beharrlich.

Als er sich lichtete, waren sie froh. Sie ruhten sich unter den Sternen aus. Das Gras war spröde. Keiner wußte mehr, daß sie hier schon einmal gelagert hatten, bevor sie die Halbinsel einnahmen. Und ihre Sinne waren so wirr und trüb. Ein unfaßbarer Schreck lag hinter ihnen.

Auf Geheiß des Häuptlings wagten sich einige Männer zurück in den Wald, nicht zur Erkundung, sondern zur Jagd. Denn der Hunger war beißend geworden. Sie wagten kein Feuer anzuzünden. Einige saugten rohes Fleisch aus, das die Jäger brachten, andre verschlangen ihre Happen. Schließlich kam der letzte Jäger. Der war angstvoll erwartet worden; denn er hatte die Jagd zur Kundschaft benutzt. Der Feind, er nannte die Fremden nicht mehr Götter, sei ihnen bereits auf der Spur. Er, der Kundschafter, hätte selbst das Getös der Pfeile gehört. Die Luft sei ständig geplatzt vor Entsetzen. In den Wald sei ein Bündel Blitze geschleudert worden. Wo das Holz nicht hart genug war, hätte das Feuer sich eingefressen.

Der Häuptling befahl den Aufbruch. Sie zogen in die Steppe hinein. Ihre Vorväter hatten vielleicht einmal hier gelagert. Jetzt war die ganze Steppe erschöpft, spurenlos, kahl und fahl.

Und der Sonnenuntergang nahm kein Ende. Als die Sterne schon hochgezogen waren, brannte der Himmel am Rand der Steppe noch immer. War ihnen der Feind zuvorgekommen?

In den folgenden Tagen zogen sie wortlos weiter, in ihren Herzen den Wald, der irgendwo wieder beginnen mußte, um Schutz anflehend, und mit dem Wald seine Götter, die ihnen noch unbekannt waren. Doch falls es den Wald gab, mußten auch seine Götter hören.

Das Land war inzwischen faltig geworden. Sie tranken sich satt an einem Fluß. Hier gab es Geröll, hier gab es gewundenes Wurzelwerk, das sich gegen die Erde bäumte und sie dann heftig durchstieß, um in die Luft zu wachsen mit jungen, ungebärdigen Trieben. Der Häuptling befahl, Brücken zu schlagen, sie gehorchten in fliegender Angst. Nicht alle Brücken, fast alle, hielten stand. Hinter dem gegenüberliegenden Ufer, das nicht alle erreichten, wenn auch ihr größter Teil, begann wahrhaftig der neue Wald. Er begann nicht in einer dunklen Masse wie jener Wald, in dem sie sich zu Beginn ihrer Flucht versteckt hatten; hier wuchs er in einzelnen mächtigen Baumgruppen, bevor er sich zusammendrängte, aus der aufgerissenen Erde. Auf einem entfernten Abhang stand Rauch. Die Kundschafter fanden ein Dorf; sie wühlten sich ein, um Ausschau zu halten. Der Hauptteil der Flüchtlinge verzog sich in den Wald.

Ihre Füße waren längst nicht mehr wundgescheuert, sie waren schon verhärtet. Ihr Gedächtnis war blankgescheuert von der durchflüchteten Zeit, die wie ein Fluß auch Steine abstumpft. Sie dachten nur: Weiter! Weiter! Hinter uns ist der Feind. Neben uns auch. Sie dachten schon lange nicht mehr an Säen und Ernten. Sie klagten nicht mehr über verlorenes Korn.

Nur manchmal, wenn sie im dunstigen Urwald zusammenhockten, sangen die Frauen etwas für ihre Kinder; das Lied klang bitter. Hier war das Meer, dort war das Meer, hinter uns war Wald, über uns Himmel. Alle sangen mit, selbst der Häuptling weinte. Es war allen ein Unglücksglück, noch einmal, wenn auch nur auf Lieddauer, fühlen zu können, was sie gewesen waren.

Es kamen zurückgelassene Kundschafter, die hatten endlich ihr Menschengestimme vernommen in dem Vogelgekrächze, im äffigen Urwaldgeschrei. Als sie sich fassen konnten, berichteten sie, bereits in Flammen stünde das gemiedene Dorf, der Feind sei immer noch hinter ihnen.

Sie drangen noch rascher und tiefer in den Wald. Manche flehten um Rast. Was konnte aber der Häuptling anderes tun, wenn er das Ganze, das Volk, retten mußte, als die Erschöpften sich selbst zu überlassen? Bei diesen blieben einige Priester, halb freiwillig, halb gezwungen durch eigene Kraftlosigkeit.

Ihr Amt übernahmen Knaben, die ihre Schüler gewesen waren. Sie hatten sich auf Zahlen und Bilder verstanden, die Knaben, sie waren einmal schön anzusehen gewesen, mit Federn geschmückt, heilige Zeichen standen noch immer in ihrer Haut, denn die waren nicht auszumerzen. Zur Zeit der Aussaat oder zur Weihe der Töchter und Söhne waren die Knaben von einer Siedlung zur anderen gesprungen, die Rufe aus ihren reinen Kehlen hatten bereits ein Glück bedeutet.

Jetzt, im dampfenden Urwald, versuchten sie in ihrem ungebrochenen Stolz, in ihrer unverletzbaren Reinheit, wenn auch verkrustet und struppig, aus dem Dunkel heraus an die Götter heranzukommen, an die neuen und fremden Götter.

Und es gelang ihnen.

Ihr Gebet, »Laßt uns nicht alle umkommen, sonst verarmt ihr an wahren Söhnen«, wurde oft erhört.

Manche Schlange, statt zuzubeißen, ringelte sich auf ihr Geheiß zusammen in plötzlicher Schläfrigkeit und schloß ihre klugen Augen; der Tiger, der schon sprungbereit gelauert hatte, verzog sich, eingeschüchtert von dem drohenden Flehen.

Aber sie waren durchaus nicht die Stärksten im Zug, diese Knaben, mit all ihrer reinen Macht. Als der gewaltige Regen losbrach, der dann wieder in heißem Dampf auf die Erde zurückschlug, blieb gleich einer der Knaben auf der Strecke, fast unbemerkt, weil er ohnedies meistens schwieg. Ein anderer starb rasch an einem Biß, vielleicht war es ein Rachebiß, weil er selbst schon so oft die Schlangen gehemmt, auch schon manchem aus seinem Volk den giftigen Biß ausgesaugt hatte. Doch der dritte, bevor er an Erschöpfung starb wie der erste, hatte einigen jungen Gefährten verschiedene Anrufungen und Beschwörungen beigebracht, so daß sie, zuerst von seiner Stimme geführt, und als er tot war, aus eigener Kraft, manchmal die Götter erreichten.

Diese jungen, neuartigen Priester, die sich von vornherein an erreichbare, beinah vertraute Götter wandten, rieten von nun an dem neuen Häuptling, alle zusammen rieten dem Volk. Ihre Ratschläge wurden befolgt, weil alle froh waren, daß es Ratgeber gab in dem endlosen Herumgeirre. Sie rieten, vor allem eine Rast einzusetzen, wie groß die Gefahr auch sei, um den toten Häuptling verbrennen zu können, sich auszuweinen. –

Der neue Häuptling hatte mehr Glück als der alte. Insofern als ihn und sein Volk kein neues unerklärliches Unglück traf. Zwar, oft brach ein Tiger in den Zug ein und zerriß, was er zwischen die Zähne bekam, zwar, mehrere Frauen stürzten mit ihren Kindern in glitschige Strömungen ab, wie Kieselsteine wurden die kleinen Kinder über die Felsen gespült, so daß sich das Volk verringerte. –

Nach einem Marsch von Monaten oder von Jahren stieg der Wald einen Bergrücken hinauf und einen herunter und wieder einen hinauf. Über dem Bergkamm, wo der Häuptling eine Rast angeordnet hatte, war klarer Himmel. Sie hatten so lange im Dunst gelebt, in dem verquollenen Urwald, daß sie verlernt hatten, was sie brauchten, um unter dem Himmel zu leben. Die Jahreszeiten waren ihnen verlorengegangen. Und die Bedeutung der Sterne. Und der Wechsel von Sonne und Mond.

Jetzt starrten alle, vor Glück zitternd, den ausgestirnten Himmel an. In einigen regten sich Erinnerungen, viele fingen zu stammeln an, was sie noch wußten. Manche sangen. Eine sehr alte Frau sang plötzlich allein: »Unsre Tochter fegte alle Stufen unsrer Pyramide. / Eine grüne Feder hing in ihrem Rock. / Nach dem großen Fest gebar sie Zwillinge, unsre Tochter, / Götterzwillinge, Abendstern und Morgenstern.«

Dazu wiegten sich alle, und sie sangen: »Hinter uns war Wald. / Neben uns war Meer, hier und dort / cho, cho.«

Sie zogen auf dem Bergkamm weiter. Tief im Land, auch um runde und um schroffe Höhen, war das Urwaldgrün. Doch die Jäger, die zugleich Kundschafter waren, kamen wiederum nicht nur mit Beute zurück, sondern mit Nachrichten. Sie hatten unterwegs Spuren gefunden, die ihren Spuren glichen. Zwar nicht genau, Spuren von Tieren waren es aber auch nicht. Alle horchten in Spannung und Angst. Der Häuptling fragte hundertmal. Die Kundschafter machten die Spuren nach, nein, keine Götter, nein, keine Tiere. Mehr kann man den Spuren nicht ansehen.

Die nächste Nacht war noch nicht zu Ende, da war das Fremde zu spüren. Es knisterte, es schlich sich heran. Mondschatten von Männern lösten sich ab. Auf den Anruf des Häuptlings kam einer heran, ganz schutzlos, ganz hilflos, auf dem Weg, den ihm das Volk freigab. Er warf sich vor den Häuptling. Und wie seine Fußspur, so seine Sprache. Sie war anders als ihre. Nicht zu verstehen. Es war aber eine Menschensprache. Der Häuptling winkte alle fremden Männer zu sich heran. Sie sahen verstört, entkräftet aus. Er bot, seit wer weiß wie langem, zum erstenmal seine Gastfreundschaft an.

Die Fremden, als sie etwas bei Kräften waren, machten allen durch Zeichen verständlich, was sie hergeführt hatte. Nicht allzu weit weg, ja unvermutet, überraschend nah, sah man durch eine Bresche im Wald auf die bepflanzte Ebene. Die Herzen erbebten dem flüchtigen Volk in einem Sturm von Erinnerungen. Die

Fremden erzählten, was ihnen geschehen war. Gewiß, manches davon war den Alten des eignen Stammes geschehen, oder sie hatten davon erzählen hören. Nun war es noch einmal da, furchtbar nah, erlebt, nicht erzählt. Drunten in dieser Ebene, aus der die fremden Männer geflohen waren.

Daran erkannten sie, wie groß die Gefahr für ihr Volk war, unter freiem Himmel zu leben. Denn der Feind war längst auch hierhergekommen. Seine Pfeile surrten nicht, sie dröhnten. Seine Häuptlinge flogen auf wilden schnaubenden rot- und schwarzmähnigen Tieren, die stampften alles in den Boden. Was der Feind nicht zerstampfen konnte und nicht zerschießen und nicht zerbrennen, das peitschte er zusammen, erzählten die Fremden mit Zungen und Händen. Sein Brandmal drücke der Feind in die Schultern der Gefangenen. Es sei eine Qual, am Leben zu bleiben.

Der Häuptling verstand jetzt, warum diese Fremden geflohen waren, er erlaubte ihnen, mit seiner Schar zu ziehen. Sie zogen vom Waldsaum ab ins Innere, damit niemand sie einholen konnte. Und der Wald wuchs auf ihren Spuren zusammen, sie wurden unauffindbar.

Bisweilen brachten glückliche Jäger vortreffliche Beute nach einer Zeit von Hunger und Absterben. Dann lebten sie auf. Ihre Herzen schlugen dann weicher, und aus den Herzen heraus entstand ein Schimmer auf ihren verhärteten Gesichtern. Es kam dann auch vor, daß aus ihren Kehlen Töne sprangen, Vergangenes fiel ihnen ein.

Die Jungen, im Zuhören, ahnten, was sie alles versäumt hatten. So stark war das Ahnen, beinah wie Miterleben. Sie tanzten die jemals getanzten Tänze, Tänze zur Ernte, zur Jagd, zur Knabenweihe, zur Mädchenweihe, zur Hochzeit, zum Tod. Freilich, in der Enge, statt zu springen, mußten sie stampfen. Sie machten in ihren Liedern Fischzüge auf zwei Meeren. Von ihren höchsten Pyramiden stiegen sie schnell in den Himmel, und für die Götter war es ein leichtes Spiel, den Fuß auf die Spitze der Pyramide zu setzen und zu ihnen herunterzusteigen. Ein Gottvogel verlor eine Feder aus seinem Schweif. Und die Frau, die die Stufen fegte, steckte die Feder in den Rock. Darauf gebar sie den Zwillingsgott. Alle lebten in Freude, bis der Feind das Volk in den Urwald jagte. –

Nach zwei Jahren oder nach zwölf oder nach zwanzig war der Urwald plötzlich wieder gelichtet. Nicht von selbst, sondern durch Menschenhand. Er fing bereits langsam wieder an, über der schmalen Rodung zusammenzuwachsen. Sie waren zuerst ganz glücklich über den Lichtblick. Und sie schrien vor Freude beim Anblick der Sonne. Die Männer und Frauen, die zu versteift waren, zu verhärtet, um zu tanzen, wiegten sich hin und her.

Von diesem weichen Fleck, der Lichtung, hätten sie sich nicht trennen mögen, wäre man nicht beim Feueraustreten oder beim Tanzen auf Knochen gestoßen.

Und sie mutmaßten, schließlich und endlich, das könnten Knochen von den Menschen sein, die den Urwald zu roden begonnen hätten. Drei Kundschafter wurden ausgesandt.

Das Volk zog weg von der Lichtung; es war ihm zuwider, auf Toten zu lagern. Sie hatten sich noch nicht weit entfernt, da kamen ihnen zwei Kundschafter nachgehetzt. Die stöhnten: »Der Wald ist im Norden auf einmal zu Ende. Da ist die Erde bepflanzt. Da liegen Dörfer. Teufelsmänner auf hohen, mähnigen Tieren peitschen herunter auf gebückte, schuftende Menschen; niedere Tiere, pantherhafte, mit glitzernden Augen, sind in all ihren Sprüngen gehorsam den Teufelsmännern, helfen ihnen das Land zu bewachen und die Gebückten, die Schuftenden. Der dritte Kundschafter, ihr Gefährte, sei von einem Wachtier aufgespürt worden und fast in Stücke zerrissen. Dann hätte der Wächter von dem Rücken des hohen Tieres gepfiffen, Hilfswächter seien herbeigerannt, und sie hätten den blutenden dritten Kundschafter in Stricken mitgeschleift in eins der Dörfer.

Wie sie von nahem aussehen würden, die Fremden, die alle derartig quälten?

Die Kundschafter sagten, ihre Haut sei weiß, man sehe aber nur ihre Gesichter, die seien haarig ums Kinn, bösäugig. Auf ihren Leibern würden sie teils bunte Kleider tragen, teils silbrige Schuppen, keine Bogen würden sie tragen. In ihren Gürteln steckten sowohl Peitschen wie einzelne Pfeile, die sie ohne Bogen abschossen.

Nach diesem Bericht nahm das Volk sein Schicksal abermals und endgültig auf sich. Der Häuptlingsbefehl war gar nicht nötig. Es verzog sich in den innersten Urwald, und es lebte von nun an, auf jede Lichtung verzichtend, in dem grünen Walddampf wie ein Mückenschwarm. Die Wurzeln, die sich in die Erde krallten und wieder herauswuchsen und sich um die Bäume krallten, krallten sich um das ganze Volk, so daß es gefangen war, eingesperrt. Es war zugleich frei und gefangen. Es war viel besser, vom Urwald gefangen zu sein, es war viel besser, von Tigern zerrissen zu werden, es war viel besser, von Schlangen gebissen zu werden als blutiggeschlagen, gefesselt, gebrandmarkt von den ruchlosen Fremden.

Manchmal, aber wer hätte sagen können, ob »manchmal« in einem Jahr oder in einem Leben steckte, rastete der Zug in einer Lichtung, die ihm verlockend vorkam, weil sie ein Dach aus Astgeflecht bot und einen ungewohnt weiten, wasserdurchrieselten, schimmernden Raum. Und sie ließen sich nieder, fühlten sich sicher. Während die Jäger auszogen, fingen sie an, Hütten aus Ästen zu bauen gegen den erwarteten Regensturz. Aber immer, wenn sie gerade begonnen hatten, ihrem Rastdrang nachzugeben, wurden sie aufgescheucht durch den Warnungsschrei eines Vogels oder durch ein entferntes Geräusch oder durch den jähen, harten Befehl ihres Häuptlings, dem ein Gedanke oder ein Traum geheißen hatte, die Seinen weiterzuführen.

Wenn auch ihre Künste und all ihr Wissen erloschen waren und ihr Gedächtnis abklang, eins hatten sie verstanden: Was über dem Land lag und über allen Menschenstätten und nur in den tiefsten Wald nicht eindringen konnte, das waren gewaltige, böse und fremde Menschen. Götter waren es nicht, denn die hätten überall eindringen können mit ihrem ewigen Blick, dem nichts verborgen blieb, die hätten ihre Spuren gefunden, auch in der Urwaldnacht. Die Fremden, die hatten sie bisher nicht gefunden und die würden sie auch nicht finden.

Mit wechselnden Häuptlingen, vielerlei Tode sterbend, ständig schmelzend an Zahl, aber immerfort auch gebärend, aufgehellt und erschreckt von winzigen Lichtungen, sich an alles erinnernd, wenn auch nur in kurzen seltenen Augenblicken, was ihm unter dem Himmel geschehen war, davon kundtuend, manchmal in jähen verzückten Schreien, manchmal in langen langsamen Liedern, lebte das Volk im Wald verborgen. An einer engen Stelle des Erdteils zog es vom Atlantischen zum Stillen Ozean, hin und her, angstvoll alle Rodungen meidend. Alles war ihm verlorengegangen, nur nicht seine Erinnerung. Es sang, wenn es Rastzeit hatte oder ganz kurz die Sonne erblickte oder die Sterne. Wenn sich dabei die Herzen erweichten und die Kehlen, erzählte es aus seinem alten Leben, aus seinem Leben im Licht. Es erzählte von seinen Festen, von dem Bauwerk, turmartig, mit vielen Stufen, um zu den Göttern zu steigen, von allen Künsten der Priester und ihren Zöglingen, die schönhäutigen, reinen heiligen Knaben, von der Schreckensnacht, in der der Feind eingebrochen war. –

Die Jungen glaubten, das alles hätten die Alten erlebt, und die Alten glaubten es selbst, so deutlich wurde ihnen beim Erzählen, was erlebt worden war.

Auch das dritte Jahrhundert verging. Und sie waren gewiß schon vielmals, im Wald verborgen, von einer Küste zur anderen gezogen. Ihre Sinne waren nur zum Lauern da und zum Mißtrauen und manchmal zum Erinnern.

Sie erfuhren nicht, was inzwischen hinter dem Urwald im ganzen Land geschah. Nichts von Aufständen, die zuerst nur vereinzelt an verschiedenen Stellen aufgelodert waren und zerschossen und zertreten, so daß nichts zurückblieb als ein Echo, das sich auch verlor. Nichts erfuhren sie von einer Glocke, die Hidalgo, der Dorfpfarrer, an seiner Kirche läuten ließ zum Zeichen des Aufstandes gegen die Spanier. Nichts von der großen Empörung, die nach dreihundert Jahren unbezähmbar brannte und durch nichts mehr zu löschen war. Als die Spanier längst verjagt waren, blieben sie immer weiter wie Flüchtlinge im Urwald versteckt, sterbend, gebärend, entzückt, voll Angst, kurz rastend an einigen Lichtungen, manchmal erschüttert durch einen Stoß von Erinnerungen. Sie erfuhren nichts von dem Mann namens Juarez, der den französischen Kaiser, als dieser auch das Land schlucken wollte, wie es die Spanier geschluckt hatten, erschießen ließ. Zäh, beharrlich, zusammengeschmolzen, setzten sie ihr verborgenes Leben fort.

Einmal hörten Pelzhändler in einer abgelegenen Siedlung das Gerücht von unbekannten menschenscheuen Jägern. Die Sucht dieser Händler, Geld zu verdienen, war stärker als jedes Hindernis. Nachdem sie den Weg festgestellt hatten, den der Zug wahrscheinlich nehmen würde, versuchten sie, einzelne Jäger anzulocken mit Geschenken von Salz, von Messern, von Schnüren, von unerläßlichen Dingen. Ihre Geschenke legten sie an bestimmten Plätzen nieder, und sie fanden dort nach einer gewissen Zeit die Gegengeschenke der Jäger: seltene Pelze.

Eine Zeitlang fand dieser Austausch statt, ohne daß je einer den anderen sah. Dann befahl der Häuptling, den Tausch einzustellen. Und von nun an mieden sie wieder jegliche Menschenspur.

Eines Nachts lagerten sie, dicht zusammengedrängt, in einer kleinen Lichtung. Wieviel Jahre seit ihrer ersten Fluchtnacht vergangen waren, wußten sie nicht; denn Rechnen und Zahlen, einstmals ihrer Priester erstaunliche Weisheit, hatten sie längst verlernt, nur die Ereignisse waren in ihren Liedern geblieben, in ihren Sagen, bunt und bleich wie die Wirklichkeit, ja noch bunter und bleicher als die Wirklichkeit selbst.

Da geschah es, daß die Wächter unerklärliche anschleichende Laute vernahmen. Und der Häuptling, dem das Geräusch gemeldet wurde, befahl augenblicklich den Aufbruch.

Es war schon zu spät. Aus dem Urwaldkreis brach etwas Fremdes, etwas Lebendes hervor. Tierisch war es nicht, auch nicht gespenstisch, menschenähnlich war es, wenn auch furchtbar fremd. Es war jung, schwach, mager. Es war waffenlos. Trotzdem drängte sich das Volk angstvoll um den Häuptling. Die Ankömmlinge warfen sich nieder. Sie waren erschöpft, blutig gerissen vom bissigen Urwald. Sie flehten mit ihren langen und leichten Händen um Schutz und um Wasser.

Bald erkannte man: böswillig waren die nicht, o nein. Die waren sanft, demütig. War ihre Sprache auch unbegreiflich, ihre Haut war braun, ihre Hände und Blicke verstanden die eignen Hände und Blicke.

Als die Krusten auf den fremden Gesichtern zersprungen und die schlimmsten Scharten und Stiche geheilt waren, kam ein Glanz aus der Haut der jungen Ankömmlinge, wie er manchmal auf blankem Holz liegt. Ihre Augen sogen aus dem Innern der gefragten Menschen Antworten heraus, die sie sich wiederholten. Und sie nickten. Und sie baten die Gefragten mit langen schmalen Händen, ihre Antworten zu wiederholen.

Alten Frauen, die die meisten Lieder wußten und sich gut aufs Erzählen verstanden, kam zuerst der Gedanke, diese plötzlich aufgetauchten Söhne glichen sehr den Knaben, die einstmals ihren Priestern gedient hatten, heiligen, klugen und reinen Knaben, die ihnen in den Urwald gefolgt waren und auch heute noch durch die Lieder sprangen. Diese Knaben hier, das kam bald zutage, wußten auch in mancher Kunst Bescheid. Schon am ersten Abend heilten sie den jüngsten Sohn des Häuptlings, und sie halfen einer Frau gebären, die seit drei Tagen in Wehen lag.

Das Mißtrauen in dem Volk legte sich. Mancher wünschte sich, die Haut eines Ankömmlings, die braun wie die eigne war, aber glatt und blank, wenigstens anzutupfen, über sein Haar zu streichen, seinen Geruch zu atmen.

Als etwas Zeit verstrichen war, verstanden die jungen Gäste ihre Gastgeber, und die Gastgeber verstanden ihre Gäste. Ja, die Knaben hatten ihre Spur gefunden. Ja, ihre Heimstätten lagen außerhalb des Waldes. Ja, ihr Häuptling hatte sie ausgeschickt, diese Spur zu finden, denn man hatte ihm erzählt, im Urwald versteckt, lebe seit der Ankunft der Spanier ein tapferer Stamm seines Volkes. Ja, ihr Häuptling sei ein guter und großer Häuptling. Cardenas sei sein Name, wer unter seiner Obhut stehe, brauche sich vor nichts zu fürchten, brauche vor nichts zu fliehen, brauche sich vor nichts Bösem zu verstecken. Seien doch die Eindringlinge längst verjagt. Sie alle könnten aus dem Wald herausziehen, frei vor ihn treten und ihr gutes Recht verlangen. Solch ein Mann sei ihr Häuptling.

Über diese Auskunft wurden alle freudig unruhig, furchtbar unruhig. Und sie fragten heftig. Sie besprachen das Gehörte laut und leise. In den Nächten hörte man ihr Murmeln.

Als der Häuptling die Erlaubnis gab, machten sich zwei Knaben auf den Weg. Ihre Gefährten blieben ohne Furcht zurück. Eine Regenzeit verging. Bald danach kamen die beiden Abgesandten wieder. Ihr Häuptling, der mitten im Land auf der Ebene lebte, wünschte sich, den Häuptling, der im Wald lebte, zu begrüßen. Er lade ihn als Gast ein. Er verspreche ihm und den Seinen ein gutes Stück Land, auf dem sie in Frieden leben könnten, sich ernähren und sich vermehren.

Inzwischen hatten sich schon manche Jäger ins Sonnenlicht gewagt, in die Ebene, freilich ohne sich allzuweit vom Wald zu entfernen, falls Gefahr drohe.

Der Häuptling und seine Söhne und einige seiner besten Männer fuhren schließlich, sich vor der unglaublichen Veränderung durch Schweigen und Starrheit schützend, begleitet von den jungen, klugen, sanften Lehrern, die zuerst ihr Vertrauen gewonnen hatten, hinein nach Mexiko.

Bei dem Anblick all der sonderbaren, ganz unfaßbaren Dinge, die sie bei der Fahrt gewahr wurden, befahl ihr Häuptling mit geschlossenen Zähnen, aber unaufhörlich: »Schweigt!« Und sie blieben unbewegt, wortlos, konnten es aber nicht hindern, daß immer wieder ein Beben über ihre Haut lief.

Sie hielten am Stadtrand, vor dem Haus des Präsidenten. Auf den Mauern wachten Soldaten. Fortwährend zogen Gruppen von Menschen auf aus allen Teilen des Landes, aus allen Stämmen des Volkes, verschieden an Sprache und Kleidung. Sie wollten den Präsidenten betrachten, sie wollten ihm Geschenke bringen.

Hinter dem Häuptling trugen seine Männer die besten Felle von Tigern und Leoparden, die aus den gefährlichsten, tapfersten Jagden stammten. Obwohl sie die Meinung gewonnen hatten, der Feind sei endgültig besiegt, jetzt sei Frieden im Land, blieb ihr Mißtrauen wach. Auf dem Weg ins Haus blickten sie nach rechts und links aus den Augenwinkeln.

Der Präsident war braun wie ihr eigner Häuptling. Sofort war ihm anzumerken, daß er nur Gutes im Sinn hatte. Er verstand ihr Leid. Er verstand ihr Mißtrauen. Er achtete sie. Er verbeugte sich vor dem Häuptling. Er stieß einen Freudenschrei aus beim Anblick der Leopardenfelle.

Sie brachten ihrem Volk die gute Nachricht zurück in den Wald, daß sie von nun an zusammen auf eigenem Boden unter dem Himmel leben könnten wie früher.

Bald darauf zogen alle durch Ebenen und Berge, starr, aufgewühlt im Innern, schweigsam und wachsam. So still, wie sich ihr Häuptling in der Stadt verhalten hatte, ertrugen sie die lange Fahrt in der Bahn und in den Wagen. Sie waren ständig darauf bedacht, weder Furcht noch Erstaunen zu zeigen. Sie hielten sogar die kleinen Kinder davor zurück, durch sichtbare Neugier ihren Stolz zu verlieren.

Das Land, das ihnen der Präsident überließ, war ein guter Streifen an der Küste des Stillen Ozeans. Große Stapel Ziegelsteine und Holz, um Hütten zu bauen, erwarteten sie, auch Pflüge und Säcke Saatkorn. Zu ihrer Beratung warteten Handwerker, Agronomen, Ärzte und Lehrer. Sie nahmen stumm alles wahr. Rasch, schweigend, höchstens halblaut unter sich eine Meinung austauschend, besichtigten sie das Land.

Cardenas' Leute erwarteten ihr Entzücken, ihren Dank. Der Häuptling nahm schließlich das Wort. Mit Hilfe der jungen Leute, die inzwischen gelernt hatten, seine Sprache zu übersetzen. Er sagte mit erhobenem Kopf: »Das ist unser Land nicht. Wir wollen unser eigenes Land.« Als die anderen, verwundert, nicht gleich antworteten, fuhr er fort: »Hört unsere Geschichte!«

Die besten Geschichtenerzähler, Männer und Frauen, traten vor. Sie erzählten und sangen aus ihrem Gedächtnis, was darin aufgehoben war.

Der Häuptling sagte: »Hier ist nur vor uns Meer, der Wald liegt hier und dort. Das kann unser Land nicht sein.«

Der Präsident erfuhr den Wunsch des Häuptlings. Er bat ihn, sich noch kurze Zeit zu gedulden. In der Wartezeit machte man sie mit Roden und Pflanzen von neuem vertraut.

Dann fuhren sie auf dem Weg zurück, den sie gekommen waren. Sie hüteten sorgsam ihr Werkzeug, ihr Holz, ihr Saatkorn.

Als man ihnen schließlich ein gutes Stück Land am Atlantischen Ozean auf ihrer alten Halbinsel anwies, gingen sie schweigend, untereinander wechselnd, die Strecken ab. Sie schickten Kundschafter aus zu den Küsten.

Die höchste Pyramide stand unversehrt an der Stelle, an der sie am Tag des Aufbruchs gestanden hatte. Von ihrer Spitze aus war alles zu sehen, was sie von jeher beschrieben hatten.

Der Häuptling sagte: »Hier ist es. Wir bleiben.«

Sie ließen sich endgültig nieder, und sie wohnen auch heute dort.

Die Reisebegegnung

Hoffmann kam frühmorgens in Prag an. Er war an der sächsischen Grenze in das Fahrzeug umgestiegen, das die Tschechen mit Vorliebe benutzten. Es schnaufte und ratterte. Zuerst war es Hoffmann leicht schwindlig. Doch die Elbe, die noch im Mondlicht schimmerte, nahm seine Gedanken gefangen und bald seine Träume. Da fuhr er schlafend über das Meer, mit dem Kanzelarius Lindhorst, der ihn eingeladen hatte auf seine Insel. –

Bei der Ankunft in Prag hatte Hoffmann noch ein paar Stunden Zeit, bevor er das Café aufsuchen mußte, in dem er mit dem unbekannten Freund verabredet war. Gogol hatte ihm geschrieben, er wolle gern auf seiner Reise aus Italien nach der Ukraine mit Hoffmann zusammenkommen. Er hätte mit großem Genuß Verschiedenes von ihm gelesen.

Auf der Karte fand Hoffmann die Straße, in der das angegebene Café lag. – Wie viele Geschichten er auch in seinem Leben geschrieben hatte und Leserbriefe empfangen, es lockte ihn besonders stark, diesen Mann zu sehen. Ohnedies lag Dresden, wo er manches besorgen mußte, nicht allzuweit von Prag. Auch Gogol verlor nicht viel Zeit, wenn er von hier aus in sein eignes Land fuhr.

Es mußte grenzenlos sein, dachte Hoffmann, nicht zu vergleichen mit seinem eigenen, wenn man den Mischmasch von Herzogtümern und Fürstentümern und Königreichen und Bischofssitzen ein einziges Reich nennen konnte. Allerdings schrieben dort die Dichter in ein und derselben Sprache, und sie konnten es aufnehmen mit den Dichtern der Welt.

Er vergaß seinen Brieffreund – er nannte ihn Freund, weil etwas Befreundetes durch die Entfernung an sein Herz rührte. Er lief tief in die Stadt hinein. Es zog ihn in allen fremden Städten zuerst zu den Flüssen. Auf der Karlsbrücke stockten ihm Schritt und Herz. Was da für Gestalten wuchsen auf beiden Seiten der Brücke! Auch ihre Spiegelbilder im stillen, glänzenden Wasser nahmen einem den Atem. Ein Kahn fuhr durch die Spiegelbilder, die Ruder streiften das Kreuz und die faltigen Mäntel. Als Hoffmann den Kopf hob, sah er die Burg hoch auf dem gegenüberliegenden Ufer; sie war eine Stadt für sich mit Kirchtürmen, Dächern, langgezogener Hofmauer; sie herrschte über die Stadt. Kein Wunder, daß sich die Kaiser darum gerissen hatten, aus dieser Burg zu herrschen, die in Wirklichkeit selbst herrschte. Der da oben sein Amt ausübte, war sicher stolz, selbstbewußt. Auch seine höchsten und kleinsten Beamten waren wohl selbstbewußt, stolz, jeder gemäß seiner Rangordnung.

Hoffmann mußte sich losreißen. Er mußte das Café suchen, denn er wollte vor Gogol dort sein. Das war nicht schwer, obwohl ihn andauernd all die Seitengassen mit ihren Torbögen und Höfen lockten. Er würde sich nach dem Gespräch alles rasch ansehen. Zu seiner Freude hatte auch das barocke Kaffeehaus einen gerieften, vielfach geschnitzten Torbogen, in dem es von Engeln wimmelte.

Um diese Zeit war das Café fast leer. Der Kellner sprach gut deutsch, und er brachte ihm einen vorzüglichen Kaffee und Gebäck, das Hoffmann auf der Zunge zerging, und er brachte ihm deutsche Zeitungen. Hoffmann blätterte ein wenig. Was er las, verstand er nicht recht, und es war ihm langweilig. Er wußte nicht, wer dieser Masaryk war, der in mancher Zeitung gelobt, in einer anderen getadelt wurde. Es kümmerte ihn auch gar nicht. Ob der jetzt in der Burg saß?

Menschen in seiner Nähe, die kümmerten ihn. Er war immer begierig, ihr Schicksal aus ihrem Aussehen zu erraten. Und dann ihr Schicksal weiterzudichten in Geschehnissen, die sie selbst nicht errieten. Die Lebenden tot machen und die Toten lebendig, das gehörte zu seinem Beruf. Was längst geschehen war, noch einmal vergegenwärtigen und erraten, was in Zukunft passieren könnte.

Wer war wohl der junge, magere Mensch, der in der Fensternische saß und schrieb und schrieb? Das Geschriebene las er wieder, die meisten Zeilen strich er durch. Dann schrieb er von neuem, völlig benommen, das Neue las er lautlos sich selbst vor, die Lippen bewegend. Dann trank er einen Schluck Kaffee.

Hoffmann stand auf. Er ging ohne Zögern und Zaudern geradezu in die Fensternische. Er sagte: »Entschuldigen Sie die Störung. Ich weiß, wie lästig es ist, beim Schreiben gestört zu werden. Ich bin selbst Schriftsteller, wenn ich auch außerdem oft noch anderes tun muß, um Geld zu verdienen. Seien Sie bitte nicht böse, daß ich Sie unverblümt frage, was das ist, was Sie gerade schreiben. Mein Name ist Hoffmann. Ernst Theodor Amadeus.«

Der junge Mensch war nicht begeistert über die Störung. Auch nicht erstaunt. Er erwiderte: »Ich habe mich immer gefragt, welche Namen die drei Buchstaben E. T. A. bedeuten. Meine Zeit, leider, ist wirklich sehr knapp. Jetzt ist sie furchtbar knapp. Ich spreche von meiner Lebenszeit. Denn ich bin arg krank, und ich bin vielleicht zum letztenmal hier. Ich muß in ein Sanatorium fahren. Außerdem, als ich noch nicht sehr krank war, kam ich auch nicht genug zum Schreiben. Denn ich mußte mir wie Sie Geld verdienen. Ich in einer Versicherungsanstalt. Einen Vornamen mit drei Buchstaben kann ich nicht bieten. Ich bin einfach Franz. Franz Kafka.«

»Ach bitte, Herr Kafka«, sagte Hoffmann, »es ist sicher ungewöhnlich, wenn ich Sie trotzdem wieder bitte, mir, einem Unbekannten, etwas vorzulesen. Vielleicht die paar Zeilen, die Sie jetzt bei der Durchsicht nicht durchstrichen. Dann merke ich vielleicht schon, was Sie für eine Art Mensch sind. Nochmals, verzeihen Sie die Bitte eines Wildfremden.«

Kafka sagte: »Wieso wildfremd? Ich habe fast alles gelesen, was Sie schrieben. Sogar ›Des Vetters Eckfenster‹. Ich glaube, das war Ihre letzte Geschichte. Manches von Ihnen gefällt mir gut. Anderes weniger. Ich wünschte mir aber, ich hätte so einen Lebensmut wie Sie, so einen Schreibmut. Aber den hab ich nicht, nein, verzweifelt denke ich: Franz, du bist zum letztenmal hier. Und doch, wie Sie sehen, ich schreibe ein bißchen. Bin noch mal hier in meinem Café und mache mir was vor.« – »Was heißt denn das: Vormachen?« sagte Hoffmann, »ich hatte mir nichts vorgemacht. Sondern beschlossen, bis zur letzten Minute zu schreiben, obwohl oder vielleicht gerade weil es dem Innenminister lieber gewesen wäre, ich hätte damit aufgehört.« – »Was haben Sie im Leben getan, verehrter E. T. A., wenn Sie nicht schrieben?«

»Musik liebe ich sehr. Nur Musik hat es fertiggebracht, mich loszureißen vom Schreiben. Außerdem war mir mein Beruf immer wieder von Nutzen. Früher, als man mich noch zu etwas zwingen konnte, mußte ich Jura studieren.« – »Ich auch!« rief Kafka. »Wo haben Sie studiert?« – »In Königsberg.« – »Dort gab es den Professor Kant?« – »Ich glaube, den gab es. Ich war aber nie in seinen Vorlesungen. Ich kannte ihn gar nicht.«

»Warum sind Sie jetzt in Prag?« – »Ich bin mit einem Dichter verabredet. Ein Mann, der mehr kann als ich und vielleicht auch als Sie. Denn Sie haben mir immer noch nicht meinen Wunsch erfüllt und mir wenigstens eine halbe Seite vorgelesen. Der Schriftsteller, der gleich kommen wird, heißt Gogol. Er ist Russe. Er schrieb einen wunderbar wunderlichen Roman, ›Die toten Seelen‹. Kennen Sie dieses Buch?« – »Gewiß!« rief Kafka. »Und wie ich's bewundere. Sein Land ist sicher so grenzenlos, und seine Bewohner sind herrlich und bodenlos im Guten und Schlechten wie in ihren Wünschen. Ich hab mir immer gewünscht, diesen Gogol einmal im Leben zu sehen. Ich liebe auch viele Geschichten, die er schrieb. ›Der Mantel‹, ›Die Nase‹, sein Theaterstück ›Der Revisor‹.«

Hoffmann lachte. Er nahm die Todesahnung für Gerede. »Vieles erfüllt sich, wovon man nichts ahnt. Und manches geht futsch, was man für sicher hielt. Sie dürfen sich aber nicht drükken vor der Erfüllung meines Wunsches. Lesen Sie vor, was hier oben steht auf der frischen Seite.«

Diesmal machte Kafka keinen Einwand. Er las sofort, langsam und deutlich, als prüfe er nochmals die Worte: »Die Burg schien im Schneegestöber weit fortzurücken. Unmöglich, sie vor Einbruch der Nacht zu erreichen. Nur das Läuten eines Glöckchens drang zu ihm. Er horchte, denn auch schmerzlich war der Klang, als drohe ihm die Erfüllung, wonach er sich innerlich sehnte.«

Weich, heiser war seine Stimme, mit dem leichten Bruch, den es oft gibt in der Stimme von Kranken. Sie horchten beide einen Augenblick in die Stille. »Das gefällt mir«, sagte Hoffmann. – »Mir auch«, sagte Kafka. – »Mir gefällt die Wendung: Eine Erfüllung, die droht. Was ist das? Was soll es werden? Das Schloß im Schneegestöber, das jemand nicht mehr erreichen kann, ist sicher die Burg, die ich vorhin sah?« – »Der Hradschin? Ach nein, daran habe ich gar nicht gedacht.« – »Darum kann es doch eure Burg sein. Aus Ihrem Innern heraus. Sie steigen sicher oft hinauf?« – »Ich? Nie. Es ist jetzt wie ein Schneegestöber zwischen mir und der Burg. Ich weiß, daß sie mächtig ist mit ihren Höfen und Sälen. Mit ihrem Veitsdom. Ich bin aber viel zu erschöpft, um noch mal hinaufzugehen. Es wäre für mich schon eine Gnade, aufs Schloß zu kommen.« Er war plötzlich mitteilungsbedürftig. Er fuhr fort: »In meinem Roman kommt ein Landvermesser, den angeblich der Schloßherr engagiert hat, in eine Dorfwirtschaft. Dann geht es hin und her. Ist seine Anstellung echt? Er sehnt sich nach etwas, was die Beamten Aufenthaltserlaubnis nennen und wir gewöhnlichen Menschen Seßhaftwerden, eine Bleibe.«

Hoffmann sagte vor sich hin: »Man kann es auch Gnade nennen.« – »Ja. Und mein Landvermesser bekommt schließlich die Aufenthaltserlaubnis, die Sie ›Gnade‹ nennen, aber erst, als er schon im Sterben liegt.«

Hoffmann rief: »Ich dachte mir gleich, nur ein paar Zeilen, und ich weiß, was für ein Mensch da schreibt. Ja, aber ich fürchte, auch Ihnen fehlt die Gnade –«

Kafka sagte still vor sich hin: »Sie fehlt mir.«

Er sagte dann, ohne daß ihn Hoffmann nochmals aufgefordert hatte: »Möchten Sie gern den Anfang hören? Ich habe ihn schon zweimal geändert, hier ist die dritte Fassung. Wollen Sie sie hören?«

»Gewiß!« rief Hoffmann. Jetzt nahm er bei scharfem Hinsehen wahr, daß keineswegs alles durchgestrichen war. Manche Sätze waren unterstrichen, die feinen, kleinen Buchstaben legten sich leicht nach links. Kafka folgte dem Rhythmus, ohne etwas ausdrücklich fest zu betonen: »Es war spätabends, als K. ankam. Das Dorf lag in tiefem Schnee. Vom Schloßberg war nichts zu sehen. Nebel und Finsternis umgaben ihn, auch nicht der schwächste Lichtschein deutete das große Schloß an. Lange stand K. auf der Holzbrücke, die von der Landstraße zum Dorf führte, und blickte in die scheinbare Leere empor.«

Kafka sah Hoffmann in die Augen. »Also, der Landvermesser findet in einem Wirtshaus Unterkunft. Man legt ihm einen Strohsack neben den Ofen – –« Manchmal kam Kafkas Stimme mit einem besonderen Wohllaut unmittelbar aus den Seiten. Manchmal machte er nur die Inhaltsangabe: »K. wird aber bald geweckt. Ein städtisch angezogener Mensch entschuldigt sich höflich. Er stellt sich vor als Sohn des Schloßkastellans: Dieses Dorf ist Besitz des Schlosses. Wer hier übernachtet, übernachtet gewissermaßen im Schloß. Sie haben eine solche Erlaubnis nicht. Oder haben sie wenigstens nicht vorgezeigt.

Ein Telefon hängt über dem Strohsack. Der Sohn des Kastellans fragt bei der Behörde an, was für eine Bewandtnis es habe mit dem Ankömmling, der behaupte, das Schloß hätte ihn als Landvermesser hierherbestellt. Davon scheint nichts bekannt zu sein. K. verkroch sich unter der Decke, denn er fürchtete, alles würde sich auf ihn, den Lügner, stürzen. Da läutete wieder das Telefon. Ein Irrtum? Sonderbar, sonderbar. Wie soll ich es dem Herrn Landvermesser erklären?«

Kafka brach ab, denn ein Fremder war an ihren Tisch getreten. Er hatte die Hände auf Hoffmanns Schultern gelegt. Er sagte auf französisch: »Sie sind sicher Hoffmann.« Sie umarmten sich. Schweigend, sehr aufmerksam sah Kafka der Begrüßung zu. Gogols Gesicht, obwohl er es von der Abbildung kannte, enttäuschte ihn. Es mißfiel ihm. Gekünstelt einfach kam es ihm vor – sein Schnurrbart, seine spitzen Augen, seine Kleidung mit vielen Knöpfen, als seien die Augen wie Knöpfe aufgereiht. Er hätte ihn für einen Oberförster gehalten oder irgendeinen Beamten dieser Art, wenn er nicht gewußt hätte, daß einer der ganz großen Dichter Rußlands vor ihm stand.

In einem Gemisch von Sprachen unterhielten sich Hoffmann und Gogol. Kafka verstand ein gut Teil, da er nicht nur Deutsch, sondern auch Tschechisch sprach und etwas Französisch. Doch Hoffmann war immer besorgt um Kafka, als kenne er ihn seit Jahren, und übersetzte ihm, was wichtig war. Er sagte dazwischen: »Gogol ist von Reisefieber gepackt. Oft bin ich es auch. Bald ist er in Deutschland zur Kur, bald in der Schweiz. Bald fährt er nach Rom, bald nach Paris. Die Sprachen, wo er auch durchfährt, scheinen einfach an ihm hängenzubleiben. Unterwegs schrieb er an dem Roman von den ›Toten Seelen‹, dem großen Kunstwerk.« – Gogol sagte: »In Paris erfuhr ich Puschkins Tod. Die Idee zu diesem Roman hat er mir geschenkt.«

Das sagt er, dachte Kafka, obwohl ihm seine Freunde, Popen und Adlige, die Liebe zu Puschkin austreiben wollen.

Mit dünnen Lippen fuhr Gogol fort: »Man muß gerecht zu den Toten sein. Übrigens ist der Roman durchaus nicht wunderbar. Wenn ich wieder daheim bin, werde ich die neuen Kapitel zerreißen, denn ich sehe ein, daß sie nicht viel taugen.« – »Nichts taugen?« riefen Hoffmann und Kafka zugleich.

»Das reden Sie sich nur ein«, sagte Kafka, »oder man redet es Ihnen ein. Die einen loben ein Buch bis zum Himmel, die anderen lassen daran kein gutes Haar.«

»Es kommt darauf an, wer es lobt und wer es verdammt.« Gogol betrachtete Kafka ein wenig spöttisch, als dächte er: Was ist denn das für ein Bürschlein?

Kafka dachte: Auch ich will nichts übriglassen von meiner Arbeit, aber aus einem völlig anderen Grund. Man muß sie vernichten, wenn ich gestorben bin. Die Leute werden nur alles mißverstehen, und ich werde mich nicht mehr wehren können.

Hoffmann betrachtete Gogol aufmerksam, und er dachte: Warum aber, im Grunde genommen, so viel Wesens machen um die Nachwelt? Doch dieser Mann wird wirklich die letzten Kapitel vernichten. Aus Angst vor der Hölle, mit der ihm die Popen drohen. Ja, wird er. Jetzt ist er ein anderer geworden, als er in der Zeit war, in der er den Roman schrieb. Warum hat er sich verändert? Was ist mit ihm los?

Gogol fuhr fort: »Jeder hat schuld an dem, was er schreibt. Am Jüngsten Tag muß jeder dafür geradestehen.«

»Woran sollten Sie schuld sein in diesem Roman?« rief Hoffmann, »schuldig nenne ich die, die Sie hindern wollen, die Wahrheit zu schreiben. Auch mich hat man oft hindern wollen. Was die Leute für pure Phantasie halten, kann manchmal auch ein Stück handfeste Wirklichkeit enthalten. Mir hat man die letzte Lebenszeit verbittert, weil ich in dem Märchen ›Meister Floh‹ den Innenminister und seine Gehilfen verhöhnte. Mein Verleger hat die betreffenden Stellen herausnehmen müssen, die Episode ›Knarrpanti‹. Hoffentlich werden sie eines Tages in irgendeiner Nachausgabe wieder eingesetzt.«

Kafka hatte nachdenklich zugehört. Sein Gesicht war fast schön, als er dachte: Gewiß, jeder ist schuld an dem, was er schreibt. Jeder von uns muß wahr über das wirkliche Leben schreiben. Die Schwierigkeit liegt darin, daß jeder etwas anderes unter »wahr« und »wirklich« versteht. Die meisten verstehen darunter nur das Derb-Wirkliche. Das Sichtbare und das Greifbare. Sobald die Wirklichkeit in Geträumtes übergeht, und

Träume gehören zweifellos zur Wirklichkeit – wozu sollten sie denn gehören? –, verstehen die Leser nicht viel.

Hoffmann sagte, als hätte er diese Gedanken gehört: »Die Leute verstehen nur ihre eigenen Träume. Auch wenn sie diese Träume vergessen hätten, sie erinnern sich ihrer, wenn sie dargestellt werden.«

Gogol unterbrach ihn: »Was hat denn das Schreiben für einen Sinn, wenn die Menschen Sie nicht verstehen?«

»Es hat keinen Sinn«, sagte Kafka. »Ich schrieb darum meinem Freund, er soll gleich meine Schriften verbrennen, wenn er von meinem Tod hört. Man würde alles falsch auslegen. Nie wird man meinen Gedanken folgen, den Worten, die ihre Flügel sind, nie. Nicht, weil ich etwas falsch schrieb. Zum Beispiel mein Roman ›Der Prozeß‹. Man wird ihn in Zusammenhang mit irgendwelchem Prozeß bringen, der jeweils die Leute erregt, wenn ich schon längst tot und stumm bin. Ich weiß, ich bin todkrank. Eine Macht, die mir unbekannt ist, hat ihren Prozeß gegen mich angestrengt, der einen tödlichen Ausgang haben wird. Das ist mein eigner Prozeß.«

Hoffmann dachte: Vielleicht ist er wirklich dem Tod ausgeliefert, der junge Mensch, auf den ich hier stieß. Wenn aber Gogol den besten Teil seines Ichs, sein Werk, vernichten will, dann ist der Grund die Angst vor Gottes Gericht, die man ihm eingeimpft hat.

Kafka fuhr nachdenklich fort: »Ich mußte auch über die sonderbare Beamtenschaft schreiben, die im Auftrag einer unbekannten Macht über uns verfügt, aber selbst ganz bedeutungslos ist. Man sieht ihr nicht an, daß sie den Haftbefehl in der Rocktasche trägt. Ob ein Nebel über den Augen der Leser liegt oder über meinem Roman, es kommt nicht klar heraus.«

»Ich glaube, bei mir kommt es klar heraus«, sagte Hoffmann, »wenn ich auch immerzu aus der Wirklichkeit ins Phantastische springe. Und es muß auch herauskommen. Wer sonst als wir kann die Menschen trösten und warnen?

Allerdings, man darf nicht schläfrig lesen, man muß wach, abtastend lesen, auf der Suche. Nur dann kommt heraus, was ich meine.«

Gogol sagte in einem Ton, der so aufgesetzt wirkte wie der Schnurrbart in seinem Gesicht: »Ich war einmal eurer Meinung.

Jetzt glaube ich, keiner weiß allein, was Wahrheit ist –« Beide sahen ihn verblüfft an. Hoffmann lachte auf. »Was ist denn mit Ihnen passiert, Gogol, seit Sie Ihren Roman schrieben? Ohne eure widerliche Beamtenschaft, ohne eure Leibeigenschaft konnte Ihr Seelenhändler gar keine Seelen kaufen.« –

Inzwischen hatte sich das Café mit Menschen und Rauch gefüllt. Der Kellner trat an ihren Tisch und fragte Gogol, was der Herr zu speisen wünsche. Gogol war furchtbar enttäuscht, daß man hier keinen Sliwowitz bekam, auch kein Fleisch, keine Gurken. Er bestellte verärgert Kaffee und ein wenig Gebäck. Er sprach weiter hin ziemlich steif: »Puschkin, der hätte Ihnen zugestimmt. Ein Duellschuß, wie Sie wissen, hat auf Erden über ihn entschieden. Wer weiß, ob es dem einzelnen Menschen ansteht, zwischen Recht und Unrecht zu entscheiden.«

Hoffmann sagte: »Sie haben aber sehr klar zwischen Recht und Unrecht unterschieden in Ihren Romanen und Novellen.«

»Ihre Novelle ›Der Mantel‹ gefällt mir noch besser als Ihr großer Roman«, rief Kafka. »Wenn der Geist nachts durch die Straßen der Stadt fliegt und den satten Herren die schönen warmen Pelzmäntel von den Schultern reißt!«

»Gerade in dieser Novelle«, sagte Gogol, der plötzlich all seine Steifheit verloren hatte und in dem Gespräch mit seinen beiden Gefährten in sein echtes Ich zurückgekehrt war, »endet die Wirklichkeit plötzlich in einem wilden Flug.–––

Der große Mann verließ das Haus seines Kollegen, und er setzte sich in den Schlitten. Er fühlte sich so recht behaglich in dem warmen Mantel.

Was ihn bisweilen störte, war der böige Wind, der sich auf einmal, weiß der liebe Gott woher, erhoben hatte. Und plötzlich spürte unser großer Mann, daß jemand ihn mit ungeheurer Energie am Kragen packte. Er fuhr herum – es war ein kleiner Mann in schäbigem Beamtenfrack – und erkannte voll Entsetzen den verstorbenen Akaki. ›Da bist du endlich! Endlich hab ich dich am Kragen! Ha, ich brauche deinen Mantel, Kerl! Du hast dich nicht um meinen kümmern wollen und hast mich noch dazu grob angeschnauzt. Dafür gibst du jetzt deinen her!‹––

Bemerkenswert aber noch will mir scheinen, daß sich von Stunde an das Gespenst des Titularrats niemals wieder zeigte. –

Der Mantel des Herrn Staatsrats saß ihm augenscheinlich wie für ihn gemacht – –«

Die beiden Zuhörer hatten gespannt gehorcht, mit einem Staunen, das zugleich freudig und ernst war.

Der Kellner lud sein Servierbrett ab. Gogol machte sich ans Gebäck. Mit einem gewissen Widerwillen, weil er auf Scharfes aus war.

Er wandte sich plötzlich an Hoffmann: »Wie ich schon sagte, gefallen mir Ihre Märchen nicht alle gleich gut. Doch oft entzückt mich das Unerwartete, Sonderbare. Ich habe darüber nachgedacht, wie Sie an ein winziges Etwas, eine Türklinke, einen Floh, phantastische Gedanken knüpfen. Ja, aber eins will mir nicht einleuchten: Wie Sie leichtfertig umgehen mit der Zeit. Sie setzen die Zeit ein, wie Sie wollen. Etwas geschieht heute, was ins Gestern gehört, ein anderes Mal ist vor zweihundert Jahren etwas geschehen, was jetzt erst seine Fortsetzung erlebt. Auch im Phantastischen, meine ich, herrscht das Gesetz der Zeit.

Ja, nach dem Tod Akakis krallt sich nachts sein Gespenst in den Mantel des Staatsrats. Natürlich geht auch bei mir die Wirklichkeit ins Phantastische über. Aber dem Ablauf der Zeit bleibe ich treu. Der arme Akaki hat furchtbar sparen müssen, um sich sein Mäntelchen anzuschaffen. Durch die Zeit des Sparens wird Ihnen klar, was der Erwerb und dann der Verlust für ihn bedeutet. Erst wenn er vor Verzweiflung stirbt, spukt sein Geist.«

»Ich aber, ich pfeif auf die Zeit!« rief Hoffmann. »Zum Beispiel treffen sich in meinem Roman zwei holländische Gelehrte in Frankfurt am Main, obwohl einer schon längst in Utrecht begraben liegt. Er war der erste Gelehrte, der ein Vergrößerungsglas, die Lupe, erfunden hat. Und ich brauche für meine Erzählung diese Lupe. Ich wende sogar seine Erfindung als Nachtlupe an, die im Flohzirkus plötzlich alle winzigen Biester so ungeheuer vergrößert, daß die Leute, von Schrecken gepackt, aus dem Saal fliehen. Vor dem Gewimmel schrecklich vergrößerter Läuse und Mücken, die vorher unsichtbar oder winzig waren.

Wir drei, wir säßen hier doch gar nicht beisammen an diesem Tisch, wenn wir ernstlich die Zeit einhalten würden. War ich nicht lange vor Ihnen, Gogol, geboren? Und Sie, Gogol, fast hundert Jahre vor Kafka?«

Kafka sagte halb zu sich selbst: »Die Zeit ist unbedingt verbunden mit meinem Leben und Schreiben. Gesichter brauchen meine Gestalten nicht, die können die Leser sich selbst ausdenken. Mich geht ihr Verhalten an, ihre Gemütsart in einer bestimmten Lage. – Ich stelle mir zum Beispiel vor, wie sich mein guter Nachbar verhalten würde, wenn man mich plötzlich verhaftet hätte und meine Wohnung versiegelt, ich wüßte selbst nicht warum. Der gute Nachbar, der mich bisher geachtet hat, ahnt dieses und jenes. Ich kann mich aber hineindenken, wie es einem zumut ist, wenn eine rätselhafte Macht einen bedroht. Doch auch die Bedrohung, das Verhalten – übrigens ist es genauso wirklich wie ein Gesicht oder ein Charakter – geht vor sich in einem gewissen Ablauf der Zeit, da gebe ich Gogol recht.«

Gogol fing noch mal zu schimpfen an, weil es im Café nichts Vernünftiges gab. In ein Gasthaus zu gehen, dazu reichte die Zeit nicht. Er bestellte notgedrungen wieder Kaffee und eine Schüssel Kipfel. Jetzt bot er seinen Tischgefährten an.

Hoffmann dachte bei sich: Ich gerade, der als der wildeste Träumer gelte unter uns dreien, scheinbar der Wirklichkeit abspenstig, habe vielleicht am meisten gelitten unter dem Zeitgeschehen, unter diesen verdammten Agenten von Metternich, die sich überall tummeln. In meiner letzten Lebenszeit, obwohl ich gelähmt war, habe ich in meinen Gedanken am wildesten um mich geschlagen. Gogols Seele löst sich, scheint mir, in Weihrauch auf. Er ist dem Leben unter dem Zaren nicht gewachsen. Es muß schwer sein, zermürbend.

Er fuhr laut fort: »Daß Sie, Kafka, nie über Gerechtigkeit schrieben, nur über einen Prozeß im allgemeinen, den eine unbekannte Macht steuert, das begreife ich nicht.«

Kafka erwiderte gequält: »Die Krankheit, die mir jetzt den Rest gibt, holte ich mir vielleicht in dem bitteren Winter 1917. Damals schrieb ich die kurze Geschichte ›Der Kübelreiter‹. Darin gibt es nichts Rätselhaftes, sondern eine verdammte Wirklichkeit. So gewaltig ist die Erzählung nicht wie ›Der Mantel‹, aber ich glaube doch, gewaltig, wenn die Menschen sie verstehen wollen.«

»Wenn, wenn«, fuhr Gogol dazwischen. Seine Steifheit hatte er gänzlich abgestreift. Unwillkürlich war er von seinem Berufstrieb gepackt. »Unverständliches Zeug nützt nichts, wie es oft junge Leute verzapfen.«

»Ich glaube, Sie tun ihm unrecht! Vielleicht können Sie, Kafka, uns etwas davon erzählen?«

Kafka begann halblaut, mit keinem übertriebenen Ton, im Rhythmus seiner Gedanken: »Verbraucht alle Kohle; leer der Kübel; sinnlos die Schaufel; Kälte atmend der Ofen; das Zimmer vollgeblasen von Frost; vor dem Fenster Bäume starr im Reif; der Himmel, ein silberner Schild gegen den, der von ihm Hilfe will. Ich muß Kohle haben, ich darf doch nicht erfrieren; hinter mir der erbarmungslose Ofen, vor mir der Himmel ebenso, infolgedessen muß ich scharf zwischendurchreiten und in der Mitte beim Kohlenhändler Hilfe suchen.

Meine Auffahrt schon muß es entscheiden; ich reite deshalb auf dem Kübel hin. Als Kübelreiter, die Hand oben am Griff, dem einfachsten Zaumzeug, drehe ich mich beschwerlich die Treppe hinab. Und außergewöhnlich hoch schwebe ich vor dem Kellergewölbe des Händlers, in dem er tief unten an seinem Tischchen kauert und schreibt; um die übergroße Hitze abzulassen, hat er die Tür geöffnet.

›Bitte, Kohlenhändler, gib mir ein wenig Kohle. Mein Kübel ist schon so leer, daß ich auf ihm reiten kann. Sei so gut. Sobald ich kann, bezahle ich's.‹

Der Händler legt die Hand ans Ohr. ›Hör ich recht?‹ fragt er über die Schulter weg seine Frau, die auf der Ofenbank strickt, ›hör ich recht? Eine Kundschaft.‹

›Ich höre gar nichts‹, sagt die Frau, ruhig aus- und einatmend über den Stricknadeln, wohlig im Rücken gewärmt.

›O ja‹, rufe ich, ›ich bin es; eine alte Kundschaft; treu ergeben; nur augenblicklich mittellos.‹

›Frau‹, sagt der Händler, ›es ist, es ist jemand; so sehr kann ich mich doch nicht täuschen; eine alte, eine sehr alte Kundschaft muß es sein, die mir so zum Herzen zu sprechen weiß.

Ich komme‹, sagt der Händler, und kurzbeinig will er die Kellertreppe emporsteigen, aber die Frau ist schon bei ihm, hält ihn beim Arm fest und sagt: ›Du bleibst. Erinnere dich an deinen schweren Husten heute nacht. Ich gehe.‹

›Frau Kohlenhändlerin‹, rufe ich, ›ergebenen Gruß; nur eine Schaufel Kohlen; gleich hier in den Kübel; eine Schaufel von der schlechtesten. Ich bezahle sie natürlich voll, aber nicht gleich, nicht gleich.‹ Was für ein Glockenklang sind die zwei Worte

›nicht gleich‹, und wie sinnverwirrend mischen sie sich mit dem Abendläuten, das eben vom nahen Kirchturm zu hören ist!

›Was will er also haben?‹ ruft der Händler. ›Nichts‹, ruft die Frau zurück, ›es ist ja nichts; ich sehe nichts, ich höre nichts.‹

Sie sieht nichts und hört nichts; aber dennoch löst sie das Schürzenband und versucht mich mit der Schürze fortzuwehen. Leider gelingt es. Alle Vorzüge eines guten Reittieres hat mein Kübel; Widerstandskraft hat er nicht; zu leicht ist er; eine Frauenschürze jagt ihm die Beine vom Boden.

›Du Böse‹, rufe ich noch zurück, während sie, zum Geschäft sich wendend, halb verächtlich, halb befriedigt mit der Hand in die Luft schlägt, ›du Böse! Um eine Schaufel von der schlechtesten habe ich gebeten, und du hast sie mir nicht gegeben.‹ Und damit steige ich in die Regionen der Eisberge und verliere mich auf Nimmerwiedersehen.«

Beide Zuhörer schwiegen. Es kam ihnen nicht angebracht vor, laut die Geschichte zu loben, gerade weil sie tief in sie eindrang.

Kafka sprach sehr leise, um seine Stimme zu schonen: »Seit diesem verfluchten Winter, in dem mein Kübelreiter umsonst um Kohle bat, bin ich verkapselt in Todesangst. Die Habsburger Monarchie zerfiel, und ich dachte nur an mich selbst. Masaryk zog in den Hradschin. Und ich dachte nur an mich selbst. Die Revolution fegte über die Länder. Und ich dachte nur an mich selbst.

Vielleicht ist mein ›Kübelreiter‹ nicht schlecht. Doch unvergleichlich ist Gogols ›Mantel‹, und wunderbar grausam tut sich darin die Kluft auf zwischen Armen und Reichen.«

Gogol sagte: »Ich glaube selbst, meine Geschichte ist schön, doch auch Ihre gefällt mir. Die Kluft, wie Sie es nennen, gibt es in beiden – wenn man Ihre kurze Geschichte überhaupt mit meiner vergleichen kann. Ich springe zuletzt ins Phantastische, und Sie beginnen sofort damit. Und in beiden starren sich Recht und Unrecht an.

Als Schuljunge, da saugte ich alles in mich auf, was ich von den Dekabristen hörte. Und später, als ich Dichter war, war es nicht eigentlich meine Absicht, zwischen Recht und Unrecht zu unterscheiden, zwischen arm und reich; es kam von selbst, wenn ich der Wirklichkeit treu blieb.«

Das sagst du. Dabei wagst du es nicht mehr, dachte Hoffmann, deinen Lehrer, deinen Freund Belinski, öffentlich zu treffen. Jetzt hast du Angst, jemand von deinen adligen Freunden könnte dich mit ihm zusammen sehen.

Er sagte: »Ich flehe Sie geradezu an, nichts zu verändern an Ihrem Buch ›Die toten Seelen‹, es zeigt für immer und ewig die Wahrheit über das Leben der Menschen während der Leibeigenschaft.«

»Ich weiß nicht, ich weiß nicht«, sagte Gogol, »›gehässig‹ nennen mich viele. Puschkin, finden sie plötzlich, sei nie so ätzend gewesen, daß sich das Poetische verlor. Sogar mein französischer Freund Mérimée hat das Buch nicht so stark wie Sie bewundert. Er meint, ich verstände nicht zu unterscheiden zwischen dem Gemeinen und dem Lächerlichen. Und ich hätte nun mal den Hang, in der Welt besonders das Schlechte darzustellen.«

»Das hat er sicher anders gemeint als Ihr Priester.«

Kafka sagte leise: »Ach, diesen Vorwurf kenne ich. Daß ich nur das Schlechte darstellen wollte. – Nein. Das Unerklärliche, Drohende, das Verhängnis––« Seine Stimme wurde vernehmlich: »In einer meiner Geschichten verwandelt sich der junge Samsa in eine Kröte. Man stößt sich an meiner Grausamkeit. Ich habe nur festgestellt, was in meiner Zeit geschieht, wenn sich so was ereignet wie in Grimms Märchen: als der Frosch ins Schloß zieht und die Königstochter muß mit ihm essen und schlafen. Ich liebe Grimms Märchen. Aus ihrer Sprache lernte ich viel. Ich muß gestehen, den Sinn und den Rhythmus mancher Sätze habe ich mir angeeignet.

Wie wunderbar ist die Sprache, wie rätselhaft! Die einzelnen Menschen mögen Unsinn und Lügen verzapfen und quasseln und quatschen, als Ganzes ist jede Sprache gewaltig. In einer chassidischen Legende heißt es: Wenn du ein Wort von Gott sprichst, gehst du mit all deinen Gliedern in das Wort hinein. – Ich glaube, nicht nur ein einzelner Mensch, ein ganzes Volk kann in ein Wort seiner Sprache hineingehen.«

»Das ist wahr«, sagte Gogol, »es gibt bei uns Worte, in denen das ganze russische Volk lebt. Ja, einzelne Worte, kurze Sätze, bei denen man gleich weiß, sie sind ganz Lermontow oder ganz Puschkin––«

»Das ist genauso in meinem Deutsch!« rief Hoffmann. »Ich könnte allein von Goethe hundert Beispiele geben. Ich nenne ihn groß, obwohl er mich zuletzt verächtlich beschimpft hat. Zuerst, da gefiel es ihm, wie ich vom Wirklichen ins Phantastische springe. Er macht ja selbst solche Sprünge; zum Beispiel im ›Faust‹ in seiner Walpurgisnacht. Wie sprang er da aus der Wirklichkeit ins Erfundene. Und nach seiner Italienreise, so heißt es, ließ er nur die Antike gelten. Obwohl er wissen sollte, daß gerade die Griechen und Römer oft vom Wirklichen ins Phantastische gleiten. Wir wissen heute nicht immer, was für sie Wirklichkeit war. Was soll das aber bedeuten, Kafka, ›chassidische Legende‹?«

»In den letzten Jahrhunderten hat sich bei den Juden in Polen, die auf dem Land lebten, manchmal als richtige Bauern, oder in Städten, in Ghettos zusammengeschlossen, eine besondere Kultur herausgebildet. Teils aus ihren alten Gesetzesbüchern und aus dem Talmud, teils aus der Bibel, teils aus eigner Erfindung erzählten sie Legenden und Märchen, heitere und erschrekkende. Als hier in Prag die Lemberger Schauspielschule gastierte, saß ich oft mit Löwy im Café Savoy, und ich lernte aus seinen Geschichten.«

»Wir haben davon nie etwas gehört.«

Kafka sagte: »Viele meiner eignen Geschichten hängen mit den chassidischen zusammen.«

Gogol sah ihn nachdenklich belustigt an. »Die großen russischen Dichter, die kenne ich. Ich wußte nicht, daß es in meinem Land etwas von dem gibt, was sie erzählen. Der Jude, ja, kam aufs Gut zu meiner Mutter, um seine Schulden einzutreiben. Ich ahnte nicht, daß er auch dichten könnte.«

Hoffmann lachte. »Ihr Tschitschikow, der mit toten Bauern gehandelt hat, war sicher ein Russe!«

Darauf ging Gogol nicht ein. Er fragte: »Diese chassidischen Leute, die, wie Sie sagen, an Gott glauben, glauben sie auch an den Teufel?«

»Gewiß«, erwiderte Kafka, »ich will versuchen, als Beispiel eine Geschichte nachzuerzählen, die mir selbst durch Mark und Bein geht: Ein Knabe erfährt, daß ein Rabbi, ein wahrer Meister, in einer nicht allzu entfernten Stadt lebt, und er sehnt sich so sehr, bei diesem zu lernen, daß er die Eltern anfleht, ihn hinzuschicken.

Es ist den Eltern zwar bang, aber der Sohn bittet so inständig, daß der Vater sich mit ihm aufmacht. Kaum haben sie ihr eignes Städtchen verlassen, da bricht ein Rad am Wagen. Das nimmt der Vater als Zeichen Gottes, sich auf die Reise nicht einzulassen. Der Knabe bittet aber verzweifelt so lange, bis der Vater doch wieder mit ihm abfährt. Diesmal überrascht sie ein furchtbares Gewitter. Sie kehren um. Der Knabe wird krank, schwerkrank vor Kummer. Der Arzt und schließlich sogar die Eltern fürchten, der Knabe würde sterben, wenn man ihn nicht zu dem Meister bringe.

Endlich kommen sie ans Ziel ihrer Fahrt. Sie übernachten in einem Gasthaus. Ein Fremder, grau, hager, mit strengem Blick, setzt sich an ihren Tisch. Er fragt nach dem Grund ihres Hierseins. Der Vater erklärt es ihm. Da warnt ihn der Fremde, und er ruft: ›Es ist ein Glück, daß ich Bescheid weiß über den Menschen, zu dem Ihr Euren Sohn schicken wollt. Der ist kein Meister, der verdirbt die Jugend mit seiner Lehre.‹ Und traurig, doch froh, weil ihm im letzten Augenblick jemand Bescheid gesagt hat, bringt der Vater sein Kind nach Hause.

Der Sohn wird schwerkrank vor Enttäuschung. Kein Arzt kann ihm helfen, er stirbt. Nach einigen Jahren fährt zufällig der Vater allein in jene Stadt. Er steigt im selben Gasthaus ab. Derselbe Fremde setzt sich an seinen Tisch und fragt ihn, was aus dem Sohn geworden sei. Der Vater berichtet, sein Sohn sei gestorben. Da reibt sich der Fremde die Hände, seine Augen funkeln, er sagt: ›Nun sollst du's erfahren. Der Meister hatte die Stufe des Großen Lichts, dein Sohn hatte die Stufe des Kleinen Lichts, und wären die beiden zusammengekommen, dann wäre der Messias erschienen. Das habe ich nun für immer vereitelt.‹ «

Kafka war im Erzählen blaß geworden. Hoffmann sah ihn verwundert an. Gogol rief: »Der Teufel, wahrhaftig! Wenn ich die Sache auch nicht recht verstehe.

Bei mir gibt es zwar Teufel in Hülle und Fülle. Ich glaube, teuflische Menschen gelingen mir besser.«

Hoffmann sagte: »In meinen ›Elixieren des Teufels‹ steckt beides. Durch die Schliche des Teufels werden die Menschen doch teuflisch.

Sie, Kafka, haben Verschiedenes gelernt aus den Legenden, von denen Sie uns eine erzählten, aber mir scheint, nicht nur Gutes. Auch viel, was die Menschen sinnlos beängstigt, zweiflerisch, unsicher macht. Bei Ihnen gibt es, fürchte ich, keine richtigen Menschen aus Fleisch und Blut mit guten und schlechten Eigenschaften. Ihre Geschöpfe haben nur bestimmte Empfindungen, wie sie jeden dann und wann überkommen. So etwas sagten Sie vorhin selbst. Ihre Menschen sind erfunden, um diese Empfindungen zu verkörpern.«

»Halt«, unterbrach ihn Kafka, »die Legende stammt nicht von mir, sie ist nacherzählt. Es ist eine Geschichte, in der das Böse herrscht. Herr Gogol fragte mich vorhin nach dem Teufel.«

»Ich möchte wohl wissen«, sagte Gogol, »und ich leide ja selbst ständig unter dem Vorwurf, was den Dichter so furchtbar verlockt, das Böse, ja das Teuflische besonders gut darzustellen – warum ihm das meistens besser gelingt als die Darstellung des Guten und Reinen.«

Hoffmann sagte: »Ich glaube, weil er damit die Menschen tröstet, da er tief in sie eindringt.«

»Tröstet?«

»Tröstet. Auch das«, sagte Hoffmann, »der Leser hat selbst schon oft das Böse empfunden. Wenn er in einem Buch davon liest, weiß er, daß er nicht der einzige ist. Es tut ihm wohl, wie eine Art Beichte. Und warum es schön ist? Unter den steinernen Jungfrauen an dem Portal des Domes von Straßburg und wo immer sind die bösen Jungfrauen schöner als die frommen. Das Böse soll verlocken, das Gute durch sich selbst wirken, und das gelingt uns armen Menschen selten. Wir haben selten in unserem Innern ein verlockendes Bild des Reinen.«

Gogol hatte gespannt auf diese Sätze gehorcht. Er sagte: »Sie haben tausendmal recht. Ich sehe sehr selten das Erhabene, Reine. Ich kann es nur selten darstellen. Bei Puschkin, ja, bei dem zeigt es sich manchmal in ganz alltäglichen Begebenheiten, zum Beispiel im ›Onegin‹ im Gebaren der Tatjana.

In der Natur, in Bergen und Flüssen, da stelle ich dar, was gewaltig in meinem Land ist und rein und schön.«

»In der Musik«, sagte Hoffmann, »da klingt das Erhabene, Reine aus zahllosen Tonfolgen auf. Vielleicht, weil der Klang gestaltlos ist, wohnt ihm Schönheit inne, wo Stein und Wort versagen.«

Er wandte sich an Kafka: »Sie haben vorhin behauptet, der Sinn einer Erzählung liegt gleichsam schon in der Sprache.«

Kafka erwiderte: »Und jeder Inhalt verlangt jeweils seine besondere Sprache. Auch darin fühle ich mich heimatlos, zwischen Deutsch und Tschechisch.

Ich habe nicht bloß mit Haçek im Wirtshaus gesessen und mit Löwy im Café Savoy. Ich habe mich nicht nur ernährt von deutschen und russischen Schriftstellern und von den chassidischen Legenden. Bei Kierkegaard, dem Dänen, fühlte ich durch die Übersetzung durch bis zum Neid die Einheit von Sprache und Inhalt. Zum Beispiel in seinem Buch über ›Das Gleichgewicht zwischen dem Ästhetischen und dem Ethischen in der Herausarbeitung der Persönlichkeit‹:

›Mein Freund! Was ich Dir schon so oft gesagt habe, das sage ich Dir wieder. Wieder rufe ich Dir zu: entweder – oder! Das Gewicht der Sache, um die sich's handelt, rechtfertigt das Gewicht der Worte. Es gibt ja Dinge, die nur ein lächerlicher Mangel an Urteilskraft einem Entweder-Oder unterstellen kann. Es gibt aber auch Menschen, die zu schwach sind, mit Pathos sagen zu können: entweder – oder. Auf mich haben diese Worte allzeit einen tiefen Eindruck gemacht; und sie tun es noch; namentlich, wenn ich sie ganz ohne Beziehung nenne, mir also die schrecklichen Gegensätze hinzudenken kann. Dann wirken sie auf mich wie eine Beschwörungsformel: entweder – oder.‹«

Er sprach leise, aber er folgte dem Rhythmus mit der Hand, als schlage er mit dem Hammer auf einen harten Gegenstand.

Hoffmann sagte: »Beinah vollkommen erscheint mir die Einheit von Wort und Inhalt am Ende der ›Toten Seelen‹.«

»Was Sie jetzt Ende nennen«, sprach Gogol dazwischen, »wird einmal ein Mittelstück sein!«

Hoffentlich nicht, dachte Hoffmann, und Kafka dachte: Es ist nicht schlecht für die Kunst, wenn du das angeklebte Ende verbrennst; was du jetzt als Mittelstück ausgibst, kann dann ewig der Abschluß bleiben.

Hoffmann sagte: »Lies es vor, Freund Gogol, bitte. Hier habe ich eine französische Ausgabe. Übersetzen Sie's uns.«

Gogol gestand, er wisse die Stelle beinah auswendig und er ziehe es vor, sie auf russisch zu sprechen: »Tschitschikow wurde auf seinem Polster leicht emporgehoben. Welcher Russe liebt das schnelle Fahren nicht? Sollte seine Seele, die sich überall und immer nach dem Taumel und Wirbel sehnt und oft ausrufen möchte: ›Ach was, hol doch alles der Teufel‹, sollte seine Seele es nicht lieben? Wie eine unbekannte Gewalt hebt dich's auf seinen Flügel. Du fliegst dahin und mit dir alles um dich her: die Meilensteine, die Kaufleute, die auf ihren Wagen sitzen, der Wald zu beiden Seiten mit den dunklen Reihen seiner Tannen und Fichten, der ganze Weg fliegt vorüber, weit fort in unbekannte Fernen. Und etwas Furchtbares, Schreckliches liegt in diesem rasenden Aufblitzen und Verschwinden, wo der vorübergehende Gegenstand kaum Zeit hat, feste Formen anzunehmen, und nur der Himmel über uns, die leichten Wolken und der sich Bahn brechende Mond allein unbeweglich stillzustehen scheint. Mein Dreigespann, o du Vogel Dreigespann! Wer hat dich erfunden? Nur aus einem kecken, mutigen Volk konntest du hervorgehen – in jenem Land, das nicht zu spaßen liebt, sondern sich wie die unendliche Ebene streckt und breitet über die halbe Erde.

O ihr Rosse! Ihr wunderbaren Rosse! Lebt ein Wirbelwind in euren Mähnen? Kaum rühren eure flüchtigen Hufe die Erde, ihr fliegt durch die Lüfte, wundersam ertönt der Gesang des Glöckchens, braust und erstarrt die Luft. Alles, was auf Erden lebt und webt, fließt vorüber–––«

Er begleitete nicht nur mit den Fingern, sondern auch mit den Achseln die Sätze, als schicke er sich an, nach ihrem Rhythmus zu tanzen. – Sogar der Kellner war mit halbvollem Kaffeetablett stehengeblieben und horchte. Die beiden Zuhörer am Tisch schwiegen. Ihr Schweigen war viel beredter als Lob. Dann sagte Hoffmann: »Jedermann weiß, dieser Tschitschikow ist ein Lump. Trotz all seiner Schuftigkeit hat er etwas mit uns allen gemeinsam. Er liebt die Fahrt, das Land, durch das er braust. Und durch Ihre Schilderung dieser Fahrt, dieser Troika, erhebt sich der Leser über die Schuftigkeit Tschitschikows. Er läßt sie gleichsam weit zurück als irgendeinen winzigen Punkt in der grenzenlosen erhabenen Welt. So soll man schreiben, wenn man's kann. Ich fürchte, das fehlt Ihnen in Ihren Erzählungen, Kafka, daß man sich irgendwann, irgendwie hoch erheben kann über die Leiden und Qualen in unserem bedrohten Leben.«

»Ich habe auch manches von Ihnen, Hoffmann, gelernt«, sagte Gogol, »vielleicht, weil ich weiß, wie sehr Sie Musik lieben, kommt es mir manchmal auch bei Ihnen vor, als hätten Ihr Inhalt und die Sprache, die Sie jeweils dem Inhalt geben, einen gemeinsamen Klang.«

Hoffmann sagte: »Gewiß. Ein knapper und harter Inhalt muß knapp und hart dargestellt werden. Doch wie es bei mir meistens der Fall ist, ausgesponnene, märchenhafte, wechselhafte Begebenheiten bedürfen ausgesponnener, wechselhafter Formen.«

Gogol sagte: »Vor langem las ich eine Ihrer Musikgeschichten. Sie hieß ›Ritter Gluck‹. Ach bitte, erzählen Sie diese noch einmal.«

»Weil ich auch Musiker bin«, fing Hoffmann an, ohne sich viel bitten zu lassen, »begab ich mich in Berlin oft in ein Café, in dem ein gutes Orchester spielte, das hoffte ich wenigstens.

Der Spätherbst in Berlin hat gewöhnlich noch einige schöne Tage. Bald sind alle Plätze bei ›Klaus und Weber‹ besetzt.

Doch die Musik empört mich. Neben mir murmelt jemand: ›Verwünschtes Schicksal! schon wieder ein Oktavenjäger!‹

Ich sehe auf und werde nun erst gewahr, daß, von mir unbemerkt, an demselben Tisch ein Mann Platz genommen hat, der seinen Blick starr auf mich richtet. Nie sah ich einen Kopf, nie eine Gestalt, die so schnell einen so tiefen Eindruck auf mich machte. –––

Er schritt langsam und bedächtig nach den Musikanten hin. Ich sah ihn mit ihnen sprechen, die er mit gebietender Würde behandelte. Er kehrte zurück, und kaum hatte er sich gesetzt, als man die Ouvertüre der ›Iphigenia in Aulis‹ zu spielen begann. Mit halbgeschlossenen Augen, die verschränkten Arme auf den Tisch gestützt, hörte er das Andante; den linken Fuß leise bewegend, bezeichnete er das Eintreten der Stimmen. Die linke Hand mit auseinandergespreizten Fingern ruhte auf dem Tische, als greife er einen Akkord auf dem Flügel, die rechte Hand hob er in die Höhe: es war ein Kapellmeister, der dem Orchester das Eintreten des andern Tempos angibt. ––– Die Ouvertüre war geendigt. Der Mann ließ beide Arme herabsinken und saß mit geschlossenen Augen da, wie jemand, den eine übergroße Anstrengung entkräftet hat. –––

Ich will mich jetzt kurz fassen«, fuhr Hoffmann fort, »der Fremde stand auf. Ich verlor ihn an diesem Tag aus den Augen. Ich suchte ihn überall umsonst. Durch Zufall traf ich ihn Monate später in der Nähe der Oper wieder. Ich hörte sein sonderbares Selbstgespräch unter einem Fenster, wo man fast jeden Ton des Orchesters hört. Ich lud ihn ein. Wir gingen schweigend die Friedrichstraße hinauf. Dann bog er in eine Querstraße ein, und kaum vermochte ich ihm zu folgen. Im Finstern tappend, erreichten wir die Treppe in einem unansehnlichen Haus. Ich hörte ihn noch eine Tür öffnen. Bald darauf trat er mit einem angezündeten Lichte herein. Der Anblick des sonderbar ausstaffierten Zimmers überraschte mich nicht wenig. Ein breiter Spiegel gab dem Ganzen das düstere Ansehn verjährter Pracht. In der Mitte stand ein kleines Klavier.–––

Der Mann trat vor einen Schrank, und als er den Vorhang wegzog, wurde ich eine Reihe schöngebundener Bücher gewahr mit goldnen Aufschriften: ›Orfeo‹, ›Armida‹, ›Alceste‹, ›Iphigenia‹ usw., kurz, Glucks Meisterwerke sah ich beisammenstehen.

Er ergriff eins der Bücher – es war ›Armida‹ – und schritt feierlich zum Klavier hin. Ich öffnete es schnell und stellte den Pult auf; er schien das gern zu sehen. Er schlug das Buch auf, und – wer schildert mein Erstaunen! ich erblickte rastrierte Blätter, aber mit keiner Note beschrieben.

Er begann: ›Jetzt werde ich die Ouvertüre spielen! Wenden Sie die Blätter um, und zur rechten Zeit!‹ – Nun spielte er herrlich, mit vollgriffigen Akkorden, fast ganz dem Original getreu. Das Allegro war nur mit Glucks Hauptgedanken durchflochten. Er brachte so viele neue geniale Wendungen hinein, daß mein Erstaunen immer wuchs.––––

Als er geendet hatte, warf ich mich ihm in die Arme und rief mit gepreßter Stimme: ›Was ist das? Wer sind Sie?‹ – Als ich weiter fragen wollte, war er mit dem Lichte durch die Türe entwichen und hatte mich im Finstern gelassen. Es hatte beinahe eine Viertelstunde gedauert; ich verzweifelte, ihn wieder zu sehen, und suchte, durch den Stand des Klaviers orientiert, die Türe zu öffnen, als er plötzlich in einem gestickten Galakleide, reicher Weste, den Degen an der Seite, mit dem Lichte in der Hand hereintrat.

Ich erstarrte; feierlich kam er auf mich zu, faßte mich sanft bei der Hand und sagte, sonderbar lächelnd: ›Ich bin der Ritter Gluck!‹« –

Die Reisebekannten waren sich einig geworden, nach dem

Ende immer zu schweigen, statt Beifall zu äußern, und das Gehörte zu bedenken.

Schließlich fing Kafka an: »Sie machen sich wieder einmal über die Zeit lustig. Soviel ich weiß, starb Gluck 1789, und Sie behaupten, Sie hätten ihn zwanzig Jahre später in Berlin getroffen.«

»Ja, hab ich«, sagte Hoffmann erregt, »ein Dichter darf sich Erfindungen erlauben. Nicht nur ein Dichter. Kennt ihr die Radierungen von Callot?«

Kafka kannte sie nicht, doch Gogol hatte sie in Paris mehrmals bei Freunden gesehen.

Hoffmann fuhr fort: »Callot hat aus den Schrecken des Dreißigjährigen Krieges und dem Elend der Bauern beklemmende und zugleich zarte, hauchfeine Darstellungen gemacht, und weil sie oft auf mein eignes Empfinden abgestimmt sind, erlaubte ich mir, über eine Reihe Erzählungen, zu denen auch ›Ritter Gluck‹ gehört, den Titel zu setzen ›Nach Callots Manier‹.«

»Trotzdem gebe ich Ihnen nicht recht in dem, was die Rolle der Zeit anbelangt«, sagte Gogol. »Was ich auch selbst erfinde an Wildem, Spukhaftem, Phantastischem, ich kann und will dem Ablauf der Zeit nicht entgehen.

Wir sprachen vorhin von meiner Erzählung ›Der Mantel‹. Darin endet die bittere Wirklichkeit in einer phantastischen Nacht. In einer meiner anderen Geschichten, ›Das Porträt‹, fängt alles gleich mit einer Erfindung an, die übergeht in einen echten Lebensablauf. – Ein Künstler kauft für seine letzten Rubel auf dem Newski-Prospekt ein abgeschabtes, altes Porträt. Aus einem fremdartigen Gesicht sehen ihn durchdringende Augen an. Er hängt es in sein Atelier. Die Augen verfolgen ihn. Nachts steigt der Mann aus dem Rahmen. Er verliert eine Geldrolle. Als am Morgen der Wirt kommt mit einem Polizisten, um die Mietschulden zu kassieren, entdeckt der Polizist ein paar Geldstücke aus der Rolle. –

Der Künstler steht weiterhin vor der Frage: Entweder mietest du dir für das Geld, das dir plötzlich zufiel, ein Atelier und arbeitest hart, wie dein Talent dir gebietet, oder du schaffst dir modische Kleider an und lebst drauflos.

Die ganze übrige Geschichte, versteht ihr, bringt den Lebensablauf des Künstlers, der den Verlockungen nachgibt und nichts wird als ein reicher Modekünstler. Zuletzt verfällt er in krankhaften Geiz. Für all das Geld, das ihm noch bleibt, kauft er voll Haß und Wahnsinn die Bilder auf von begabten Kollegen, und er verbrennt sie.

Das alles könnte auch ohne den phantastischen Anfang eine gewöhnliche Lebensgeschichte sein, ich aber wollte aus einem phantastischen Vorgang heraus den Ablauf eines gewöhnlichen Lebens entwickeln.«

Kafka sagte vor sich hin: »Falls durch einen unglückseligen Zufall nach meinem Tode etwas von meinem Werk übrigbleibt, wird man sich kaum mehr erinnern, daß ich geboren bin in der Habsburger Monarchie und dann lebte und starb in der tschechoslowakischen Republik. Vielleicht spürt man in allem, was ich schreibe, etwas von der Qual, von der Unsicherheit, von den Zweifeln, die eine Zeitwende im Menschen erregt, und auch meine eigne Todesangst.«

»Die Nähe des Todes hat mich nicht hindern können«, sagte Hoffmann, »bis zum letzten Moment gegen meinen Feind, den Innenminister, zu kämpfen.

Um wieder zurückzukommen, Gogol, auf unser Gespräch über Greifbares und Phantastisches: Nicht nur Träume und Phantasien gehören zu meiner Welt, auch Vorahnungen und Hoffnungen und Ängste.

Manchmal gelingt es sogar einem Dichter, etwas zu erfinden, was das Leben selbst noch nicht verwirklicht hat.«

Kafka sagte nicht mehr vor sich hin, sondern laut über den Tisch weg: »Man wird mir vorwerfen, meine Welt sei ausweglos. Habe ich aber nicht das Recht, wenn mir die Wirklichkeit ausweglos vorkommt, sie darzustellen, wie ich sie sehe?«

»Höchstens das schmale Stück Wirklichkeit, das Sie selbst vor sich sehen; niemals die Wirklichkeit als Ganzes«, sprach Hoffmann erregt, »weil Sie für sich selbst keinen Ausweg sehen, sehen Sie auch keinen für andere. Man muß aber nach einem Ausweg suchen, nach einer Bresche in der Mauer. Wie ein Gefangener eine sucht, um eine Botschaft durchzustecken von einem Menschen zum anderen. Ein Lichtpünktchen muß man aufglänzen sehen. Gewisse dunkle Bilder, zum Beispiel von Rembrandt, bekommen erst ihren Sinn durch solche kleinen, richtig eingesetzten Lichter.

Lesen Sie, was ich schrieb, als mich der Tod schon umzingelt hatte, lesen Sie mal eine meiner letzten Geschichten, ›Des Vetters Eckfenster‹.«

»Die kenn ich«, sagte Kafka, und er dachte: Dieser Hoffmann hat Mut. Mit all seinen Zaubereien, mit all seinem Spuk – gelähmt, ohne sich bewegen zu können, hat er über sich selbst wie über einen Dritten geschrieben, der aus dem Eckfenster den Markt beobachtet und all die Leute, die da unten herumgehen.

Hoffmann setzte seinen letzten Gedanken fort: »Ich schmolz aber in meinen Märchen-Romanen eigentümliche Menschen, Pflanzen, auch Tiere zusammen und setzte sie in die Zeit, die mir richtig erscheint.«

»Halt! Halt!« sagte Gogol. »Sie bringen es vielleicht fertig, sich nicht an den Ablauf der Zeit zu halten. Sie müssen sich aber auf jeden Fall an die Wirklichkeit halten.«

»Gewiß«, sagte Hoffmann, »an was sonst? Symbolische oder phantastische Darstellungen, Märchen und Sagen wurzeln doch irgendwie in der Wirklichkeit. Genausogut wie greifbare Dinge. Ein richtiger Wald gehört zur Wirklichkeit, doch auch ein Traum von einem Wald. Entstand das Hexenhäuschen von Hänsel und Gretel vielleicht nicht aus der Wirklichkeit? Ich sage euch: aus der bittersten Wirklichkeit, als Eltern im Dreißigjährigen Krieg ihre eigenen Kinder in den wilden Wald schickten, damit sie nicht vor ihren Augen verhungern.«

Gogol sagte: »Sie haben sehr viel gesprochen. Ich will über alles nachdenken –«

Er stand auf: »Ich muß leider jetzt gehen, denn ich habe ein festes Reiseprogramm. Es hat mir gutgetan, mit euch zusammen zu sein.«

Er rief den Kellner: »Tut mir leid, ich hab' kein tschechisches Geld.«

»Macht nichts«, sagte der Kellner, »wir nehmen hier auch andere Valuta.«

Als ihm aber Gogol auf den Tisch seine Zarenrubel legte, schüttelte er den Kopf. »Verzeihen der Herr, diese Valuta wird jetzt nicht mehr gebucht.«

Hoffmann griff nach seiner Börse, da fiel ihm ein, daß er auch mit seinen Talern in diesem Café nichts anfangen konnte.

Es endete schließlich damit, daß Kafka für alle drei die Rechnung beglich. Wie mager er auch bei Kasse war, er freute sich, Gogol und Hoffmann begegnet, ja beide bewirtet zu haben.

Hoffmann beschloß, den Nachtzug zu nehmen, weil er keinen Grund zur Eile hatte. Er lief jetzt aufs Geratewohl in der Stadt herum, er staunte noch einmal über alles, was er sah. Er lief in verschiedene Torbögen, und er stellte fest, daß man oft durch mehrere Höfe in eine andere Gasse gelangte. Von Balkon zu Balkon wurde geschwatzt, beim Teppichklopfen und beim Staubwedeln. Ein ältlicher Mann kam von der Gegenseite aus einem Hof an ihm vorüber. Er trug einen steifen Kragen, der sein Kinn hob, sein Gesicht war grimmig. Worüber ärgert denn der sich? dachte Hoffmann, der kämpft gegen sein Einschrumpfen mit übermäßigem Strammhalten. – Doch sonst blieb in Hoffmanns Kopf nichts von dem Mann hängen. Der war Kafkas Vater, auf der Suche nach seinem Sohn, um ihn zum Essen heimzuholen. Wie konnte der Kranke seine Zeit im Café vertrödeln?

Bei meiner Ankunft in Dresden, dachte Hoffmann, wird mich Anselmus abholen, denn er ahnt, daß ich komme. Ich werde ihn unter den Arm fassen, damit er nicht noch einmal über den Apfelkorb stolpert und die alte Verkäuferin ihm ihren Fluch nachschickt. Dann werden wir zusammen den Archivarius Lindhorst aufsuchen in seiner Wohnung oder im Café. Der Archivarius wird mich nach meiner Reise ausfragen.

Dieser Mensch, auf den ich vorhin gestoßen bin, dachte Hoffmann, hat vielleicht manches Schöne geschrieben, wird noch manches schreiben, wenn er nicht wirklich so krank ist, wie er glaubt. Kein Zweifel, an Gogol kommt keiner ran. Von uns dreien kann keiner schreiben wie er, verwurzelte Wirklichkeit, aus der dann Träume galoppieren; und alles zugleich, so daß sich die Träume auch in den Herzen verwurzeln.

Nur, leider, geht es mit ihm bergab. Bald wird er nach Jerusalem fahren und beten. Und seine Mutter und seine Freunde anflehen, für ihn zu beten, weil ihm sein eignes Gebet nicht recht gelingt. Er wird bald einen Band törichter Briefe schreiben, die er selbst für ein Kunstwerk hält. – Er wird einen zornigen Brief von Belinski bekommen, weil er sein großes Talent verleugnet, Gebet und Buße empfiehlt statt Recht und Gerechtigkeit. Doch

Gogol wird sich schließlich von seinem Beichtvater zwingen lassen, den ›Toten Seelen‹ ein gutes Ende zu geben. Er merkt aber, daß der neue Romanteil nichts taugt, und er verbrennt ihn und schreibt ihn noch mal und wird ihn wieder verbrennen, weil ihm dieser Teil wieder mißlingt, versinkt er in Verzweiflung. Er hungert sich zu Tode.

Belinskis Brief geht aber von Hand zu Hand. Tausende schreiben ihn ab. Dostojewski wird ihn in Petersburg im Petraschewski-Kreis vorlesen. Er wird eingesperrt werden und zum Tode verurteilt. Erst im letzten Moment, schon vor dem Galgen, kommt die Begnadigung des Zaren. Statt Todesstrafe Verschikkung nach Sibirien. ›Das Totenhaus‹, das er dann schreibt, gleicht dem Rußland unter der Herrschaft der Romanows.

Nachdem ihn Gogol und Hoffmann verlassen hatten, fühlte sich Kafka unsäglich einsam. Nicht, als ob die Fremden in so kurzer Zeit ihm ans Herzen gewachsen, ihm unentbehrlich geworden wären, sie hatten ihn aber stundenlang von dem schweren Gefühl des Alleinseins befreit. Sie hatten ihn zum Abschied umarmt, ihm Glück und Erfolg gewünscht.

Kafka lächelte vor sich hin. Er würde den Tod nicht meiden können, der ihm bevorstand. Vielleicht war es für ihn ein Glück, jung zu sterben, so daß ihm Erfolg und Mißerfolg erspart blieben. Begeisterung von Leuten, die sein Werk nicht verstanden, Abneigung von Leuten, die sein Werk falsch auslegten.

Er grübelte über seinen Papieren. Er schrieb nicht, er kritzelte. Er hätte, wenn er am Leben bleiben könnte, vielleicht eines Tages die Menschen erregt. Ihm fiel auch alles ein, was er nicht gesagt hatte in dem Gespräch zu dritt. Doch hatte er mit den beiden offner gesprochen als mit seinem besten Freund und seinem liebsten Gefährten. Das Wichtigste, meinte er hinterher, hätte er nicht gesagt. Als ich gesünder und jünger war, schrieb ich ›Amerika‹. Die echten Vereinigten Staaten gleichen meinen erfundenen. – Jetzt war er belustigt über seinen vergangenen Ärger, als der Verlag auf dem Umschlag eine wirkliche Einfahrt in den New Yorker Hafen abgebildet hatte mit vielen großen und kleinen Schiffen. Wie heiter hätte dieser Roman werden können! Der unermeßliche Wanderzirkus, der, aller Arbeitslosigkeit spottend, jedem Bewerber eine Stelle anbietet! Und schließlich fahren die Teilnehmer durch das grenzenlose Land. Das wäre ein glückliches Buch geworden. ›Der Prozeß‹, dieser Roman war schon die Angst vor dem Urteil. Die Angst, die Gogol dazu gebracht hatte, sich zu Tode zu hungern. Aber im ›Schloß‹ ist die Versöhnung, das Aufenthaltsrecht nach so viel Entbehrung. Ich hätte es wenigstens so schreiben sollen.

Ja, ›Amerika‹, darin war etwas enthalten, was die Menschen verstanden. An dieses Etwas hätte ich mich halten sollen. – Hat das Gogol oder Hoffmann gesagt: jeder ist selbst schuld, wenn man sein Werk nicht versteht? Etwas muß jeder finden, was auf ihn gemünzt ist, auch wenn man nicht alles für alle schrieb. –

»Da sitzt du und spinnst«, rief zornig sein Vater, der plötzlich erschien. »Wir warten mit dem Essen, und du verplemperst die Zeit!« Der Vater warf einen verächtlichen Blick auf die Papiere. Kafka packte schnell alles zusammen. Er dachte: Ich will noch mal daheim mit ihnen zusammen essen. – Es war ihm bang vor dem Vater, und er gehorchte ihm.

Gogol stieg aus dem Zug mit seiner prallen Reisetasche, und er ging zur Grenzkontrolle. Soviel er reiste, es wurde ihm immer bang, wenn der Grenzbeamte seine Papiere prüfte, als könnte man darin Gott weiß was für Sünden finden. Der dickliche, nicht unfreundliche Mann stempelte und gab den Paß zurück. Mit einem sonderbaren Gefühl von Stolz, weil jetzt sein großes Heimatland begann, und zugleich von Angst, als begäbe er sich freiwillig ins Gefängnis, machte Gogol den kurzen Weg zur Poststation. Sie war ein kleines Haus, aber staatlich, darum sah man auf ihrem Schild den Zarenadler mit seinen zwei Köpfen.

Der Postmeister begrüßte ihn überaus höflich. Er sagte: »Euer Hochwohlgeboren haben noch Zeit zu einem Imbiß.« Seine Frau, als hätte sie auf diesen Moment gewartet, brachte den Samowar. Beide trugen flink Schnaps heran und Brot und Wurst und Gurken und kalten Fisch und Piroschki. Gogol nickte nur mit dem Kopf. Er machte sich zufrieden an die heimische Mahlzeit. Dann warf er mit einer Geste, die er in Prag nie angenommen hätte, dem Wirt ein Geldstück zu. Dieser gab es seiner Frau mit einem Wortschwall Dank. Und die

Frau, ohne den Dank zu enden, brachte ihm die Reisetasche. Sie halfen ihrem Gast beim Einsteigen in die Postkutsche und gaben ihm alle möglichen guten Wünsche auf den Weg mit. Die Pferde setzten sich in Trab. Schnaubend und klingelnd zogen sie über die Landstraße, zurück ins vergangene Jahrhundert.

Nachwort

I

Für die Erzählerin Anna Seghers gab es vom Beginn ihres Schreibens an zwei Linien, die sie verbinden wollte: »Erzählen, was mich heute erregt, und die Farbigkeit von Märchen«. Diese beiden Linien ziehen sich durch ihr ganzes Werk. In ihren Erzählungen und Romanen sind Realistisches und Phantastisches, Wirkliches und Märchenhaftes, Zeitgenössisches und Mythisch-Legendenhaftes auf eine besondere Art und Weise miteinander vermischt, die Kennzeichen ihrer Prosa ist. Ihre Sprache ist knapp und genau, mit wenigen Worten umreißt sie die Umstände einer bestimmten Situation, den Charakter eines bestimmten Menschen, die Beschaffenheit eines bestimmten Ortes. Ihre Erzählungen sind nicht wie die Gemälde eines Malers, sondern sie ähneln den graphischen Blättern eines Radierers, eines Holzschneiders, die Konturen, nicht die Flächen betonend. Mehrfach erklärte sie ihre Arbeitsmethoden, am anschaulichsten in dem frühen Text ›Kleiner Bericht aus meiner Werkstatt‹ (1932), wo sie den Zusammenhang zwischen ihrer Schreibweise und deren Zweck klar macht: »einem Stück Wirklichkeit einen Steckbrief ausstellen« nennt sie die genaue, kein Detail vernachlässigende Beschreibung, und fährt fort: »Wir dürfen ja nicht in der Beschreibung steckenbleiben. Denn wir schreiben ja nicht, um zu beschreiben, sondern um beschreibend zu verändern.« Dies ist der Antrieb, der grundständige, inspirierende und verpflichtende Impuls, dem das Schaffen von Anna Seghers folgt: schreiben, um zu verändern. Ihre Erzählungen gestalten und variieren das Grundthema ihres Schaffens, die Geschichte des Kampfes um ein menschenwürdigeres, gerechteres Leben, der die Kraft der Schwachen aufbraucht, ohne jene Veränderung von Grund auf herbeiführen zu können.

Anna Seghers ist die Chronistin gescheiterter Aufbrüche und

Aufstände, ihr Werk ist Gedächtnis gescheiterter Hoffnungen und Utopien, der Irrtümer und Opfer. Man sieht daran, daß sie Realistin war; aber auf wunderbare Weise erneuert sich in ihren Erzählungen immer wieder der Glaube an die unzerstörbare menschliche Kraft, die die Veränderung von Grund auf möglich machen kann.

In der Erzählung ›Der Schlüssel‹, die Teil des letzten Zyklus ›Drei Frauen aus Haiti‹ ist, gibt Anna Seghers einem wichtigen Gedanken Raum: eine wesentliche Ursache für das Scheitern von Revolutionen liege darin, daß über *der Sache*, der großen Idee von Freiheit und Gerechtigkeit, der einzelne Mensch vergessen werde. Ihr war der einzelne Mensch wichtig, sie verlor ihn nie aus dem Blick, wo es um die Revolution ging, die Veränderung von Grund auf.

Die Erzählungen, die in diesem Lesebuch versammelt sind, zeigen die Antifaschistin, die Emigrantin, die Legendenerzählerin Anna Seghers. Es ist klar, daß mit einer Auswahl von Erzählungen nur ein – zweifellos zentraler – Aspekt ihres gesamten Schaffens präsentiert wird. Zeugnisse und Dokumente ihrer politischen und kulturpolitischen Arbeit im Exil und später in der DDR, ihre Briefwechsel mit Freunden, Kollegen und Lesern, Essays und Selbstaussagen fehlen, und es fehlt noch mehr. Christa Wolf schrieb in ›Gesichter der Anna Seghers‹ (1992): »Anna Seghers: Deutsche, Jüdin, Kommunistin, Schriftstellerin, Frau, Mutter. Jedem dieser Worte denke man nach. So viele einander widersprechende, scheinbar einander ausschließende Identitäten, so viele tiefe, schmerzliche Bindungen, so viele Angriffsflächen, so viele Herausforderungen und Bewährungszwänge, so viele Möglichkeiten, verletzt zu werden, ausgesetzt zu sein, bedroht bis zur Todesgefahr. Ein Mensch wie sie, ihre Überzeugung, ihr Gewissen mußten in diesem Jahrhundert zum Kampffeld scheinbar oder wirklich entgegengesetzter Kräfte werden, die ihr öfter gleich stark vorgekommen sein mögen, so daß jede Wahl eine bittere Entscheidung wurde und ein Stück ihrer selbst mit ausschloß.«

II

Der jungen Schriftstellerin aus großbürgerlichem jüdischem Haus, 1900 in Mainz geboren und der linksrheinischen Tradition ihr Leben lang verbunden, war es nicht in die Wiege gelegt, daß sie zu einer Chronistin der Hoffnungen und Irrtümer dieses Jahrhunderts werden sollte. Als einziges Kind des Kunsthändlers Isidor Reiling (1867–1940) und seiner aus dem angesehenen Frankfurter Kaufmannshaus Fuld stammenden Frau Hedwig (1880–1942) wuchs Netty auf. Der Erste Weltkrieg, der Zusammenbruch des Kaiserreiches und die niedergeschlagene Novemberrevolution haben ihr und ihrer Generation zunächst nichts anderes als den Zerfall bisher gültiger Werte und Ordnungen vermittelt, einen Sinnverlust immensen Ausmaßes, dem die ungeliebte erste deutsche Republik nichts Entscheidendes entgegenzusetzen vermochte. In Heidelberg, wo die junge Netty Reiling Kunstgeschichte, Sinologie und Geschichte studierte, lernte sie Anfang der zwanziger Jahre Emigranten aus jenen Ländern kennen, in denen die Reaktion die vom russischen Oktober erweckten revolutionären Aufbrüche blutig erstickt hatte. Darunter war auch ihr Mann, der Ungar Laszlo Radvanyi, der bei Karl Jaspers mit einer Arbeit über den Chiliasmus promoviert worden war. Netty Reiling schloß ihr Studium 1924 ab mit einer Promotion über ›Jude und Judentum im Werk Rembrandts‹. In der Weihnachtsausgabe der ›Frankfurter Zeitung und Handelsblatt‹ desselben Jahres erschien ihre erste Erzählung: ›Die Toten auf der Insel Djal. Eine Sage aus dem Holländischen, nacherzählt von Antje Seghers‹.

Viele Jahre später wird sie die Herkunft ihres Schriftstellernamens Seghers – den Vornamen Anna nahm sie erst nach der ersten Buchveröffentlichung ›Aufstand der Fischer von St. Barbara‹ (1928) hinzu – aus dieser Geschichte ableiten, deren Hauptfigur ein Wiedergänger namens Jan Seghers ist. In der ihr eigenen Art, Spuren zu verwischen und möglichst wenig Persönliches an die Öffentlichkeit dringen zu lassen, begründet Anna Seghers hier – scheinbar sinnfällig – die Wahl ihres Pseudonyms. Viel näher liegt jedoch, daß Hercules Seghers, ein Radierer der Rembrandt-Zeit, diese Namenswahl inspiriert hat. Bereits in dieser ersten Erzählung finden wir charakteristische Motive des

Seghersschen Werks, die immer wieder auftauchen: die Motive der Seefahrt und der Faszination durch das Meer; des Aufbegehrens gegen ein verhängtes Schicksal, gegen widrige, menschenunwürdige Verhältnisse; des Lebenshungers, der Sehnsucht nach Fülle und Kraft, und das Motiv des Todes.

1925 heirateten Netty Reiling und Laszlo Radvanyi und zogen nach Berlin, wo die Kinder Peter und Ruth geboren wurden. In diesen Jahren vollzog sich, inmitten der krisenhaften Entwicklung der Weimarer Republik, die Hinwendung von Anna Seghers zur Kommunistischen Partei, deren Mitglied sie 1928 wurde – im gleichen Jahr, in dem sie für die Erzählungen ›Grubetsch‹ und ›Aufstand der Fischer von St. Barbara‹ den angesehenen Kleist-Preis erhielt. Von Anfang an verband Seghers ihr politisches Engagement mit dem schriftstellerischen. Ihre journalistischen, auf den politischen Tageskampf hin orientierten Beiträge wie ihre Kurzprosa sind gleichermaßen von dieser eigentümlich wachen und sensiblen Aufmerksamkeit für das Zeitgenössische durchdrungen, sie schrieb direkt, zupackend, authentisch. Ihre frühe Prosa zeigt einzelne Menschen, einsam und armselig, auf der Suche nach ihrem Platz in einer menschenfreundlichen Gemeinschaft, auf der Suche nach Gefährten, und sie zeigt den inneren Zusammenhang der Kämpfe um ein besseres Leben, gleich an welchen Orten sie geführt werden. Von Anfang an kommen zwei Lebenssphären in den Erzählungen zur Sprache, Seghers nennt sie später »das gefährliche und das gewöhnliche Leben«, und vorläufig sind sie den Männern bzw. den Frauen zugeordnet. Die Lust zum Ausbrechen aus beengenden Verhältnissen, das Ausleben aggressiven und egoistischen Verhaltens, Lebensgier und Freiheitsverlangen sind zunächst nur den männlichen Figuren eigen: dem Pfarrer Jan Seghers, dem Flößer Grubetsch, dem jungen Ziegler, dem Bauern Woytschuk, dem Fremden in der Viererreihe der Demonstration. Die Kraft der Frauen und Mädchen, die Kraft der Schwachen, reicht noch nicht so weit. Durch Erziehung und Tradition haben Frauen gelernt, Verantwortung für andere zu übernehmen und sich selbst zurückzustellen. Was das bedeutet, zeigt Seghers an den Mutterfiguren in ›Die Ziegler‹, ›Auf dem Wege zur amerikanischen Botschaft‹, ›Marie geht in die Versammlung‹, ›Vertrauensposten‹ (eine frühe Skizze zu der späteren Erzählung ›Der sogenannte

Rendel‹). Diese Frauen nehmen hin, was kommt, fühlen sich verantwortlich für das Elend der Welt und akzeptieren ihren Platz im »gewöhnlichen Leben«. Die alltägliche, unspektakuläre Geschichte von der Arbeiterin Marie, deren Kinder alleine zu Hause sind und die sich hin und her gerissen fühlt zwischen dem Wunsch, zu ihnen zu gehen, und der Verpflichtung, gemeinsam mit den Genossen die politische Arbeit voranzutreiben, enthält dichtgedrängt Wesentliches nicht nur vom Leben und vom Wesen dieser einen Frau, sondern von vielen Frauen ihrer Klasse: »Man darf nicht bei den Kindern hocken, man muß arbeiten, nicht für drei Kinder, sie sagt, für drei Millionen Kinder.«

III

Anna Seghers war zweiunddreißig Jahre alt und hatte nach der preisgekrönten Erzählung ›Aufstand der Fischer von St. Barbara‹ (1928) und dem Erzählungsband ›Auf dem Wege zur amerikanischen Botschaft‹ (1930) gerade ihren ersten Roman ›Die Gefährten‹ (1932) veröffentlicht, als sie Deutschland verlassen mußte. Nach dem Reichstagsbrand im Februar 1933 hatte eine beispiellose Verfolgung von Gegnern der legal an die Regierung gekommenen Nationalsozialisten stattgefunden, von der auch die Jüdin und Kommunistin Anna Seghers betroffen war. Mit Mann und Kindern ging sie ins französische Exil. Als sie nach den Jahren der Nazi-Herrschaft, die Deutschland und Europa in Schutt und Asche gelegt hatten, aus dem mexikanischen Exil zurückkehrte, war sie sechsundvierzig Jahre alt. In diesen Jahren hatte sie immer geschrieben, aber ihre Bücher hatten die deutschen Leserinnen und Leser nicht erreicht.

Für die Emigranten, die mit einer kurzen Dauer des Exils gerechnet hatten, war bald klar, daß der Faschismus sich nicht nur eine Massenbasis geschaffen hatte, sondern sich so fest im Sattel sah, daß er Eroberungskriege ins Auge faßte. Das Leben und Arbeiten in den Exilländern wurde schwieriger, zur Verschärfung der materiellen Lage kam die Ungewißheit, wie es überhaupt weitergehen würde. Nach der Kapitulation Frankreichs im Sommer 1940 begann eine Odyssee, die Anna Seghers mit ihren Kindern – ihr Mann war noch in dem französischen Internierungslager Le Vernet gefangen – zunächst in das unbesetzte Gebiet jenseits der Loire, nach Marseille führte. Im März 1941 erhielt die Familie eine Schiffspassage, die sie nach mehrmonatiger Fahrt schließlich in Mexiko ankommen ließ, wo sie weitere sechs Exiljahre verbrachte.

Angesichts der politischen Verhältnisse und schwierigen Lebensumstände Seghers' verwundert ihre enorme Produktivität in diesen Jahren des Exils. Sie beteiligte sich, gemeinsam mit anderen Emigranten, an der antifaschistischen Arbeit, sie schrieb und veröffentlichte fünf Romane (›Der Kopflohn‹, ›Der Weg durch den Februar‹, ›Die Rettung‹, ›Das siebte Kreuz‹, ›Transit‹), zahlreiche Erzählungen und zwei wenig bekannte Hörspiele (›Der Prozeß der Jeanne d'Arc zu Rouen 1431‹, ›Ein ganz langweiliges Zimmer‹). Die literarischen und politischen Beiträge aus den ersten Jahren der Emigration waren ganz auf das zeitgenössische Geschehen konzentriert, auf die furchtbare Niederlage, die der Faschismus der Arbeiterbewegung in Deutschland und Österreich zugefügt hatte. ›Das Vaterunser‹ (1933) und ›Der letzte Weg des Koloman Wallisch‹ (1934) berichten von dieser Niederlage und ihren verheerenden Folgen. In einem strengen, auf das Berichten dessen, was war, ausgerichteten Stil wird hier erzählt. Die mit der Erzählung ›Aufstand der Fischer von St. Barbara‹ und mit dem Romanen ›Die Gefährten‹ und ›Der Kopflohn‹ entwickelte Struktur vom gescheiterten Aufstand und der nirgends anders als in den Tod führenden Flucht der Verfolgten wird in der Reportage ›Der letzte Weg des Koloman Wallisch‹ aufgegriffen und neu akzentuiert. Wallisch, der nach der Niederschlagung der Räterepublik aus Ungarn in die Steiermark geflohen war, war für die einen ein halbherziger Sozialdemokrat, für die anderen ein bolschewistischer Hetzer, alle jedenfalls anerkennen seine Courage. Er wurde zu einem der Führer des Februar-Aufstands, einer ersten Aktion im Sinne des Volksfront-Gedankens. Die Solidarität war jedoch nicht stark genug, die Aufständischen wurden niedergemacht. Wallisch wäre in der Lage gewesen, aus der Niederlage zu lernen, seine Kräfte für später aufzusparen, denn er war überzeugt von der Notwendigkeit der Veränderungen, für die er kämpfte, von der Gerechtigkeit seiner Sache. Die Erzählerin, die aus eigener Anschauung von Land und Leuten, aus Gesprächen und Zeugenaussagen, aus der Anklagerede und

Zeitungsberichten ein durchaus widersprüchliches Bild des Koloman Wallisch zusammentrug, ging seinen letzten Weg, den Fluchtweg, nach, bis zum Verrat durch einen seiner Leute, bis zur Hinrichtung, bis zu seinem Grab. Eine Passionsgeschichte, ähnlich der Geschichte Wallaus im ›Siebten Kreuz‹, wird sichtbar, und ein Vermächtnis wird überliefert: »Wallisch hämmerte ihnen ein, weiter an den Sieg zu glauben, nicht an den jetzigen, aber an den endgültigen.«

Einen wichtigen Komplex innerhalb der im Exil entstandenen Erzählungen stellen diejenigen dar, die mythisch-legendenhafte Stoffe bearbeiten und die realistische Linie um die phantastische bereichern, wie ›Die schönsten Sagen vom Räuber Woynok‹ (1938), ›Sagen von Artemis‹ (1938), ›Die drei Bäume‹ (1946) und ›Reise ins Elfte Reich‹ (1939). In ihnen werden zeitgenössische Erfahrungen und Bedrohungen auf ihren mythologischen Urtext, auf menschheitliche Grundmuster zurückgeführt und entfaltet. Der klare und einfache Stil der Berichterstatterin ist dem scheinbar leichten Ton der Legendenerzählerin gewichen, die das Phantastische braucht, um nicht an der zermürbenden Alltäglichkeit des vielfach bedrohten Lebens zu verzweifeln. Die Lesarten dieser Geschichten sind vielschichtig. Die Woynok-Sagen sind zum Beispiel interpretiert worden als Gleichnis für die Notwendigkeit der Volksfront: Einer allein kann nicht bestehen, er muß seinen Willen zum Eigenen und zu unbedingter Ungebundenheit zurückstellen um des gemeinsamen Überlebens willen in widrigen Verhältnissen. Anna Seghers gab diesen Sagen ein Motto mit, das auch für andere ihrer Erzählungen Gültigkeit hat, in denen ein mythischer Urgrund durchschimmert. Hier verteidigt sie ihre besondere, von den Genossen nicht immer akzeptierte Schreibweise, die, um wirken zu können, nicht nur die kämpferische *richtige Linie,* sondern auch den Mut zum Träumen braucht.

Neben der märchenhaften Linie wiederum die realistische, die Hinwendung zur wirklichen Begebenheit, zum strengen Bericht: Noch in Frankreich entstehen die Erzählungen ›Das Obdach‹ (1941) – hier werden u. a. Motive aus der Reportage ›Frauen und Kinder in der Emigration‹ berührt – und ›Ein Mensch wird Nazi‹ (1943). Seghers hatte im besetzten Paris mit Wehrmachtssoldaten gesprochen, sie versuchte sich ein Bild zu machen, was in diesen Männern vor sich ging, die fremde Länder besetzten und fremde Völker vernichteten ohne ein Unrechtsbewußtsein. Diese Geschichte ist eine von denen, wie sie später in dem großen Roman ›Die Toten bleiben jung‹ (1949) vorkommen: Die deutsche Geschichte vom Kaiserreich bis zu Faschismus und Krieg wird anhand exemplarischer Lebensläufe als Kontinuum erfaßt.

In einer Zeit, in der es Anna Seghers – jetzt im mexikanischen Exil – gutging, erreichte sie die furchtbare Nachricht, daß ihre Mutter im Lager Piaski bei Auschwitz umgekommen war. Nach einem schweren Unfall, der u. a. Amnesie und Sehstörungen zur Folge hatte, entstanden die beiden Erzählungen ›Post ins Gelobte Land‹ (1946) und ›Ausflug der toten Mädchen‹ (1946) – die einzigen übrigens, in denen sich Seghers mit dem Judentum auseinandersetzt. ›Ausflug der toten Mädchen‹, vielleicht die schönste Erzählung von Anna Seghers, beschwört Bilder der Erinnerung an die Mutter, an Kindheit und Heimat in Mainz, der Stadt, in der sie den »Originaleindruck« empfing, »den ersten Eindruck, den ein Mensch von einem Teil der Wirklichkeit in sich aufnimmt, ob es der Fluß ist, oder der Wald, die Sterne, die Menschen« (1975).

Mexiko und Frankreich hatten Anna Seghers nicht nur in einer verworrenen und tödlich bedrohlichen Zeit Aufnahme und Geborgenheit, sondern auch eine Vielzahl von wichtigen Freundschaften und Anregungen gewährt, auf die sie immer wieder zurückkam. Im Frühjahr 1947 verließ sie Mexiko in Richtung Berlin. Allen Schwierigkeiten zum Trotz mußte es so sein.

IV

Die ersten Eindrücke von dem völlig zerstörten Land und den ebenso zerstörten Menschen waren so nachhaltig und schockhaft, daß Seghers auch später immer wieder darauf zurückkam. Ein Gefühl der Kälte zwischen den Menschen, der Fremdheit und Einsamkeit – »Ich habe das Gefühl, ich bin in die Eiszeit geraten, so kalt kommt mir alles vor«, schrieb sie im Juni 1948 an ihren ungarischen Freund Georg Lukács – scheint für die ersten Jahre nach ihrer Rückkehr bestimmend. Sie blieb im Osten – eine politische Entscheidung für das andere, das sozialistische Deutschland, worauf die Exilierten auch in den finstersten Zeiten der Nazi-Herrschaft gehofft und wofür sie gekämpft und gearbeitet hatten. Es gab allerdings auch keine Alternative für sie, da Kommunisten in den Westzonen die Einreise verwehrt wurde.

Eine Bestandsaufnahme der Nachkriegssituation und die Beobachtung und Beschreibung der allmählichen Veränderungen, die mit den Menschen vor sich gingen – das war für Seghers aus verschiedenen Gründen nicht leicht. Der Stoff sperrte sich, war der zurückgekehrten Autorin noch zu fremdartig und schwierig, als daß sie ihn hätte greifen und formen können. Frühe Gestaltungsversuche aus den ersten Jahren sind als Skizzen, Bruchstücke und Anfänge überliefert. Ihre Schreibkonzeption in den Jahren der Weimarer Republik und des Exils war inhaltlich auf den Widerstand gegen menschenunwürdige Zustände und Verhältnisse gerichtet und strukturell an der Analyse gescheiterter Aufstände und Aufbrüche orientiert. Das Schreiben aus der Widerstandshaltung heraus sollte sich nun transformieren in Schreiben aus der Haltung grundsätzlicher Übereinstimmung mit der historischen Entwicklung. Für dieses Problem war keine schnelle, keine einfache Lösung zu haben. Anna Seghers griff auf vertraute Muster zurück. Die Thematik der revolutionären Veränderung war ihr leichter zugänglich im historischen Beispiel, und so entstanden die beiden ersten karibischen Geschichten, ›Die Hochzeit von Haiti‹ (1949) und ›Die Wiedereinführung der Sklaverei in Guadeloupe‹ (1949). Seghers zeigt hier die Ausstrahlungskraft der Revolution, das Freiheitsversprechen, das von ihr ausgeht, und die Freiheitskämpfe, die sie inspiriert, ohne Rücksicht auf Verluste. Indem sie die Widersprüchlichkeit von Befreiungsprozessen am historischen Beispiel gestaltete, kommentierte sie auch zeitgenössisches Geschehen.

Die erste in Deutschland entstandene Erzählung mit Gegenwartssujet ist ›Die Rückkehr‹ (1953): eine Erzählung, reich an zeitgenössischer Wirklichkeit, die die Menschen in ihren Widersprüchen, ihrer Trägheit und ihren Sehnsüchten erfaßt. Die Restauration im Westen – und darin liegt der didaktische Zug der Erzählung – läßt dem Rückkehrer aus sowjetischer Kriegsgefangenschaft keine andere Wahl, will er nicht seine »Zukunft gegen Bohnenkaffee« eintauschen, als in den Osten zurückzukehren, wo etwas wirklich Neues anfängt. Beginnend mit dieser Erzählung etabliert sich jenes problematische Muster in den Gegenwartsstoffe thematisierenden Erzählungen und Romanen von Anna Seghers, das nicht mehr auf inhaltliche Argumentation, sondern auf moralische Überredung setzt: eine in gut und böse, weiß und schwarz geteilte Welt, in der das Streben nach materiellem Wohlergehen und der Wunsch nach individueller Lebensgestaltung denunziert wird und in der Opferbereitschaft, Verzicht und der permanente Lebensaufschub die Grundpfeiler eines protestantisch-asketischen Sozialismusverständnisses sind.

Die Schwierigkeiten, die sich Seghers bei der Gestaltung zeitgenössischer deutscher Verhältnisse und Entwicklungen stellten, führten dazu, daß sie sich einerseits internationalen Stoffen zuwandte, die sie zum Teil auch aus der lateinamerikanischen Emigration mitbrachte, und daß sie andererseits immer wieder Stoffe aus dem antifaschistischen Widerstand aufgriff. Aber der Antifaschismus war längst keine ungebrochen humanistische Tradition mehr, sondern er kam zu den Menschen im befreiten Deutschland im Gewand des Stalinismus. Die Stalinisierung in der DDR war begleitet von Schauprozessen in den stalinistischen Ländern, das Klima verhärtete sich.

Anna Seghers' politisches Engagement galt in diesen Jahren verstärkt der internationalen Friedensbewegung. Diese Arbeit, der sie lebenslang einen zentralen Stellenwert einräumte, fand ihren Niederschlag in Erzählzyklen wie ›Der erste Schritt‹ (1953) und ›Friedensgeschichten‹ (1953), die formal auf das operative Schreiben aus den Jahren der Weimarer Republik zurückgriffen. Es sind didaktische Geschichten, was sie nicht verbergen, zugleich auch Versuche, die Leserinnen und Leser dort abzuholen, wo sie stehen, ihnen Erfahrungsbereiche zu erschließen, die ihnen bislang verstellt, von denen sie ausgeschlossen waren. Die wichtigste Erzählung mit zeitgenössischem Sujet, die Seghers in den frühen DDR-Jahren schrieb, ist ›Der Mann und sein Name‹ (1952). Sie zeigt symptomatisch den eigenen Weg, den die Erzählerin beim Finden und Gestalten zeitgenössischer Stoffe ging, zeigt ihre Absicht, statt der erwarteten gradlinigen eine widerspruchsvolle und komplizierte Entwicklung aus der alten in die neue Gesellschaft zu zeigen. Die Geschichte des ehemaligen Wehrmachtssoldaten und SS-Mannes, der aus Angst vor Verfolgung in die Identität eines Antifaschisten und KZ-Opfers schlüpft und seiner neuen Identität gerecht zu werden versucht, war politisch brisant und wurde heftig öffentlich diskutiert. Es entsprach der Erfahrung der zurückgekehrten Emigrantin, zu zeigen, daß die Vergangenheit nicht einfach abzuschließen war wie ein Buch, das man zuklappt, sondern daß sie allgegenwärtig war, in den Menschen, in ihrer Trauer und Ratlosigkeit, in den Trümmern der Städte, ihrer Ungeborgenheit.

V

Im Januar 1957 schrieb Anna Seghers an ihren sowjetischen Freund Steshinski, dem sie die Erzählung ›Wiedersehen‹ widmete: »Nein, es war keine ordentliche Welt, seit wir uns das letztemal sahen. Ich habe große Sehnsucht nach einer besonderen Art von Welt, in der man arbeiten und atmen und sich manchmal wie verrückt freuen kann. Das ist im Augenblick ziemlich selten.« Die resignative Traurigkeit, die aus ihren Worten spricht, ist auch in den Erzählungen spürbar, die in den Jahren nach dem XX. Parteitag der KPdSU, dem Beginn der sowjetischen Auseinandersetzung mit dem Stalinismus, entstanden sind. Der ehemalige Sowjet-Emigrant Johannes R. Becher hatte damals von einer »Jahrhunderttragödie, an tragischem Gehalt der antiken überlegen« geschrieben. Die politische Sozialisation der um die Jahrhundertwende geborenen Kommunisten, zu denen auch Becher und Seghers gehörten, war eine stalinistische, sie war orientiert an der sowjetorthodoxen Interpretation des Marxismus-Leninismus und ausgerichtet auf die Sowjetunion Stalins. Der Marxismus wurde als geschlossenes System rezipiert, dessen Doktrin keiner Veränderung durch Erfahrungen und Erkenntnisse zugänglich war, die im Widerspruch zur Theorie standen. Als Verkörperung der revolutionären Idee in der Geschichte galt die Partei, die von ihren Mitgliedern Gehorsam und Gläubigkeit verlangte. Vor dem Hintergrund der Krisen der Weimarer Republik und schließlich der Schrecken des Dritten Reiches gewann das idealisierte Bild der Sowjetunion an Bedeutung und Perspektive. Den von den Nazis Verfolgten bot das *sozialistische Vaterland* Schutz und Sicherheit – das glaubten auch Tausende deutscher Antifaschisten. Die stalinistischen Säuberungen aber wurden außerhalb des faschistischen Machtbereichs »zur größten Kommunistenverfolgung aller Zeiten«, wie Hermann Weber in seinem Buch ›Weiße Flecken‹ (1989) schrieb. Nur etwa zehn Prozent der Häftlinge in den stalinistischen Lagern – davon waren die meisten Kommunisten, die überwiegende Mehrheit aus der Sowjetunion, viele aus Deutschland und anderen europäischen Ländern – haben überlebt, viele von ihnen wurden nach dem XX. Parteitag rehabilitiert.

Die Partei und die politische Öffentlichkeit der Ulbricht-Ära nötigten den Rückkehrern aus der Sowjetunion Schweigen ab, die kommunistischen Opfer des Stalinismus existierten offiziell nicht. Das Schweigen als ein gültiges Denk- und Handlungsmuster in der DDR (nicht nur) der fünfziger Jahre hat Anna Seghers in ihrem Roman ›Das Vertrauen‹ (1968) literarisch abgebildet: daß Kommunisten von ihren eigenen Genossen verfolgt, inhaftiert, deportiert und ermordet worden sind, das sei den Menschen, die für den sozialistischen Aufbau gewonnen werden sollten, nicht zuzumuten, das würde sie verwirren, deshalb sollte darüber geschwiegen werden. Aber die Säuberungen in stalinistischem Geist gingen auch nach Stalins Tod weiter, in Bulgarien, Rumänien, der Tschechoslowakei, in Polen und Ungarn, in der DDR. 1957 wurden in Berlin die Mitglieder einer ihrem Selbstverständnis nach antistalinistischen, aber nicht antimarxistischen oppositionellen Gruppe in Schauprozessen zu langjährigen Zuchthausstrafen verurteilt: Harich, Hertwich, Janka, Just, Steinberger, Wolf, Zöger.

Anna Seghers war, wie viele andere Intellektuelle und Künstler, bei diesen Prozessen anwesend. Als Vorsitzende des Schriftstellerverbandes der DDR (1952–1978) und als Mitglied des Weltfriedensrates war sie eine Persönlichkeit von hohem Rang, ohne jedoch über politische Macht zu verfügen. Über ihre Intervention für Walter Janka, ihren Verleger in Mexiko und in Berlin, berichtete Erich Loest in ›Plädoyer für eine Tote‹ (1990). Seghers habe zusammen mit Erwin Strittmatter und »ein[em] Dutzend Autoren des Aufbau Verlags« eine »Resolution ans ZK der SED und an die Justizministerin« geschrieben, worin es hieß, »Janka genieße das politische Vertrauen aller Unterzeichner, und sie verbürgten sich für ihn«. Loest weiter:

»Mit dieser Resolution verlief es dann sonderbar: Kein Echo erfolgte.«

Anna Seghers setzte auf die Kraft der Schwachen, sie schrieb. Es entstand die dritte der karibischen Geschichten, ›Das Licht auf dem Galgen‹ (1960), die traurig-nüchterne Bilanz vom Scheitern einer Revolution durch Verrat. Die Erzählung vom Scheitern eines Aufstands in einer Kolonie wird hier zum erstenmal im Werk Seghers' mit der verratenen Revolution im Mutterland in Verbindung gebracht – ein historisches Paradigma, das auch Zeitgeschichte kommentiert. Es entstand das Kernstück ihres Schaffens in der Nachkriegszeit, der Zyklus ›Die Kraft der Schwachen‹ (1965), dessen erste Geschichten vermutlich bereits nach dem XX. Parteitag entstanden. Seghers kommentierte diese Erzählungen als Geschichten »um lauter unbekannte, einfache Menschen, sagen wir, ohne die geringste Spur von dem, was man Personenkult nennt, Menschen, die völlig lautlos etwas Wichtiges tun« (1965). Im Nachlaß fanden sich Entwürfe und Anfänge zu weiteren Erzählungen, die in den Band Aufnahme finden sollten. Von Konzeption und Programmatik her stellt der Zyklus ein Gegenstück zu ›Die Linie‹ (1950) dar, nicht nur, was die Figuren und ihre Geschichten betrifft, sondern auch im Hinblick auf den ästhetischen und ethischen Pluralismus: chronikalischer Bericht und Märchen, Legende und Liebesgeschichte, Novelle und Märtyrergeschichte stehen hier nebeneinander. Anna Seghers hat die Anordnung der Geschichten zwar mehrfach verändert, die erste und die letzte blieben jedoch stets gleich und bilden einen spannungsvollen Rahmen: ›Agathe Schweigert‹ und ›Die Heimkehr des verlorenen Volkes‹. Die Ich-Erzählerin trifft Agathe, die Mutter eines Spanienkämpfers, während ihrer Internierung auf den Antillen im Kriegsjahr 1941, sie sind beide auf dem Weg nach Mexiko, jenem Land, das unter seinem Präsidenten Cardenas nicht nur das verlorene indianische Volk, sondern auch ein anderes verlorenes Volk, die antifaschistischen Emigranten aus Europa aufnahm.

Gegen die Reglementierung und Ideologisierung von Kunst durch eine dogamtische Politik setzte sich Anna Seghers auf ihre Art zur Wehr: Sie schrieb über das Gebrauchtwerden von Kunst und plädierte für einen weiten und offenen Realismusbegriff. Vor allem die Erzählungen ›Das wirkliche Blau‹ (1967) und ›Die

Reisebegegnung‹ (1973) gaben der Literatur der siebziger Jahre in der DDR in dieser Hinsicht wichtige Anregungen. In mehreren Gesprächen verdeutlichte Seghers ihre Auffassung: »Nicht nur, was man greifen und schmecken kann, auch Phantasie und Träume gehören zur Wirklichkeit. Unser heutiges, wirkliches, greifbares Leben wurde einmal erahnt. Das war damals für trokkene, ja feindselige Menschen eine Traumwelt. Ich meine, daß Träume ein Bestandteil der Wirklichkeit sein können. Richtig gebraucht, erweitern sie die Literatur, die sozialistische Literatur.« (1973) Ihr Plädoyer für die »Emanzipation des Phantastischen« (Klaus Schuhmann) in der Literatur legte sie 1973 mit dem Band ›Sonderbare Begegnungen‹ vor, in dem ›Die Reisebegegnung‹, von Seghers selbst eine »Literatur-Geschichte« genannt, eine zentrale Rolle einnimmt. Drei Phantastiker von Weltrang, E. T. A. Hoffmann, Nikolai Gogol und Franz Kafka, treffen sich Anfang der zwanziger Jahre in einem Prager Café, um über Aufgaben, Gestaltungsweisen und Wirkungsmöglichkeiten von Literatur nachzudenken und zu sprechen. Wenige Jahre nach der Niederschlagung des Prager Frühlings war der Schauplatz Prag sicher nicht zufällig gewählt für eine undogmatisch-pluralistisch geführte Realismusdebatte, die zugleich anschloß an die Literaturdebatten des Exils. Nicht zuletzt hat diese Erzählung auch eine literaturpädagogische Dimension: das Gespräch der drei Dichter über die verschiedenen Arten realistischen Erzählens bezieht die Leserinnen und Leser ein und versucht, ihr Kunstverständnis zu sensibilisieren und zu erweitern.

Anna Seghers starb 1983 in Berlin. Ihre letzten Erzählungen, vor allem der Zyklus ›Drei Frauen aus Haiti‹ (1980), sind von Sprödigkeit und untergründiger Trauer geprägt. An die Vergeblichkeit der Hoffnungen auf ein besseres Leben, an das Scheitern der Kämpfe um Freiheit und Gerechtigkeit und an die im Glauben an die Veränderbarkeit der Welt gebrachten Opfer wird erinnert, zum Beispiel an den haitianischen Revolutionär Amédée, der auf Wunsch seiner Frau Claudine mit dem Schlüssel begraben wird, der einst ihr Gefängnis öffnete, damit er ihn trage »bis zur Auferstehung aller Sklaven der Welt«.

Sonja Hilzinger

Zeittafel

1900 Netty Reiling wird in Mainz geboren (19. November)
1920–24 Studium der Kunstgeschichte, Geschichte und Sinologie an der Universität Heidelberg und an der Universität Köln; Promotion
1924 ›Die Toten auf der Insel Djal. Eine Sage aus dem Holländischen, nacherzählt von Antje Seghers‹
1925 Heirat mit Dr. Laszlo Radvanyi (Johann-Lorenz Schmidt); Umzug nach Berlin
1926 Geburt des Sohnes Peter
1927 ›Grubetsch‹ (Erzählung)
1928 Geburt der Tochter Ruth
›Aufstand der Fischer von St. Barbara‹ (Erzählung)
Verleihung des Kleist-Preises
Mitgliedschaft im Bund proletarisch-revolutionärer Schriftsteller (BPRS) und in der KPD
1930 ›Auf dem Wege zur amerikanischen Botschaft und andere Erzählungen‹
Teilnahme an der II. Konferenz proletarisch-revolutionärer Schriftsteller in Charkow
1932 ›Die Gefährten‹ (Roman)
1933 ›Der Kopflohn. Roman aus einem deutschen Dorf im Spätsommer 1932‹
Flucht über die Schweiz nach Frankreich
Mitherausgeberin der Exilzeitschrift ›Neue deutsche Blätter‹ (Prag, 1933–1935)
1934 Reise nach Österreich
›Der letzte Weg des Koloman Wallisch‹ (Erzählung)
1935 ›Der Weg durch den Februar‹ (Roman)
Teilnahme am I. Internationalen Schriftstellerkongreß zur Verteidigung der Kultur in Paris
1937 ›Die Rettung‹ (Roman)
›Der Prozeß der Jeanne d'Arc zu Rouen 1431‹ (Hörspiel)
Teilnahme am II. Internationalen Schriftstellerkongreß zur Verteidigung der Kultur in Valencia und Madrid

1940 ›Die schönsten Sagen vom Räuber Woynok. Sagen von Artemis‹
Flucht vor der deutschen Wehrmacht aus dem besetzten Paris ins unbesetzte Gebiet
1941 Flucht nach Mexiko
Mitbegründerin und Präsidentin des Heinrich-Heine-Klubs
1942 ›Das siebte Kreuz. Roman aus Hitlerdeutschland‹
Deportation und Tod der Mutter Hedwig Reiling in Piaski bei Auschwitz
1943 schwerer Verkehrsunfall
1944 ›Transit‹ (Roman)
1946 ›Der Ausflug der toten Mädchen und andere Erzählungen‹
Erhalt der mexikanischen Staatsbürgerschaft
1947 Rückkehr nach Berlin
Büchner-Preis
1948 ›Sowjetmenschen. Lebensbeschreibungen nach ihren Berichten‹
Reise in die Sowjetunion
1949 ›Die Toten bleiben jung‹ (Roman)
›Die Hochzeit von Haiti. Zwei Novellen‹
Teilnahme am Weltfriedenskongreß in Paris
1950 ›Die Linie‹ (Erzählungen)
Mitglied des Weltfriedensrates
1951 ›Crisanta‹ (Erzählung)
›Die Kinder‹ (Erzählungen)
Reise nach China
Nationalpreis der DDR
Stalin-Friedenspreis
1952 ›Der Mann und sein Name‹
Vorsitzende des Schriftstellerverbandes der DDR (bis 1978)
Rückkehr von Johann-Lorenz Schmidt aus Mexiko
1953 ›Der Bienenstock‹ (Auswahl von Erzählungen in zwei Bänden, darin zum erstenmal ›Das Argonautenschiff‹, ›Die Rückkehr‹, ›Der erste Schritt‹, ›Friedensgeschichten‹)
1954 Teilnahme am II. sowjetischen Schriftstellerkongreß
1957 Prozeß gegen Walter Janka, Gustav Just, Wolfgang Harich und andere
1958 ›Brot und Salz‹ (Erzählungen)
1959 ›Die Entscheidung‹ (Roman)
Ehrendoktorwürde der Universität Jena
Nationalpreis der DDR
1960 Vaterländischer Verdienstorden in Gold
1961 ›Das Licht auf dem Galgen‹ (Erzählung)

1961	Reise nach Brasilien
1963	›Über Tolstoi. Über Dostojewski‹ (Essays) zweite Reise nach Brasilien Teilnahme an der Kafka-Konferenz in Liblice/ČSSR
1965	›Die Kraft der Schwachen‹ (Erzählungen)
1967	›Das wirkliche Blau‹ (Erzählung) Teilnahme am 4. Allunionskongreß der sowjetischen Schriftsteller
1968	›Das Vertrauen‹ (Roman)
1969	›Glauben an Irdisches‹ (Essays)
1970	›Briefe an Leser‹ ›Über Kunstwerk und Wirklichkeit‹ (Reden, Aufsätze, Artikel usw.)
1971	›Überfahrt. Eine Liebesgeschichte‹ (Erzählung) Nationalpreis der DDR
1973	›Sonderbare Begegnungen‹ (Erzählungen)
1975	Kulturpreis des Weltfriedensrates Ehrenbürgerin von Berlin/DDR
1977	›Steinzeit. Wiederbegegnung‹ (Erzählungen) schwere Krankheit Ehrenbürgerwürde der Johannes-Gutenberg-Universität Mainz
1978	Tod von Johann-Lorenz Schmidt Ehrenpräsidentin des Schriftstellerverbandes der DDR
1980	›Drei Frauen aus Haiti‹ (Erzählungen)
1981	Ehrenbürgerschaft der Stadt Mainz
1983	Anna Seghers stirbt in Berlin (1. Juni)

Bibliographie

Friedrich Albrecht: Die Erzählerin Anna Seghers 1926–1932. Berlin 1965

Friedrich Albrecht, Wolfgang Emmerich, Martina Langermann, Elke Mehnert, Frank Wagner: ›Der gerechte Richter‹ von Anna Seghers. In: Weimarer Beiträge 11/1990

Anna Seghers. Eine Biographie in Bildern. Mit einem Essay von Christa Wolf. Herausgegeben von Frank Wagner, Ursula Emmerich und Ruth Radvanyi. Berlin und Weimar 1994

Argonautenschiff. Jahrbuch der Anna Seghers-Gesellschaft Berlin und Mainz e.V. Berlin 1992ff.

Jörg Bilke: Auf der Suche nach Netty Reiling. In: Blätter der Carl-Zuckmayer-Gesellschaft, 6/1980

Sigrid Bock: Die Erzählerin Anna Seghers. In: Anna Seghers – Mainzer Weltliteratur. Beiträge aus Anlaß des 80. Geburtstags. Mainz 1981

–: Seghers in der DDR oder vom Lob des Erzählens. In: Exil und Rückkehr. Ludwig Berger, Rudolf Frank, Anna Seghers und Carl Zuckmayer. Mainz 1986

–: Die Last der Widersprüche. In: Weimarer Beiträge 10/1990

Inge Diersen: Jason 1948 – Problematische Heimkehr. [1990] In: Argonautenschiff, 1/1992

–: »Immer bleiben die Engel aus am Ende« (Heiner Müller). Zur Thematik der verlorenen Revolution bei Anna Seghers. In: Argonautenschiff, 2/1993

–: Erfahrung Mexiko. Die lateinamerikanische Spur im Schaffen von Anna Seghers. In: Argonautenschiff, 3/1994

Bernhard Greiner: »Kolonien liebt, und tapfer vergessen der Geist«: Anna Seghers' zyklisches Erzählen. In: Argonautenschiff, 3/1994

Erika Haas: ›Post ins Gelobte Land‹ – Ein Requiem. In: Argonautenschiff, 4/1995

Sonja Hilzinger: Die »Blaue Blume« und das »Wirkliche Blau«. Zur Romantikrezeption in den Erzählungen ›Das wirkliche Blau‹ und ›Die Reisebegegnung‹ von Anna Seghers. In: Literatur für Leser, 1988

–: Im Spannungsfeld zwischen Exil und Heimkehr. Funktionen des Schreibens in der Novelle ›Der Ausflug der toten Mädchen‹. In: Weimarer Beiträge 10/1990

–: Opfer, Täter und Richter. Versuch einer Annäherung an die Novelle ›Der gerechte Richter‹. In: Argonautenschiff, 1/1992
Karl Hotz: Anna Seghers, ›Der Ausflug der toten Mädchen‹. Materialien und Arbeitsvorschläge. Bamberg 1993
Eva Kaufmann: Schöne Räubergeschichte. In: Argonautenschiff, 4/1995
Fritz Pohle: Vorbereitung für die nächste Deutschstunde und mehr: ›Der Ausflug der toten Mädchen‹ (1943/1944). In: Argonautenschiff, 1/1992
Frank Quilitzsch: Vom Ritter über Jesaia bis zu Odysseus. Anna Seghers' Triptychon ›Die drei Bäume‹. In: Argonautenschiff, 2/1993
Erwin Rotermund: Soziales Engagement und Dichtung der »Unmittelbarkeit«. Ein Blick über das Früh- und Exilwerk von Anna Seghers. In: Anna Seghers – Mainzer Weltliteratur. Mainz 1981
Alexander Stephan: Zu einer wiedergefundenen Erzählung von Anna Seghers. [›Der Vertrauensposten‹ / ›Der sogenannte Rendel‹]. In: Argonautenschiff, 3/1994
Martin Straub: »Gewiß, jeder ist schuld an dem, was er schreibt« – Anna Seghers' Erzählung ›Die Reisebegegnung‹. In: Argonautenschiff, 2/1993
Hans-Albert Walter: Anna Seghers. In: Es ist ein Weinen in der Welt. Hommage für deutsche Juden in der Welt. Herausgegeben von Hans-Jürgen Schultz. Stuttgart 1990
Christiane Zehl Romero: Anna Seghers. Reinbek 1993 (= Rowohlts Monographien 464)

Zu den Texten

ENT – Entstehungszeit; EV – Erstveröffentlichung; TG – Textgrundlage für diese Ausgabe; B – Anna Seghers, Der Bienenstock. Gesammelte Erzählungen in drei Bänden, Aufbau-Verlag Berlin 1963; WA – Anna Seghers, Gesammelte Werke in Einzelausgaben, 14 Bände, Aufbau-Verlag Berlin und Weimar 1975–1980 – Band 9: Erzählungen: 1924–1944, Band 10: Erzählungen: 1945–1951, Band 11: Erzählungen 1952–1962; TB – Anna Seghers, Sämtliche Erzählungen 1924–1980, 6 Bände, Aufbau-Verlag Berlin 1994 – Bd. 1: Der letzte Mann der Höhle. Erzählungen 1924–1933, Bd. 2: Reise ins Elfte Reich. Erzählungen 1934–1946, Bd. 3: Die Hochzeit von Haiti. Erzählungen 1948–1949, Bd. 5: Das Schilfrohr. Erzählungen 1957–1965, Bd. 6: Steinzeit. Erzählungen 1967–1980

Grubetsch
ENT: 1926 (nach B); EV: Frankfurter Zeitung und Handelsblatt, Frankfurt am Main 1927, 10. 3.–18. 3.; TG: WA Bd. 9 / TB Bd. 1

Marie geht in die Versammlung
ENT: 1932 (nach WA Bd. 9); EV: Illustrierte Neue Welt, Berlin 1932, Nr. 1; TG: WA Bd. 9 / TB Bd. 1

Der Vertrauensposten
ENT: 1933 (nach EV); EV: Neue Deutsche Literatur, Berlin 1978, Heft 5; TG: ebenda / TB Bd. 1

Das Vaterunser
EV: Internationale Literatur. Deutsche Blätter, Moskau/Berlin, Jg. 3, 1933, Heft 4; TG: Anna Seghers, Über Kunstwerk und Wirklichkeit (Bearbeitet und eingeleitet von Sigrid Bock), Teil III, Berlin 1971. Daraus folgende Anmerkung: Veröffentlicht unter dem Pseudonym »Peter Conrad«. (Friedrich Albrecht teilt in seinem Buch ›Die Erzählerin Anna Seghers. 1926–1932‹, Berlin 1966, mit, daß sich einer Information von Franz Leschnitzer zufolge unter dem Pseudonym Peter Conrad Anna Seghers verbirgt.) / TB Bd. 1

Ein Mensch wird Nazi
ENT: 1942/43 (nach WA Bd. 9); EV: Freies Deutschland, México 1943, März-Heft; TG: WA Bd. 9 / TB Bd. 2

Der Ausflug der toten Mädchen
ENT: 1943/44 (nach B); EV: Anna Seghers, Der Ausflug der toten Mädchen und andere Erzählungen, New York 1946; TG: WA Bd. 9 / TB Bd. 2

Der Führerschein
ENT: 1932 (nach B), EV: Die Linkskurve, Berlin 1932, Juni-Heft; TG: WA Bd. 9 / TB Bd. 1

Das Obdach
ENT: 1941 (nach B); EV: Freies Deutschland, México 1941, November-Heft; TG: WA Bd. 9 / TB Bd. 2

Post ins Gelobte Land
ENT: 1943/44 (nach B); EV: Anna Seghers, Der Ausflug der toten Mädchen und andere Erzählungen, New York 1946; TG: WA Bd. 9 / TB Bd. 2

Die Hochzeit von Haiti
ENT: 1948/49 (nach Archiv-Recherchen von Inge Diersen); EV: Anna Seghers, Die Hochzeit von Haiti, Berlin 1949. (Mit der Erzählung ›Das Licht auf dem Galgen‹ 1962 zum Zyklus ›Karibische Geschichten‹ zusammengefaßt); TG: WA Bd. 11 / TB Bd. 3

Wiedersehen
EV: Anna Seghers, Die Kraft der Schwachen, Berlin 1965; TG: ebenda / TB Bd. 5

Zwei Denkmäler
ENT: 1973 (nach EV); EV: Anna Seghers, Über Kunstwerk und Wirklichkeit (Bearbeitet und eingeleitet von Sigrid Bock), Teil IV, Ergänzungsband, Berlin 1979; TG: ebenda

Der Schlüssel
EV: Anna Seghers, Drei Frauen aus Haiti, Berlin und Weimar 1980; TG: ebenda / TB Bd. 6

Die schönsten Sagen vom Räuber Woynok
ENT: 1936 (nach B); EV: Das Wort, Moskau 1938, Juni-Heft; TG: WA Bd. 9 / TB Bd. 2

Reise ins Elfte Reich
ENT: 1939 (nach WA Bd. 9); EV: Die neue Weltbühne, Prag/Zürich/Paris 1939, Nr. 3; TG: WA Bd. 9 / TB Bd. 2

Die drei Bäume
ENT: 1940 (nach B); EV: Neues Deutschland, México 1946, Juni-Heft; TG: WA Bd. 9 / TB Bd. 2

Das Argonautenschiff
ENT: 1948/49 (nach Archiv-Recherchen von Inge Diersen); EV: Sinn und Form, Berlin 1949, Heft 6; TG: WA Bd. 10 / TB Bd. 3

Die Heimkehr des verlorenen Volkes
ENT: um 1957/58 (nach Archiv-Recherchen von Martina Langer-

mann); EV: Anna Seghers, Die Kraft der Schwachen, Berlin 1965; TG: ebenda / TB Bd. 5

Die Reisebegegnung

ENT: 1972 (nach EV); EV: Anna Seghers, Sonderbare Begegnungen, Berlin und Weimar 1973; TG: ebenda / TB Bd. 6

Christa Wolf im dtv

Foto: Isolde Ohlbaum

Der geteilte Himmel
Liebesgeschichte zur Zeit des Mauerbaus in Berlin
dtv 915

Nachdenken über Christa T.
Frauenleben im Osten Deutschlands
dtv 11834

Kassandra
Deutung der antiken mythologischen Frauengestalt in ihrer Suche nach den Ursachen von Gewalt und deren Überwindung
dtv 11870

Voraussetzungen einer Erzählung: Kassandra Frankfurter Poetik-Vorlesungen
Bericht über eine Griechenlandreise, Nachdenken über Kassandra, über weibliches Schreiben
dtv 11871

Kindheitsmuster
Auf den Spuren der Kindheit im Nationalsozialismus
dtv 11927

Kein Ort. Nirgends
Fiktive Begegnung zwischen Karoline von Günderrode und Heinrich von Kleist
dtv 11928

Was bleibt
Erzählung um die psychischen Folgen von Bespitzelung
dtv 11929

Störfall
Tschernobyl, April 1986. Eine Reaktion auf die unfaßbare Nachricht
dtv 11930

Till Eulenspiegel
»Eine Wut in sich, die er nicht los wird.« Till Eulenspiegel zur Zeit Luthers und Karls V.
dtv 11931

Im Dialog
Reden, offene Briefe, Aufsätze und Gespräche während der Wende
dtv 11932

Marie Luise Kaschnitz im dtv

Foto: Rosemarie Clausen

»Ich habe in meinem Werk versucht, den Blick des Lesers auf das Bedeutsame zu lenken, auf die wunderbaren Möglichkeiten und die tödlichen Gefahren für den Menschen und auf die bestürzende Fülle der Welt.« (Marie Luise Kaschnitz in ihrer Dankesrede zur Verleihung des Georg-Büchner-Preises 1955 in Darmstadt)

Der alte Garten
dtv 11216 / dtv großdruck 25075

Mitten in einer großen Stadt liegt ein verwilderter Garten, den zwei Kinder voll Neugier und Abenteuerlust für ihre Spiele erobern. Aber die Natur wehrt sich gegen die ungestümen Eindringlinge… Ein literarisches Gleichnis für den sorglosen Umgang mit unserer Welt.

Griechische Mythen
dtv 11758

Bekannte und weniger bekannte Mythen hat Marie Luise Kaschnitz in diesen frühen, sehr persönlich gefärbten Nacherzählungen dargestellt.

Lange Schatten
dtv 11941

Einundzwanzig Geschichten, die in Frankfurt am Main und London, in Rom und am Meer und in den Albaner Bergen spielen. Erzählungen von Alltäglichem, das nicht selten eine unerklärliche Wendung nimmt…

Wohin denn ich
dtv 11947

Ein literarisches und menschliches Dokument aus einem »Zwischenreich« des Lebens: Nach Jahren der Trauer über den Verlust des Mannes findet Marie Luise Kaschnitz auf Vortragsreisen zu einem neuen Selbst- und Weltverständnis.

»Was immer sie schrieb – ob Lyrik oder Prosa, ob Erinnerungen oder Tagebücher –, es zeichnet sich durch kammermusikalische Intimität aus. Sie war eine leise Autorin. Gleichwohl ging von ihren besten Büchern eine geradezu alarmierende Wirkung aus.« (Marcel Reich-Ranicki)